Te revoir un jour

L'auteur

Sarah Dessen est née aux États-Unis en 1970. Elle a baigné très jeune dans la littérature puisque ses parents, professeurs de lettres, lui offraient des livres en guise de jouets. Enfant, elle reçoit une machine à écrire et se lance dans l'écriture. Après son diplôme de lettres, elle décide de travailler comme serveuse et d'écrire le reste du temps. Son premier roman est publié au bout de trois ans. Elle enseigne aujourd'hui l'écriture et vit avec son mari et ses deux chiens.

Du même auteur

Cette chanson-là
Écoute-la
Pour toujours… jusqu'à demain
Toi qui as la clé…
En route pour l'avenir
Quelqu'un comme toi

Sarah Dessen

Te revoir un jour

*Traduction de l'anglais (américain)
par Véronique Minder*

POCKET JEUNESSE

Directeur de collection : Xavier d'Almeida

Titre original :
What happened to goodbye
Publié pour la première fois en 2011
par Viking, Peguin Young Readers Group, New York.

Loi n° 49 956 du 16 juillet 1949 sur les publications
destinées à la jeunesse : mai 2012.

© 2011, Sarah Dessen, tous droits réservés.
© 2012, éditions Pocket Jeunesse, département d'Univers Poche,
pour la présente édition et la traduction française.

ISBN 978-2-266-21430-8

À Gretchen Alva, avec toute mon amitié et mon admiration

Remerciements

Merci, de nouveau, à mon agent, Leigh Feldman, et à mon éditrice, Regina Hayes, pour leur soutien, leur sagesse et leur détermination à monter à bord de ce train de folie qu'est mon processus d'écriture. Je dois aussi beaucoup à mes lecteurs dont les encouragements m'incitent à continuer, même lors des moments difficiles, et à mes baby-sitters, Krysta Lindley, Erika Alvarado et Amanda Weatherly, grâce auxquelles je trouve le temps d'écrire, et seulement écrire.
Et enfin, toujours et pour toujours, je suis reconnaissante, au-delà des mots, à Jay et Sasha. Vous êtes mon univers, vous remplissez ma vie de joie et de désordre, d'humour et d'inspiration. Merci.

*Break away from
what you've known
You are not alone
We can build
a brand new home
You are not alone*

*Coupe les ponts avec
Ce que tu as connu.
Tu n'es pas seule.
Nous pouvons construire
Une toute nouvelle maison.
Non, tu n'es pas seule.*

Ben Lee, *Families Cheating at Board Games*

Chapitre 1

La table était poisseuse, mon verre n'était pas net, on poireautait depuis dix minutes sans avoir vu la moindre serveuse, mais je connaissais déjà le verdict de papa. Rien de tel que l'expérience pour vous instruire.

— Il y a beaucoup de potentiel ici, c'est moi qui te le dis, déclara donc papa en regardant autour de lui.

Le menu indiquait que le *Luna Blu* était « un restaurant italien à l'esprit contemporain servant une bonne cuisine traditionnelle ». Eh bien, un petit quart d'heure après notre arrivée dans les lieux, c'était à se demander si cette cuisine traditionnelle était aussi bonne que ça. D'une, il était 12 h 30, on était en semaine et deux tables seulement, dont la nôtre, étaient occupées. De deux, je venais de remarquer un millimètre de poussière sur le ficus en plastique qui faisait la déco, à côté de notre table. Mais mon père était condamné à l'optimisme. Pas le choix, c'était son boulot.

J'observai la salle à mon tour tandis que papa parcourait le menu, sourcils froncés. Il aurait eu besoin de lunettes, mais il avait cessé d'en porter après en avoir perdu trois paires d'affilée. Maintenant, il se contentait de plisser les yeux. Chez n'importe qui d'autre, ces mimiques auraient été marrantes, limite bizarres. Pas chez papa. Ça ajoutait à son charme.

— Il y a des calmars *et* du guacamole, annonça papa en se dégageant le visage (ses cheveux lui tombaient tout le temps sur les yeux). C'est une première ! On commande les deux ?

— Super. J'ai la dalle !

Une serveuse, bottes Ugg et minijupe, passa devant notre table sans daigner nous regarder.

Papa la suivit des yeux, avant de reporter son attention sur moi. Je suis sûre qu'il se demandait si j'étais fâchée contre lui. Il se posait sans cesse cette question au cours de nos vadrouilles. Mais ça allait bien. Vraiment bien. Évidemment, c'est parfois crispant de boucler son sac et de reprendre la route vers une nouvelle ville. D'un autre côté, tout dépend de la façon dont vous regardez la situation. Pensez vie dévastée façon tremblement de terre, et c'est mort : vous *êtes* mort. Mais si vous voyez ledit séisme comme une chance de vous réinventer et de recommencer de zéro et du bon pied, vous avez tout bon.

On était à Lakeview. Au début du mois de janvier. J'étais en devenir : qui allais-je bien pouvoir être, cette fois ?

Bang.

Papa et moi, on se retourna en même temps vers le bar. Une nana aux longs cheveux noirs et aux bras tatoués en plusieurs endroits venait de laisser tomber un grand carton. Elle poussa un soupir énervé et se mit à genoux pour ramasser les gobelets jetables qui roulaient partout. C'est alors qu'elle nous aperçut.

— Ne me dites surtout pas que vous attendez depuis longtemps ?

Mon père posa son menu.

— Pas trop, non.

Elle enveloppa papa d'un regard sceptique, se redressa et regarda dans tout le restaurant.

— Tracey !

Elle nous montra du doigt, sans doute à la dénommée Tracey.

— Il y a des clients ! Peux-tu, si ce n'est pas trop te demander, leur souhaiter la bienvenue dans notre établissement et leur demander s'ils désirent boire quelque chose ?

Un bruit de pas lourds précéda le retour de la fille en bottes Ugg. Elle sortit son carnet de commandes avec un air lugubre.

— Bienvenue au *Luna Blu*, récita-t-elle d'une voix morne. Désirez-vous boire quelque chose ?

— Comment sont les calmars ? interrogea papa.

Elle le dévisagea comme s'il lui avait posé une colle.

— Pas mal.

Papa sourit.

— Magnifique ! Nous allons prendre ces calmars et du guacamole. Oh, et puis aussi la petite salade de crudités maison.

— On n'a que de la salade verte vinaigrette, aujourd'hui.

— Formidable ! C'est exactement ce qu'il nous faut !

Tracey parut perplexe. Puis elle soupira, mit son stylo derrière l'oreille et s'éloigna. J'allais la rappeler pour lui demander un Coca quand le portable de papa vibra et tressauta contre sa fourchette et son couteau. Papa consulta l'écran et ignora le texto, comme il avait ignoré tous ceux qui lui étaient parvenus depuis notre départ de Westcott ce matin-là. Son regard croisa ensuite le mien et je me forçai à sourire.

— J'ai un super bon feeling : ce restau a un sérieux potentiel ! déclarai-je.

Papa posa sa main sur mon épaule.

— Tu veux que je te dise ? Tu es une fille extra !

Son portable se remit à vibrer. Cette fois, il ne regarda même pas. Mais à Westcott, une autre fille extra essayait de joindre mon père, en se demandant pourquoi diable son mec, si craquant mais un poil phobique de l'engagement, ne la rappelait pas. Était-il sous la douche ? Avait-il de nouveau oublié son portable ? Était-il dans un restau, à des centaines de kilomètres de là, avec sa fille, tous deux en route vers l'avenir et une nouvelle vie ? Une de plus...

Quelques instants plus tard, Tracey revint avec le guacamole et la salade.

— Je vous sers les calmars dans une minute. Dites, vous voulez autre chose ?

Papa m'interrogea du regard. Malgré moi, j'eus un petit coup de blues à la pensée de remettre les compteurs à zéro. Mais j'avais pris ma décision deux ans plus tôt. Rester ou partir. Être une seule personne, ou successivement plusieurs autres, un peu comme les poupées russes. Papa avait ses défauts, mais je vous garantis qu'on ne s'ennuyait jamais, avec lui.

Il répondit à Tracey, sans me quitter des yeux (bleus comme les miens) et sans ciller.

— Non merci. Ça ira comme ça.

Dès qu'on arrivait dans notre nouvelle ville de résidence, on se rendait direct dans le restaurant où papa était missionné, et on y déjeunait. On commandait invariablement les mêmes entrées : guacamole s'il s'agissait d'un restau mexicain, calmars dans les italiens, et une petite salade dans les deux cas. Papa disait que c'était le b.a.-ba de la cuisine : n'importe quel chef digne de ce nom devait être capable de bien les préparer. De plus, ces trois basiques de la restauration préfiguraient assez bien le plat de résistance et le dessert. Au fil du temps, ils étaient donc devenus le standard propre à déterminer la durée de notre séjour dans la ville où l'on tombait. Guacamole onctueux et laitue croquante ? Inutile de prendre racine ! Calmars caoutchouteux ou salade à moitié pourrie ? Ça valait la peine de m'investir dans les activités, sportives ou non, de mon lycée, voire de m'inscrire dans un club, parce qu'on n'était pas sortis de l'auberge.

Notre déjeuner terminé, papa réglait la note en laissant un pourboire raisonnable et on emménageait dans notre nouvelle location. Dès que la remorque de déménagement était déchargée, papa retournait dans le restaurant, cette fois pour prendre officiellement ses fonctions. Moi, pendant ce temps, je déballais les cartons et rangeais nos affaires.

Papa était consultant culinaire pour la EAT INC, un conglomérat qui rassemblait plusieurs sociétés de restauration, et qui nous louait toujours une maison ou un appart, ça dépendait, dans la ville où papa était envoyé en mission. À Westcott, la petite ville de Floride en bord de mer qu'on venait de quitter, la EAT INC nous avait logés dans un joli bungalow qui se trouvait à une rue de la plage. Sa déco était à dominantes rose et vert pastel, avec des flamants assortis en plastique partout : sur la pelouse, dans la salle de bains, et même en forme de loupiotes, sur la guirlande autour de la cheminée. C'était plastoc à mort, mais drôlement sympa. Avant Westcott, on s'était installés à Petree, dans la banlieue d'Atlanta. On habitait un loft aménagé dans un quartier top classe où résidaient principalement des célibataires et des hommes d'affaires. Chez nous, il y avait du parquet sombre en bois de teck, un mobilier moderne aux lignes pures et graphiques, le tout baigné par un silence et une ambiance réfrigérants garantis. Si j'avais été aussi impressionnée par notre nouveau logement de Petree et son quartier, c'est sans doute parce qu'on débarquait de Montford Falls, la première ville de notre parcours. À l'époque, on avait pris pension dans un pavillon de deux étages, au fond d'une impasse d'un gentil quartier peuplé par des familles comme on n'en voit que dans les sitcoms : vélos en pagaille sur les pelouses, drapeaux sous les marquises ornés de Pères Noël pour Noël, de cœurs rouges pour la Saint-Valentin, et de gouttes de pluie, nuages et arcs-en-ciel pour fêter l'arrivée du printemps, en avril. Les Supermamans, toujours en caleçon-tee-shirt, propulsaient leurs poussettes dans un bel ensemble vers l'arrêt du car scolaire matin et après-midi. Dès notre installation, ces mères de famille respectables nous avaient scrutés à la loupe et sans se gêner. Elles observaient ainsi les allées et venues de papa aux petites heures du jour et me lançaient des regards pleins de sympathie lorsque je rentrais avec nos sacs de courses et le courrier. Je savais déjà parfaitement que je ne faisais plus partie d'une famille dite traditionnelle, mais leur compassion me le confirmait, au cas où ça m'aurait échappé.

Les premiers temps après notre déménagement à Montford Falls, mon petit univers avait déjà tellement changé que je n'avais pas ressenti la nécessité de me changer, moi. Je m'étais donc contentée de changer de prénom : j'avais corrigé gentiment mais fermement le prof principal de mon nouveau lycée. « Je m'appelle Eliza », lui avais-je annoncé. Le prof avait levé les yeux de son registre d'appel, rayé l'autre prénom et rectifié. Voilà. Trop facile. J'avais casé ma nouvelle identité entre les infos quotidiennes relatives au bahut et les consignes habituelles, et ainsi bazardé, remisé, quinze ans de ma vie pour effectuer ma renaissance, le tout à une vitesse record et avant même ma première heure de cours !

Je ne sais pas ce que papa en a pensé... Lorsque, quelques jours plus tard, quelqu'un de mon lycée a téléphoné chez nous et demandé à parler à « Eliza », il a paru un peu perdu, même quand j'ai tendu la main avec insistance pour qu'il me passe le combiné. Mais il n'a rien dit. Je crois qu'il comprenait à sa façon.

On avait tous les deux quitté la même ville et fui la même situation. Papa avait été obligé de rester Gus Sweet, mais je parie qu'il aurait volontiers changé d'identité s'il en avait eu la possibilité.

Si j'étais devenue Eliza Sweet, sur le plan du look, j'étais restée la même : Eliza me ressemblait. J'étais grande, blonde, et j'avais les yeux bleus : le prototype de la petite Américaine nourrie au bon lait frais et aux céréales (*dixit* maman). Total, j'avais la tête à devenir le cliché de « la fille la plus populaire de son lycée ». Comme je n'avais désormais plus rien à perdre dans la vie et que j'avais de l'assurance à revendre, j'ai vite intégré la tribu des grands baraqués de l'équipe de football du lycée et des cheerleaders bobos chics. Résultat, je me suis fait des amis à une vitesse exponentielle. Il faut dire que, au lycée de Montford Falls, tout le monde se connaissait depuis la nuit des temps, et j'avais beau être *la* jolie blonde typique sur le modèle des autres jolies blondes typiques, j'apportais du sang neuf dans le groupe : voilà qui me rendait très exotique. Différente, en tous les cas. J'ai adoré cette sensation, à tel point que j'ai continué le jeu lorsque nous avons déménagé à Petree, la ville numéro 2 de notre itinéraire. Je me suis fait appeler Lizbet, et j'ai fréquenté les nanas drama-glam style romantico-gothique, et les filles lookées danseuses classiques. Je portais des collants de danse sans pieds, des cache-cœurs noirs et je me dessinais une bouche pulpeuse rouge sang. J'avais adopté le chignon haut serré comme un poing. Je comptais les calories, je faisais ma tragédienne ; bref, je me mettais en scène et je surjouais mon rôle. Ce fut un rôle de composition très éprouvant, très éloigné du personnage d'Eliza. C'est pourquoi, à Westcott, notre dernière étape avant Lakeview, je m'étais fait plaisir en devenant tout simplement Beth : gentille secrétaire au conseil d'élèves du lycée et bonne copine façon girl-scout. J'écrivais pour le canard du bahut, je m'occupais de l'annuaire du lycée et je donnais des petits cours aux mômes du collège. Beth était hyperactive et cumulait les activités extrascolaires : lavages de voitures et ventes de gâteaux pour financer la revue littéraire du lycée, le groupe de discussion ou la construction d'un centre sportif pour des gamins défavorisés du Honduras (un projet initié par le club d'espagnol). J'étais la fille que tout le monde connaît, ma bobine était partout : cette incroyable popularité me rendrait plus mémorable encore, une fois que je me serais volatilisée.

Dans mon ancienne vie, et c'est le plus étrange de l'histoire, je n'avais jamais été le leader ultrasympathique des élèves de mon lycée, ni une gothique romantique et encore moins une cheerleader bobo chic. Avant, j'étais juste normale. Une fille dans la moyenne. J'étais seulement Mclean.

Mclean, c'est mon vrai prénom, celui que mes parents m'ont donné à ma naissance. C'est aussi le prénom du meilleur coach de tous les temps de l'équipe de basket-ball de Defriese – la fac de mes parents –, l'équipe que papa soutenait à cor et à cri. Dire que papa était un aficionado du basket est largement en dessous de la vérité : c'est comme de prétendre que le soleil n'est qu'une étoile comme cent milliards d'autres. Depuis tout petit (ses parents habitaient à huit kilomètres du campus), papa vivait et respirait par la DB – abréviation par laquelle lui et tous les passionnés de ce sport appelaient l'équipe de Defriese. Chaque année pendant les grandes vacances, papa participait au camp d'été de basket-ball de Defriese ; il connaissait par cœur les statistiques et les noms de tous les joueurs. Il portait un maillot de sa chère équipe sur toutes ses photos de classe – de la maternelle à la terminale. Pendant deux ans, il fut remplaçant et resta les fesses sur le banc de touche, mais le jour où il réussit à jouer un quart-temps, ce furent les dix plus belles minutes de sa vie.

Exception faite de ta naissance ! ajoutait papa à la hâte. Quel moment génial ! Voilà donc pourquoi je portais le prénom de Mclean Rich, son ancien coach, l'homme qu'il admirait et respectait le plus au monde. Consciente que toute résistance au choix de ce prénom serait inutile, maman ne l'avait accepté qu'à une seule condition : que je porte un deuxième prénom plus normal, à savoir Elizabeth, ce qui me donnerait un jour la possibilité de choisir. Je pensais que la question ne se poserait jamais, mais on ne peut jurer de rien, dans la vie.

Trois ans plus tôt, mes parents, amoureux depuis la fac, formaient un couple heureux et élevaient leur fille unique, à Tyler, la ville universitaire dont l'université de Defriese est l'épicentre. À l'époque, on y avait un restau : le *Mariposa Grill*. Papa en était le chef cuistot et maman s'occupait de la gestion et des relations publiques. J'ai passé toute mon enfance dans son petit bureau, à colorier des factures, ou perchée sur une table de préparation des cuisines, à observer les chefs de partie plonger patates et compagnie dans la friteuse.

Papa et moi, on assistait aux matchs de la DB depuis la partie supérieure des tribunes et on hurlait comme des perdus pour encourager les nôtres. Je connaissais les statistiques de l'équipe de Defriese aussi bien que les autres filles connaissent les noms des princesses des dessins animés de Walt Disney : les noms de tous les joueurs, des plus anciens aux plus récents, le pourcentage de réussite aux tirs des starters et des remplaçants. Je savais combien de matchs, de titres NCCA et de Final Four étaient nécessaires à Mclean Rich pour qu'il devienne le coach le plus titré de l'histoire du basket universitaire. Le jour où ce fut chose faite, mon père et moi, on sauta dans les bras l'un de l'autre, et on trinqua : une bière (pour lui), du Canada Dry (pour moi). C'était comme si on fêtait la promo d'un membre de notre famille.

Puis Mclean Rich prit sa retraite... On traversa une période de deuil, puis on s'intéressa de près aux candidats à sa succession. On étudia à la loupe leurs carrières et leurs stratégies offensives. On décida que Peter Hamilton, jeune, dynamique et avec un pedigree long comme le bras, était le meilleur. Soulevés par d'immenses espoirs, on assista à son pep rally[1] de bienvenue. Nos attentes semblèrent justifiées et comblées lorsque Peter Hamilton en personne se pointa un beau soir au *Mariposa Grill*. Il apprécia tellement son dîner qu'il loua notre salle privée pour organiser le banquet de la DB. Papa était aux anges ; ses deux grandes passions, le basket et la restauration, étaient bénies

---

1. Rassemblement au gymnase destiné à motiver l'esprit de corps et à soutenir l'équipe qui va jouer. (*N.d.T.*)

des dieux. C'était trop génial. Là-dessus, maman tomba amoureuse de Peter Hamilton, et plus rien ne fut génial.

Si maman avait quitté mon père pour n'importe qui d'autre, ç'aurait déjà été terrible, mais il avait fallu qu'elle le quitte pour Peter Hamilton, l'homme que papa et moi considérions comme un dieu vivant. Il arrive malheureusement que les idoles tombent comme le ciel sur votre tête, détruisent votre famille, vous collent la honte dans la ville que vous aimez et vous dégoûtent du basket à vie.

Deux ans plus tard, j'avais toujours du mal à croire que maman nous ait fait une saleté pareille, et d'ailleurs, encore en ce moment, le souvenir de sa trahison me coupait littéralement le souffle, comme ça, sans prévenir. Les premières semaines qui suivirent l'annonce (prudente) du prochain divorce de mes parents furent flottantes et floues. Je n'arrêtais pas de me repasser le film des événements de l'année précédente, en me demandant comment on avait pu en arriver à un tel bazar. Je savais bien qu'on avait une vie de fous, avec le restaurant – c'était même un sujet de dispute fréquent entre eux. Maman reprochait à papa de ne pas passer assez de temps avec nous et papa répondait qu'on en aurait en effet davantage le jour où on vivrait tous les trois sur un bout de trottoir, sous un carton, à faire la manche. Mais il y a des engueulades dans toutes les familles, c'est normal. Ce n'est pas une raison pour se jeter au cou d'un autre, a fortiori quand il s'agit du coach de l'équipe de basket que votre mari et votre fille idolâtrent.

Maman était la seule à pouvoir répondre à mes questions ; or, elle n'y répondait pas. Bien sûr elle n'avait jamais été du genre émotif, ou encline aux confidences. Mais, lors des jours si fragiles et trop incertains qui succédèrent à la séparation, chaque fois que je posais la question qui tue – pourquoi ? –, maman répondait toujours à côté de la plaque. Elle n'avait que ces paroles à la bouche : « Le destin d'un couple marié dépend uniquement de lui. Ton père et moi, nous t'aimons, et ça ne changera jamais. » Au début, elle prononçait ces paroles avec une grande tristesse, puis, le temps passant, avec de l'agacement. Le jour où sa voix devint tranchante, je cessai de l'interroger.

HAMILTON BRISEUR DE MÉNAGE ! assénaient les blogs sportifs. CHÉRI, JE PRENDRAIS BIEN TA FEMME ! Je trouvais bizarre ce ton léger pour dénoncer une vérité immonde. Le basket, qui avait inspiré mon prénom, avait désormais vampirisé ma vie. Ça me donnait une impression de vertige : j'avais adoré un film dont je connaissais à la perfection chaque scène, chaque ressort dramatique, et, tout à coup, je me retrouvais dedans. Le malheur, c'est que ce n'était ni une comédie romantique ni un film comique, mais un film d'horreur.

Oui, tout le monde en parlait : les voisins, les chroniqueurs sportifs et les gens de mon lycée. Si ça se trouve, ils en parlaient encore, trois ans et deux petits Hamilton (des jumeaux) plus tard. Encore heureux, je n'étais plus là pour les entendre. J'avais laissé ces gens et ma vie derrière moi, avec la Mclean de mes 15 ans, le jour où papa et moi on avait attaché une remorque à notre vieille Land Rover et pris la route pour Montford Falls. Puis Petree. Et Westcott. Pour arriver à Lakeview.

Ça me sauta aux yeux dès qu'on s'engagea dans la courette de notre nouvelle maison. *Ça*, ce n'était pas la peinture blanche proprette, les cadres vert émeraude des portes et des fenêtres, ou la marquise, grande et si accueillante. Ce n'était pas non plus les maisons bâties sur le même modèle que la nôtre qui l'encadraient à droite et à gauche. La première avait une belle pelouse bien entretenue et une petite allée privative bordée d'arbustes. De nombreuses voitures étaient rangées dans la cour de la deuxième, par ailleurs jonchée de gobelets en plastique rouge qui roulaient partout. Je ne voyais que *ça*, tout au bout, qui semblait nous attendre et nous souhaiter, personnellement s'il vous plaît, la bienvenue.
On se gara juste en dessous, mais aucun de nous ne se risqua à faire le moindre commentaire. Une fois que papa eut coupé le moteur, on se pencha en même temps pour regarder, à travers le pare-brise, le panier de basket-ball. La vie est drôle, parfois.
On l'a observé pendant un bon moment, jusqu'à ce que papa, qui s'était figé main sur la clé, prêt à redémarrer, la retire.
— Bon, on décharge ? dit-il en ouvrant sa portière.
Je l'imitai. Au moment où j'ai monté les escaliers avec ma valise, j'ai eu l'impression que le panier de basket était doté d'yeux qui me suivaient.
Notre nouveau logement était petit, genre maison de poupée, mais super bien aménagé. De plus, il avait été rénové récemment. Le mobilier de la cuisine sem-

blait neuf. Les murs étaient nickel, lisses et sans une trace de punaise ou de clou. Je laissai papa continuer de décharger pour faire un repérage des lieux. Génial, la maison était câblée avec le réseau sans fil SDM. J'avais aussi ma propre salle de bains : génialissime. De plus, à vue de nez, on n'était pas loin du centre-ville : je serais donc moins dépendante des transports en commun, pas comme à Westcott. Panier de basket mis à part, ça me plaisait bien, ici ! J'avais plutôt la pêche ; enfin, jusqu'à ce que je sorte dans la véranda de derrière et découvre un type installé sur des coussins de sièges de jardin.

J'ai poussé un cri de frayeur aigu et so girly que je serais morte de honte si je n'avais pas été aussi surprise. Le type sur les coussins a lui aussi été étonné, vu son bond de grenouille. Je reculai, terrorisée, et claquai la porte aussi sec. Tandis que je tournais la clé dans la serrure, le cœur battant violemment, je constatai qu'il portait un jean, une chemise en flanelle délavée et des Adidas pourries aux pieds. Il lisait un bouquin épais comme un dictionnaire, au moment où j'avais fait irruption.

Le mec se redressa et posa son livre. Puis il passa la main dans ses longs cheveux noirs, épais, bouclés et plutôt ébouriffés, prit sa veste, qu'il avait roulée en boule sous sa tête, et la secoua. C'était une veste en velours côtelé délavée, avec une espèce de blason devant. Je restai immobile tandis qu'il l'enfilait, tranquille, avant de se lever et de prendre son manuel de je ne sais quoi. Enfin, il se retourna et croisa mon regard.

« Désolé », lus-je sur ses lèvres.

Dans le vestibule mon père m'appela.

— Mclean !

Sa voix résonnait dans le couloir vide.

— J'ai ton ordinateur portable. Tu veux que je le mette dans ta chambre ?

Je restai plantée comme une bûche, pétrifiée, le regard fixé sur l'intrus. Il avait les yeux bleus, il était pâlot comme tout le monde l'est en hiver, mais il avait de belles couleurs aux joues. Je me demandais toujours si je devais hurler et appeler à l'aide quand il m'adressa un petit salut comique en levant l'index et le majeur à sa tempe. Là-dessus, il me tourna le dos pour ouvrir la porte moustiquaire qui donnait sur le jardin. Il traversa notre terrasse, toujours tranquille, passa sous le panier de basket et franchit la haie qui séparait notre jardin de celui de la maison voisine avec une étonnante agilité. La porte de la cuisine s'ouvrit au moment où il en montait les escaliers. Aussitôt, il se raidit, comme s'il se préparait au pire, puis disparut à l'intérieur.

— Mclean ? appela de nouveau papa qui se rapprochait à grands pas.

À ma vue, il leva la sacoche où se trouvait mon ordinateur.

— Alors ? Tu veux que je le mette où ?

Je regardai une dernière fois la maison, où le mec venait d'entrer. Il avait un problème ou quoi ? Personne ne squatte une maison *a priori* déserte et voisine de la sienne, sauf s'il se sent mal chez lui.

— Merci. Pose-le où tu veux, dis-je à papa en me retournant.

Chapitre 2

Quand vous dites aux gens que votre père est chef cuisinier, ils pensent qu'il est aussi le cuistot à la maison. Dans les autres familles, c'est peut-être le cas, mais pas chez nous. Papa passait des heures dans les cuisines de son restaurant à préparer les plats du menu ou à surveiller sa brigade, en conséquence de quoi il n'avait pas du tout envie de se remettre aux fourneaux une fois chez lui.

Voilà pourquoi maman faisait appel à son inspiration culinaire, qui était loin d'être orientée gastronomie et grande cuisine. Si papa savait vous préparer une béchamel en un tournemain et à la perfection, maman n'avait qu'une religion et un seul credo : les soupes Campbell condensées « Crème de ». Crème de poulet sur des blancs de poulet, Crème de brocoli sur des pommes de terre rissolées, et enfin, son best of, la Crème de champignons sur tout ce que vous voulez !

Si maman se sentait d'humeur créative, elle saupoudrait ses mixtures à la « Crème de » de miettes de chips : c'était ce qu'elle appelait une « garniture ». Chez nous, on mangeait des légumes en conserve, du parmesan déjà râpé fin et conditionné, des blancs de poulet surgelés, que maman décongelait en deux temps trois mouvements au four à micro-ondes. Et en fait, c'était super bon. Les rares fois où papa était à la maison et se laissait convaincre de cuisiner, il organisait une méga-soirée barbecue. Il retournait des darnes de saumon ou de gros T-bone steaks entre quelques dribbles et lay-up : dans notre cour, on avait en effet un panneau de basket mural, tellement recouvert d'autocollants de Defriese qu'on ne le voyait même plus. Pendant ce temps-là, à la cuisine, maman ouvrait un sachet de salade, disposait quelques croutons en sachet dessus et arrosait l'ensemble de vinaigrette en flacon. Un contraste bizarre ? Même pas !

Le jour où le mariage de mes parents implosa, j'eus l'impression que le ciel me tombait sur la tête. Je pensais depuis le début de ma vie que mes parents symbolisaient la Big Love Story à l'américaine. C'est terriblement naïf, je sais, mais c'est comme ça... Maman venait d'une famille très riche du sud des États-Unis, où les filles étaient toutes des reines de beauté. Papa était l'unique enfant, de surcroît tardif, d'un mécanicien et d'une institutrice. On n'aurait pas pu trouver plus différents. Comme toute jeune fille de la haute société qui se respecte, maman avait fait son entrée dans le monde en assistant au bal des débutantes, et elle avait pris, pour de vrai, des cours de bonnes manières et de savoir-vivre. Papa s'essuyait la bouche du revers de la manche et ne possédait pas un seul costume potable. Mais entre eux deux ça a marché, jusqu'à ce que maman décide de passer à autre chose. D'un coup, c'est notre vie à tous qui a été bouleversée.

Quand maman lâcha papa pour Peter, je refusai d'y croire, malgré l'amas de résidus façon déchets radioactifs qui me polluaient la vie : ricanements dans les couloirs du lycée, déménagement de maman chez Peter et visage affreusement tiré de papa. J'évoluais dans un tel brouillard que je ne songeai même pas à protester lorsqu'il fut décidé que je passerais la semaine avec maman à la « Casa Hamilton », et le week-end avec papa, dans notre ancienne maison de Tyler. Ça m'était bien égal : à l'époque, j'étais devenue un zombie.

Peter Hamilton habitait un quartier super chic, The Range, non loin d'un lac. Pour y accéder, il fallait franchir portail et guérite. Il y avait même une entrée séparée, destinée aux jardiniers, réparateurs, bref, au petit personnel, pour épargner la vue des représentants des classes inférieures aux habitants des lieux. Toutes les maisons ressemblaient à de minichâteaux. Chez Peter, le vestibule était si grand que les conversations montaient au plafond, comme des chœurs dans une cathédrale, ce qui vous laissait finalement sans voix. Il y avait aussi une salle de jeux avec un pinball de Defriese (un cadeau de bienvenue du Booster club, qui soutenait moralement et financièrement l'équipe de basket universitaire), et une piscine avec le blason de Defriese peint à l'endroit le plus profond (petit hommage de l'entrepreneur, grand fan de la DB). S'il y avait bien une personne qui aurait adoré, c'était mon père. Or, le lui décrire, ç'aurait été l'insulter. Ce paradoxe me frappait chaque fois que j'y pensais.

Côté bouffe, Peter Hamilton ne cuisinait jamais. Maman non plus. Ils avaient une cuisinière, une certaine miss Jane, à vos ordres pour satisfaire vos petites faims, même quand vous n'aviez pas faim, d'ailleurs. Une collation « santé » joliment présentée m'attendait donc chaque jour après le lycée. Un dîner équilibré, avec des protéines, des légumes, des féculents et des fruits, était servi à 18 heures précises les jours où il n'y avait pas match.

Les plats à base de Crème de ceci ou cela et les miettes de chips en guise de garniture me manquaient autant que mon ancienne vie. Mon Dieu, j'aurais tant aimé que tout redevienne comme avant... Mais j'ai compris que c'était fini pour toujours quand maman m'a appris qu'elle était enceinte des jumeaux. L'annonce de leur prochaine naissance fut comme une douche glacée qui me fit revenir de l'univers des zombies sur la terre ferme.

Lors de la séparation, maman m'avait caché qu'elle était enceinte, mais j'avais fait le calcul – ça m'avait dégoûtée. Conclusion : non seulement maman savait qu'elle était enceinte à ce moment-là, mais c'est précisément pour cette raison qu'elle avait craché le morceau à papa sur son histoire avec Peter.

Je me croyais blindée après le défilé incessant de mauvais scoops – on se sépare, tu vas habiter ailleurs pendant la semaine, ah ! et puis, au fait, le restaurant ferme. Eh bien, je m'étais plantée : l'annonce de la grossesse fut le coup de grâce. Non seulement j'avais un beau-père et une nouvelle baraque, mais j'avais aussi une néo-famille. Ça n'avait pas suffi à maman de bousiller la nôtre, si précieuse, il avait fallu qu'elle la remplace.

Mes parents se séparèrent au mois d'avril. J'appris que j'avais une demi-sœur et un demi-frère en route au cours de l'été et papa décida de vendre le *Mariposa* pour devenir consultant culinaire dans la foulée. Le gérant de la EAT INC, un de ses vieux potes d'université, lui aussi joueur et fan de basket, essayait de le débaucher depuis déjà un bon bout de temps. Subitement, son offre répondait en tout point aux aspirations de papa, c'est-à-dire virage à cent quatre-vingts degrés. Papa accepta et décida de commencer son périple dès le début de l'automne. Il promit de revenir me voir le plus souvent possible. Quant à moi, disait-il, je n'aurais qu'à sauter dans un avion pour venir passer les grandes et les petites vacances avec lui. L'idée que je crève d'envie de tailler la route à ses côtés ne l'effleura pas une seconde. Pas plus que l'idée que je n'aie pas envie de m'installer chez Peter à plein temps n'effleura maman. J'en avais marre que les parents, ma mère surtout, décident de ma vie à ma place. Elle pouvait vivre son nouveau bonheur avec son nouveau mari et ses nouveaux enfants sans moi, parce que moi, je voulais suivre papa !

Mon souhait créa un drame. Les avocats durent intervenir, des confrontations furent organisées. Le départ de papa fut retardé de quelques semaines, puis de deux mois, tandis que moi, je passais des heures autour d'une table dans tel ou tel bureau, ou cabinet. À l'époque, maman était enceinte jusqu'au cou, et, les yeux rougis par les larmes, elle me regardait comme si je l'avais trahie, ce qui m'aurait fait mourir de rire si ça n'avait pas été le comble de l'hypocrisie ! Papa restait calme face à maman et à son avocat qui s'assuraient, pour la énième fois, que c'était moi qui avais décidé de le suivre, et pas lui qui m'y forçait. La greffière, rouge comme une tomate, dévorait des yeux (en douce, croyait-elle) Peter Hamilton assis à côté de maman. Il avait cette expression très grave qu'il réservait en général aux doubles prolongations, au moment où il ne restait que quelques secondes avant la fin de jeu et plus de temps mort.

Après environ quatre mois de tractations, il fut décidé, surprise surprise !, que j'étais assez grande pour choisir. Maman était verte, parce qu'elle n'imprimait pas la notion de « désir d'autrui ». Plutôt, elle s'en fichait bien.

Jusqu'au départ avec papa, mes relations avec maman furent, hum... comment dire, tiédasses. Selon le principe de la résidence alternée, je devais passer l'été et les vacances scolaires chez elle, ce qui ne m'enchantait pas, car c'était imposé par la justice. Chaque fois que j'allais chez maman, la même évidence me frappait : elle voulait faire table rase du passé. J'étais désormais censée m'acclimater tout en douceur à son nouveau petit monde, sans jamais évoquer « l'avant ». Ça ne me gênait pas de changer de vie ou d'univers si moi je le décidais, mais sous sa contrainte, ça non, jamais !

Maman m'a manqué au cours des deux années que j'ai passées de ville en ville avec papa. Les premiers jours suivant notre installation, il m'arrivait de ressentir de la nostalgie, mais ce n'était pas de notre ancienne maison, de mes amis ou encore de maman et de tout ce qu'elle représentait. C'était plutôt des petites choses. Son parfum, par exemple. Ses étreintes possessives. Notre incroyable ressemblance qui me rassurait d'un seul regard. Puis la réalité revenait me frapper : seule me manquait maman telle que je l'avais imaginée. Une personne qui adorait sa famille et jamais ne l'aurait brisée. Une maman qui aimait tellement l'océan qu'elle pouvait, sur un coup de tête, boucler nos sacs pour mettre le cap sur la plage, quel que soit le temps, quelle que soit la saison et sans même savoir si on avait les moyens de se payer une chambre au *Poséidon* – l'affreux motel avec vue sur la mer où on aimait descendre. Une maman installée à l'extrémité du bar du *Mariposa*, et qui, lunettes sur le nez, passait les factures au crible dans le calme suivant le coup de feu de midi et précédant celui du soir. Cette maman-là cousait aussi de vieux carrés de tissu, le soir au coin du feu, pour créer des couvertures en patchwork qui vous donnaient l'impression de dormir sous vos souvenirs. Il n'y avait pas que moi qui étais partie, ma maman d'avant aussi.

Je ne pensais pas à maman lors de mon premier jour de classe dans un nouveau lycée, d'un Noël loin d'elle, ou lorsque je la voyais à la télévision (parce que je n'avais pas été assez rapide pour changer de chaîne) pendant un match de basket, au moment où les caméras glissaient sur elle. Étrangement, je songeais surtout à maman lorsque je préparais mon dîner. Quand, dans une cuisine encore inconnue, je saisissais un blanc de poulet à la poêle, ajoutais du poivre vert à une Crème de, ouvrais une Crème de soupe au poulet et un paquet de chips, en espérant créer quelque chose à partir du néant.

Lorsque papa arrivait dans un nouveau restaurant, il y avait toujours un emmerdeur qui lui résistait, prenait ses remarques et critiques de travers, et refusait systématiquement les changements. Parfois, l'empêcheur de tourner en rond réussissait même à monter toute la brigade contre lui. Au *Luna Blu*, ce fut Opal qui endossa le rôle du casse-pieds de service.

Opal était la directrice du *Luna Blu*. C'était la grande brune avec les tatouages qui nous avait envoyé une serveuse, la veille. Le lendemain, quand je revins dîner en début de soirée, Opal avait le look pin-up vintage avec coques façon rockabilly et rouge à lèvres carmin vif. Elle portait un jean slim et un petit pull rose dragée duveteux garni de boutons de nacre. Elle me servit mon Coca avec un air agréable, et me sourit gracieusement au moment de prendre ma commande. Ensuite papa et elle s'installèrent au bar pour discuter, et je compris que papa avait du souci à se faire.

— C'est une idée exécrable ! commença Opal. Je vous préviens, les clients vont se révolter : ils sont fous de nos petits pains au romarin !

— Les habitués, oui, répliqua papa, mais vous n'en avez guère. Ces petits pains offerts comme mise en bouche ne sont une solution ni judicieuse ni rentable. Il faut des clients qui commandent davantage de plats de résistance et de boissons, pas des clients qui remplissent le restaurant uniquement pour dévorer des petits pains au romarin gratuits.

— Sauf que ces petits pains ont leur raison d'être ! insista Opal d'un ton sans réplique. Ils ouvrent l'appétit, et les gens sont ensuite si affamés qu'ils commandent et mangent comme quatre.

— Les clients d'hier, qui buvaient de la bière premier prix et dévoraient leurs petits pains au romarin et rien d'autre, ils seraient donc une exception ? insinua papa.

— Il n'y avait que deux personnes au bar, hier soir ! protesta Opal.

— Justement, souligna papa.

Opal était rouge d'énervement. Elle était coincée. Elle avait le mauvais rôle, la pauvre : la brigade la regarderait de travers quand elle lui présenterait l'expert façon tueur chargé de faire le ménage dans le restau et de dégraisser le personnel. L'établissement perdait de l'argent ? Il avait la pire réputation/cuisine/toilettes de toute la ville ? N'importe quelle amélioration lui serait profitable ? Rien à battre !

Les premiers temps, le personnel de service et la brigade de cuisine se plaignaient, mais, en général, c'est l'équipe de la direction qui criait le plus fort. C'est pourquoi la EAT INC la virait avant l'arrivée de papa sur les lieux. Pour une raison incompréhensible, la EAT INC s'en était abstenue, cette fois, ce qui rendait la situation plus difficile à gérer.

— D'accord, reprit Opal d'un ton égal et maîtrisé. Supposons qu'on renonce aux petits pains au romarin... que proposez-vous ? Des bretzels ? Des cacahouètes ? Les clients pourront jeter les coques par terre, ce qui créera cette fameuse ambiance qui, selon vous, semble cruellement manquer.

— Ah mais pas du tout, répliqua papa en souriant. Je pense à des concombres à l'aneth frits[1].
Opal le regarda sans comprendre.
— Des concombres à l'aneth frits ?
Papa ouvrit son menu. Ce matin-là, je l'avais vu sur la table de notre cuisine : annoté et biffé au feutre noir, tellement gribouillé, au bout du compte, qu'il ressemblait à l'une de mes dissertes corrigée par M. Reid-Barbour, un prof de mon précédent lycée (le pire que j'aie jamais eu) avec qui j'étais en anglais avancé. Bref, j'avais cru comprendre que quelques entrées et desserts étaient menacés de disparition.
Papa glissa ledit menu sous le nez d'Opal, qui ouvrit aussitôt de grands yeux. Elle avait l'air tellement consternée que je n'osai plus la regarder. Je repris donc le journal que j'avais dégoté derrière le bar et continuai mon sudoku.
— Oh ! mon Dieu, s'exclama-t-elle à voix basse. Vous allez tout chambouler, n'est-ce pas ?
— Non.
— Mais vous avez éliminé tous les plats à base de viande !
Nouvelle exclamation.
— Et les entrées ! Il n'y en a plus une seule !
— Ah mais si : il reste les cornichons frits, expliqua papa, très calme.
Opal scruta mieux le menu.
— Personne n'en commande jamais !
— Eh bien, c'est très regrettable. Parce que c'est

---

1. Amuse-gueule typique du sud des États-Unis. (*N.d.T.*)

excellent. Et peu coûteux. Parfait pour la mise en bouche.

— Vous voulez servir des concombres à l'aneth frits aux clients, mais vous oubliez que nous sommes un restaurant italien.

— Ce qui me conduit à ma question suivante, enchaîna papa en feuilletant le menu. Si vous servez du guacamole, des tacos et des fajitas, pourquoi pas des concombres frits ?

Opal plissa les yeux.

— Vous savez sans doute que les précédents propriétaires avaient un restaurant mexicain qui marchait très bien. Les nouveaux ont changé le menu, mais ils ont trouvé logique de garder les plats qui avaient fait sa réputation.

— Je comprends bien, déclara papa, mais l'ILAR ne le sait pas forcément.

— L'hilare ?

— L'Individu LAmbda de la Rue. Le client générique, si vous préférez. Le passant qui parcourt les menus au hasard des rues parce qu'il cherche un bon restaurant.

Papa toussa pour s'éclaircir la voix.

— J'aimerais que vous compreniez une chose, Opal : cet établissement traverse une grave crise d'identité. Vous ne savez plus qui vous êtes, et mon job, c'est de vous aider à vous y retrouver.

De nouveau, Opal le regarda sans comprendre.

— En virant tout ?

— Non, pas tout, expliqua papa qui feuilletait toujours le menu. Souvenez-vous de mon concept-clé : les concombres à l'aneth frits.

Ça ressemblait à une exécution en règle... Papa était complètement épuisé quand il me rejoignit après cette première session de travail. Ce n'était pas la première fois qu'il affrontait une pareille épreuve de force. Quant à Opal, elle disparut dans la cuisine en claquant bruyamment la porte derrière elle. Un moment plus tard, on entendit un énorme fracas, suivi d'un flot d'injures.

— Bon, ça s'est bien passé, conclut papa en se juchant sur le tabouret de bar à côté du mien.

Je souris, puis fis glisser mon assiette devant lui pour qu'il pioche dans les chips, le taco et la salsa que j'avais laissés.

— Opal aime ses petits pains au romarin, dis-je.

— Le problème, ce n'est pas les petits pains au romarin.

Il prit une chips, la renifla et la reposa.

— Elle nous fait un *muddle run*. Rien de plus.

Je levai les sourcils, un peu surprise. Depuis que l'ouragan Peter Hamilton avait soufflé dans notre vie et emporté maman et notre vie de famille sur son passage, la passion de papa pour la DB avait été réduite à zéro. Ça se conçoit. Mais papa avait été un fan pendant trop longtemps et la légendaire équipe et son lexique avaient tant et si bien fait partie de son existence qu'il n'avait pas encore réussi à en expurger entièrement son vocabulaire. Par *muddle run*, papa évoquait le geste technique le plus célèbre de Mclean Rich : il s'agissait grosso modo d'une « course à l'embrouille ». Pour faire simple, c'était une feinte offensive destinée à provoquer le déséquilibre de la défense : elle semait le doute dans l'esprit de l'adversaire et détournait son attention. Papa utilisait cette expression quand il avait le sentiment qu'on essayait de l'embrouiller pour mieux prendre l'avantage. Évidemment, je ne fis aucun commentaire.

— Opal s'y fera. Tu sais bien que la première réunion est toujours la plus difficile.

— Oui, c'est vrai.

Papa se passa une main dans les cheveux. Une mèche retomba sur son front. Il avait toujours porté ses cheveux longs et un peu en désordre, ce qui lui donnait l'air plus jeune. Le divorce lui avait pourtant fichu un sacré coup : il avait désormais des petites rides au coin des yeux. Il avait pourtant gardé son look bohème jeune, qui lui garantissait facilement une petite amie, donc une éventuelle future belle-mère, partout où on se fixait.

— Bon, lui dis-je. Prêt à entendre les dernières nouvelles ?

Papa se détendit et soupira. Puis il frappa dans ses mains, les fit tourner en moulinet, comme s'il remettait un compteur à zéro.

— Prêt. Vas-y : annonce la couleur.

Je sortis ma liste de ma poche et la dépliai sur le comptoir.

— Tout marche impec, sauf qu'on n'a pas toutes les chaînes câblées, mais ça sera réglé demain. La collecte des ordures recyclables a lieu le jeudi, sinon les éboueurs passent le mardi. Je peux m'inscrire au lycée lundi matin, il faut juste que je prenne mes bulletins et que je m'y pointe aux aurores.

— Où se trouve le lycée ?

— À une petite dizaine de kilomètres. Mais le bus de ville passe à un bloc de chez nous.
— Super. Et pour les courses ?
— J'ai trouvé un Park Mart, et j'ai fait le plein ce matin. Le grille-pain était naze, j'en ai donc acheté un. Et puis j'ai fait faire des doubles des clés.
— Tu as croisé des voisins ?
Je repensai au squatteur dans notre véranda. Ce n'était pas une prise de contact dans les règles de l'art, je hochai donc la tête négativement.
— Non, mais je pense que ce sont des profs qui habitent dans la maison de gauche. Dans celle de droite, ce sont des étudiants. J'ai entendu jouer de la basse, l'autre nuit.
— Moi aussi, déclara papa, se frottant le visage. De toute façon, je ne dormais pas.
Je regardai le menu annoté à mort.
— Alors c'est parti pour les cornichons ?
— Tu en as mangé hier, et ils étaient bon, non ?
— Meilleurs que ces tacos, je dois dire. Je te jure, ils se sont désintégrés entre mes doigts !
Papa prit ma fourchette et se servit dans mon assiette. Il mâcha, impassible.
— La viande n'a pas sué assez longtemps. C'est la principale condition pour réussir un bon taco. De plus, il y a trop de coriandre dans la *salsa*.
— Mais ces tacos ont leurs aficionados..., lui rappelai-je.
Papa secoua la tête.
— Qui suivent de près les amateurs de petits pains au romarin.
— *Viva la revolución !* dis-je pour le faire rire.

Ça a marché. Presque.

Un autre « bang » et des « clac-clac-clac » résonnèrent dans la cuisine. Papa soupira.

— Il est temps que j'aille à la rencontre de ma brigade, dit-il, l'air peu enthousiaste. Ça ne t'ennuie pas de rentrer seule à la maison ?

— Pas de problème. J'ai un tas de trucs à faire.

— Appelle, ou passe, si tu te sens trop seule. Je te promets de ne pas rentrer trop tard.

J'acquiesçai, yeux fermés, tandis qu'il m'embrassait sur le front et passait derrière moi en m'ébouriffant les cheveux. Papa s'éloigna, le pas lent et les épaules tendues. Je le suivis des yeux, sentant mon cœur se remplir de tendresse et du besoin de le protéger. C'était devenu ma seconde nature, depuis le divorce. Il existe sans doute un mot pour définir cette attitude, une espèce de codépendance : une fille qui agit comme une épouse une fois que l'épouse s'est tirée. Mais qu'est-ce que j'étais censée faire d'autre ? Papa et moi on se soutenait. On était solidaires.

Je savais qu'il n'avait pas besoin de moi pour se débrouiller. Je savais aussi que j'aurais beau me démener, je ne trouverais jamais la solution miracle à ses problèmes. C'est certainement pour cette raison que je gérais au maximum notre quotidien : notre installation dans notre nouveau chez-nous, la prise en charge des détails, l'aménagement et le maintien de notre gentil désordre à un cran en dessous du méga-désordre. Je ne pouvais pas recoller les morceaux de son cœur brisé ni le réconcilier avec la DB, mais je pouvais acheter un nouveau grille-pain, m'assurer qu'il y avait assez de savon ou de serviettes en papier, et même tomber d'accord avec lui sur le bien-fondé des cornichons à l'aneth frits. Pour ça, oui, je pouvais assurer.

J'assurais d'autant plus que c'était sans doute mon dernier déménagement avec papa. J'entamais en effet mon deuxième semestre de terminale, et j'avais déjà envoyé mes dossiers de candidature dans différentes universités (les constituer avait été un sacré défi : j'avais fréquenté tant de lycées et accumulé tant de bulletins scolaires, au cours des dernières années). À la rentrée suivante, comme aux deux précédentes, je serais de nouveau ailleurs. Où ? Je n'en avais aucune idée pour l'instant, mais une chose était sûre : je ne serais plus en binôme avec papa. Cela me rendait si triste que j'étais prête à tout pour l'aider et le soutenir, pour compenser ma prochaine absence dans sa vie, effective dès cet automne.

Je payai ma note (c'était l'une des règles de papa : jamais de favoritisme), puis je rentrai dans notre nouvelle maison. C'était bien, parce qu'on habitait à deux pas du *Luna Blu*.

On était au début de janvier. C'était une journée d'hiver typique, avec un bon froid sec et cette lumière de fin d'après-midi qui décline si vite qu'on a l'impression que la nuit va vous engloutir d'un coup. Je coupais par la ruelle derrière le *Luna Blu* lorsque j'aperçus Opal. Elle était assise sur une caisse à lait, devant l'entrée des cuisines, et me tournait le dos. Elle parlait à un mec en jean et tablier qui fumait une cigarette.

— Moi je te le dis, il faut un sacré toupet pour se pointer en se proclamant expert de ceci-cela ! Et puis, je te jure, c'est le genre tombeur de nanas qui le regardent avec des yeux de merlan frit et qui disent amen à ses moindres paroles, même si c'est une déclaration de guerre en règle. C'est un narcissique fini ! Non mais, tu as vu sa dégaine, avec ses cheveux longs ? Imagine : à son âge, il est infoutu d'avoir une coupe correcte !

L'homme qui fumait, grand et mince avec une pomme d'Adam proéminente, éclata de rire, et, à mon approche, il m'adressa un petit signe amical.

Opal se détourna, riant elle aussi. Mais quand elle me reconnut, elle ouvrit de grands yeux et bondit de sa caisse à lait.

— Salut... Heu... je ne savais pas... Tu as bien mangé, ce soir ? C'était bon ?

Je hochai la tête, enfonçai mes mains dans mes poches et continuai. Deux secondes plus tard, même pas, j'entendis courir derrière moi.

— Attends ! appela Opal.

Je stoppai et fis volte-face. De près, je me rendis compte qu'Opal était plus âgée que je ne l'avais pensé : la trentaine plus que la vingtaine. Elle était toute rouge. À cause du froid ? De la gêne ?

— Écoute, je relâchais seulement la pression... Ça n'a rien de personnel.

— Laisse tomber. Ça ne me concerne pas.

Opal me dévisagea et croisa les bras.

— C'est à cause...

Elle se tut, et prit une inspiration avant de se jeter à l'eau.

— Tu sais, c'est l'horreur quand tout à coup, on critique ce que tu fais et dis. D'accord, ce n'est pas une excuse, mais enfin... Bon, j'apprécierais si tu ne... Tu vois ce que je veux dire ?

— Tu peux compter sur moi.

Opal opina lentement.

— Merci.

Je repartis, baissant la tête pour me protéger du vent glacé. Je n'avais pas fait deux pas que sa voix s'éleva de nouveau derrière moi.

— Dis, je n'ai pas bien entendu ton prénom tout à l'heure. Tu peux me le rappeler ?

Je ne choisissais jamais le moment de décliner mon prénom : l'occasion s'imposait d'elle-même lorsque la conjonction était idéale.

— Liz, répondis-je sans me retourner.

Liz. Trois petites lettres. Ça me plaisait.

— Liz, répéta-t-elle. Ravie de faire ta connaissance !

Une fois à la maison, je déballai ma valise, finis de ranger les courses et changeai de place notre canapé. Puis je me ravisai et le remis où on l'avait installé la veille. Je m'y assis pour tester s'il était au bon endroit, et j'allumai mon ordi.

La page d'accueil de mon moteur de recherche s'ouvrait sur Ume.com avec le profil de Beth Sweet. Tout en haut se trouvait une petite photo de moi, sur la plage. En arrière-plan, on distinguait, dans le flou, notre bungalow rose et vert. Mes activités (annuaire scolaire annuel, volontariat, conseil des élèves) et mes centres d'intérêt (voyages, lecture, loisirs avec les amis) étaient aussi affichés. Ma liste d'amis se trouvait juste en dessous : cent quarante-deux photos de visages que je ne reverrais peut-être jamais. Je fis défiler l'espace de commentaires. J'en avais de nouveaux.

    Tu nous manques déjà, beauté ! Trop chiante, la dernière réunion sans toi.

    Beth ? Misty m'a dit que tu avais déménagé. Si vite. J'espère que tu es OK ? Appelle !

    Te revoir un jour ?

Le nez sur l'écran, je lus et relus ces derniers mots. Puis je cliquai malgré moi et j'accédai à la page Ume.com de Michael.

Sur la photo de son profil, il était assis sur la digue, dans son costume de plongée. Ses cheveux humides dégoulinaient dans son dos. Il ne regardait pas l'objectif, mais l'océan à sa droite. Ça m'a fait drôle de le revoir. Comme un petit pincement dans le ventre. On ne se connaissait que depuis deux mois. On s'était rencontrés sur la plage, un matin : je me baladais et il faisait du surf. Pendant des semaines, j'avais passé la demi-heure de 6 h 45 à 7 h 15 à travailler à… ben rien du tout… parce qu'il ne s'était jamais rien passé, entre nous deux.

Mais Michael avait raison : j'étais partie sans dire au revoir. C'était plus facile de décamper sans prévenir et de m'épargner des mélos. Mes doigts glissèrent sur le pavé tactile de mon ordi. Je fis descendre le curseur le long de sa section de commentaires pour lui en laisser un, avant de me raviser. À quoi bon ? C'était trop tard.

Depuis le divorce, je n'avais pas envie de m'attacher sur le long terme. Dans mon ancienne vie, j'avais beaucoup d'amis, que je connaissais pour la plupart depuis l'école primaire, des filles avec qui je jouais au soccer et qui était restées mes copines, au collège. J'avais eu deux petits amis, et beaucoup de chagrins d'amour secrets. Jusqu'au divorce, j'étais une fille normale avec une existence normale.

Du jour au lendemain, je n'avais plus appartenu à aucun groupe, j'étais devenue un électron libre : personne n'avait un coach pour beau-père, et un scandale à domicile avec, en prime, un petit frère et une petite sœur en route. Notre vie privée était désormais publique, c'était cauchemardesque. Mes amis voulaient me soutenir, mais je n'avais pas la force de leur expliquer ce que je ressentais. J'avais donc pris mes distances, avec tout le monde sans exception. C'est seulement en arrivant à Petree que j'ai compris que j'avais changé bien avant notre départ de Tyler : en me coupant de mes amis et de ma ville natale, j'avais commencé à me transformer en une autre. À Petree, où j'étais inconnue, je pouvais achever la métamorphose et devenir n'importe quelle autre.

Vie de bohème oblige, j'étais à bonne école pour gérer avec grande classe mes relations temporaires. Sachant qu'on ne resterait jamais longtemps au même endroit, je gardais soigneusement mes distances et j'investissais un minimum de sentiments. Pour résumer, je me liais facilement, je ne prenais jamais parti et je choisissais des mecs avec qui je concrétisais (sur le court terme) ou pas (du tout). En général, mes plus belles relations commençaient au moment où j'apprenais qu'on allait de nouveau déménager, donc je lâchais complètement prise. Quoi qu'il arrive, ça m'était totalement égal puisque je levais bientôt le camp. Voilà pourquoi, un peu avant de déménager à Lakeview, j'avais commencé à traîner avec Michael, qui était plus âgé que moi, qui avait déjà fini le lycée et avec qui rien n'était possible.

Je revins sur la page d'accueil de Beth Sweet, la désactivai et me déconnectai. RENDEZ-VOUS SUR LA PAGE D'ACCUEIL DE UME ! CONNECTE-TOI ! INSCRIS-TOI !

Je venais de remplir le formulaire avec mon adresse électronique et le nom de Liz Sweet lorsque mon ordinateur bipa, et que la webcam s'activa. « Oh, merde ! » pensai-je aussitôt en posant mon ordi sur la table basse pour prendre la fuite dans la cuisine. HiThere, l'application pour chatter en vidéo, avait été configurée pour s'activer au démarrage de mon ordi. J'avais beau faire, je n'arrivais pas à modifier les paramètres. Cela n'aurait pas dû me gêner, parce que je ne m'en servais jamais, mais je connaissais quelqu'un qui ne s'en privait pas.

— Mclean ?

Une pause. De la friture.

— Chérie ? C'est maman ! Tu es là, chérie ?

Je m'adossai au réfrigérateur et fermai les yeux tandis que la voix implorante de maman s'élevait dans la maison déserte. Le chat vidéo, c'était son dernier recours pour me pister et me débusquer puisque j'ignorais ses messages et ses e-mails.

— Bon..., reprit maman.

Si j'avais été devant mon écran d'ordi, je l'aurais sûrement vue se tordre le cou dans l'espoir de m'apercevoir dans le salon inconnu d'une énième maison inconnue.

— J'imagine que tu n'es pas à la maison... Comme j'avais un moment de libre, je voulais en profiter pour te faire un petit bonjour ! Tu me manques, chérie... De plus, je pensais à tes dossiers de candidature pour l'année prochaine : je voulais savoir si tu avais des nouvelles. Si tu étais admise à Defriese, nous pourrions...

Son monologue fut interrompu par un piaillement, puis un autre. J'entendis babiller et chuchoter.

— Oui, Connor, c'est d'accord, tu peux t'asseoir devant mon ordinateur, mais attention ! poursuivit maman. Qu'est-ce que tu dis, mon cœur ?

Bruissements.

— Madison, ma puce, regarde bien la caméra. Oui, là ! Dis bonjour à Mclean. Coucou, bonjour, grande sœur... Oh, non-non-non, Connor ! Donne-moi ce stylo ! Ah, tous les deux, vous êtes vraiment...

Je m'arrachai au frigo et sortis. Dehors, il faisait froid, le ciel était limpide. Je restai immobile et fixai le panier de basket.

De la terrasse, j'avais une vue partielle sur la salle à manger de nos voisins de gauche. Une femme aux cheveux courts frisés, en pull-over écossais, et portant des lunettes, était assise au bout de la table. Devant elle, une assiette vide, couverts soigneusement croisés dedans. À sa gauche se trouvait un homme, son mari sans doute : un grand maigre qui portait aussi des lunettes et buvait un verre de lait. Leurs visages étaient sérieux. Ils étaient concentrés sur une troisième personne en face d'eux dont je ne voyais que l'ombre.

Je rentrai dans la cuisine, prêtant l'oreille. Je n'entendis cette fois que le ronron du réfrigérateur, mais je m'approchai tout de même prudemment de mon ordi et le contournai pour m'assurer que je ne voyais que l'économiseur d'écran. Je repris ma place sur le canapé. Évidemment, une bulle de texte HiThere se balançait, m'annonçant que j'avais un message.

> Je voulais te faire un petit coucou. Quel dommage qu'on t'ait manquée ! Nous serons à la maison toute la soirée. Appelle et raconte-nous ta nouvelle maison. Bisous, chérie. Maman.

Maman m'envahissait. Je pouvais lui répéter toute la journée que je ne voulais pas lui parler, que j'avais besoin d'air et d'espace, ça lui était égal. Elle n'avait pas encore compris que je l'évitais parce que je lui en voulais : dans son esprit, j'étais seulement occupée.

J'éteignis mon ordi. Mon élan était coupé, je n'avais plus envie de me créer un nouveau compte Ume.com. Je me calai dans le canapé et contemplai le plafond. Un instant plus tard, j'entendis, comme la veille au soir, la basse résonner chez mes voisins de droite, les fêtards.

J'allai dans ma chambre et m'allongeai sur le lit : de là, j'avais une vue bien dégagée sur la haie de la petite maison blanche d'où venait la musique. Nombreuses voitures étaient garées devant et une nouvelle s'engageait dans la courette, en mordant largement le trottoir et en défonçant quasiment la boîte aux lettres. La portière s'ouvrit sur un costaud en caban. Il siffla entre ses deux doigts (un truc que j'avais toujours admiré, chez les garçons), puis il ouvrit le coffre tandis que deux autres sortaient et le rejoignaient à la hâte. Tous les trois montèrent les marches du perron avec un tonnelet de bière. Leur entrée fut saluée par un hurlement de joie. La porte se referma derrière eux et le volume de la musique augmenta.

Je revins dans la cuisine et regardai dans la direction du *Luna Blu*. Si j'allais rejoindre papa, comme il me l'avait proposé ? Et puis non, ça caillait trop. De plus, j'étais lessivée et je ne connaissais pas un chat dans ce restau.

Dans la maison des voisins de gauche, le couple était passé du salon-salle à manger dans la cuisine. La femme se tenait devant son évier, où son mari faisait couler de l'eau et déposait deux assiettes et des couverts. Elle parlait sans cesse de regarder vers leur jardin en secouant la tête avec ce qui semblait être du fatalisme. Pour finir, son mari posa sa main dégoulinante d'eau et de mousse de vaisselle sur son bras. Elle s'appuya contre lui, mit sa tête sur son épaule et resta immobile. Il se remit à laver la vaisselle sans qu'elle bouge.

Vie de famille d'un côté, vie de jeunes de l'autre : j'avais devant les yeux deux objets d'étude : les fêtards déchaînés dont la nuit commençait et le couple de quadras dont la soirée, au contraire, se terminait. Je revins dans le salon, orientai l'écran de mon ordinateur vers la cuisine, pour ne pas me faire piquer si maman rappelait, et m'affalai sur le canapé. Je me remis à fixer le plafond pendant un moment, distraite par le rythme régulier de la basse. Je ne sais pas pourquoi, mais c'était apaisant d'entendre toutes ces vies bruire, pour le meilleur ou pour le pire, tout autour. Je me trouvais juste au milieu, en pleine renaissance, et dans l'attente que ma vie se remette en mouvement.

Je fus réveillée par un grand bruit.
Je me redressai, clignai des yeux. Où me trouvais-je ? J'étais toujours un peu perdue, les premiers temps après un déménagement ; je ne paniquai donc pas plus que ça. Il me fallut tout de même quelques secondes pour me repérer et me remettre de mes émotions. Ensuite, je me levai pour aller aux nouvelles.
Je compris que le bruit venait du coin de notre véranda, où un pot de fleurs s'était fracassé en mille morceaux. Il y avait de la terre et des fragments de céramique partout. Le coupable, un costaud qui portait un tee-shirt de l'université et un collier de perles de mardi gras autour du cou, revenait en titubant vers la maison où la fête battait son plein, sous les rires et les applaudissements d'un petit groupe agglutiné dans la véranda.
Un grand maigre emmitouflé dans une parka me montra du doigt.
— Oh-oh ! s'exclama-t-il. Fais gaffe, Grass ! T'es repéré !
Le costaud se retourna, toujours titubant.
— Miiillle pardons ! s'écria-t-il d'une voix aimable. Je suis sûr que tu es cool, hein ?

Cool ? Comment ça, cool ? J'allais devoir chercher une pelle, un balai et un sac-poubelle et me coltiner tout le boulot pour réparer ses conneries. Je n'eus pas le temps de répondre, car une petite brune en doudoune franchissait la haie entre nos deux maisons, une bière à la main. Elle la décapsula, la tendit au costaud en lui parlant à l'oreille. Il revint vers moi et me la tendit comme un rameau de la paix.

— Pour vous, gente et belle dame, me dit-il avec une révérence tarabiscotée.

Il faillit même s'étaler.

Des rires plus bruyants s'élevèrent. Je pris la bouteille sans répondre.

— Hé, les mecs, vous voyez ? Je le savais : trop cool, la fille !

Donc j'étais cool. *A priori*. Je le suivis des yeux tandis qu'il revenait vers ses potes et louvoyait dans la foule toujours agglutinée pour rentrer. J'allais vider la bière dans les buissons – quand je pensai à la maison de gauche, avec le couple triste, et je changeai d'avis. Mes prénoms me choisissaient toujours. Ensuite, une succession de détails ébauchait et complétait la personnalité de cette néo-ado, son look et son attitude. Beth, Lizbet et Eliza ne se seraient jamais rendues à une soirée où elles ne connaissaient personne, mais Liz Sweet, ça se pourrait bien. Je rentrai donc prendre ma veste pour rejoindre les fêtards.

— Sans blague, tu vas à Jackson High ?

La blonde près du tonnelet leva les yeux au ciel en poussant un soupir maxi mélo.

— Ma pauvre ! Tu vas détester, je te jure !
— La vérité, c'est la prison ! renchérit son mec.

Il portait un tee-shirt noir et un trench, et un anneau à chaque narine, façon Ferdinand le Taureau des dessins animés de Disney.

— Pire que le goulag ! Mais avec des sonneries toutes les heures !

— Ah oui ? dis-je en buvant une petite gorgée de bière.

— Garanti !

La fille était petite et ronde, et portait – c'était complètement incongru parce qu'on était en plein hiver – une robe bain de soleil, mais avec des bottes Ugg et une énorme doudoune. Elle ajusta son décolleté pigeonnant.

— La seule façon de survivre, à Jackson, c'est d'avoir le sens de la dérision et de bons potes. Sinon tu es morte !

Je hochai la tête sans répondre. On se trouvait tous les trois dans la cuisine. J'avais abouti là après avoir fendu la foule compacte de la véranda et du salon. À en juger par la déco – stickers de l'équipe de basket de l'université sur le frigo, panneaux de circulation volés et accrochés aux murs –, les habitants des lieux étaient des étudiants ; pourtant, la plupart des participants à la fête avaient mon âge. La cuisine était quasi vide, mis à part le tonnelet entouré de gobelets en plastique, une table et des chaises qui semblaient avoir survécu à quelque terrible catastrophe. Il y avait aussi des sacs de courses en papier qui débordaient de packs de bières vides et de cartons à pizza, et, enfin, une silhouette découpée dans du carton qui représentait un mec bodybuildé brandissant une boisson énergétique. On lui avait dessiné une barbe et une paire de seins, et également autre chose que je préférai ne pas voir, beaucoup plus bas. Sympa, la baraque !

— Si j'étais à ta place, je supplierais à genoux mes parents de me mettre à Fountain School ! reprit la blonde.

Pendant qu'elle parlait, des gens entrèrent par la porte du jardin, apportant avec eux du froid et des éclats de rire.

— Fountain School ?

— C'est une école alternative total sans contrainte, expliqua le garçon en trench. On peut choisir des cours de méditation au lieu des cours de gym. En plus, les profs sont d'anciens hippies. Au moins, il n'y a pas de sonneries ; ce sont des airs de flûte qui signalent la fin des cours.

J'en suis restée sans voix.

— J'adorais Fountain School..., soupira la blonde en buvant sa bière.

— C'est là que tu allais ? lui demandai-je.

— C'est même là qu'on s'est rencontrés, précisa son mec en passant son bras autour de sa taille.

Elle se blottit contre lui, tout en s'emmitouflant dans sa doudoune.

— Mais il y a eu cet interrogatoire façon Big Brother, et elle s'est fait virer !

— Après tout ce baratin sur le respect des choix d'autrui et bla-bla-bla, ils ont eu l'audace de fouiller dans mon sac, soi-disant parce que j'y avais planqué de la drogue ! renchérit la fille. Un vrai délire, je ne t'explique pas !

— Tu as dépassé les limites du « Cercle de Confiance », commenta le garçon.

— Cercle de Confiance à la con, oui ! Elle est où, la confiance, là-dedans, tu peux me le dire, toi ?

Bon. Je regardai autour de moi, songeant qu'il était temps de passer à autre chose. Dans la cuisine, il y avait aussi deux types qui buvaient des tequilas frappées, plus une nana adossée au frigo, portable plaqué à l'oreille et qui semblait plongée dans le genre de conversation sérieuse que seuls tiennent les gens bourrés. J'étais coincée avec le mec et sa blonde si je ne me tirais pas de cette pièce.

La porte claqua derrière moi, une nouvelle bouffée d'air froid m'enveloppa. Un instant plus tard, la petite brune en doudoune grâce à qui j'avais eu ma bière entra. Elle sortit une bouteille de flotte de sa poche et la déboucha.

— Hé, Riley ! l'appela la fille en robe bain de soleil.

Elle me montra de l'index et ajouta.

— C'est une nouvelle. Elle commence à Jackson lundi !

Riley était mince et avait des yeux bleus. Elle portait une queue-de-cheval et avait des anneaux en argent à presque tous les doigts. Elle me sourit.

— Ça ne craint pas autant qu'ils le disent, tu sais.

— Ne l'écoute pas, c'est une optimiste perdue ! s'écria le mec.

Puis il ajouta à son adresse.

— Tu as vu David ?

Riley secoua la tête.

— Il avait une réunion au sommet avec ses parents, ce soir. Je ne pense pas qu'ils vont le laisser mettre le nez dehors, après ça.
— Encore une réunion ? s'exclama la blonde. Ma parole, ils sont atteints de réunionnite aiguë dans cette famille !

Riley haussa les épaules, but une gorgée d'eau. Son rouge à lèvres rose vif laissa une marque en forme de demi-lune sur le goulot.

— Il espérait que ses parents le lâcheraient un peu. Ça fait quand même deux mois ! Mais s'il n'est pas là ce soir, ce n'est pas bon signe.
— Ses parents le surprotègent, m'expliqua la blonde. C'est de la folie !
— Le goulag, je te dis ! déclara son mec. Mais le goulag sous son propre toit !
— Sérieusement, reprit la blonde, ce type, il file droit comme un i, il n'a jamais eu un seul problème de sa vie. Il a suffi d'une soirée pour que son existence bascule. Il n'a pas eu de bol : il s'est fait piquer avec une bière à une fête.

La blonde ajusta encore son décolleté en levant les yeux au ciel – un mouvement qu'elle avait manifestement longuement travaillé et perfectionné.

— Imagine un peu : *une seule* bière ! Il a été condamné à des travaux d'intérêt collectif. Mais pour ses parents, c'est pire que s'il avait tué une petite grand-mère sans défense et été condamné à perpète !
— C'est vraiment hard, renchérit son mec.

Riley but une nouvelle gorgée d'eau, puis consulta sa montre. Elle avait un tatouage à l'intérieur du poignet gauche : un cercle noir de la taille d'une pièce.

— Bon, reprit-elle. Il est 21 h 40. On lève le camp à 22 h 30, pour être dans les temps. Pas d'exception, ni de disparition subite, c'est compris ? *Capisce* ?

— Quelle enquiquineuse, celle-là ! Pire qu'une mère de famille nombreuse ! se plaignit la blonde. Ouais, *capisce*.

Riley me sourit, puis se rendit dans le salon. Elle s'assit sur le canapé à côté d'un grand brun en veste du surplus de l'armée. Il racontait une histoire, en faisant de grands gestes, à deux nanas suspendues à ses lèvres, qui, d'émotion, serraient leur gobelet en plastique de toutes leurs forces. Riley recoiffa une mèche derrière son oreille et écouta aussi.

Je reportai mon attention sur le phobique du goulag et sa copine Crise-de-confiance, mais ils s'étaient jetés l'un sur l'autre et s'embrassaient goulûment. Le mec la pelotait même sans se gêner. La fille contre le frigo chialait toujours. Je décidai de sortir prendre l'air.

Dans la véranda, les gens fumaient tout en sautillant pour se réchauffer. La nuit était glaciale et les étoiles si brillantes qu'elles semblaient à portée de main. Je les contemplai machinalement. « Une », pensai-je, lorsque je trouvai Cassiopée. « Deux : Orion. Trois : la Grande Ourse ». Pour conjurer le mauvais sort, certaines personnes marchent dans les carreaux sans toucher les lignes, touchent du bois ou jettent du sel par-dessus leur épaule gauche. Moi, je ne levais jamais les yeux vers le ciel nocturne sans chercher au moins trois constellations. Ça me rassurait. Ça me recentrait aussi. Quel que soit l'endroit où je me trouvais, le ciel était toujours le même et j'y retrouvais mes repères.

C'est maman qui m'avait appris à reconnaître les étoiles, car elle avait étudié l'astronomie, à la fac. C'était l'une de ces nombreuses surprises que maman vous réservait... Pour leur cinquième anniversaire de mariage, papa lui avait acheté un télescope. Elle l'avait installé sur la terrasse devant leur chambre et, lors des nuits claires, on s'attroupait autour. Maman trouvait les constellations et me les montrait, la Petite Ourse d'abord.

— Un, disait-elle.

— Deux, continuais-je dès que je trouvais la constellation suivante.

On se concentrait ensuite pour trouver une troisième.

La première qui y réussissait avait gagné. Je pensais donc toujours à maman lorsque j'observais le ciel nocturne, où que je sois. Maman pensait-elle à moi, quand elle cherchait les étoiles ?

Je sentis soudain une grosse boule fermer ma gorge. Oups, qu'est-ce qui m'arrivait, tout à coup ? Je n'avais bu que quatre gorgées de bière et voilà que je devenais sentimentale. Je posai ma bouteille, et c'est alors que j'aperçus les gyrophares bleus d'une voiture de patrouille, tout près.

— Merde, les flics ! entendis-je hurler.

Ce fut la cavalcade des moins de vingt et un ans. Certains jaillirent littéralement de la maison, tandis que ceux qui se trouvaient dans la véranda sautaient par-dessus la balustrade ou dévalaient les escaliers, puis traversaient le jardin. Deux prirent la fuite en passant par ma terrasse, d'autres dévalèrent la rue après avoir pris leur sac, manteau ou anorak au vol.

Une petite nana filiforme avec des nattes et des cache-oreilles n'eut pas de chance : elle fut carrément ceinturée par un policier qui surgissait dans la courette. Il la conduisit dans sa voiture de patrouille et la fit asseoir sur la banquette arrière. Elle se recroquevilla contre la portière opposée et enfouit son visage entre ses mains.

— Hé, toi !

Le faisceau d'une torche passa sur moi et m'éblouit.

— Plus un geste !

Mon cœur se mit à battre avec violence. Je sentis le sang me monter aux joues et mon visage me brûler, malgré le froid glacial. La lumière se rapprochait, devenait plus aveuglante et oscillait en cadence avec les mouvements du policier. Il me fallait faire un choix. Mclean, Eliza, Lizbet et Beth n'auraient pas bougé : elles auraient obéi à la voix de la Loi. Pas Liz Sweet : elle détala comme un lapin.

Je dévalai les escaliers de la terrasse, déboulai sur la pelouse et traversai la cour boueuse mais gelée derrière la maison. Le policier, sa lampe toujours braquée sur moi, fila à mes trousses, m'éclairant un bras ou une jambe par intermittence. Au moment où j'arrivais devant une épaisse haie de troènes qui marquait la limite entre ce jardin et celui du voisin, il hurla et m'ordonna de m'arrêter tout de suite, mais je plongeai la tête la première et me crashai de l'autre côté. Puis je me relevai pour me remettre à courir.

Le policier fouilla la haie avec sa torche.

— Je te conseille de t'arrêter tout de suite si tu ne veux pas d'ennuis !

J'aurais dû obéir. Il était tout proche, le faisceau de lumière révélerait ma position avant que je n'arrive chez moi. Mais je paniquai et continuai de tracer. Je courais toujours lorsque je sentis une main se nouer autour de mon poignet gauche et me dévier de ma trajectoire. Je n'avais pas encore compris ce qui m'arrivait que je me sentis tomber contre un muret, puis tomber encore, mais cette fois, sur quelqu'un.

— Aïe, fit l'inconnu alors qu'on dégringolait tous les deux dans ce qui me sembla être un étroit escalier. Il faisait trop sombre pour que je sois sûre. Une seconde plus tard, j'entendis mon sauveur remonter les marches qu'on venait de dévaler, puis claquer une double porte. Je ne savais pas où j'avais atterri, mais en tout cas le sol sentait la terre et la poussière. Autour de moi, il faisait sombre comme en enfer.

— Qu'est-ce... ?
— Chuuuut. Attends qu'il soit passé.

Le policier s'approchait. J'entendais son pas. Je levai les yeux et aperçus la lumière de sa lampe qui s'insinuait par les interstices de la porte maintenant fermée.

Sa voix hors d'haleine s'éleva.

— Merde !

Les portes gémirent lorsqu'il les souleva avant de les relâcher. La lumière disparut aussi vite qu'elle avait apparu.

Dans le silence qui suivit, je restai immobile, essayant de comprendre ce qui venait de se passer. Sommeil, réveil, pot de fleurs, gorgées de bière, goulag, gyrophares, et... maintenant quoi ? J'aurais dû avoir peur, parce que je n'étais pas seulement sous terre, j'y étais avec un inconnu, mais, curieusement, je me sentais en sécurité. Il flottait autour de moi un calme déroutant, quelque chose de familier malgré l'insolite de la situation.

C'était décidément un drôle de sentiment. Je n'avais jamais ressenti une chose pareille.

— Bon, je vais allumer la lumière, dit la voix de mon sauveur. Pas de panique, OK ?

Ce type venait littéralement de me kidnapper et de m'enfermer dans un endroit impossible où il faisait noir comme dans un four, et c'est tout ce qu'il trouvait à dire ? Côté psychologie, il était nul.

Une petite seconde plus tard, j'entendis un clic. La lumière jaillit, et je ne fus pas surprise de reconnaître mon voisin, le squatteur de ma véranda, assis à côté de moi, en jean, grosse chemise écossaise et un bonnet de laine sur ses cheveux longs. On se trouvait au pied d'un escalier qui montait vers deux portes fermées par un crochet et un œillet.

— Salut, me dit-il comme si on se croisait au cours d'une fête. Moi, c'est David.

Au cours de mes deux dernières années, j'avais fait pas mal d'expériences : différents lycées, styles, looks, tribus et amis. Mais jamais je n'avais rencontré quelqu'un comme David Wade.

Je le dévisageai, immobile et muette de stupeur.

— Désolé si je t'ai fait peur. Je me suis dit qu'il valait mieux que tu sois surprise que prise par la police.

Je ne répondis pas parce que j'étais maintenant distraite par l'endroit où il m'avait parachutée. Ça ressemblait à une cave : les murs étaient recouverts de planches de coffrage et le sol était en terre. Un transat occupait presque la totalité de l'espace. Sur un gros tas de bouquins se trouvait une lampe de poche.

— On est où, au juste ?

— Dans un abri-tempête, me renseigna-t-il, comme s'il n'y avait pas de question plus naturelle, après enlèvement et séquestration en pleine nuit. Refuge en cas d'ouragan.

— Ça fait partie de ta maison ?

David secoua la tête et balaya le sol avec le faisceau de sa lampe de poche. Au même moment, un papillon de nuit passa devant, créant une ombre fantastique.

— Cet abri appartient à la grande baraque qui se trouve derrière chez moi. Personne n'y habite plus depuis des années.

— Comment tu l'as découvert ?

— Quand j'étais gamin. Exploration vingt mille lieux sous la terre, enfin tu vois le genre.

— Exploration vingt mille... Ah.

David haussa les épaules.

— Disons que j'étais un drôle de gamin.

Ça, je le croyais sans peine. Et de nouveau, je m'étonnai de ne pas avoir eu peur une seule fois, pendant le déroulement de cette étrange opération.

— Alors comme ça, tu traînes ici ?

— Ça m'arrive.

David se leva, frotta son pantalon poussiéreux et s'assit sur le transat.

— Du moins, quand je ne squatte pas ta véranda.

Il s'allongea et croisa les jambes.

— Ma véranda. Ah oui, c'est vrai. C'est parce que tu as des soucis chez toi ?

Il me dévisagea, l'air pensif.

— Plus ou moins.

Je hochai la tête. Se réfugier sous terre, je trouvais ça bizarre, mais sa réserve, je la comprenais bien.

— Je ne voulais pas te faire peur, reprit-il. Je sortais quand j'ai vu les lumières, la police, puis je t'ai entendue arriver. Je t'ai pris le bras sans réfléchir.

Je regardai la double porte au-dessus de nos têtes.

— Tu as de bons réflexes.

— Faut croire... De plus, la vie est bien faite : j'ai posé ce loquet seulement la semaine dernière. Encore heureux, hein ?

Il leva les yeux sur ledit loquet, puis reporta son attention sur moi.

— Vaut mieux éviter de te faire arrêter pour consommation illicite de boissons alcoolisées quand tu n'as pas vingt et un ans. C'est galère. Je te parle d'expérience.

— Comment tu sais que je n'ai jamais été arrêtée et condamnée ?

Il m'observa avec le plus grand sérieux.

— Tu n'en as pas l'air.

— Toi non plus.

— C'est juste.

Il resta un moment songeur, puis reprit :

— Oublie ce que je viens de te dire. Tu pourrais être une délinquante, finalement. Comme moi.

Je détachai mes yeux de la double porte et me remis à observer son petit espace bien rangé.

— Ça ne ressemble pas vraiment à une planque de délinquant.
— Ah ?
Je secouai la tête.
— Selon toi, c'est plutôt stylé Junior League ? Boy-scout ? demanda-t-il.
Je fis une grimace en désignant du menton le tas de livres. La lumière était si faible que je n'arrivais pas à déchiffrer ce qui était écrit sur la tranche, mais, à mon avis, c'était des manuels de physique et de géométrie.
— Ça paraît costaud, ce que tu lis.
— Tu parles ! c'est juste pour poser ma lampe de poche.
De la musique éclata au-dessus de nos têtes. La fête reprenait, avec les plus de vingt et un ans toujours dans la place. David se leva, monta les escaliers et retira le crochet, puis ouvrit doucement l'une des portes et passa la tête par l'ouverture. On aurait dit un gamin de dix ans, tout à coup. Je l'imaginais bien à cet âge, en train de creuser des tunnels dans ce jardin.
— C'est bon, la voie est libre, m'annonça-t-il en laissant retomber le battant, qui s'abattit avec fracas sur la pelouse. Tu vas pouvoir rentrer chez toi.
— J'espère. Je dois seulement franchir...
— Quatre mètres cinquante-trois d'ici à ta terrasse.
Je fronçai les sourcils.
— Je viens de te dire que j'étais un mec bizarre, précisa-t-il.
Il sortit le premier et braqua sa lampe de poche pour m'éclairer. Lorsque j'arrivai en haut, il me tendit la

main. Je la pris, et son geste me parut encore une fois tout naturel, normal.

— Tes potes étaient à la fête, et ils te cherchaient, lui annonçai-je.

— Je m'en doute. Mais je crois que j'ai eu ma dose pour la soirée.

— Tu l'as dit.

Je mis mes mains dans mes poches.

— Bon. Eh bien... merci pour le sauvetage.

— Ça n'est rien.

— Tu m'as tout de même sauvé la mise.

— Entre voisins, il faut bien s'aider.

Je souris. J'allais franchir les quatre mètres cinquante-trois qui me séparaient de ma terrasse lorsqu'il me rappela.

— Puisque je t'ai sauvé la mise, tu pourrais me dire comment tu t'appelles ?

J'avais souvent vécu une situation identique au cours de ces deux dernières années, et pas plus tard que cet après-midi. Le nom que je m'étais choisi, la fille que j'avais décidé d'être, ici à Lakeview, étaient sur le bout de ma langue. Mais il s'était passé un événement. C'était à croire que mon bref voyage sous la terre n'avait pas seulement changé ma trajectoire, il m'avait aussi changée.

— Mclean.

— Ravi de faire ta connaissance, Mclean.

— Moi aussi.

La musique résonnait toujours dans la maison voisine, où la fête continuait de plus belle. Je me dirigeai vers ma terrasse au son de la basse qui scandait son boum-boum-boum. Au moment d'ouvrir la porte de la cuisine, je me retournai. David redescendait dans son abri-tempête, auréolé par la lumière de sa lampe de poche.

Je rentrai chez moi, retirai mes chaussures et me rendis dans la salle de bains. Quand j'allumai la lumière, sa clarté me surprit, comme me surprit ensuite la poussière qui couvrait mon visage. Comme si j'avais moi aussi creusé la terre et pour que je venais seulement d'émerger à l'air libre et d'y trouver un souffle nouveau.

Chapitre 3

Jackson High, ce n'était pas le goulag, mais ce n'était pas non plus Fountain School. Plus précisément, Jackson High ressemblait à tous les autres lycées publics que j'avais fréquentés. Énorme, anonyme, avec des odeurs prononcées de désinfectant. Après les formalités administratives habituelles et un entretien avec un conseiller d'orientation complètement stressé, la CPE me remit mon emploi du temps et m'indiqua la salle consacrée à l'appel du matin.

Je m'y rendis en vitesse.

— En silence, s'il vous plaît ! intima le prof, un grand gars dans la vingtaine qui portait des Adidas en cuir et une chemise habillée. Tous les matins, on perd vingt minutes à rentrer dans cette salle, alors que la procédure pourrait en durer cinq. Allons, un petit effort, s'il vous plaît, tout le monde y gagnera.

Personne ne semblait l'écouter, et pourtant, il y eut

une réduction de volume sonore notable lorsque les élèves rejoignirent leurs places, disposées en demi-cercle. Certains tirèrent leur chaise, d'autres se juchèrent sur leur table ou se laissèrent carrément tomber par terre. Un portable sonna. Au fond s'élevèrent des quintes de toux. Près de la porte se trouvait un poste de télévision ; deux élèves, une blonde et un mec avec des dreads courtes, étaient assis à un bureau, façon JT improvisé. Un bandeau, derrière eux, indiquait : « Jackson Flash ! »

Le prof continuait de parler tandis que les derniers élèves entraient.

— Aujourd'hui est le dernier jour pour commander l'annuaire scolaire, annonça-t-il en consultant les papiers sur son bureau. À cet effet, vous trouverez un point inscription dans la cour, pendant les trois services du déjeuner. Je vous signale également que le gymnase sera ouvert en avance en prévision du match de basket qui aura lieu ce soir. Plus tôt vous viendrez, mieux vous serez placés. Où est Mclean ?

Je sursautai en entendant mon prénom et levai la main.

— Ici.

J'avais hésité, comme si je lui en demandais confirmation. Tout le monde me regarda.

— Bienvenue à Jackson High ! fit le prof.

À la télévision, les deux élèves terminaient leur speech et prenaient congé. L'écran s'éteignit.

— Si tu as des questions, n'hésite pas à les poser, reprit le prof à mon adresse. Nous serons ravis de te répondre.

— Eh bien…, dis-je, prête à corriger mon prénom.

— Bon, la suite, poursuivit-il sans m'écouter. On m'a demandé de vous répéter qu'il ne fallait pas toucher la peinture fraîche sur le mur de la cafétéria. Cela va de soi pour le commun des mortels, mais certains d'entre vous appartiennent visiblement à une autre espèce. Alors, en trois mots pour les barbares : bas les pattes. Merci d'avance.

La sonnerie noya les diverses réactions à cette dernière info. Le prof soupira, parcourut d'autres papiers comme s'il les découvrait seulement, et les empila tandis que les élèves ressortaient.

— Bonne journée ! s'écria-t-il sans enthousiasme.

Je restai en arrière et m'arrêtai devant son bureau, puis attendis qu'il baisse les yeux sur moi.

— Oui ? Tu désires quelque chose ?

— Eh bien…, commençai-je. Je voulais juste vous dire que je ne m'appelais pas…

Un groupe de cheerleaders en tenue entra en bavardant.

— Wendy ! lança-t-il à l'une d'entre elles. Je crois me souvenir d'une certaine discussion où j'avais évoqué la nécessité de porter des vêtements décents au lycée !

— Ah non, m'sieur Roberts, pas aujourd'hui ! Oubliez-moi un peu ! grogna une fille derrière moi. Ma journée, elle est déjà trop pourrie !

— C'est sans doute parce que nous sommes au mois de janvier et que tu te balades habillée comme en plein juillet ?

Il reporta les yeux sur moi, mais son attention fut de nouveau distraite par un énorme boucan au fond de la salle.

— Roderick ! Je t'ai déjà dit de ne pas t'appuyer sur l'étagère ! Franchement !

Je décidai donc de lâcher l'affaire pour le moment. Je sortis et parcourus mon emploi du temps pendant que la dénommée Wendy, une grande fille qui portait en effet une minijupe vraiment mini et hors saison, poussait des soupirs à fendre l'âme. Je repris la direction du bureau de la CPE, certaine que je trouverais ma salle de cours à partir de ce carrefour stratégique. Arrivée là, je pris à droite en espérant que c'était l'aile B et passai devant un homme et deux femmes qui s'entretenaient devant le bureau du principal.

–... Je suis certain que vous comprenez notre position, disait le mec, la quarantaine, cheveux bouclés et costume, qui me tournait le dos. La scolarité de notre fils est notre priorité absolue depuis que nous avons pris conscience de son extraordinaire potentiel, alors qu'il était encore petit. C'est pourquoi nous l'avons inscrit à Kiffney-Brown. Là-bas, les opportunités qui se présentaient à lui...

–... étaient tout à fait exceptionnelles, enchaîna sa femme, qui était petite et mince. Et comme vous ne l'ignorez pas, c'est au moment où il a été transféré à Jackson que ses problèmes ont commencé.

— Je comprends parfaitement la situation, répondit leur interlocutrice, en tailleur pantalon et mise en pli impec.

C'était sans doute la principale du lycée. Je n'avais même pas besoin de regarder la carte blanche qu'elle portait autour du cou pour le savoir : elle avait le look.

— Nous sommes convaincus que les besoins de votre fils sur le plan scolaire et social seront comblés.

Nous y réussirons en travaillant conjointement avec le corps enseignant de notre établissement.

L'homme hocha la tête. Son épouse, qui serrait son sac à main avec une expression lasse, avait l'air moins convaincue. Elle me lança un regard rapide lorsque j'arrivai à leur hauteur. Je l'avais déjà vue quelque part, mais je ne réussis pas à me souvenir où. Bref, je continuai, pris un couloir sur la gauche et consultai de nouveau mon emploi du temps.

Je passai en revue les numéros des salles quand j'aperçus Riley sur un banc, son sac à ses pieds. Penchée en arrière, elle regardait en direction des bureaux de l'administration. Si je la reconnus instantanément, c'est à cause des bagues qu'elle portait à tous les doigts et de sa grosse doudoune, qu'elle avait nouée à la taille. Elle ne me vit pas, car elle était bien trop occupée à fixer le couple et la principale.

Mon cours de maths était censé se dérouler en salle 215, mais je ne trouvai que les salles 214 et 216, ainsi que des toilettes hors service. Je compris, avec un temps de retard, que je devais faire demi-tour et prendre le couloir contigu. Je revenais vers Riley quand elle se leva, prit son sac et marcha devant moi. Le couple et la principale avaient fait quelques pas. Dans le grand hall, il n'y avait qu'un mec aux cheveux courts qui portait une chemise Oxford blanche et un pantalon kaki.

— Alors ? Qu'est-ce qu'ils ont dit ? lui demanda Riley en se précipitant sur lui.

Le type jeta un regard au trio toujours en grande discussion, et lui sourit.

— Ils sont d'accord pour que je reste si je continue à suivre mes cours à l'université. Avec une centaine d'autres conditions, évidemment.

— Mais tu peux rester à Jackson, c'est sûr ?

— On dirait, oui.

Riley jeta ses bras autour de son cou et le serra contre elle. Sans cesser de lui sourire, il tourna de nouveau les yeux vers le trio.

— Et toi, tu ne devrais pas être en cours en ce moment ?

— C'est bon, déclara Riley en agitant la main avec insouciance. J'ai théâtre, et personne ne remarquera mon absence.

— Ça ne valait pas la peine de sécher, tu sais.

— J'avais trop peur que tes parents te retirent de Jackson !

— Tout va bien. Pas de panique, OK ?

Pas de panique, OK ?

C'est en entendant ces mots que je compris qui était le mec. Cheveux courts, bien propre sur lui... il avait le profil du lycéen type, mais c'était David Wade. Mon voisin et le squatter de l'abri-tempête. Il s'était fait couper les cheveux, depuis l'autre jour, mais je reconnaissais son regard. C'est bien la seule chose qu'on ne peut pas changer...

Riley recula.

— Je te laisse, mais on se voit pour le déjeuner, d'ac ?

— David !

Sa mère se tenait près de la porte du bureau, son père et la principale, toujours en train de parler, disparaissaient dans le couloir.

Te revoir un jour

— Tu viens ? ajouta-t-elle.
David acquiesça.
— Le devoir m'appelle..., dit-il à Riley.
Il lui adressa un sourire un peu triste avant de s'éloigner. Elle le suivit des yeux en se mordillant la lèvre puis elle descendit les escaliers. La porte claqua, elle courut vers le bâtiment voisin. Son sac faisait des mouvements de balancier, sur son dos.
Je consultai de nouveau mon emploi du temps, pris une grande inspiration pour me donner du courage et m'engageai dans l'autre couloir. Je repérai les numéros sur les portes jusqu'à la salle 215. Je n'avais pas envie d'interrompre le cours et encore moins de trouver une place sous tous les regards. Mais il y avait tout de même pire situation, par exemple la galère que David m'avait évitée, l'autre soir. J'avais de la chance d'être au lycée, ce matin-là. Alors je posai la main sur la poignée et j'entrai.

Deux heures plus tard, je bravai la foule dans la cafétéria et me risquai à acheter un burrito au poulet qui m'avait l'air comestible. Je sortis dans la cour avec des serviettes en papier et une bouteille d'eau minérale, puis m'installai sur le mur qui courait le long du bâtiment principal. Plus bas, des mecs jouaient en tandem à des jeux vidéo sur leurs smartphones. De l'autre côté, un costaud et une jolie petite blonde écoutaient un même iPod.
J'allumai mon portable et écrivis à mon père : *Tenu bon jusqu'au déj. Et toi ?*
J'envoyai mon texto et observai les petits groupes. Les accros de la fumette jouaient à la balle aki, les

émos parlaient trop fort et les écolos baba, devant leurs tables alignées le long de l'allée, réunissaient des fonds en vendant des gâteaux pour les causes les plus variées. Je déballais mon burrito en me demandant à quelle tribu appartenait Liz Sweet quand j'aperçus la blonde au décolleté de l'autre soir. Elle traversait la pelouse, en jean moulant, grandes bottes et veste en cuir rouge plus faite pour l'exhibe que pour l'hiver. Elle passa devant moi avec un air absolument furieux et se dirigea vers les tables de pique-nique qui se trouvaient dans un coin du parking. Elle y prit place, croisa les jambes, sortit son portable et leva les yeux au ciel en le plaquant contre son oreille.

Mon téléphone bipa à cet instant. Texto de papa.
Difficilement. Locaux très énervés.

En début de mission, papa rencontrait souvent de la résistance, mais le *Luna Blu* semblait être un cas extrême. Il y affrontait des « toujours-là », comme il les appelait : des gens qui bossaient au restau depuis des lustres et qui avaient été embauchés par les précédents gérants – un couple qui avait pris sa retraite en Floride l'année précédente. Ces derniers avaient pensé pouvoir gérer leur affaire depuis Miami, mais le bilan comptable leur avait prouvé le contraire et ils avaient décidé de vendre le *Luna Blu* à la EAT INC afin de profiter en toute sérénité de leur retraite. D'après ce que papa m'avait raconté, la veille au petit déj, si le *Luna Blu* avait pu rester à flot, c'était grâce aux habitués, qui se faisaient de plus en plus rares. Mais l'expliquer aux locaux, enfin, je veux dire au personnel, était inutile. Comme tant d'autres avant eux, ils se foutaient que papa ne soit qu'un intermédiaire : ils voulaient le massacrer.

Je mordis dans mon burrito avec prudence, puis je débouchai ma bouteille d'eau et bus une gorgée. Soudain, je vis Riley s'approcher de la blonde, toujours à sa table de pique-nique. Riley posa son sac à dos par terre, s'installa sur le banc à côté d'elle et posa sa tête sur son épaule. Au bout d'un moment, la blonde lui tapota le dos comme si elle voulait la réconforter.

— Salut !

Je sursautai. Des haricots rouges giclèrent de mon burrito et tâchèrent mon chemisier. Je levai les yeux sur une fille souriante. Elle portait un pull vert émeraude, un pantalon kaki, des sneakers blanches et un bandeau, vert émeraude aussi.

— Salut, dis-je sans enthousiasme.

— Tu es nouvelle ?

— Heu, oui, dis-je en reportant le regard sur Riley et la blonde.

— Super !

Elle me tendit la main.

— Deb ! Du Jackson Ambassadors, le comité d'accueil du lycée de Jackson High ! Ma mission, c'est de t'accueillir à Jackson et de m'assurer que tu t'y acclimates bien.

Un comité d'accueil ? Alors ça, c'était une première.

— Waouh. Merci.

— À ton service !

Deb épousseta le mur, se jucha à côté de moi et posa son sac, un truc énorme en patchwork, également vert, à côté d'elle.

— J'étais nouvelle, l'année dernière, m'expliqua-t-elle. Jackson est immense. Pour s'y retrouver, c'est complexe. J'ai pensé qu'un programme était nécessaire pour favoriser le bien-être des lycéens. J'ai donc créé le Jackson Ambassadors ! Oh, minute, je ne t'ai pas encore donné ton cadeau de bienvenue !

— Tu sais, ce n'est pas...

Mais Deb ouvrait déjà son sac et en sortait un petit sachet fermé par un ruban jaune et bleu. Dessus un sticker brillant également jaune et bleu, annonçait : « Jackson Tiger Spirit ». Deb me le tendit avec fierté. Je n'eus pas d'autre choix que de le prendre.

— Dans ce kit, tu trouveras un stylo, un crayon et les horaires de tous les sports pratiqués en hiver à Jackson. Il y a aussi la liste des numéros utiles : CPE, conseiller d'orientation et bibliothèque.

— Waouh, répétai-je.

En face de moi, Riley et sa copine blonde piochaient dans un paquet de bretzels.

— Enfin, s'exclama Deb, voici de fabuleux bons de réduction chez les commerçants de la ville ! Par exemple, tu as droit à une boisson gratuite chez *Frazier Bakery*. Et si tu achètes un muffin au *Jump Java*, le deuxième sera à moitié prix !

Deux possibilités s'offraient à moi : soit j'allais haïr Deb, soit Liz Sweet allait lui ressembler comme deux gouttes d'eau.

— C'est très sympa, lui dis-je alors qu'elle me souriait de tout son cœur, toujours très fière d'elle. J'apprécie.

— Ne me remercie pas ! J'essaie seulement d'aider les gens à s'intégrer mieux que moi.

— Pourquoi ? Tu as eu du mal ?

Son sourire s'est rétréci.
— Un peu, oui.
Elle se remit à sourire de toutes ses dents.
— Mais c'est super ici ! J'adore ce lycée !
— J'ai beaucoup déménagé, ces dernières années ; je pense donc que je n'aurai pas trop de mal à m'intégrer.
— J'en suis certaine ! renchérit-elle. Cela dit, si tu as le moindre problème, tu trouveras ma carte dans le kit que je viens de te fournir. N'hésite pas à m'appeler, ou à m'envoyer un mail, OK ?
— OK. Merci, Deb.
— Merci à toi ! s'exclama-t-elle, toujours radieuse.
Puis elle porta la main à sa bouche, l'air horrifié.
— Oh, excuse-moi, je suis atrocement grossière : je ne t'ai même pas demandé comment tu t'appelais !
Au même instant, une voix s'éleva derrière moi.
— Mclean !
Je cillai, mais si, si, j'avais bien entendu. Et de nouveau, la même voix m'appela par ce prénom-là.
Je tournai la tête. La copine blonde de Riley s'était levée et, la main en cornet autour de la bouche, m'appelait à tue-tête.
— Mclean ! Ho-hé ! On est là.
Elle agita les mains. Le regard de Deb passa de la blonde à moi.
— Ah... Eh bien, on dirait que tu t'es déjà fait des amies.
Riley, son sachet de bretzels entre les mains, me fixait.
— Oui, on dirait.

— Bon, eh bien... tu n'as peut-être pas besoin du kit que je viens de te donner. Je pensais que...

Je culpabilisai aussitôt.

— Non, non ! Je suis contente de l'avoir. Je te jure.

Deb me sourit.

— Magnifique. Je suis heureuse que tu sois à Jackson, Mclean.

— Oui, moi aussi.

Deb se leva, se détourna sur la pointe de l'une de ses sneakers si fashion, puis s'éloigna en réajustant son bandeau. La blonde continuait de me faire signe. « Allez, amène-toi ! » lus-je sur ses lèvres. Bon, le destin en avait décidé ainsi, même si ce n'était pas exactement ce à quoi je m'attendais, pensai-je. Tant pis. Je me levai, jetai mon burrito dans une poubelle et traversai la cour, curieuse de voir ce qui allait se passer maintenant.

J'arrivais près de la table de pique-nique lorsque je me retournai pour regarder Deb. Elle était assise sous un arbre, près du parking des bus scolaires. Elle avait posé son sac vert à côté d'elle. Elle buvait un soda. Seule.

La blonde s'appelait Heather. J'ignorais encore comment elle connaissait mon prénom.

— Il fallait que je vienne à ton secours, ma pauvre ! Cette Deb, c'est une mytho, je te jure. J'ai fait ma BA de la journée, en te demandant de nous rejoindre.

Je reportai les yeux vers Deb, toujours seule sous son arbre.

— Elle a l'air sympa, je trouve.

— Sérieux ? s'exclama Heather, incrédule. L'année dernière, elle était à côté de moi en SVT, et elle a passé tout le semestre à essayer de m'enrôler dans des groupes et des activités dont elle est le seul membre. J'avais l'impression de faire des expériences chimiques dangereuses avec une psychopathe, je te jure !

— Qu'est-ce qu'il y a dans ce sachet ? demanda Riley avec un geste vers le kit de Deb.

— Un cadeau de bienvenue, expliquai-je. De la part des Jackson Ambassadors.

— Ambassador au singulier ! rectifia Heather, ajustant son impressionnant décolleté. Allô allô, les filles, redescendez sur Terre : Deb est le seul membre de son soi-disant comité !

Heather et Riley m'avaient tirée des pattes de Deb, mais qu'est-ce que je fichais avec elles ? Je laissai la question en suspens, parce qu'il y en avait une autre dont la réponse m'intéressait davantage.

— Comment tu connais mon prénom ?

Heather cessa de tripoter son portable et leva les yeux sur moi, cillant face au soleil.

— Tu me l'as dit l'autre soir à la fête, avant que la police ne débarque.

— Jamais de la vie.

Heather et Riley échangèrent un regard, étonnées par ma réaction. Elles devaient se demander si moi aussi je n'étais pas une psychopathe.

— Ah... Alors, c'est David qui a dû me le dire.

— David ?

— David Wade. Ton voisin. Vous avez fait connaissance samedi soir. Ça n'est pas le genre qu'on oublie facilement !

— Il n'est pas aussi bizarre qu'il en a l'air, me dit Riley.
— Non, c'est pire que ça ! s'exclama Heather.
Riley la fusilla du regard.
— Ben quoi ! Ce mec passe sa vie dans la cave d'une espèce de manoir abandonné, et tu trouves que c'est normal ?
— D'abord, ce n'est pas une cave, c'est un abri-tempête. Et ce n'est pas comme s'il l'avait creusé !
— Tu t'entends parler ? riposta Heather avec un soupir bien appuyé. D'accord, j'adore David, mais il est tout de même un peu frappé. Limite normal !
— Moi je dis que la normalité est un concept très élastique, déclara Riley en prenant un bretzel.
— Pas moi ! Moi, je suis normale de A à Z !
Riley poussa un soupir bruyant, comme si elle en doutait, mais n'ajouta rien. C'était le moment ou jamais de dire que je m'appelais Liz Sweet. Demain pendant l'appel, je mettrais également les points sur les I. Après cela, je serais parée pour faire mon trou à Jackson. Mais je restai muette comme une carpe : l'histoire de Mclean avait déjà commencé à Jackson...
Mclean avait découvert David dans sa véranda, Mclean avait trouvé refuge dans son abri-tempête, Mclean avait été à la fête des voisins ; et Deb venait de lui souhaiter la bienvenue en lui offrant un kit de survie à sa façon super optimiste et assez déjantée. Cette Mclean-là n'était pas la Mclean que j'avais été pendant les quinze premières années de ma vie, mais elle n'en restait pas moins Mclean. Et aucun nouveau prénom ne changerait cet état de fait...
Heather tourna les yeux vers Riley.

— À propos de notre Eggbert[1] national, tu sais si ses parents le laissent à Jackson ?

Riley acquiesça.

— Je l'ai vu ce matin. Il m'a dit que ses parents étaient d'accord, mais à plusieurs conditions. Ils ont passé la matinée avec Mme Moriarty.

— Mon Dieu, quelle horreur ! commenta Heather.

Puis elle précisa à mon adresse.

— C'est la principale. Elle me *hait*.

— Mais non ! intervint Riley.

— Mais si ! Depuis que... je suis rentrée dans la guérite du parking, tu sais. Tu te souviens ?

Riley réfléchit.

— Ah oui, c'est vrai. C'était moche, cette histoire.

Et de me préciser.

— Heather conduit comme une patate : comme si elle était seule sur les routes.

— Pourquoi ce serait à moi de faire attention aux autres, et pas le contraire ? s'enquit Heather. C'est incroyable, tout de même !

— La guérite, c'est un objet, Heather. Inoffensif, d'accord ?

— Tu le diras au capot de ma voiture ! J'en ai pour la vie à rembourser les frais de réparation à mon père.

Riley leva les yeux au ciel.

— Je croyais qu'on parlait de David ?

— David, justement ! s'exclama Heather. À mon

---

1. Héros de dessins animés, Eggbert est un petit poussin qui se plonge pendant des heures dans des livres scientifiques. C'est un génie précoce des mathématiques et des sciences physiques, le plus intelligent des poulets de la basse-cour. (*N.d.T.*)

avis, ce type, c'est un vrai fantasme érotique de principal de lycée ! Le petit génie qui a sauté toutes les classes de collège et suit déjà des cours à l'université, mais qui *décide* d'aller à Jackson, autant dire en enfer ! Ça, c'est un truc que je n'imprimerai *jamais* !

— C'est pour être comme tout le monde, déclara Riley en prenant un autre bretzel.

Elle ajouta à mon intention.

— David n'est jamais allé dans une école publique. Il suit des cours à l'université parce qu'il est surdoué et assimile tout facilement. Mais il a décidé de vivre normalement, comme nous, et il s'est trouvé un petit boulot : il prépare des smoothies chez *Frazier Bakery*, où mon petit ami travaillait, à une époque.

— Le fabuleux Nicolas, précisa Heather.

Elle soupira.

— Ce mec, il savait préparer des smoothies... Tu aurais vu ses biceps et ses pectos. Mortels.

Riley l'ignora et reprit :

— David et moi, on se connaît depuis qu'on est tout petits, mais on s'est perdus de vue pendant quelques années. Quand il a commencé à bosser avec Nic, on s'est retrouvés, comme avant, et on a recommencé à faire des trucs ensemble.

— Il est même tombé amoureux d'elle ! précisa Heather.

Riley secoua la tête.

— Quoi ! s'écria Heather. Ne dis pas que c'est faux ! Il est censé avoir surmonté sa grosse peine de cœur, désormais, mais...

— David est comme mon frère, la coupa Riley. Je l'ai toujours vu comme ça, un point c'est tout.

— De toute façon, Riley ne sort qu'avec des blaireaux, m'expliqua Heather.

Riley soupira.

— C'est vrai. C'est pathologique...

Heather lui tapota le dos avec compassion.

— Bon, Mclean, tu viens t'asseoir ou quoi ? Ça me rend nerveuse de te voir plantée comme un piquet devant nous !

Je tournai de nouveau les yeux vers Deb, seule sous son arbre, puis vers les petits clans éparpillés dans la cour comme les animaux dans la savane, chacun sur son territoire et avec les siens.

— D'accord. Pourquoi pas, dis-je en fourrant mon kit de bienvenue dans mon sac.

Après le lycée, je pris le bus pour me rendre au *Luna Blu*. Mon père était dans son bureau, une pièce minuscule, genre placard à balais reconverti. Il était entouré de papiers et parlait au téléphone.

— Salut, Chuckles, c'est Gus. Bon, la situation n'est pas aussi catastrophique que tu le pensais. Cela dit, elle n'est pas bonne non plus.

Charles Dover était le gérant de la EAT INC. C'était un ancien joueur de la DB et de la NBA, qui mesurait un bon mètre quatre-vingt-dix et était bâti comme un camion Mack ; bref, la dernière personne au monde qu'on avait envie de surnommer Chuckles[1]. Chuckles était l'un des meilleurs amis de papa ; leur relation remontait aux belles années où papa jouait au basket. Chuckles était désormais commentateur sportif et

---

1. *Chuckle* signifie « gloussement ». *(N.d.T.)*

multimillionnaire. Il voyageait partout dans le pays pour la chaîne de télé qui l'employait, mais, surtout, il avait un bon coup de fourchette. Voilà pourquoi il avait monté une société de consulting culinaire qui achetait et réhabilitait des restaurants à problèmes avant de les revendre. À l'époque où on habitait encore à Tyler, il adorait manger au *Mariposa* quand il venait à Defriese commenter un match. Maintenant qu'il en avait arraché mon père, il le faisait bosser dur. Mais Chuckles payait aussi comme un roi ; de plus, il nous bichonnait.

Je posai mon sac à dos à la porte du bureau pour ne pas déranger papa, puis je me rendis dans la grande salle, déserte à cette heure. Opal se tenait devant l'entrée, entourée par un tas de cartons impressionnant. Le coursier d'UPS continuait d'en décharger.

— Tu es certain qu'il n'y a pas d'erreur ? lui demanda Opal tandis qu'il en posait un autre près de la console d'accueil. Il y en a plus que je ne pensais !

Le coursier consulta son bloc à pinces, posé sur l'un des cartons, puis il le lui tendit.

— Trente en tout. Regarde, c'est écrit là.

Opal portait une chemisette de coton à manches longues avec des imprimés de cow-boys et de chevaux, une minijupe noire et des bottes rouges qui lui arrivaient aux genoux. J'avais du mal à définir son look. Punk ? Rétro ? Pétro ?

— Qu'est-ce qu'il ne faut pas faire pour pouvoir garder un parking, dans cette ville... Je me sens minable, confia-t-elle au coursier.

— Impossible de lutter contre le conseil municipal...

Il arracha son bon de livraison et le lui donna.
— Dis, tu n'aurais pas des cornichons frits ? J'en ai mangé, l'autre jour, et ils étaient à tomber.
Opal soupira.
— *Tu quoque*, Jonathan ? Je pensais que tu aimais les petits pains au romarin, fit-elle avec tristesse.
Il haussa les épaules.
— Je ne dis pas, mais les cornichons frits ? Croquants et croustillants ? Trop bons.
— Trop bons ? C'est ça, oui... Va dans les cuisines et demandes-en donc à Leo.
— Merci, beauté.
En passant devant moi, il me salua d'un hochement de tête. Je l'imitai. Opal mit les mains sur ses hanches et survola les cartons des yeux.
— Pendant que tu y es, demande-lui aussi de m'envoyer du monde pour m'aider à monter ces cartons à l'étage !
— C'est comme si c'était fait.
Il entra dans les cuisines. Les portes se rabattirent derrière lui. Vlam.
Opal se pencha sur l'un des cartons avec curiosité, puis se redressa en se massant les reins.
— Je peux t'aider, si tu veux, proposai-je.
Elle sursauta et se retourna, mais elle se détendit à ma vue.
— Oui, merci ! Je ne veux surtout pas que Gus débarque et me pose des questions. Déjà qu'il est prêt à me virer !
Je ne répondis pas, pour lui laisser le temps de réaliser ce qu'elle venait de dire, et à qui. Un, deux, et...
— Oh, mon *Dieu* !

Opal devint rouge vermillon.
— Je ne voulais pas...
— Laisse, c'est bon.
Je m'approchai et soulevai un petit carton.
— Pas de panique, tes cartons de secrets ne risquent rien, avec moi.
— J'aimerais que ces cartons ne contiennent que des secrets, ce serait nettement plus simple, confia-t-elle avec un gros soupir.
— Ah bon ? Qu'est-ce qu'il y a dedans ?
Opal prit son élan.
— Des petits arbres, des petites maisons et des infrastructures en plastique.
À cet instant, je repérai le nom de l'expéditeur sur mon carton : MODEL COMMUNITY VENTURES.
— C'est une longue histoire, reprit Opal en calant un carton contre sa hanche.
Je la suivis à l'intérieur.
— Pour la faire courte : j'ai vendu mon âme à la première conseillère municipale.
— Ah ?
— Oui, et on ne peut pas dire que j'en sois fière.
Opal prit un petit couloir, longea les toilettes, puis de la hanche ouvrit une porte qui donnait sur d'étroits escaliers.
— La municipalité voulait fermer le parking d'à côté. Ç'aurait été mauvais pour les affaires, expliqua-t-elle en les prenant. Puis j'ai appris qu'ils recherchaient quelqu'un pour monter la maquette de la ville en l'honneur de son centenaire, qui sera célébré cet été. Personne ne se proposait, je me suis donc portée volontaire. Mais à une condition.

— Que le parking ne ferme pas ?
— Exact.

En haut, on déboucha dans une grande pièce aux baies sales. Quelques tables s'alignaient contre un pan de mur. Il y avait aussi des poubelles vides, et, inexplicablement, deux transats séparés par une caisse à lait retournée. Dessus se trouvaient un paquet de cigarettes, une canette de bière vide et un extincteur.

— Waouh, dis-je en posant mon carton. Elle sert à quoi, cette pièce ?

— On l'utilise principalement comme réserve. Mais je ne serais pas étonnée que le personnel y ait traîné.

— Pour y faire des expériences de pyrotechnie ?
— Mon Dieu, non !

Opal prit l'extincteur.

— Et dire que je l'ai cherché partout ! Décidément, les gars de la brigade sont de véritables kleptos !

Je m'approchai des grandes baies vitrées qui donnaient sur un petit balcon en fer forgé. On avait une belle vue sur la rue.

— C'est sympa, ici. Dommage qu'on ne puisse pas y faire manger les clients.

— À une époque, cela se faisait.

Opal jeta la canette de bière et le paquet de cigarettes à la poubelle.

— Ah bon ? Il y a longtemps que tu bosses ici ?

— Ça a été mon premier vrai petit boulot ! J'étais au lycée !

Opal prit la caisse en plastique, la posa contre le mur et plia les transats.

— Je suis partie étudier à l'université, mais je revenais travailler ici comme serveuse chaque été. À la fin de mes études, je pensais trouver un boulot dans ma spécialité, la danse et l'histoire de l'art, mais ça a foiré.

Opal croisa mon regard et, devant mon air sceptique, leva les yeux au ciel.

— Oui, je sais. C'était à prévoir.

Je lui souris et me remis à regarder par la fenêtre.

— Au moins, tu as étudié ce qui te plaisait...

— C'est toujours ce que je me répétais, même lorsque j'étais à sec. Après l'université, je suis revenue en ville. J'étais toujours sans boulot quand les Melman ont décidé d'embaucher une directrice de restaurant. J'ai accepté, temporairement. Mais comme tu le constates, je suis toujours là.

— Ce n'est pas facile de quitter l'hôtellerie, déclarai-je. Parfois, c'est même impossible.

Elle me dévisagea en silence.

— C'est ce que dit mon père, ajoutai-je.

Opal posa les transats contre le mur.

— Tu sais, reprit-elle subitement, je comprends bien que ton père fait son boulot. Je comprends aussi que des restructurations sont nécessaires. De plus, je suis certaine que ton père est vraiment quelqu'un de bien. Mais j'ai l'impression d'être envahie, occupée par l'ennemi, tu vois ce que je veux dire ?

— Carrément comme en temps de guerre ?

— C'est comme cela que je le ressens...

Elle s'assit sur la caisse, prit sa tête entre ses mains.

— Vois plutôt : le menu est réduit à sa plus simple expression et le brunch a été purement et simplement supprimé. J'aurais peut-être pu me faire à l'idée que les petits pains au romarin, c'était fini... Mais on jette le bébé avec l'eau du bain, et on repart de zéro avec du neuf.

Elle me parut soudain très lasse. Je ne la connaissais pas, mais je me sentis forcée de lui remonter le moral. J'allais reprendre la parole quand j'entendis un bang dans les escaliers. Le grand tout maigre – le cuistot je crois – que j'avais vu la veille avec Opal derrière le restau surgit sur le pas de la porte, un carton dans les bras. Papa le suivait et en portait un, lui aussi.

— Opal ? Tu veux qu'on les pose où ? demanda le cuistot.

Opal bondit.

— Leo ! Je n'arrive pas à croire que tu aies demandé à Gus de te donner un coup de main !

Elle s'approcha de papa pour lui prendre son carton des mains.

— Tu avais besoin d'aide, non ? riposta Leo.

— Mais pas de l'aide du boss, crénom, marmonna-t-elle entre ses dents.

— Ça ne me pose aucun problème, répondit papa d'un air dégagé.

Il me sourit.

— Tiens, tu es là, Mclean ? Tu as passé une bonne journée ?

Opal tourna les yeux vers moi, déroutée, et je me souvins de lui avoir dit que je m'appelais Liz.

— Heu, ça va, merci, dis-je, un peu gêné.

— Bon, sérieusement, Gus, reprit Opal, je suis désolée... Je m'occupe de débarrasser l'entrée des autres cartons : c'est l'affaire de deux petites minutes.

Elle lança un regard noir à Leo en train de tripoter son tablier de cuistot.

— Quoi ? lui demanda-t-il lorsqu'il sentit son regard devenir insistant. Ah, tu veux dire que c'est à moi de monter tes cartons en deux petites minutes ?

— Oui, répondit-elle, d'un ton plus las que jamais. C'est bien à toi que je pensais...

Leo haussa les épaules et redescendit d'un pas lourd. Opal avait toujours l'air mortifiée, mais papa ne le remarqua pas, car il me rejoignit devant la baie et regarda la rue animée, plus bas.

— Voilà un espace superbe, commenta-t-il enfin en reportant les yeux sur la salle. On l'utilisait, autrefois ?

— Oui, il y a environ dix ans, le renseigna Opal.

— Pourquoi en a-t-on abandonné l'usage ?

— Selon M. Melman, les serveurs perdaient trop de temps à monter et à descendre les escaliers. Les cuisines étaient trop loin, et les plats étaient froids quand ils arrivaient.

— Je vois, fit papa.

Il s'approcha d'un mur et donna quelques coups dessus.

— C'est un immeuble ancien, je suis surpris qu'il n'y ait pas de monte-plats.

— Oh, il y en avait un, reprit Opal, mais il n'a jamais très bien fonctionné. On y mettait les plats, et on ne les revoyait jamais.

— Où se trouvait-il ?

Opal se dirigea vers le mur près de l'entrée et poussa les tables qui se trouvaient devant. Sur le mur apparaissait, en relief, la forme d'un carré.

— Il a fallu le plâtrer, parce que les gens continuaient de monter dedans, après le service. C'était tout de même embêtant.

— Sans blague !

Papa s'approcha. Je croisai le regard d'Opal. À quoi pensait-elle ?

— Bon, bref, reprit papa en se retournant, qu'est-ce que c'est que cette histoire de cartons ? Je ne savais pas qu'on attendait une grosse commande, aujourd'hui.

— Heu, commença Opal tandis que Leo revenait avec trois autres cartons en équilibre précaire, on n'attendait pas de commande... Il s'agit en réalité de tout autre chose.

Papa la regarda fixement.

— De tout autre chose ?

— Eh bien, j'expliquais justement à Liz...

Je sentis le regard étonné de papa, mais je l'ignorai.

— C'est une maquette, pour ainsi dire, une commande de notre municipalité. Il fallait un responsable de projet et un endroit où le réaliser. Comme la municipalité était sur le point de fermer notre parking, je me suis portée volontaire.

Elle laissa ces mots en suspens, en regardant d'un air abattu les cartons déjà là, auxquels s'ajoutaient les trois de Leo.

— C'est quel genre de maquette ? demanda papa.

— Une maquette d'urbanisme, qui représente la ville. C'est en l'honneur de son centenaire, cet été.

Opal sortit un morceau de papier de sa poche et lut à haute voix :

— « Cette maquette 3D est un authentique projet communautaire et d'urbanisme qui permettra à nos concitoyens de voir leur ville dans une tout autre perspective ! »

— Cette maquette va occuper beaucoup d'espace, laissa tomber papa.

Opal remit son papier dans sa poche.

— Je sais. Je ne m'étais pas rendu compte... Je vais trouver un autre local, et assez vite j'espère. Il faut juste que je passe deux ou trois coups de fil à droite et à gauche.

— Opal ? entendis-je crier dans les escaliers. Le commercial du linge de maison est là, et notre commande de serviettes de table est un peu juste. Ah, et il y a toujours cette dame qui patiente au téléphone.

— Une dame ? Quelle dame ?

— Tu sais bien. Leo a dû te le dire !

Opal tourna les yeux vers Leo, immobile devant une baie.

— Heu... oui, c'est vrai : quelqu'un te demandait au téléphone.

Opal ne répondit pas, mais elle lui adressa un regard bien appuyé avant de redescendre.

Papa porta à son tour son attention sur Leo.

— Une fois que vous aurez monté tous les cartons, retournez couper les poivrons verts. Surtout, assurez-vous que la chambre froide est impeccable à l'ouverture. Rien qui traîne. Et passez la porte extérieure au Windex.

— Bien entendu, patron, répondit Leo sans enthousiasme.

Papa, impassible, le suivit des yeux tandis qu'il traversait la salle et redescendait.

— Je me demande si j'ai atterri dans un restaurant digne de ce nom ou dans une association caritative, déclara-t-il une fois que Leo fut sorti. Ce type ne sait même pas ce qu'est une bouteille de Windex, ni à quoi elle sert.

— C'est vrai, ce gars-là ne semble pas très efficace.

— C'est un problème récurrent dans ce restaurant, ajouta papa en revenant devant une baie vitrée. Je ne peux malheureusement licencier personne, du moins pas dans l'immédiat.

Je scrutai l'extérieur. La vue était vraiment jolie, avec les arbres de chaque côté de la rue qui s'inclinaient et formaient une voûte.

— Opal a l'air sympa.

— Ça ne change rien à l'affaire. Tout ce que je veux, c'est qu'elle dirige son personnel et applique les directives que je lui ai données. Au lieu de ça, elle ne cesse de discuter mes décisions. C'est une perte de temps invraisemblable.

Il y eut un petit silence.

— Tu savais qu'elle bossait au *Luna Blu* depuis le lycée ?

— Ah bon, fit papa avec indifférence.

— Même que c'est son premier vrai boulot. Elle adore ce restau.

— Tant mieux pour elle. Mais tout l'amour du monde ne peut pas sauver un bateau en train de couler. Il va falloir écoper ou sauter par-dessus bord.

Je revis Opal sur sa caisse de lait, l'air si fatiguée. Peut-être était-elle prête à débarquer sur une île où on lui proposerait un boulot de danseuse ou d'historienne de l'art ? Papa lui faisait peut-être une faveur, en lui donnant sa planche de salut ? J'avais envie de croire qu'il n'était pas seulement là pour licencier les gens, mais aussi pour les faire rebondir.

— Oublie ce que je viens de te dire... Je suis d'humeur exécrable, aujourd'hui, reprit mon père en posant une main sur mon épaule. Tu veux venir manger avec la brigade de cuisine et le personnel de salle ? Je présente le tout nouveau menu, et je vais avoir besoin de soutien.

— Je suis ton homme !

Papa me sourit, et je le suivis dans les escaliers. On arrivait en bas quand il se retourna.

— Opal t'a appelée Liz.

Ça n'en avait pas l'air, mais c'était une question.

— On s'est mal comprises. Je vais régler le malentendu.

Papa hocha la tête. Je le suivis dans la salle, vers le bar. Tout le monde s'était rassemblé là pour la réunion obligatoire et le dîner du personnel que papa organisait dans chaque restaurant. Je cherchai Opal des yeux. Elle se tenait tout au bout du bar et observait le contenu des assiettes, chacune garnie d'un mets différent, avec un air terriblement méfiant.

— Bien. Votre attention à tous ! lança papa.

Le groupe se tut. Papa carra les épaules et prit son élan avant de se jeter à l'eau.

— Ce soir, commença-t-il avec assurance, nous allons entreprendre la première phase de restructuration du *Luna Blu*. Notre menu est désormais plus modeste, les plats plus simples et nos ingrédients plus frais et régionaux. Vous reconnaîtrez certains mets. D'autres sont en revanche inédits. Maintenant, que chacun prenne un menu. Nous allons le consulter ensemble.

Opal distribua les menus – désormais une simple feuille en plastique rigide – empilés au bout du bar.

Tandis que tout le monde le parcourait, j'entendis des réticences s'exprimer. Il y eut même un « bouhh » anonyme.

La soirée s'annonçait mal, mais papa avait vu pire. Tandis qu'il continuait, je me glissai sur la banquette d'un box derrière lui, pour qu'il se sente soutenu.

— Un désastre.

Telle fut la réponse de papa, déjà levé et en train de faire cuire des œufs brouillés, le lendemain, lorsque je lui demandai des nouvelles de la fin de sa soirée. J'avais eu beau lutter pour rester éveillée jusqu'à son retour, je m'étais endormie vers minuit, heure à laquelle il n'était toujours pas rentré. Maintenant, je savais pourquoi.

— La mise en place d'un nouveau menu est toujours difficile, lui dis-je en prenant deux assiettes.

— Ça n'a pas été difficile, ç'a été carrément ridicule ! répliqua-t-il en touillant les œufs dans la poêle. On a été totalement submergés dès l'ouverture ! Et ça ne s'est pas arrangé ; au contraire. Pourtant, le restaurant était à moitié vide ! Je n'ai jamais vu un tel bordel en salle et en cuisine ! Et surtout, une *attitude* pareille ! Absolument confondant !

Je posai les assiettes, sortis les couverts et les serviettes, puis m'attablai.

— Ça craint.

— Ce qui craint le plus, poursuivit papa qui était lancé, c'est que je dois retourner au restaurant pour essayer de régler la situation avant le service de ce soir !

Je gardai le silence tandis qu'il me servait une portion généreuse et aérienne d'œufs brouillés. La première soirée où l'on servait un nouveau menu à la clientèle était toujours désastreuse. Le personnel de salle et la brigade de cuisine implosaient, les clients quittaient le restau en faisant la gueule, quand ils n'étaient pas carrément furieux, et papa était convaincu que la soirée avait été une catastrophe nationale. C'était toujours comme ça. Ça faisait partie de sa mission, mais il ne semblait jamais s'en souvenir. Quant à le lui rappeler... même pas en rêve !

— Un restaurant est fort seulement si son chef de cuisine l'est, continua papa. Or, ce restaurant n'en a pas !

— Je croyais que Leo l'était ?

— Leo est le second, et je me demande d'ailleurs qui a décrété qu'il en avait les qualifications ! Le chef de cuisine a démissionné une semaine après que Chuckles a commencé à poser des questions sur certaines étrangetés exhumées par ses comptables dans les livres de comptes du *Luna Blu*. À l'évidence, il a préféré se dispenser de donner des explications !

— Alors, pour la faire courte, tu dois embaucher un nouveau chef ?

— J'aimerais bien, sauf qu'aucun chef de cuisine digne de ce nom n'acceptera de bosser dans un restaurant aussi foutraque ! Je dois imposer le nouveau menu, rationaliser les opérations pour augmenter le

chiffre d'affaires, et nettoyer la maison, au sens propre comme au sens figuré, avant de songer à embaucher un nouveau chef.
— Facile, non ?
— Le plus facile serait de mettre la clé sous la porte et d'arrêter là les frais, déclara-t-il. À mon avis, ce serait la seule solution raisonnable.
— Ah bon ?
— Oui, ma fille.
Papa soupira et attaqua ses œufs en quatrième vitesse en regardant par la fenêtre. Pour quelqu'un qui consacrait sa vie à la bonne bouffe, il mangeait vite et comme un petit cochon. Il ne prenait jamais le temps de savourer. Il avalait le contenu de son assiette comme s'il faisait une course de vitesse chronométrée. Il avait presque terminé ses œufs alors que, les miens à peine entamés, je me levai pour me verser un verre de lait.
— Bon, eh bien..., dis-je avec prudence, c'est le genre de chose qui arrive, de temps en temps...
Mon père avala sa dernière bouchée et tourna les yeux vers moi.
— De quoi parles-tu ?
— D'une absence totale de potentiel.
Il fronça les sourcils sans comprendre.
— Tu sais bien : une restructuration impossible. Une situation désespérée.
— J'imagine, oui, dit-il en tamponnant ses lèvres avec sa serviette. Parfois, un sauvetage est voué à l'échec, même avec la meilleure volonté du monde.
Tous les deux, on était bien placés pour le savoir. « Autant laisser le bateau couler », songeai-je. C'est sûr, il faudrait reprendre la route, déménager encore

une fois et m'inscrire dans un nouveau lycée, mais, au moins, j'aurais la possibilité de prendre un nouveau bon départ, pas comme ici, où j'avais déconné sec en me faisant appeler Mclean malgré...

— Le problème, c'est qu'il y a de *vrais* talents dans la brigade de cuisine, déclara soudain papa, interrompant la réaction en chaîne de mes pensées.

Après avoir touché le fond, à l'évidence, papa remontait.

— Je ne fais pas allusion à Leo, bien sûr, reprit-il, mais à deux chefs de partie et à l'un des commis de cuisine. De plus, la salle de l'étage offre un beau potentiel. Il suffit de se débarrasser des pessimistes.

Je posai mon verre.

— Et les clients ? Ils ont aimé le nouveau menu ?

— Les seuls qui ont eu la chance de ne pas manger froid et de déguster le menu de l'entrée au dessert étaient ravis.

— Et les cornichons à l'aneth frits ?

— Succès total. Opal était verte !

Papa sourit et secoua la tête.

— Le nouveau menu est parfait. Simple et savoureux. Valorisant nos points forts. Du moins, nos rares points forts.

J'étais maintenant certaine que papa voulait rester. Il venait de passer du « ils » au « nous » : c'était un signe qui ne trompait pas.

Son portable, près de l'évier, vibra. Il le prit et l'ouvrit.

— Gus Sweet... Ah oui ! Je voulais justement vous parler !

Te revoir un jour

Tandis que papa écoutait son interlocuteur, je tournai les yeux vers la maison de David Wade. Sa mère, en jean, pull à torsades, baskets streetwear et sac en bandoulière, sortait, portant un plat couvert de papier d'alu.

— En effet, c'est exactement ce que j'ai dit ! entendis-je papa affirmer, tandis que la mère de David se dirigeait vers notre maison à petits pas prudents. Pourquoi ? Parce que je n'ai pas apprécié l'allure de la commande que vous nous avez livrée, hier !

Mme Wade arrivait devant la porte moustiquaire de notre cuisine. Je me levai. Surprise de me voir déjà là, elle sursauta.

Je lui ouvris.

— Bonjour ! dit-elle. Je me présente : Anne Dobson-Wade, je suis votre voisine. Je voulais vous souhaiter la bienvenue dans le quartier avec ces quelques brownies maison.

Je pris le plat qu'elle me tendait.

— Merci infiniment.

— Je tiens à vous préciser que ce sont des brownies sans noix, sans gluten et sans sucre, préparés uniquement avec des produits biologiques.

Mme Dobson-Wade me sourit. Par la porte ouverte, le vent froid s'engouffrait dans la cuisine.

— Nous sommes voisins. Si vous avez besoin de quoi que ce soit, ou si vous avez des questions sur notre quartier, n'hésitez pas à nous consulter. Nous habitons ici depuis toujours !

J'acquiesçai au moment où David sortait de chez lui, vêtu d'un tee-shirt vert et d'un jeans, et roulait le container à poubelles sur le trottoir.

Au même instant, papa piqua une vraie crise au téléphone.

— Je m'en ficherais tout autant si vous étiez le fournisseur du *Luna Blu* depuis cent ans ! Vous me racontez des histoires ! Je sais encore distinguer une vraie commande d'une arnaque !

Il se tut pour laisser répondre son interlocuteur.

— De mon côté, le débat est clos, le coupa papa.

— C'est un appel professionnel, expliquai-je à Mme Dobson-Wade qui observait mon père avec inquiétude.

David revenait chez lui. Me voyant avec sa mère, il ralentit le pas et s'arrêta.

— Qui je suis ? s'exclama mon père.

Maintenant, David Wade et moi, on s'épiait par-dessus la petite épaule osseuse de sa mère. On se connaissait sans se connaître, en fin de compte, et ça brouillait les cartes.

— Je suis le nouveau patron du *Luna Blu* ! Et vous, mon ancien fournisseur ! Au revoir !

Papa raccrocha, et, d'énervement, jeta son portable sur la table, ce qui me fit sursauter. Puis il leva les yeux et aperçut la mère de David.

— C'est Mme Dobson-Wade, annonçai-je avec calme pour prouver à cette pauvre femme que nous n'étions pas deux dangereux maniaques. Mme Dobson-Wade nous apporte des brownies maison.

Papa se frotta les mains et s'approcha.

— C'est... Merci !

— Soyez les bienvenus dans notre quartier !

Un ange passa.

— Je disais justement à votre fille que nous habitions ici depuis une vingtaine d'années, reprit Mme Dobson-Wade. Donc, si vous désirez des informations sur le lycée, ou sur le quartier, nous sommes évidemment à votre entière disposition.

— Avec plaisir, déclara papa.

Il me sourit.

— Cela dit, je crois que, côté intégration, celle-ci n'a pas trop de problèmes.

— Tu vas à Jackson ? me demanda Mme Dobson-Wade.

J'acquiesçai.

— C'est un très bon lycée public, mais il y a aussi des lycées privés, au cas où vous changeriez d'avis, M. Sweet. Des lycées que je qualifierais même d'exemplaires.

— Ah bon ? fit papa poliment.

— Oui. Mon fils effectuait sa scolarité dans l'un d'entre eux : il était à Kiffney-Brown jusqu'à l'année dernière. Il a décidé de changer d'établissement, et j'avoue que son choix ne nous a pas particulièrement ravis.

Elle soupira et hocha la tête.

— Enfin, vous savez comment sont les adolescents… Impossibles, une fois qu'ils ont décrété qu'ils avaient voix au chapitre.

Je sentis le regard de papa, plutôt énigmatique, sur moi, mais je regardai droit devant.

— J'imagine… oui, dit-il.

Mme Dobson-Wade sourit comme s'il l'avait chaleureusement approuvée.

— Si j'ai bien compris, vous êtes le nouveau chef cuisinier du *Luna Blu* ?

— J'assure l'intérim, précisa papa.
— Nous aimons beaucoup le *Luna Blu* ! Les petits pains au romarin sont absolument délicieux !
Papa sourit.
— La prochaine fois que vous viendrez y dîner, je veillerai personnellement à votre confort. Demandez-moi : je m'appelle Gus.
— Et moi, Anne.
Mme Dobson-Wade regarda derrière elle et aperçut David, toujours immobile, qui me fixait.
— Mon mari, Brian, ne va pas tarder à me rejoindre. En attendant, je vous présente mon fils, David. David ? Je te présente Gus et...
L'attention générale était sur moi.
— Mclean.
David fit un petit geste amical, mais il ne bougea pas. Je repensai à ce que Heather et Riley m'avaient raconté sur lui : David Wade était un petit génie, prince des smoothies et squatteur d'abri-tempête à ses heures. Pour le moment, il n'était ni l'un ni l'autre ni le troisième. Comme s'il avait plusieurs rôles. Comme moi. Étrange, non ?
La porte de la cuisine s'ouvrit, et M. Wade sortit à son tour. Le père de David était un grand maigre, un peu rougeaud, barbu. Il tenait dans la main un casque couvert d'autocollants réflecteurs.
— Brian ! l'appela Mme Wade. Viens donc saluer nos nouveaux voisins !
M. Wade s'approcha, un grand sourire aux lèvres.
Anne et Brian formaient le couple type intello bobo : lunettes à verres épais, lui avec son casque et

elle avec sa sacoche NPR, la radio publique américaine dite de gauche et socialisante.
— Ravi de faire votre connaissance, commença M. Wade.
Il serra ma main, puis celle de papa.
— Bienvenue au bourg !
— Merci, répondit papa.
— Gus est le chef intérim du *Luna Blu*, expliqua Anne.
— On adore aller au *Blu*, s'exclama Brian. Ah, les petits pains au romarin ! Un délice parfait pour une petite soirée *al fresco* !
Je me mordillai les lèvres en évitant de regarder papa, tandis qu'on se souriait tous à n'en plus finir. David, toujours en retrait, continuait de me regarder à sa façon cryptée (on aurait dit qu'il s'excusait). Puis il rentra chez lui. Le bruit de la porte eut l'effet d'un coup de sifflet destiné à disperser une manifestation : on s'est tous les quatre arrachés à notre immobilité et à notre silence.
— Ce n'est pas tout mais j'ai un laboratoire à faire tourner, moi ! déclara la mère de David qui s'éloignait déjà.
Brian sourit et la suivit en mettant son casque.
— N'hésitez pas à nous solliciter !
— Nous n'y manquerons pas, répondit papa. Et merci encore pour les brownies !
Les parents de David agitèrent longtemps la main. Papa et moi, on resta plantés sur le seuil de la cuisine à les regarder partir. Sous le panier de basket, Brian fit un petit bisou à Anne. Elle monta dans sa voiture, lui sur son vélo.

— En voilà qui aiment les petits pains au romarin, conclut papa.

— Tu m'étonnes !

Je levai le plat de Mme Dobson-Wade et le humai avec hésitation.

— Tu crois que des brownies sans sucre, sans gluten et sans noix sont comestibles ?

— On va tout de suite vérifier !

Papa souleva le film étirable qui les recouvrait, prit un brownie, l'engloutit et mâcha. Après de longues secondes, il avala.

— La réponse est non.

Banco.

Je posai le plat.

— C'est OK avec ton fournisseur ? Ça avait l'air de sacrément barder, au téléphone.

— Ce type est un véritable crétin ! grommela papa. Doublé d'un escroc. J'espère pouvoir me procurer des légumes dignes de ce nom, désormais ! À propos, ça me rappelle que j'ai un rendez-vous au marché fermier dans une dizaine de minutes. Toi, ça va aller ?

— Oui. No problem.

Papa prit son portable et sortit. Je tournai les yeux vers chez David. Ses parents semblaient normaux et sympas, pas stricts façon goulag, comme l'affirmait le mec de Heather. Mais, ainsi que Riley l'avait dit, la normalité est un concept très élastique. De toute façon, c'est difficile de juger les gens, de l'extérieur. En ce qui me concernait, une évidence s'imposait : impossible, désormais, d'échapper à mon vrai prénom, Mclean. Ici j'étais elle, ici j'étais moi. Je n'avais plus qu'à écoper pour essayer de sauver les meubles.

Chapitre 4

— Allô ?
— C'est moi ! s'exclama maman. Ne raccroche surtout pas.

Merde, j'aurais dû m'en douter. Je n'aurais jamais dû décrocher sans consulter mon écran. En temps normal, j'étais d'une vigilance pathologique, mais j'avais été piégée par la bousculade du couloir en sortant de ma salle d'appel.

Un élève avec un énorme sac à dos me poussa.

— Écoute, maman, je ne peux pas te parler maintenant.
— C'est ce que tu dis toujours, quelle que soit l'heure à laquelle je te téléphone, se plaignit maman. Tu peux tout de même m'accorder quelques minutes, non ?
— Mais je suis au lycée ! Mon prochain cours est dans cinq minutes.

— Alors accorde-moi ces cinq minutes !
Je levai les yeux au ciel, énervée.
— Je t'en prie... Mclean, si tu savais comme tu me manques, chérie, reprit maman comme si elle avait surpris ma mimique.
Pof ! pincement au cœur et serrement à la gorge qui précédaient les grandes eaux. C'était incroyable : maman savait exactement où se trouvait cette région sensible de ma personne que *moi* je cherchais encore ! C'était à croire qu'elle m'avait dotée d'un mécanisme secret, à la façon des scientifiques des films de science-fiction qui équipent leur robot d'une commande pour le désactiver, s'il pète un câble et menace de détruire son créateur. On n'est jamais trop prudent, n'est-ce pas ?
— Maman, je t'ai déjà dit que j'avais besoin de temps, expliquai-je en débarquant dans le grand hall.
Mon casier devait se trouver dans ce recoin, si ma mémoire était bonne.
— Cela fait deux semaines, maintenant ! protesta-t-elle. Combien de temps envisages-tu donc de me bouder ?
— Je n'envisage rien du tout, je...
Je saturais. J'en avais marre d'essayer de lui dire poliment qu'elle me bouffait mon oxygène. Entre nous, c'était une lutte perpétuelle : attraction du côté de maman, et répulsion du mien. Malgré les cent kilomètres qui nous séparaient, je sentais sa force aimantation.
— J'ai besoin d'un break. C'est pas sorcier à comprendre !
— D'un break de moi, précisa maman.

— Non, d'un break en général. Je suis dans une nouvelle ville, dans un nouveau lycée. Je dois m'habituer.

— Je te rappelle que c'est ton choix, ma fille, m'asséna maman. Si cela n'avait tenu qu'à moi, tu serais toujours à Tyler, et tu profiterais de ton année de terminale avec tes amis d'enfance.

— Je sais, mais ça ne dépend pas de toi.

Maman poussa un gros soupir qui m'évoqua une vague se brisant sur la plage. On arrivait au cœur du problème. On y revenait sans cesse, quelle que fût la façon dont avait commencé la discussion.

Maman voulait contrôler ma vie, moi je ne le voulais pas. Mon refus la rendait malade ; conséquence, elle me rendait malade. Bis, ter, quater repetita, etc.

Cela me rappelait un souvenir d'enfance. À l'époque, mes grands-parents avaient un chat qui s'appelait Louis Armstrong. Mes parents étaient bien trop occupés avec le restaurant pour qu'on ait chiens, chats, oiseaux, lapins, cochons d'Inde, ou je ne sais quoi à la maison. Résultat : j'adorais les animaux. Mais Louis était un vieux matou méchant comme une teigne qui fuyait les enfants : il filait se planquer sous le canapé dès que je pointais le bout de mon nez. Mais moi, tintin, je m'asseyais sur le tapis et j'essayais de le faire sortir de là-dessous. Je l'appelais, je lui offrais des friandises. Une fois, je me souviens, j'ai tendu le bras sous le canapé pour tenter de l'attraper, mais il m'a griffée.

Après cela, j'ai plus ou moins renoncé à gagner les faveurs de Louis, et je passais désormais mes journées chez mes grands-parents devant la télé (un vieux poste qui n'avait que trois chaînes). Et puis, un beau jour, l'incroyable est arrivé. Je regardais un film en noir et blanc avec des parasites pendant que les grands parlaient dans la pièce d'à côté lorsque, soudain, je sentis un frôlement contre ma jambe. Je baissai les yeux : ô surprise, Louis Armstrong, tout câlin, me donnait un petit coup de queue en passant. Entendons-nous bien, ce n'était pas l'amour fou auquel j'aspirais, mais c'était un début ! Je n'aurais jamais eu cette marque d'affection et la modeste amitié qui a grandi au cours des mois suivants si je ne lui avais pas foutu la paix à un moment donné.

J'avais essayé de l'expliquer à maman. Je lui avais même cité l'exemple de Louis, mais elle n'avait rien imprimé, ou elle n'avait pas voulu, je ne sais pas. Sa philosophie était la suivante : on s'en fout des chats cachés sous les vieux canapés ! J'étais sa fille. J'étais à elle. À moi de faire des efforts.

Notre dernier dialogue de sourds, un de plus, remontait à deux semaines plus tôt. Maman m'avait téléphoné, la veille de notre départ de Westcott. J'étais occupée à faire les bagages, j'avais commis l'erreur (fatale) de le lui dire : évidemment, elle avait crisé.

— Encore ! Mais enfin, à quoi pense ton père, tu peux me le dire ? Ce n'est pas une vie, pour toi !

— Maman, papa est consultant, rétorquai-je pour la cent millième fois. Le boulot ne vient pas à toi, tu dois y aller.

— Ton père, oui, pas toi, corrigea maman. Tu devrais terminer ta scolarité à Tyler, dans ton ancienne école. C'est insensé que l'on t'ait permis d'agir autrement.

— C'est mon choix, répétai-je.
Je dirais même plus, mon mantra.
— Tu es encore trop jeune pour savoir ce qui est bon pour toi, donc prendre des décisions raisonnables. Je suis désolée, mais c'est comme ça, Mclean.
— Je vois. Rester avec toi aurait été une décision raisonnable, n'est-ce pas ? répliquai-je, en essayant de ne pas m'énerver.
— Exactement !
Puis maman comprit l'ironie de ma question, et elle soupira, contrariée.
— Écoute-moi bien, chérie, je vais t'énoncer une vérité partagée par le plus grand nombre : vivre dans un foyer stable, avec deux parents responsables et un cadre solide, vaut mieux que...
— Maman...
Elle continuait à parler, alors je repris d'une voix plus forte :
— Maman !
Silence. Pas trop tôt.
— Je ne comprends pas pourquoi tu es si peu gentille avec moi, Mclean..., conclut-elle.
« Mais toi, on s'en fout ! » songeai-je. Quand j'entendais maman parler avec des sanglots dans la voix, je perdais tous mes moyens, et ma voix.
Si on en était restées là, la situation se serait décantée, mais non, il avait fallu que maman retourne consulter son avocat, qui avait à son tour contacté papa, en l'accablant de menaces subtiles sur « la paperasse administrative » qui allait lui pourrir la vie, et « la révision du droit de visite et d'hébergement de la mineure Mclean Sweet à l'aune de récents événe-

ments ». Pour finir, il ne s'était rien passé du tout, mais, après cette histoire, j'avais tellement saturé que j'avais décidé de garder un silence radio avec maman jusqu'à ce que je me sente assez calme pour lui reparler. Malheureusement, ce n'était toujours pas le cas.

Au cours de ces derniers mois, mon problème avec maman, *notre* problème, avait été amplifié par la constitution de mes dossiers de candidature à l'université. Au début de mon année de première, maman m'avait envoyé un paquet à Petree, via FedEx, qui contenait des manuels aux titres suivants : « SOS kit d'urgence : comment rédiger vite et bien en situation de stress », « L'effet waouh ! : impressionner le comité scientifique », « Jouer sur vos points forts : bien présenter. Faire bonne impression ». J'avais compris la raison de l'intérêt soudain et passionné de maman pour ma future vie universitaire lorsque je l'avais appelée pour la remercier (on était en assez bons termes, à l'époque).

— J'ai pensé que cela pouvait te servir, me dit-elle. Ce sont bientôt les préinscriptions à Defriese !

Près d'elle, l'un des jumeaux pleurait.

— Préinscriptions ?

— Oui, je me suis renseignée : c'est la solution idéale ! avait continué maman. De cette façon, ton dossier sera sur place, même si tu n'es pas acceptée dans l'immédiat.

— Hum. C'est que je ne sais pas encore où je veux postuler.

— Je m'en doute, mais Defriese sera évidemment sur ta liste ! avait repris maman gaiement.

Petit bruit de froissement, signe qu'elle changeait l'un des jumeaux de bras. Les pleurs s'étaient calmés.

— Tu pourras donc habiter ici : tu n'auras pas à subir les affres de la vie sur le campus.

Je m'étais raidie dans ma cuisine de Petree et avait fixé le frigo en acier inoxydable.

— Écoute, maman, je ne suis pas sûre que ça me plairait...

— Comment peux-tu le savoir ? m'avait demandé maman en haussant la voix. Tu entres seulement en première.

— Alors pourquoi m'as-tu envoyé toutes ces brochures ?

— Pour t'aider ! avait-elle prononcé d'une voix subitement tremblotante. Je ne comprends pas pourquoi tu ne veux pas revenir vivre à la maison et habiter avec moi, Peter et les petits.

— Je ne choisirai pas mon université en fonction de tes désirs.

Maman s'était mise à pleurer.

— De toute façon, ce serait bien la première fois que tu t'intéresserais à ce que je veux..., avait-elle conclu.

Pour finir, j'avais fourré ces satanés manuels sous mon lit, et j'étais passée à autre chose. Mais, au moment de constituer mes dossiers de candidature, j'en avais lu les conseils, qui m'avaient été très utiles. J'avais adressé un dossier à Defriese, pour faire la paix. J'avais décidé d'aller à Defriese seulement si je n'avais pas le choix : ce serait la solution de la dernière chance.

— Maman ?

Je passai en revue la rangée des casiers jusqu'à ce que je repère enfin le numéro du mien, le 1899.

— Il faut vraiment que j'y aille : mon cours va commencer.

— Ça fait seulement deux minutes, tu m'as dit en avoir cinq.

Je ne répondis pas. Pour dire quoi ?

— Je voulais aussi te parler de notre villa au bord de la mer, reprit maman qui ne perdait jamais le nord. C'est surtout pour cette raison que je te téléphonais. J'ai de très bonnes nouvelles à t'annoncer !

— Ah ?

Maman soupira. C'était clair, je manquais d'enthousiasme.

— Eh bien, continua-t-elle, la rénovation est terminée, et le décorateur s'entretient actuellement avec les peintres. Tu sais ce que cela signifie ?

J'attendis.

— Tu peux enfin venir avec nous à la villa !

C'était *sa* nouvelle de l'année.

— Je sais combien tu aimes l'océan. On y a de si beaux souvenirs ! Peter et moi, nous avons cette maison depuis deux ans, mais tu n'y es jamais venue, c'est tout de même incroyable ! Nous envisageons de nous y rendre, le week-end prochain, et, ensuite, d'y séjourner aussi souvent que possible. J'ai déjà consulté le calendrier des vacances scolaires, et j'ai remarqué que...

— Maman, il faut que j'y aille, dis-je, profitant de ce qu'elle reprenait son souffle pour l'interrompre.

Silence. Puis :

— Très bien. Mais *promets* de me rappeler plus tard, d'accord ? Il faut qu'on en parle !

« Non ! » pensai-je de toutes mes forces.
— Plus tard, oui. Là, il faut que je file.
— Je t'aime, ma puce ! s'écria maman à la hâte. Ce sera génial ! Comme...
Clic.
Je tirai sur la poignée de mon casier avec force. La porte s'ouvrit dans un froufrou rose bonbon que je faillis prendre dans la figure. Quand j'eus stabilisé la porte, j'y vis un miroir rouge framboise entouré de petites plumes roses. Le mot SEXXY était écrit sur le haut du cadre. Je me regardais dedans, muette, quand Riley surgit derrière moi.
— Tu refais déjà la déco ? me demanda-t-elle en fixant les plumes.
— C'est pas à moi, prononçai-je d'une voix lasse.
Ma conversation avec maman m'avait laminée.
— Je m'en doute.
Elle me sourit avec gentillesse. J'ouvris mon sac et rangeai mes cahiers sur l'une des rangées.
— Excuse, mais il faut que je te demande quelque chose, Mclean.
J'ai été surprise. On s'était parlé seulement deux fois, et encore la deuxième, c'était parce que Heather faisait sa BA, ou son acte de charité, enfin comme vous voulez. Je refermai mon casier, ce qui fit de nouveau froufrouter les plumes roses, et me dirigeai vers ma salle de cours.
— Vas-y.
Riley recoiffa une mèche derrière son oreille – je ne pus m'empêcher de regarder son tatouage, un simple rond au creux du poignet –, puis elle me suivit dans

les couloirs bruyants et bondés. Les élèves étaient encore en rodage, la journée commençait à peine.
— C'est à propos de David, me dit-elle en esquivant deux nanas encombrées de sacoches de guitare. Est-ce qu'il était dans le car scolaire, ce matin ?
— Je ne sais pas, j'ai pris le bus de ville.
— Ah bon. Je vois.
A priori, la conversation était terminée : question, réponse et point final. Mais Riley resta à mes côtés. Pourtant, j'arrivais en espagnol et il n'y avait pas d'autres salles de cours au bout de ce couloir.
— Par contre, je l'ai vu tôt ce matin, quand sa mère est venue nous apporter des brownies, repris-je tout à coup.
Riley fronça les sourcils.
— Laisse-moi deviner : sans noix, sans gluten, sans sucre et, en définitive, sans goût ?
— Gagné. Comment tu le sais ?
Elle haussa les épaules.
— L'expérience ! Chez les Wade, c'est le dernier endroit au monde où on a envie de se faire un bon petit repas entre potes. Enfin, sauf si tu es végétarienne, et que tu craques pour les graines germées et les végétaux qui ont soif.
— Les végétaux qui ont soif ?
— Les fruits et légumes déshydratés.
Je fis une grimace.
— Ben oui... C'est aussi horrible à entendre qu'à bouffer.
— Le pauvre.
— C'est pour ça qu'il aime tant bosser chez *Frazier Bakery*, me dit-elle tandis que je me faisais bousculer

par un mec qui écoutait son iPod, écouteurs vissés aux oreilles. Là-bas, au moins, ça grouille de sucre non raffiné et de conservateurs, et il a toute une vie de malbouffe à rattraper.

On arrivait devant ma salle. Par la porte ouverte, j'entendais M. Mitchell saluer les élèves à sa façon : en espagnol façon immersion totale dans la langue.

— Cela dit, ses parents semblent sympas. J'ai même été surprise.

— Surprise ? Pourquoi ?

— Je ne sais pas.

Je changeai mon sac d'épaule.

— Enfin si : toi et Heather, vous disiez qu'ils étaient psychorigides.

— Oui, mais c'est parce que David a beaucoup changé depuis qu'il a été transféré à Jackson. D'un côté, c'est génial, parce que au moins maintenant c'est un mec réel qui vit dans la vraie vie ; d'un autre côté, ça rend ses parents malades d'angoisse. À mon avis, ils préféraient encore quand ils l'avaient sous contrôle.

— Je vois.

Ça me fit penser à maman, surtout à la façon dont elle avait prononcé ses derniers mots, tout à l'heure avant que je raccroche, avec un ton suppliant et désespéré. « Arrête de te démener autant ! songeai-je. Arrête de forcer les choses, parce que, si ça se trouve, je te reviendrai. Peut-être bien, oui... »

— Mais personne ne peut t'empêcher de changer, c'est la vie, on n'y peut rien, ajoutai-je.

— Tu l'as dit !

Elle me sourit.

— Allez, à plus !

Elle fit demi-tour et s'éloigna, les mains dans les poches de sa veste. Je la revis quelques jours plus tôt, prêtant l'oreille à la conversation des parents de David Wade avec le principal du lycée. S'impliquer autant dans une amitié me semblait inconcevable. Moi, j'avais déjà bien assez de mal à gérer ma propre vie. Ça sonna. M. Mitchell se détourna et me sourit.

— *Hola*, Mclean !

Il agita la main amicalement comme si on se connaissait depuis un bail.

C'est facile de vite devenir familier avec des quasi-inconnus, vous ne trouvez pas ? C'est d'autant plus bizarre que les gens censés bien vous connaître ne vous connaissent finalement pas du tout.

Dans mon sac à dos, mon portable vibra deux fois pendant le cours d'espagnol. Je consultai l'écran en me rendant à ma deuxième heure de cours, et ne vis qu'un nom, deux fois : HAMILTON, PETER.

Je fourrai mon téléphone tout au fond de mon sac, visualisant maman qui consultait l'horloge toutes les quatre secondes en se demandant quelle était ma définition de « plus tard ».

Quelques minutes ? Des heures ? Peut-être m'avait-elle même rappelée pour me le demander ? Ça ne m'aurait pas étonnée.

Je trouvais incroyable qu'elle ait remis son histoire de villa et d'océan sur le tapis ! Depuis que Peter lui avait acheté cette maison en cadeau de mariage (c'est bien connu, tous les jeunes mariés offrent des villas au bord de la mer à leur épouse), maman me prenait la tête pour que je m'y pointe. Jusqu'à ce qu'on s'installe à Lakeview, ç'avait été difficile, parce que le trajet aurait été trop long, parce qu'il fallait réserver un vol, voire plusieurs. La distance rendait donc mes refus plausibles. Maintenant, non seulement j'habitais à quatre heures de Colby, la station balnéaire où se trouvait la fameuse villa, mais Lakeview était sur la route. Un vrai coup de chance.

Sur le principe, je n'avais rien contre une virée à l'océan. Il y avait même eu une époque où j'adorais ce genre d'escapade ! Chez nous, avant le divorce, on ne prenait pas souvent des vacances en famille, parce que papa travaillait non-stop au restau. De plus, chaque fois qu'il osait s'aventurer hors du périmètre de Tyler, le destin frappait dur : une catastrophe survenait. Tant pis, maman adorait partir sur un coup de tête et rouler jusqu'à l'océan. Il faut dire qu'elle était née et avait grandi sur le littoral de la Caroline du Sud. Alors on partait indifféremment en juillet, en plein cagnard, ou en février, au plus fort de l'hiver. Quand je rentrais du collège le vendredi soir ou me levais le samedi matin. Maman avait son petit air aventureux et posait la question qui allait avec :

— On y va ?

Elle savait que je ne refusais jamais.

D'ailleurs, la voiture était déjà chargée jusqu'à la gueule : oreillers, glacière, vêtements chauds l'hiver, transats l'été. On ne descendait jamais dans les beaux hôtels parce qu'on voulait faire des économies, même hors saison ; on prenait donc nos quartiers au *Poséidon*, un hôtel tout branlant qui datait des années soixante et se trouvait à North Reddemane, la petite ville avant Colby. Les dalles autour de la piscine étaient craquelées et les chambres avaient une petite odeur de moisi supportable. Le motel dans son ensemble, du timbre sur le comptoir aux couvre-lits, avait eu au moins un million de visiteurs, et de plus beaux jours. N'empêche, la vue était incroyablement belle, toutes les chambres étaient de plain-pied et donnaient sur la plage, et on pouvait se rendre à pied au centre-ville. On y trouvait deux boutiques-bazars qui vendaient tout le nécessaire. Oui, on descendait au *Poséidon* et nulle part ailleurs.

On passait la journée à se balader sur la plage ou à faire de la bronzette. On croquait une bricole au *Shrimpboats*, le seul restaurant de North Reddemane, qui servait petits déj, déjeuners et dîners. Le *Gert's Surfshop* se trouvait juste à côté : c'était une cabane en bardeaux qui faisait office de station-essence et où l'on pouvait acheter des appâts, des souvenirs de beauf ainsi que tous les produits alimentaires de base. Maman et moi, on avait un faible pour les bracelets brésiliens tressés main : ils étaient décorés de coquillages et de perles en plastique à la forme biscornue, et le sigle GS y était écrit en tout petit au feutre. On ne savait pas qui les fabriquait, seulement qu'ils étaient toujours disposés devant la caisse. On avait également l'impression qu'on était les seules à en acheter, ce qu'on faisait chaque fois qu'on allait à l'océan. Maman les appelait des « Gerts », et, à une époque, j'en portais deux ou trois à la fois, des neufs, des moins neufs et des sur le point de se rompre.

J'aimais me souvenir de maman à cette époque : queue-de-cheval, lunettes de soleil en plastique, sentant bon le soleil et la mer. Toute la journée elle dévorait des romans atroces à l'eau de rose (son plaisir le plus coupable). Le soir, on s'installait devant notre chambre, sur les chaises de jardin en piteux état, et maman me montrait les étoiles et les constellations. On mangeait des crevettes grillées, on regardait des conneries à la télé et on se baladait pendant des heures, qu'il fasse un froid polaire ou une chaleur insupportable. À la fin du week-end, on rentrait le plus tard possible à Tyler. On retrouvait la maison à peu près comme on l'avait laissée, parce que papa n'y rentrait guère que pour dormir, se doucher et manger un morceau avant de repartir au restaurant. Je ne me souviens pas qu'il soit venu une seule fois avec nous au *Poséidon*, mais ça ne faisait rien. Le *Poséidon*, c'était notre rituel à maman et à moi.

Depuis le divorce, plus rien n'était pareil. Dommage, parce que ces week-ends improvisés et plutôt déjantés comptaient parmi les meilleurs moments que j'avais passés avec maman, avant l'explosion de notre famille. J'en avais marre que ma vie soit divisée entre les Avant et les Après : ma maison, mon nom, et même mon look et mon attitude. Je ne voulais pas que mes souvenirs soient rénovés, comme venait de l'être son élégante villa au bord de l'océan. Je les aimais tels quels, je voulais les garder intacts.

Mais, à l'évidence, ma mère avait une tout autre vision des choses : à l'heure du déjeuner, elle m'avait laissé quatre messages. Je m'achetai un hamburger trop gras et tout mou, et me dirigeai vers le muret de la cour pour les écouter.

« Allô, chérie ? C'est maman. Je me demandais quand tu aurais une pause entre tes cours. J'ai très envie de te parler de la villa de Colby ! Rappelle vite ! »

Bip.

« Mclean, c'est maman. Je vais faire des courses avec les petits, alors si tu me rappelles, essaie mon portable. Si je ne décroche pas et que ton appel bascule sur la messagerie, cela signifie que je suis dans une zone où les portables ne passent pas, mais, surtout, laisse un petit message. Je te rappellerai aussi vite que possible. J'ai hâte qu'on fasse plein de projets ! »

Bip.

« Mclean ? Bon, salut. C'était Opal. Tu sais, Opal du restaurant. Je suis avec ton père... Ben... il a eu un petit accident... »

Pause au pire moment imaginable. J'entendis un intercom, un bourdonnement.

« Ton père va bien, mais nous sommes tout de même à l'hôpital. Ton père affirme que sa carte d'assuré social est à la maison, et que tu sais où elle est rangée. Tu peux me rappeler, pour m'en donner le numéro, s'il te plaît ? Merci. »

Bip.

« Chérie, coucou, c'est encore moi ! Ça y est, je suis rentrée des courses et j'ai constaté que tu n'avais pas téléphoné. Alors, si tu rappelles, appelle à la maison... »

Je tripotai mon portable, énervée, pour interrompre le message et composer le numéro de papa. Mon cœur battait fort et très vite. *Accident, hôpital*. Et derrière ces mots-là, d'autres sans signification : *ton père va bien...*

Une fois que j'eus composé le numéro, la communication mit un temps fou à s'établir. Je regardai droit

devant moi, sans rien voir, en attendant qu'il décroche. Au bout d'une éternité, j'entendis la voix d'Opal.
— Oui, allô ?
— Opal, c'est Mclean. Je viens juste d'avoir ton message. Papa va bien ? Que s'est-il passé ? Est-ce qu'il... ?
— Du calme, ma belle. Respire à fond. Mclean ? Tout va bien. Je te le jure. Il est là, près de moi.
J'étais en effet hors d'haleine. Ce souffle primal envahit toute ma tête, et, avec les battements trop forts de mon cœur, m'assourdit jusqu'à ce que, comme dans un rêve, la voix de papa s'élève à l'autre bout du fil.
— Je lui avais pourtant bien dit de ne pas te prévenir ! grommela-t-il, l'air aussi excédé que s'il faisait la queue à la poste. Je savais que tu paniquerais.
— Je ne panique pas, répliquai-je, alors qu'on savait tous les deux que je mentais.
J'expirai et inspirai comme Opal venait de me le conseiller, et repris.
— Qu'est-ce qui s'est passé ?
— Estafilade en cuisine.
— Ah bon ?
Ça, c'était une surprise.
— Je ne me suis pas coupé, corrigea-t-il, l'air offensé. C'est l'un des commis. Je lui montrais comment lever un filet quand la situation, et le couteau, lui ont échappé.
Mon cœur se remettait enfin à battre normalement.
— C'est profond ?
— Mais non, juste une entaille et quelques points de suture.
— C'est drôle que tu aies voulu aller à l'hôpital...

Les mains de papa étaient couvertes de cicatrices dues à divers incidents et brûlures. En général, et à moins qu'il ne saigne beaucoup, il attendait la fin de la journée pour soigner correctement sa plaie, et encore, s'il la soignait.

— Moi j'étais contre, tu t'en doutes bien, grogna papa.

— Il faut aller à l'hôpital quand on se coupe ! entendis-je Opal répliquer derrière lui. C'est dans le contrat de la société. De toute façon, c'est une simple question d'hygiène et de bon sens !

— Quoi qu'il en soit, reprit papa, l'ignorant, j'ai besoin de ma carte d'assuré social. Et je pense qu'elle est à la maison.

— Je sais. Je m'en occupe.

— Non, tu es au lycée. Je vais y envoyer Leo.

La pensée de cette grande perche de Leo se baladant dans notre maison et fouillant dans la boîte où se trouvaient nos papiers les plus importants me fit réagir au quart de tour.

— Laisse, je m'en occupe. J'arrive.

— Attends ! dit papa juste au moment j'allais raccrocher. Comment vas-tu venir ?

Ah zut, je n'y avais pas pensé. Soudain, mon regard tomba sur un banc devant le gymnase, de l'autre côté de la cour. Une fille y était assise, avec un gros sac en patchwork vert à côté d'elle. Elle portait un imper vert, des cache-oreilles verts et buvait un Coca à la paille. Je me levai et pris mon sac.

— J'ai un plan ! À toute !

— Cette fois-là, maman s'est renversé une tasse d'eau chaude dessus, m'expliqua Deb en engageant sa petite auto proprette sur la voie unique. C'était bouillant, comme l'eau que l'on te sert pour ton thé, dans les salons de thé. On a dû aller aux urgences.
J'opinai et me forçai à sourire.
— Ah, je vois.
— Mais maman s'est bien remise, ajouta-t-elle très vite en me glissant un regard. Vraiment. Elle n'a même pas de cicatrice, pourtant on était sûrs qu'elle resterait marquée à vie.
— Waouh.
— Tu l'as dit.
Deb secoua la tête, et accéléra un peu à la vue des panneaux indiquant l'hôpital.
— C'est la médecine moderne. Sidérant.
J'aperçus le panneau rouge URGENCES avec une flèche. En dépit de l'assurance de papa, j'étais sur les nerfs et j'avais le ventre complètement noué.
Deb l'avait compris, et c'était sans doute pour cette raison qu'elle s'était transformée en moulin à paroles aussitôt que je lui avais demandé de me conduire à l'hôpital. Je lui avais à peine exposé la situation qu'elle se lançait dans une douzaine d'histoires impossibles pour illustrer les Accidents de la Vie avec un Happy End.
— C'est juste une coupure, tu sais…, dis-je pour la dixième fois au moins.
Je ne savais pas si c'était pour me rassurer, ou pour la rassurer.
— Papa se coupe tout le temps. Ça fait partie de son boulot.

— Je n'arrive pas à croire que ton père soit chef cuisinier ! dit-elle en prenant la bretelle. C'est trop génial ! Il paraît que le *Luna Blu*, c'est le top.
— Tu n'y es jamais allée ?
Elle secoua la tête.
— Dans ma famille, on ne va pas souvent au restau.
— Ah bon ?
C'est tout ce que j'avais trouvé à dire. Entre nous, je ne vois pas ce que j'aurais pu répondre d'autre.
— Tu viendras avec moi au *Luna Blu*, un de ces jours, ajoutai-je. En tout cas, merci de faire le taxi...
— Au *Luna Blu* ? C'est vrai ?
Deb paraissait tellement étonnée que, inexplicablement, j'eus pitié d'elle.
— Mon Dieu, ce serait génial ! continua-t-elle. Mais tu n'es pas obligée, tu sais... Moi, ça me fait toujours plaisir de dépanner.
On arrivait. J'aperçus deux médecins en blouse et chaussons de chirurgien. Sur ma gauche, un gars en fauteuil roulant avec un masque à oxygène prenait le soleil. On ne peut pas dire que ça m'a calmée. Je tentai donc de me distraire de mes angoisses en reprenant la parole.
— Ça ne doit pas être toujours drôle d'être ambassadeur des élèves : on doit tout le temps te demander ceci ou cela.
Deb se pencha sur son volant pour scruter le parking. Elle était si précise, si responsable avec son bandeau vert, sa petite auto nickel avec un mémo sur le tableau de bord et un stylo à côté. Ça lui donnait un sérieux qui n'était pas de son âge.

— Oh non. Pas vraiment, dit-elle en tournant dans le parking.
— Ah ?
Elle secoua la tête.
— Tu es la première à me demander un service.
— Sans blague ?
Je regrettai ma réaction, vu la sienne : elle rougit et déglutit comme si elle avait avalé de travers, et je compris que j'avais cassé le peu de confiance qu'elle avait dans sa personne.
— Enfin, je veux dire que je suis très contente ! ajoutai-je vite. Au moins, tu te souviendras de moi à vie !
Deb coupa le moteur et me sourit. Elle avait vraiment l'air reconnaissante et heureuse. Elle était si sincère et si fragile, je lisais ses milliers de pensées sur son visage comme un livre ouvert. Comment se sentait-on quand on était une Deb ? Impossible à imaginer pour une Mclean.
— C'est gentil ! Je n'y avais jamais pensé comme ça !
Des sirènes hurlèrent non loin, et une ambulance surgit, roulant à toute vitesse vers l'entrée des urgences. « Papa va bien ! » me répétai-je de nouveau, mais mon cœur se remettait à battre comme un dingue.

Sur le parking, Deb sortit un paquet de chewing-gums de son sac et m'en offrit. Je refusai. Elle le rangea sans se servir. Aimait-elle les chewing-gums, ou en avait-elle toujours sur elle par politesse ? Je penchai pour la deuxième hypothèse.

Tout à l'heure, quand on était passées chez moi, elle avait été chaleureuse et très polie.

— Oh, quelle jolie maison ! avait-elle dit à la vue de notre salon meublé de façon spartiate. Et cette couverture en patchwork, quelle beauté !

Elle désignait l'une des couvertures de maman sur le bras du canapé. Autrefois, le patchwork, c'était le hobby de maman. Elle réussissait à composer des combinaisons compliquées de tissus, de couleurs et de formes. Chez nous, avant, on en avait des tonnes, en déco ou pour notre usage personnel, l'hiver. Quand on avait déménagé, je les avais mises, avec le reste de nos affaires, au garde-meuble, mais maman m'en avait offert une toute neuve le jour où on s'était dit au revoir devant chez Peter.

— J'y ai travaillé jour et nuit pour que tu l'aies à temps, m'avait expliqué maman en la pressant entre mes mains.

Ses yeux étaient rouges parce qu'elle avait pleuré toute la matinée.

J'avais admiré les carrés de toile, jean, coton et velours à dominantes jaune et bleue, si soigneusement assemblés.

— C'est très joli.

— J'ai utilisé des vêtements de bébé. De cette façon, tu penseras à moi.

Je l'avais remerciée, puis j'avais rangé la couverture.

— Merci, dis-je à Deb. On vient juste de déménager, alors c'est encore un peu le foutoir.

— J'adorerais habiter cette maison ! C'est un quartier génial.

— Ah bon ? avais-je demandé tout en cherchant la carte d'assuré social de papa dans la boîte.

— Oh oui, il se trouve dans la partie historique de la ville.

Deb s'était approchée de la porte et en avait examiné les moulures.

— Maman et moi, on cherchait une maison à vendre dans cette rue, il y a deux semaines.

— Vous voulez déménager ?

— Oh non !

Après un silence, elle avait ajouté :

— Mais le week-end, on aime bien visiter les maisons à vendre. C'est drôle comme tout. On s'amuse à choisir la pièce où on mettrait tel ou tel meuble, et comment on aménagerait le jardin...

Elle s'était tue, l'air soudain embarrassé.

— Je sais, c'est stupide...

— Non, je ne trouve pas.

J'avais déniché la carte de papa dans un carnet de timbres et l'avais fourrée dans ma poche.

— Je fais aussi ce genre de trucs.

— Ah ? Quel genre ?

Zut, j'étais coincée. Hum.

— Eh bien, quand j'arrive dans un nouveau lycée, je change un petit peu de personnalité. Je change de ville, donc je change ce que je suis, tu vois ?

Deb était restée silencieuse ; je m'étais étonnée d'avoir été aussi franche. À moins que Deb et son besoin pathologique d'être vraie n'aient déteint sur moi ?

— Ça doit être difficile.

— Difficile ? Comment ça ?

Nous étions ressortis.

— Difficile de changer tout le temps. C'est comme de recommencer. C'est... enfin, je ne sais pas comment l'expliquer.

J'avais regardé vers chez David et avais repensé à Riley et à ses questions. Pas de voiture, ni aucun signe de vie. Il n'était pas à la maison.

–... ce qui me manque, c'est ce que j'étais, avait conclu Deb à cet instant. Je ne sais pas comment dire...

Je n'avais rien dit parce que, de nouveau, je n'avais aucune réponse. On avait pris la route de l'hôpital.

Maintenant, on s'approchait des doubles portes vitrées des urgences, et je me disais que j'enviais son assurance, même si je savais que tout le monde au lycée se moquait d'elle. Changer, c'est peut-être plus facile pour certains que pour d'autres ? Je connaissais à peine Deb, mais je ne l'imaginais pas devenir une autre.

À l'intérieur de l'hôpital, une odeur de désinfectant et une atmosphère plombée nous accueillirent. Je donnai le nom de papa au petit gros de l'accueil derrière sa vitre. Il tapa sur son ordinateur avant de me glisser un morceau de papier où était écrit A1196. Quatre chiffres qui me rappelèrent quand je recherchais mon casier, plus tôt le matin. À ce moment-là, mon plus gros souci, c'était de me débarrasser de maman, toujours sur mon dos.

— Ça doit être par là, déclara Deb, toujours beaucoup plus calme que moi.

Te revoir un jour

Elle avait pris la situation en main et me précédait dans les couloirs, comme si elle avait deviné ma peur et mon incapacité à prendre des initiatives.

On passa devant des chambres et des box d'examen ou d'urgence, fermés ou non par des rideaux. Terrorisée, je regardais droit devant moi, mais je captai des instantanés grâce à ma vision périphérique : un homme en sous-vêtements, allongé, immobile et bras sur les yeux, puis une femme en chemise d'hôpital qui dormait, bouche ouverte.

— A1194, dit Deb. A1195. Ah, nous y voilà !

Le rideau étant fermé, nous n'avons pas osé entrer. Comment était-on censé s'annoncer, quand il n'y avait pas de porte ? Comment savoir si on était au bon endroit ? Je me posais la question quand j'entendis une voix, de l'autre côté.

— Franchement, vous devriez laisser tomber les petits pains au romarin une bonne fois pour toutes. C'est fini et bien fini !

Un gros soupir s'éleva.

— D'accord, les cornichons frits ont été favorablement accueillis par la clientèle, mais cela ne signifie pas...

J'ouvris le rideau. Papa était sur le bord du lit, sa main protégée par un pansement de gaze stérile et bandée. Assise jambes croisées dans le fauteuil, Opal semblait à cran.

— Ah la voilà ! s'exclama papa.

Il me sourit. Jamais son sourire ne m'avait autant rassurée.

— Comment ça va ? me demanda-t-il.

Je m'approchai.

— Ce serait plutôt à moi de te poser la question ! Comment vas-tu ?
— Très bien.
Il tapota le drap à côté de lui pour m'inviter à le rejoindre.
Une fois que je me fus perchée sur le lit, papa passa sa main valide autour de mon épaule. Je sentis ma gorge se serrer. C'était bête. Papa allait bien, et ça se voyait.
— C'est juste une coupure, tu sais, Mclean.
Je croisai le regard d'Opal. Elle avait un air si gentil que je détournai la tête.
Je montrai Deb, restée devant le rideau.
— C'est Deb. Elle m'a... Enfin, c'est une copine.
À ces mots, Deb sourit, l'air ravi, et s'avança, main tendue.
— Bonjour ! Je suis contente de faire votre connaissance, monsieur Sweet. Je suis désolée pour votre accident. Mclean se faisait tellement de souci !
Papa haussa les sourcils à mon adresse. Je rougis.
— C'est entièrement ma faute, intervint Opal. Je ne suis pas un modèle de calme dans les situations d'urgence.
— Ce n'était pas une urgence, objecta papa en me serrant de nouveau l'épaule.
Je m'appuyai contre lui et fus enveloppée par son odeur familière – après-rasage, lessive et viande grillée.
— Si ça n'avait tenu qu'à moi, j'aurais juste mis un sparadrap, et basta.
— Oh non, surtout pas ! protesta Deb, horrifiée. En cas de coupure, il faut aller à l'hôpital ! Savez-vous que vous risquez une infection à staphylocoques ?

— Tiens, qu'est-ce que je vous disais ! renchérit Opal, l'air enchanté par cet élan de solidarité inattendu. Une infection à staphylocoques !
— Toc toc ?

Une infirmière – une petite rousse rondouillarde qui portait une blouse décorée de cœurs –, entra, observa papa, puis consulta son dossier.

— Bon, monsieur Sweet, il nous faut votre carte d'assuré social. Vous pourrez sortir après avoir rempli les formalités d'usage.

Papa prit avec empressement le bloc à pinces qu'elle lui tendait.

— Magnifique !

— Oh non, ne dites pas une chose pareille : vous me fendez le cœur ! minauda l'infirmière.

Opal haussa les sourcils, mais moi je n'étais pas surprise. J'avais l'habitude. Papa faisait craquer les femmes. À cause de ses cheveux longs style bohème ? De ses yeux bleus ? De sa façon de s'habiller ? De se déplacer ? Je n'en sais rien, mais il les attirait comme un aimant. Plus il était distant, plus elles s'approchaient. C'était un phénomène inexplicable.

Je tendis la carte d'assuré social à l'infirmière, puis tins le bloc à pinces tandis que papa retirait le capuchon de stylo de sa bonne main. Je levai les yeux sur l'infirmière qui me souriait.

— Vous allez prendre soin de votre papa, n'est-ce pas, mon petit ? Votre maman est absente, en ce moment ?

Bien entendu, elle avait déjà remarqué que papa ne portait pas d'alliance, mais elle s'assurait que papa était, disons, libre. Les serveuses, les employées d'hôtel, et même mes profs utilisaient le même procédé, qui ne m'abusait pas.

— Excusez-moi de vous interrompre, intervint soudain Opal avec hauteur, mais je veux être certaine que le relevé de frais ou la quittance des soins hospitaliers de M. Sweet seront envoyés à notre société. Pouvez-vous me renseigner, ou dois-je m'adresser à quelqu'un en particulier ?

L'infirmière tourna les yeux vers elle comme si elle venait tout juste de remarquer son existence. Il était pourtant difficile d'ignorer Opal qui ce jour-là portait un jean délavé, des santiags rouges et un pull orange vif.

— Je peux vous adresser au bureau de la facturation des soins externes de l'hôpital, lui répondit-elle avec la plus grande froideur.

— Merci beaucoup, répondit Opal du même ton glacial.

Deb regarda tour à tour Opal et l'infirmière. Papa, comme d'habitude, ne semblait absolument rien remarquer. Il tendit le bloc à pinces à l'infirmière et sauta du lit.

— Très bien. Courage, fuyons !

— Ah mais non, monsieur Sweet ! roucoula l'infirmière, il va vous falloir remplir d'autres formulaires, ce n'est pas fini du tout ! Vous devez...

— Je dois surtout retourner dans mes cuisines avant qu'une autre catastrophe ne survienne ! la coupa papa en prenant son manteau sur l'oreiller. Comme Opal vient de vous l'indiquer, adressez donc toute cette paperasse à la EAT INC. Opal ? Vous avez une carte de la EAT INC sur vous ?

Opal opina et en sortit une de son sac.

— Parfait. Donnez-la-lui, qu'on file au plus vite.

Opal tendit la carte à l'infirmière, qui la prit sans enthousiasme. De nouveau, papa ne remarqua rien, trop occupé à enfiler son manteau.

— Toi, tu retournes au lycée, c'est compris ? me dit-il.

Je consultai ma montre.

— Tu parles ! Au moment où j'arriverai, ce sera la fin des cours.

Papa soupira, contrarié.

— En ce cas, rentre à la maison. Nous te déposerons en passant.

— Oh, mais je peux reconduire Mclean, intervint Deb.

Papa la regarda. Deb lui sourit, comme si elle mendiait son approbation.

— Vous savez, ça ne me pose pas de problème ! ajouta-t-elle.

— Alors très bien. On y va ! dit-il en ouvrant totalement le rideau.

Il était déjà dans le couloir qu'on n'avait pas encore bougé le petit doigt.

Opal, Deb et l'infirmière tournèrent un regard interrogateur vers moi. Je haussai les épaules. C'était mon père dans son rôle de despote, le côté de sa personnalité qui se révélait pendant les coups de feu et lors de nos déménagements. Papa n'était pas autoritaire, loin de là, mais en certaines circonstances il se comportait comme un général sur un champ de bataille, sans se soucier des mouvements de rébellion au sein de ses troupes.

L'infirmière arracha deux feuilles de papier et en donna une à Opal qui la lui prit avant de courir derrière papa.

L'infirmière me tendit l'autre, avec la carte d'assuré social de papa, mais sans empressement.

— Si ton père a le moindre problème avec sa blessure, me dit-elle quand elle se décida à la lâcher, qu'il me contacte, surtout : le numéro de ma ligne directe est inscrit là. Je m'appelle Sandy.

— Très bien. Merci.

Dans mon dos, je sentais la stupéfaction de Deb comme une flamme brûlante. Quand je me retournai, elle avait la bouche ouverte. Carrément.

Je pris le couloir. Deb se précipita après moi, toujours en état de sidération.

— Oh, mon Dieu ! C'était comme dans un vaudeville !

On repassa devant le type en sous-vêtements, qu'un médecin examinait.

— Ce sont des choses qui arrivent, lui dis-je.

— Mclean ? s'écria papa avec impatience. Allez, allez, plus vite !

Deb accéléra aussitôt le pas, en bon petit soldat. Je me pressai aussi, en parcourant les papiers de sortie où Sandy avait écrit, d'une écriture ronde, son prénom et son numéro de téléphone au feutre rouge. On aurait dit une correction dans la marge d'une copie. Je pliai le papelard, le fourrai tout au fond de ma poche, tandis que je sortais – ouf, enfin –, de l'hôpital.

Chapitre 5

Le bruit était étrangement familier, et cependant je ne parvenais pas à l'identifier.

Boum. Boum. Boum. Bam.

J'ouvris les yeux, cillai et, encore mal réveillée, fixai la moulure du plafond jusqu'au coin du mur, où elle rejoignait le cadre de la fenêtre. Par le carreau, je voyais un morceau de ciel et le toit décati de l'espèce de manoir dont dépendait l'abri-tempête transformé en refuge personnel de David Wade.

Cette baraque était si grande que je n'étais pas sûre que ce fût une maison d'habitation. À mon avis, c'était plutôt un local commercial abandonné. Les fenêtres étaient condamnées par des panneaux de contreplaqué et les mauvaises herbes avaient colonisé le jardin. Un jour où j'allais prendre le bus de ville pour me rendre au lycée, j'avais remarqué un panneau « À vendre » qui semblait être là depuis des années. De mon lit, je voyais des lettres peintes sur le toit, maintenant roses, autrefois rouges. Je ne réussis pas bien à lire, mais il me sembla reconnaître un S.

Boum. Boum. Wizz.

Je me redressai et regardai par la fenêtre à côté de mon lit. La Land Rover de papa n'était pas là : il était déjà parti. On était samedi, il était tôt – seulement 9 heures du matin. De plus, la veille au soir, papa était revenu naze après avoir affronté le rush des débuts de week-end avec une seule main en état de marche. Mais le marché fermier se tenait le samedi matin et il aimait y aller tôt pour acheter les meilleurs produits.

Boum. Boum. Rires. Puis un crash.

Je sentis notre maison s'ébranler, et le calme retomber.

Je restai immobile encore un moment, attendant... quoi ? Aucune idée. Puis je me levai et enfilai mon jean de la veille. Autour de moi, le silence était total. Je n'entendais que le petit bruit de mes pieds nus sur le carrelage du couloir.

Quand j'arrivai dans la cuisine, je pensai que je dormais toujours et rêvais : un ballon de basket roulait dans ma direction. La porte qui donnait sur notre terrasse était grande ouverte, et l'air froid s'engouffrait joyeusement dans la maison. Je restai pétrifiée, à fixer le ballon qui ralentissait à chaque nouvelle révolution. « Alors ça c'est drôle ! » pensai-je. Je n'étais pas folle, papa était bien parti, la Land Rover n'était plus là...

— Oups ! Désolé pour le dérangement !

Arrachée à mes pensées, je sursautai et levai les yeux sur le mec qui surgissait sur ma terrasse, juste devant moi. Il avait mon âge, et la tête hérissée de dreads courtes. Il portait un jean et un polo rouge à manches longues.

Je reconnus vaguement son visage, mais j'étais trop dans le pâté pour le resituer. Je regardais tour à tour le type et le ballon de basket.

— Mon pote a été un peu trop enthousiaste en lançant son ballon, me dit-il en entrant pour le ramasser.

C'est au moment où il me fit un petit sourire d'excuse que la mémoire me revint : le mec qui faisait les annonces du matin, sur le canal du lycée. C'était lui !

— Ça ne serait pas si terrible s'il ne visait pas n'importe comment.

— Oh, oui, je vois. C'est juste que... je me demandais ce qui se passait.

— Ça ne se reproduira pas, promis !

Il ressortit et leva le ballon.

— Attention, je tire !

J'entendis un « bang », puis des « boum » qui s'éloignaient, et enfin, une voix.

— Mais c'est quoi, ce lancer à la con ?

— Arrête un peu, tu n'as même pas essayé de rattraper le ballon !

— C'est parce que ton ballon était au moins à un kilomètre de l'endroit où je me trouvais ! Tu visais la rue ou quoi ?

Le type tourna les yeux vers moi et se mit à rire, comme si j'étais sa complice.

— Encore désolé, me dit-il.

Puis il traversa ma terrasse en courant et disparut de ma vue.

J'essayais toujours de comprendre ce qui venait de se passer quand je sentis mon téléphone vibrer dans ma poche. C'est donc là qu'il était ! Je l'avais cherché partout avant d'aller me coucher. Je le sortis à la hâte et consultai l'écran. Dès que je reconnus le numéro de maman, je me rendis compte que, dans le chaos de la veille, j'avais complètement oublié de la rappeler. Aïe.

J'inspirai de toutes mes forces et pris la communication.

— Salut, maman, dis-je, je...

— Maclean !

Ça commençait mal : elle criait.

— Je me suis fait un sang d'encre ! Tu étais censée me rappeler il y a vingt-quatre heures ! Tu me l'avais *promis*, Mclean ! Je sais que nous avons actuellement un contentieux...

— Maman, attends !

— ... mais nous n'y arriverons pas si tu n'as pas un tant soi peu de respect pour...

— Maman, écoute : je suis désolée.

Ce mot lui fit l'effet d'un mur de brique : il coupa net son élan. J'imaginai la fin de sa phrase, les mots qui freinaient, s'encastraient les uns dans les autres comme des voitures sur une autoroute. Crac, hue, boum.

— D'accord, reprit-elle. Je suis toujours en colère, mais merci pour tes excuses.

Je regardai dehors, mon portable vissé à l'oreille. Le type aux dreads tira et marqua. Le ballon esquissa un bel arc de cercle avant de rebondir dans l'allée, où David Wade, en jean et coupe-vent bleu, le rattrapa.

Il secoua la tête à une remarque de son pote et essaya de tirer en jump shot – un tir en suspension. Je regardai son visage tandis que le ballon heurtait le panier puis le panneau. Air ball. Raté, mon gars. Mais David ne sembla pas surpris.

— Cela m'a fait de la peine que tu ne me rappelles pas, reprit maman, rompant le silence toujours hésitant qui était tombé entre nous. Je ne crois pas que tu te rendes bien compte à quel point c'est difficile de te joindre, et surtout, de subir sans cesse tes rebuffades, Mclean.

À cet instant, le pote de David attaqua le panier sans dribble, en lay up – tir en course –, et le rata.

— Je voulais te rappeler, dis-je, le regardant récupérer son ballon, mais papa s'est blessé, et j'ai dû quitter le lycée pour le rejoindre à l'hôpital.

— *Quoi* ! Oh, mon Dieu, que s'est-il passé ? Il va bien ? Et toi, ça va ?

Je soupirai en écartant mon portable de l'oreille.

— Tout va bien. On lui a juste fait des points de suture.

— Si ce n'était pas grave, pourquoi as-tu été obligée de te rendre à l'hôpital ?

— Papa ne savait pas où se trouvait sa carte d'assuré social, du coup...

Je n'avais pas terminé ma phrase que maman poussa un très long soupir, façon ballon de baudruche qui se dégonfle. Je compris que la courte trêve qu'on venait de conclure avait déjà pris fin, un peu comme une bulle de savon éclate.

— Tu as dû t'absenter de tes cours parce que ton père ne savait pas où se trouvait sa carte d'assuré social.

Je gardai un silence prudent, d'autant que ce n'était pas précisément une question.

— C'est incroyable ! Tu n'es pas sa mère, tout de même ! C'est à ton père de gérer *tes* documents administratifs, pas le contraire !

— Ça n'a posé aucun problème, alors arrête un peu !

J'entendis un « pfft » désapprobateur et agacé, puis maman reprit :

— J'étais *tellement* contente, hier, à l'idée que tu viennes avec nous à la villa au bord de l'océan. Dès que j'ai appris que les travaux étaient terminés, je n'ai pensé qu'à cela !

— Maman...

— Mais même un sujet aussi inoffensif est une source de complications extraordinaires ! Tu n'as tout simplement pas voulu en entendre parler. Quand je pense qu'autrefois tu aimais tant la mer... Je suis triste, et tu sais pourquoi ? Parce que au lieu d'avoir une vie normale...

— Maman !

— ... Ton père te balade dans tout le pays et, par-dessus le marché, tu dois t'occuper de lui ! Franchement, je ne comprends pas, même avec la meilleure volonté du monde, pourquoi tu ne...

Nouveau « bang » juste derrière mon dos.

Oh... Je fis volte-face au moment où le ballon de basket entrait de nouveau dans la cuisine et roulait dans ma direction. Super énervée, je le ramassai, mon portable calé entre l'épaule et le menton. Maman continua de parler – mon Dieu, c'est pas croyable de parler autant ! – tandis que je déboulais sur la terrasse en trombe.

— Désolé ! s'écria le pote de David à ma vue. C'était ma...

Je ne l'écoutai pas. Je rassemblai toute ma colère et le stress de ces dernières minutes, de ces derniers jours, brandis le ballon au-dessus de ma tête et le lançai de toutes mes forces. Il jaillit comme une fusée et passa à travers le panier à une vitesse éclair, sans toucher ni arceau ni filet (swish !). En ressortant il éclata le front de David, qui était en dessous et s'effondra aussi sec.

Je me précipitai.

— Oh merde ! Maman, excuse, mais il faut que je te laisse !

Je lançai mon portable sur une chaise de jardin et courus dans l'allée où David, sidéré, restait immobile, tandis que son pote, pétrifié lui aussi, me regardait comme si j'étais une apparition.

— Oh, la vache ! s'écria-t-il. Tu as vu son shoot ? Mortel !

— Ça va ? demandai-je à David.

Je me mis à genoux près de lui.

— Je suis désolée, je voulais juste...

Il clignait des yeux en regardant le ciel.

— Ben dis donc..., articula-t-il enfin. Tu assures un max au basket.

J'allais m'excuser – c'était tout de même la moindre des politesses –, mais rien, absolument rien ne sortit. On se regardait. Je nous revis quelques jours plus tôt, dans l'abri-tempête, avec le ciel de la nuit au-dessus de nos têtes. Nos rencontres étaient décidément fracassantes, sous terre ou sur terre, avec des collisions improbables : un vrai phénomène de répulsion-attraction.

— Oh la vache, c'était trop mortel ! s'exclama encore le pote de David, ce qui m'arracha à mon état de transe. Ben mon vieux, tu es tombé comme un chêne centenaire frappé par la foudre.

Je m'accroupis pendant que David se redressait et s'appuyait sur ses coudes. Il secoua la tête vigoureusement, un peu comme le font les personnages de dessin animé pour se remettre les idées en place. Ç'aurait été marrant si je n'avais pas été responsable de son état de choc.

— Je n'avais pas l'intention de..., repris-je.
— C'est bon.

David secoua de nouveau la tête, et il se releva.

— Regarde : je suis en état de marche.
— Foutu soulagement ! déclara l'autre qui était allé ramasser le ballon et revenait en dribblant. Ça ne se voit peut-être pas, mais le cerveau de David Wade, c'est une sorte de trésor national.

David le dévisagea, impassible.

— Mon cerveau et moi, on est en pleine forme.
— Et moi, je suis Ellis, dit le mec aux dreads en me tendant la main.

Je la serrai lentement.

— Bon, maintenant qu'on a fait connaissance, explique-moi comment tu as fait. C'était trop génial. Sérieux !
— Non, répondis-je d'une voix plus tranchante que je ne l'aurais voulu.

Ellis et David parurent surpris.

— Enfin... je veux dire, je n'en sais rien.
— Le bulbe rachidien de David a un avis différent sur la question, répliqua Ellis en me collant le ballon dans les pattes. Allez ! S'il te plaît !

Je rougis. Je ne voulais pas. Je n'arrivais même pas à croire que j'avais tiré et marqué. Après le divorce, je m'étais juré de ne plus toucher un ballon.

Papa adorait le basket. Toute sa vie, il avait vécu et respiré par le basket, mais il n'avait jamais été un joueur top : il était moyen, il avait un jump shot passable (soit une bonne détente pour monter au panier) et un lay up correct. Mais il était rapide et passionné, il faisait partie d'une équipe et ça suffisait à son bonheur.

Papa était célèbre pour les gestes de tir qu'il avait inventés et qu'il pratiquait à ses moments perdus ou lors de matchs de streetball avec les voisins. Il en avait des douzaines : le slip'n slide (pivoté, engagé et shoot), l'ascot (pivot, feinte de tir, puis départ en dribble et shoot), le cole slaw (il faut voir pour comprendre). Mais le plus célèbre d'entre tous, c'était le boomerang. Un rebond offensif plus qu'un tir proprement dit : récupération du ballon au rebond, shoot ultrarapide, accrochage visuel du panier et... pas mal de bol. J'avais presque tout bon.

Les deux garçons me scrutaient avec curiosité lorsque j'entendis la Land Rover de papa arriver au tournant. C'est en lisant la surprise sur son visage que je me rendis compte que je tenais toujours le ballon. Papa se gara, son regard passa de mon visage au ballon, puis il coupa le moteur.

— Désolée, mais je... je ne peux pas..., dis-je à Ellis.
Il me dévisagea avec perplexité. Je le comprenais, mon refus avait des accents trop sincères et désespérés pour des circonstances finalement assez banales. Mais mes excuses ne s'adressaient pas à lui. Ou à David, qui les méritait pourtant, vu qu'il s'était pris le ballon en pleine poire. C'est au moment où ces mots jaillirent de mes lèvres que je compris qu'elles étaient destinées à papa, dont je sentais toujours les yeux sur moi. Je lâchai le ballon, traversai la cour et rentrai à la maison. Fin du match.

— Celui-là, maintenant. En quatre lettres : île de Micronésie rattachée aux États-Unis.
J'entendis couper et émincer, puis de l'eau couler.
— Guam.
Nouveau silence.
— Ça colle ! Super !
— Ah ?
Dans les cuisines du *Luna Blu*, Tracey, la serveuse terroriste d'Opal, était perchée sur une table de préparation, jambes croisées. En face d'elle, un grand blond tout mince en tablier mondait des tomates sur une table identique où s'élevait déjà un petit tas de pulpe.
— Bon, la suite, reprit Tracey en dépliant son journal. Qu'est-ce que tu dis de celui-là : « Personnage de Shakespeare né par césarienne » ?
— Eh bien...
— Attends, je crois que je connais la réponse ! le coupa Tracey. C'est César ! Mais...
Elle se tut et fronça les sourcils.

— Non, ça ne marche pas.
Il rinça son couteau, l'essuya avec son torchon.
— Essaie Macbeth.
Elle baissa les yeux sur sa page.
— Oh la vache ! C'est ça ! De nouveau ! Tu es trop intelligent pour être commis de cuisine, toi ! Rappelle-moi dans quelle université tu as étudié ?
— Laisse tomber.
Le type leva les yeux et m'aperçut.
— Salut ! Je peux faire quelque chose pour toi ?
— Redresse-toi, serre les fesses et souris : c'est la fille du boss, déclara Tracey, ce qui ne l'empêcha pas de rester, elle, les fesses sur sa table, avec son journal.
Le type essuya ses mains et s'approcha.
— Salut. Toi, c'est Mclean, n'est-ce pas ? Moi, c'est Jason. Ravi de faire ta connaissance.
— On l'appelle aussi Prof, intervint Tracey. Parce qu'il sait tout !
— Pas tout, non, rectifia Jason. Tu cherches ton père ?
— Oui. J'avais rendez-vous avec lui ici, mais il n'est ni dans son bureau, ni dans la grande salle.
— Alors il doit être à l'étage, répliqua-t-il, me montrant le plafond. Avec Opal et son... hum... projet de travail d'intérêt collectif.
Tracey fit un « pffuit » méprisant. Elle était petite mais bâtie comme un taureau : ses épaules étaient larges, ses bras musclés, et elle portait les mêmes bottes Ugg que le jour de mon arrivée, avec une jupe en jean.
— Il veut dire sa bande de délinquants juvéniles !
— Voyons, Tracey, on ne peut pas juger, déclara Jason avec indulgence en reprenant son couteau.

— *Moi* je peux ! rétorqua Tracey. Non mais tu les as vus tout à l'heure, quand ils faisaient la queue ? Ils fument comme des pompiers et ils te collent la trouille avec leurs milliers de piercings. Mon Dieu, mon Dieu ! Ces mecs-là, je te jure, ils suent la peur existentielle typiquement ado : c'était aussi palpable que le fog sur L.A. !

Je compris enfin le pourquoi de la foule, composée en majeure partie de gens sensiblement de mon âge, massée devant le *Luna Blu*. On était lundi après-midi, à quelques heures de l'ouverture, mais ils n'attendaient pas pour se faire une bouffe entre copains, non, on sentait tout de suite qu'ils étaient là contraints et forcés. De plus, Tracey avait raison : c'était des fumeurs enragés.

— Continue à me poser tes colles, reprit Jason avec un geste vers le journal.

Tracey passa son index sur les définitions.

— En huit lettres, synonyme de fioul. La dernière lettre, c'est une voyelle : un e. Moi j'ai mis gazole, mais, évidemment, ça ne colle pas.

— Kérosène, répondit Jason qui se remettait à monder des tomates.

— Oh la vache ! C'est ça ! s'exclama Tracey.

Elle secoua la tête, vraiment impressionnée.

— Tu perds ton temps dans ce restau, mon vieux. Tu devrais vraiment être prof !

Je profitai de ce que Jason haussait les épaules pour les remercier et sortir des cuisines. J'allai dans la grande salle du restaurant. Une blondinette avec un piercing dans le nez passait une éponge sur le bar. Deux autres serveurs faisaient la mise en place, en bavardant et en roulant la desserte vers une table près de la fenêtre. Je passai dans le réduit et me dirigeai vers l'escalier, comme le jour où les cartons d'Opal avaient été livrés. La voix de papa me parvint soudain. Ils étaient tous les deux à mi-hauteur.

— Et tout cela pour le bien de la collectivité ? C'est ridicule, voyons ! Nous ne pouvons tout de même pas héberger un programme de réinsertion sociale à l'étage d'un restaurant !

— Je sais, répondit Opal qui semblait au bout du rouleau. C'est ce que j'ai dit à Lindsay quand je suis passée la voir à son bureau ce matin.

— Qui est Lindsay ?

— Lindsay Baker. C'est la conseillère municipale en charge du projet. Mais elle a insisté : elle m'a affirmé que la mairie rénovait ses locaux et que la maison de quartier affichait complet. Il n'y a pas de place pour héberger un projet de cette envergure.

— Si je comprends bien, reprit papa, mis à part le *Luna Blu*, il n'y a pas un seul local de libre dans toute cette ville ?

— C'est exactement cela, répondit Opal, très mal à l'aise. Encore une fois, ce n'est pas moi qui l'affirme, c'est Lindsay.

Papa soupira. On entendait des bruits de pas et de voix à l'étage.

— Rappelez-moi pourquoi vous vous êtes portée volontaire ?

— Pour garder le parking ! Mais quand j'ai remis le sujet sur le tapis, aujourd'hui, j'ai eu droit à un *muddle run* ! Elle a évoqué les responsabilités de chaque citoyen envers sa ville et son quartier, la fierté d'accomplir des actions civiques.

— Attendez, coupa papa. Qu'est-ce que vous venez de dire ?

Moi aussi j'avais bien entendu. Ni papa ni moi on ne pouvait laisser passer un truc pareil.

Opal cilla sans comprendre.

— J'ai parlé de responsabilités citoyennes envers sa ville et son quartier.

— Non. Avant !

Opal réfléchit. À l'étage j'entendis de nouveau des pas.

— Ah oui, muddle run. Désolée... c'est un terme de basket. Vous savez, quand un joueur...

— Oui, je sais ce que c'est, l'interrompit papa. Je suis juste surpris de l'entendre dans votre bouche.

— Ah bon. Pourquoi ?

Papa ne répondit pas tout de suite.

— J'ignorais que vous étiez... hum... de la partie.

— Si vous saviez ! Mon père était un inconditionnel de la DB, expliqua Opal. Il jouait au basket, au lycée. Mes frères aussi. Je n'avais pas le choix, sinon je serais devenue la honte de la famille.

— Ah.

Opal hocha la tête.

— Cela dit, mon père n'est pas très content du nouveau coach. Je ne suis plus l'actu du basket d'aussi près, mais je crois qu'il y a eu une espèce d'énorme scandale autour de lui. Quelque chose de lié à sa vie privée et...

Je rougis.

— Peu importe, fit papa, revenons plutôt à cette situation de crise. Quelles sont vos options ?

— L'option espoir…, commença Opal avec lenteur. On n'a plus qu'à prier pour que la conseillère municipale ait pitié de nous et nous trouve un endroit. C'est possible mais pas dans l'immédiat.

— Dans l'immédiat, on doit en effet gérer une salle remplie de criminels ! déclara papa.

— Criminels ? Tout de suite, les grands mots… N'exagérons pas, tout de même, protesta Opal. Ce sont des jeunes qui doivent quelques heures à la collectivité.

— C'est la même chose, non ?

— Eh bien non…

Un énorme fracas suivi de jurons s'éleva à l'étage. Opal regarda en haut.

— Je ferais mieux d'y retourner. Je suis censée superviser le déroulement de l'opération.

Papa hocha la tête.

— Rappelez-moi le nom de la conseillère municipale ?

— Lindsay Baker.

— Très bien, conclut papa en redescendant. Je vais lui passer un coup de fil pour voir si je ne peux pas la presser d'agir.

— Oh ! reprit Opal à la hâte. Je… je ne pense pas que ce soit une très bonne idée.

— Pourquoi ?

Opal déglutit.

— Eh bien…, dit-elle alors qu'un autre bruit s'élevait à l'étage, elle est un tantinet…

Elle se tut. Papa attendit la suite.

— C'est une forte personnalité, vous voyez ? Difficile à mater. Et avec une tendance... à vous envahir.
— J'arriverai à gérer la situation, faites-moi confiance ! répliqua papa alors que je retournais dans la salle pour qu'il ne me voie pas. En attendant, vous vous débrouillez avec ces criminels.
— Mais ce ne sont pas des criminels ! lui rappela Opal. Ce sont...

Papa referma la porte, manifestement indifférent aux définitions alternatives d'Opal.

À ma vue, il m'adressa un sourire las.
— Salut, toi. Tu as passé une bonne journée ?
— Bof, rien de spécial, dis-je en le suivant vers le bar. Et toi ?
— Le boxon habituel. Tu as faim ?

Je repensai à mon croque du déjeuner, qui remontait à une éternité.
— Oui, plutôt.
— Viens en cuisine, je vais te préparer une bricole.

J'allais répondre quand on s'est retrouvés nez à nez avec un grand gars qui portait une veste de surplus de l'armée et une casquette de base-ball. Un énorme tatouage d'aigle décorait sa nuque.

Il nous regarda tour à tour.
— C'est où, le truc de probation ? Faut que je fasse signer mon papelard.

Papa soupira et lui montra l'escalier.
— À l'étage. Et fermez la porte derrière vous, s'il vous plaît.

Le type grogna pour tout remerciement, et passa devant nous, mains dans les poches. À la table près de la fenêtre, les deux serveurs qui effectuaient la mise en place ricanaient sous cape. Papa leur adressa un regard de mort et ils se turent aussitôt. On arrivait dans les cuisines lorsque son portable sonna. Il consulta l'écran, sourcils froncés.

— C'est Chuckles, m'annonça-t-il en décrochant. Allô ? Oui, salut. C'est fait. Le réparateur de la machine à glaçons vient de passer. Bon, tu veux d'abord les bonnes ou les mauvaises nouvelles ?

En clair, la conversation allait s'éterniser. Je revins donc dans la grande salle. La porte qui donnait sur l'escalier était ouverte, malgré l'aimable requête de papa au grand tatoué. Au moment où j'allais la refermer, j'entendis Opal parler et je décidai de monter.

— C'est une chance unique, pour vous, citoyens de cette communauté, de connaître notre ville d'une façon tout à fait originale ! Rue par rue, bloc par bloc et maison par maison... C'est comme de reconstituer votre propre monde, en miniature... C'est extra, n'est-ce pas, les gars ?

Elle n'eut pour toute réponse qu'une petite toux et un soupir exaspéré. Elle se trouvait devant une vingtaine de personnes, tous des ados ou des post-ados qui semblaient aussi excités que s'ils attendaient de se faire poser une couronne chez le dentiste. Opal, petite robe noire, santiags et chignon au sommet de la tête, était rouge coquelicot et très nerveuse.

— Et le meilleur de tout cela, continua-t-elle, parlant plus vite, c'est que vous êtes nombreux : en conséquence, si chacun effectue, disons, deux heures par semaine, on progressera très vite. Et les instructions...

Elle brandit un épais paquet de feuillets.

— Au premier abord, elles sont assez simples. Une fois que la base sera montée, il faudra juste assembler les pièces en fonction des numéros indiqués sur chacune d'entre elles.

Silence de mort.

— Heu, je suis vraiment contente que vous soyez si nombreux, aujourd'hui. Je sais que certains d'entre vous n'avaient pas le choix... Mais si vous adhérez à ce projet, nous passerons de bons moments ensemble, et nous ferons un travail enrichissant pour Lakewiew !

Rien que du silence.

Opal soupira. Ses épaules s'affaissèrent. Elle reprit :

— Ce sera tout pour aujourd'hui. Prochain rendez-vous jeudi à 16 heures. Alors maintenant, si vous voulez que je signe vos feuilles de présence...

Soudain tout le monde sortit de son immobilité. En quelques secondes, Opal fut littéralement harcelée par des mains et des feuilles tendues.

— Attendez ! Un à la fois ! Je vais...

Je contournai la foule pour entrer dans la salle, maintenant bien nettoyée et rangée. Les cartons s'alignaient contre l'un des murs. Les plus grands portaient des numéros écrits en noir, sur les autres étaient inscrites des séries de lettres. Tandis que je regardais ce qui ressemblait à un puzzle géant prêt à être assemblé, je repensai aux mots croisés de Tracey, à tous ces mots qui entraient ou non dans la grille.

Papa et moi, nous étions ici depuis maintenant trois semaines. C'était la première fois que j'étais Mclean – plus précisément, que je me faisais appeler Mclean – aussi longtemps depuis deux ans. Pour tout dire, je ne m'y étais toujours pas habituée... J'avais même été un peu perdue lorsque Jason avait prononcé mon prénom. C'était à croire que l'original m'était plus étranger que ceux que je m'étais choisis auparavant. En vérité, je ne savais toujours pas qui était cette Mclean. J'attendais qu'elle se révèle à moi, qu'elle se mette en place aussi facilement que s'étaient mises en place Eliza, Lizbet ou Beth. À ce stade, je me sentais encore informe, genre gâteau mal cuit avec des coins qui le sont trop et le milieu moyen.

C'était en partie parce que dans les trois précédentes villes je m'étais vite décidée pour le look et l'attitude de mon personnage – petite nana BCBG, starlette romantico-gothique et enfin militante dynamique et investie dans la vie associative lycéenne. Je n'avais donc eu aucun mal à jouer leur rôle, justement parce que c'était un rôle. Je choisissais les amis et les activités qui convenaient le mieux à la personnalité en cours de réalisation. Mais à Jackson les frontières restaient floues. Je ne choisissais pas les amis de Mclean, ses amis me choisissaient.

Ce jour-là, à l'heure du déjeuner, j'étais sortie dans la cour du lycée et j'avais décidé de m'installer près de mon muret. Je voulais revoir mon cours d'histoire. Tout le monde disait qu'on allait avoir une interro surprise, ce que je détestais. Je venais de m'asseoir et je commençais à réviser lorsqu'une ombre me tomba dessus – je précise : une ombre qui mâchait du chewing-gum la bouche ouverte.

— Tu as une minute ? me demanda Heather.

Elle portait son manteau en fausse fourrure, un jean et un gros bonnet rouge en laine sur ses cheveux blonds.

— Amène-toi ! reprit-elle sans me laisser le temps de répondre.

Elle repartit, certaine que j'allais la suivre sur commande vers la table de pique-nique qu'elle occupait régulièrement, je le savais désormais, avec Riley, à l'heure du déjeuner. Mais je la regardai s'éloigner sans bouger d'un centimètre. Loin devant, Riley buvait un Coca en tripotant ses cheveux. David Wade était assis en face d'elle. C'était la première fois que je le revoyais depuis que je l'avais assommé avec le ballon de basket, d'où sans doute mon soudain embarras.

Heather se retourna.

— Alors ?

Elle semblait impatiente, comme si je manquais à une promesse.

— Excuse, mais j'ai une interro surprise cet aprème.

— Viens, je te dis !

Elle revint, me tira par le bras pour que je me lève. J'eus le temps de prendre mon sac mais pas celui de refermer mon cahier, car elle me conduisait déjà vers la table où elle me planta à côté de David Wade. Lorsqu'il tourna les yeux vers moi, je le revis s'effondrer et je sentis mes joues brûler.

Heather s'assit en face de moi, à côté de Riley.

— David, tu connais Mclean ?

— On s'est déjà rencontrés, répondit-il sans me lâcher du regard.

Je me rendis compte que c'était la rencontre, disons, la plus mondaine, qu'on avait jamais eue, lui et moi. C'est-à-dire sans secrets, sans police à nos trousses, ni ballons de basket-ball qui fusaient comme des boulets de canon.

— Elle a gracieusement accepté de nous arbitrer sur la question qui nous occupe, expliqua Heather.

— Oh mon Dieu ! s'exclama Riley en se frottant les yeux. Je remarquai soudain qu'ils étaient rouges, parce qu'elle pleurait. Juste au moment où je me disais que ça ne pouvait pas être plus embarrassant.

— T'inquiète donc pas, on est entre nous ! déclara Heather. De plus, tu as eu deux conseils complètement contradictoires. Il y a le mien, qui est le plus sage et que tu devrais suivre, et ensuite, il y a le sien, que tu ne devrais surtout pas suivre.

Elle pointa l'index sur David, qui fronçait les sourcils.

— Avec ça, tu n'imagines tout de même pas que Heather est impartiale ? me demanda-t-il.

Heather l'ignora pour poursuivre.

— Bon, je t'explique la situation. Riley sort avec un mec, et elle a découvert qu'il la trompait. Il a dit qu'il regrettait. Doit-elle lui pardonner ou le larguer ?

Je regardai Riley qui fixait maintenant quelque chose d'invisible sur la table.

— Eh bien... heu..., commençai-je.

— Je lui ai conseillé de l'envoyer balader à grands coups de pied dans les fesses ! reprit Heather. Au propre et au figuré ! Mais notre Eggbert national, lui, conseille la codépendance.

— Minute, papillon ! protesta David en levant la main. En réalité, j'ai dit qu'elle devait essayer de comprendre pourquoi il était sorti avec une autre nana, et, ensuite seulement, de prendre sa décision.

— Il s'est fait une autre nana, point, déclara Heather d'une voix plate.

À ces mots, Riley flancha et fixa encore plus intensément la table.

— Je ne vois pas ce qui pourrait l'excuser, conclut-elle.

— Tout le monde fait des erreurs, dans la vie..., dit David.

— Attendez ! intervint Riley en agitant la main. J'apprécie cette approche très débat d'assemblée de mon problème, mais je peux gérer l'affaire toute seule, d'accord ?

— C'est exactement ce que tu as dit la dernière fois, précisa Heather.

David parut surpris.

— Comment ça, la dernière fois ? Son mec récidive ?

Riley leva les yeux sur lui.

— Eh bien... il y a eu ce truc'là, il y a deux mois.

— Tu ne m'avais rien dit !

— Tu étais... occupé. Tout le temps.

— Ah ?

— David a été arrêté par les flics, m'expliqua Heather.

Ce fut au tour de David de flancher.

— Ben quoi ? s'exclama Heather. C'était à cause d'une bière, alors de quoi te plains-tu ? Moi, j'ai été virée du *collège* à cause d'une bière : c'est d'un banal, mon pauvre vieux.

— Écoute, Heather, intervint Riley d'une voix tranchante, un jour, tu as dit que je devais te reprendre

quand tu étais indiscrète et que tu dépassais les bornes, tu te souviens ?
— Oui.
Riley la fixa alors d'un air dur, sans ciller. Je sentis l'ambiance se plomber, et c'était sévère.
— Très bien, dit Heather. Fais ton choix, ma vieille : après tout, c'est ton enterrement, pas le mien.
Silence. Je regardai avec regret dans la direction de mon muret, où j'avais la paix, où je n'avais à me soucier que de mon cours de civilisation de l'Occident moderne. Je réfléchissais à un moyen de sortir de cette galère lorsque David reprit la parole.
— Et toi, Mclean ? Comment s'est effectuée ton entrée ?
— Mon entrée ?
— Ton entrée à Jackson, dans la ville, la région ! précisa-t-il avec un grand geste.
Il avait un tatouage qui représentait un rond noir au niveau du poignet, exactement comme Riley. Ah. Intéressant.
— Heu, je crois que... ça s'est bien passé.
— Content pour toi.
— C'est sûr, ça aide de tomber sur des gens bien ! déclara Heather en enfonçant son bonnet sur ses oreilles.
— De qui tu parles ? interrogea David.
Elle leva les yeux au ciel.
— Tu sais qu'il y a des gens qui tueraient pour avoir la chance de me connaître ? De traîner avec moi ?
— Ah oui ? Justement, comment va Rob en ce moment ?

— C'est de l'histoire ancienne. Et d'ailleurs, ce ne sont pas tes oignons !
Puis elle s'adressa à moi.
— David raconte parfois n'importe quoi, mais, la vérité, c'est que Riley et moi, nous sommes les deux plus belles choses qui lui soient arrivées dans sa vie.
— Je suis d'accord sur la deuxième phrase.
Heather leva les yeux au ciel, mais Riley sourit.
— Oh là là ! déclara Heather, j'aimerais que vous finissiez par sortir ensemble, tous les deux, pour que vous vous plantiez misérablement et qu'on en finisse.
— Merci de ta bénédiction, répliqua David.
Du coin de l'œil, je repérai un mouvement sur ma gauche et aperçus Deb, son sac serré contre elle. Nos regards se croisèrent et elle me sourit, mais quand elle constata que je n'étais pas seule, elle se mordit la lèvre et passa son chemin.
Là, je ne sais pas ce qui m'a pris. L'instinct ? L'impulsion ? Ce qu'il y a de pire ou de mieux, ça dépend des circonstances.
— Hé, Debbie ! lançais-je.
Heather me balança un grand coup de pied sous la table, mais ça m'était égal. Quant à Deb, elle sursauta : à mon avis, elle n'avait pas l'habitude qu'on la hèle dans la cour du lycée. Elle se retourna et me dévisagea, surprise, la bouche grande ouverte. Elle portait un jean, un pull rose et une veste bleu marine. Le ruban dans ses cheveux était assorti à son rouge à lèvres, lui-même en harmonie avec son sac.
— Oui ? demanda-t-elle.
— Hum. Ça va ? commençai-je sans savoir quel était mon plan.

Deb me fixa, fixa le petit groupe à ma table, comme si elle cherchait à savoir si on lui faisait une mauvaise blague ou non.

— Ça va, répondit-elle lentement.

Puis, avec un ton plus amical, elle reprit :

— Et toi ?

— Tu veux venir t'asseoir ? lui proposai-je.

Je sentis les regards choqués de Riley et de Heather, mais je gardai les yeux sur Deb, qui semblait aussi surprise que si je venais de lui demander de me céder un rein.

— Il y a de la place, tu sais, insistai-je.

Maintenant, David m'observait avec intérêt.

Pas folle, Deb avait imprimé la situation et regardait Heather qui me fixait avec incrédulité. Pas comme si je lui avais demandé de me céder un rein, comme si je lui avais proposé d'en avaler un.

— Eh bien..., reprit Deb en serrant son sac contre elle, je...

— Elle a raison, viens donc t'asseoir, déclara soudain David, s'écartant pour lui faire de la place. Plus on est de fous, plus on rit ; c'est bien ce qu'on dit, non ?

Riley plissa les yeux et déboucha sa bouteille d'eau minérale. En attendant, Debbie hésitait et me fixait. J'essayai donc de mettre beaucoup d'assurance et de détermination dans mon regard. Ça a marché, parce qu'elle s'est lentement approchée et s'est assise à côté de moi, a posé son sac sur ses genoux en croisant les mains dessus.

C'était à moi de lancer la conversation. Je venais de demander à Deb de venir se joindre à nous, alors le moins que je pouvais faire, c'était de la mettre à l'aise. Mais j'avais un blanc tout à coup, et plus je cherchais un sujet, moins j'en trouvais. J'allais parler du temps qu'il faisait – franchement, quelle horreur ! – quand elle toussota poliment et pointa l'index sur le poignet de David.

— J'aime bien ton tatouage. Il a une signification ?

Je ne fus pas la seule surprise : Heather et Riley aussi. Deb concentrait son attention sur David, qui baissa les yeux sur son poignet.

— Oui. Il me rappelle quelqu'un dont j'ai été... autrefois très proche.

Riley ferma les yeux. Je repensai à son tatouage, identique à celui de David, et au même endroit. Un tatouage en duo, sans doute pour une excellente raison ; sinon, pourquoi ?

— Et toi ? demanda brusquement Heather à Deb. Tu as un tatouage ?

— Non.

— Ah bon ? Comme c'est étrange ! ironisa Heather en haussant les sourcils.

— Arrête, Heather ! la coupai-je.

— J'aimerais bien, mais je n'ai pas trouvé de motif qui me branche vraiment, expliqua Deb à mon intention.

Puis elle ajouta à l'adresse de David, qui l'écoutait attentivement.

— C'est important : un tatouage, on le garde toute la vie.

Heather ouvrit de grands yeux si moqueurs que je me retins de lui donner un coup de pied dans le tibia.

— C'est vrai, déclara David.

Deb sourit comme s'il venait de lui faire un joli compliment.

— Avec cette ligne épaisse et noire, le tien me fait penser à un motif tribal.

— Parce que tu t'y connais en tatouage tribal ?

— Un peu, oui, mais je préfère les modèles japonais ou chinois. La carpe Koï, la paire de chiens Fu, tu vois ? C'est de l'art, impérial, et si traditionnel !

— Attends, tu blagues ? intervint Heather, incrédule cette fois. Comment se fait-il que tu sois aussi calée en tatouages ?

— Un ami de ma mère avait un salon, répondit Deb qui ignora son incrédulité, à moins qu'elle n'en ait pas pris conscience. J'avais l'habitude d'y passer, après les cours, et je l'y attendais jusqu'à ce qu'elle sorte du travail.

— *Toi* tu fréquentais une boutique de tatouages ? demanda Heather toujours sans y croire.

— Oui. Enfin, ça fait un bail, répondit Deb en lissant son sac. Mais c'était très intéressant, j'y ai beaucoup appris.

Je croisai le regard de David, qui était assis de l'autre côté de Deb. Il me souriait, comme si tous les deux nous partagions un grand secret. Surprenant. Mais le plus surprenant, c'est que spontanément je lui souris avec le même air complice.

— Je vais te poser une colle, Deb, déclarai-je. Imagine : ton petit ami sort avec une autre nana. Tu lui donnes une seconde chance ou tu le largues ?

Heather leva les yeux au ciel, mais Riley nous accordait toute son attention.

— Eh bien... ça dépend, répondit Deb après réflexion.
— Ça dépend de quoi ? demanda David.
Nouveau temps de réflexion.
— Si je sors avec lui depuis longtemps ou pas. Si c'est le début, il vaut mieux lâcher l'affaire et passer à autre chose.
— C'est juste, déclara Riley avec calme.
Heather lui jeta un regard contrarié.
— De plus, il faut examiner les circonstances, continua Deb. Est-ce l'affaire d'un soir, avec une parfaite inconnue, ou est-il sorti avec une nana qu'il connaît plutôt bien ? Dans le premier cas, on peut considérer que ce n'est pas grave : c'est fini. En revanche, s'il y a des sentiments qui entrent en ligne de compte, alors ça se complique.
J'approuvai.
— Ça c'est vrai.
— En définitive, tout dépend de l'attitude du mec. Est-ce qu'il a tout confessé par lui-même ? Ou est-ce moi qui ai découvert son infidélité par hasard ? Est-il désolé, ou furieux de s'être fait piquer ?
Deb soupira.
— Ce sont vraiment les bonnes questions, n'est-ce pas ? Moi, personnellement, je m'interrogerais aussi là-dessus : dans l'ensemble, suis-je plus heureuse ou moins heureuse avec lui ? Si je me sens bien avec lui, eh bien, là, la réponse va de soi.
On est restés suspendus à ses lèvres jusqu'à ce que ça sonne. Riley cligna des yeux comme si elle se réveillait d'un long sommeil.
— C'était très... instructif. Merci.

— Avec plaisir, répondit Deb avec sa gentillesse habituelle.

Riley et Heather se levèrent, prirent leurs sacs et débarrassèrent leurs détritus. Deb et moi aussi. Seul David resta assis et prit son temps pour visser le bouchon sur sa bouteille d'eau. Quand il se décida à se lever, il me souriait toujours.

— Toi, tu n'as pas répondu, me dit-il tandis que Deb ouvrait son sac et fouillait dedans.

— Répondu à quoi ?

— À la question : rester avec le mec ou le larguer ?

— Oh, tu sais, les conseils et moi, ça fait deux.

— Arrête un peu : c'est une excuse bidon ! Et puis, on est dans la supposition.

On marchait vers l'entrée du lycée, Heather et Riley devant, puis David, moi, et Deb, un peu à l'écart.

Je haussai les épaules.

— Je n'aime pas les complications. Si un truc ne marche pas, il faut passer à autre chose, point.

David hocha lentement la tête, comme si mes paroles le laissaient songeur. Je pensais qu'il allait insister, ou protester, mais il sourit à Deb.

— C'était sympa de se parler.

— Oh oui, c'est vrai ! Merci de m'avoir proposé de venir m'asseoir à votre table.

— Dis donc, c'est moi que tu devrais remercier ! déclarai-je.

L'attention de David revint sur moi. Il rit, et je ne pus m'empêcher de sourire.

— À plus, Mclean ! lança-t-il.

Mains dans les poches, il rejoignit Riley à la hâte.

Autour de nous, les élèves étaient en mouvement vers les différents bâtiments du lycée, mais Deb et moi, on s'était arrêtées.
— Il est sympa..., dit-elle enfin.
— Oui, ce mec, c'est vraiment quelqu'un.
Deb ajouta :
— On est tous quelqu'un en puissance.
On est tous quelqu'un en puissance.
Je repensais à ces derniers mots de Deb maintenant que je me trouvais à l'étage du *Luna Blu* et observais tous ces cartons. Je ne sais pas pourquoi, mais cette phrase à la fois simple et compliquée m'obsédait. Elle ressemblait à un puzzle, à une définition vague.
Je m'approchai des cartons. L'un d'eux était ouvert. Il contenait des plaques en PVC expansé, vinyle et carton mousse représentant des éléments d'architecture : des feuilles comportant des portes et des fenêtres sur des murs en bois, brique, béton ou métal ; des toitures en ardoise, tôle, asphalte, etc., de plusieurs couleurs. J'avais sous les yeux, en pièces, disons plutôt en feuilles détachées prédécoupées à plier, à clipser, dotées de languettes adhésives, des maisons avec leurs façades principales, latérales, avant et arrière, et des blocs-centres commerciaux et bâtiments industriels, administratifs, scolaires garnis de rangées de fenêtres. Au total, il y avait des douzaines de doubles plaques. Le nombre en était incalculable...
La voix d'Opal s'éleva derrière moi.
— Oh, je sais bien ce que tu penses !
Je me retournai. Elle était en train de signer la dernière feuille de présence, celle d'un balaise adossé au

mur. Quand elle la tendit, il la lui arracha des mains sans dire merci et disparut sans demander son reste.

— Qu'est-ce que je pense ?

Elle posa son stylo sur l'oreille et s'approcha.

— Que c'est un travail hallucinant. Une mission impossible qui nécessite au moins un million d'années.

Je ne dis mot parce qu'elle avait raison. Opal se baissa pour sortir une feuille avec une texture de mur en brique.

— C'est un avis qui n'engage que moi, ajouta-t-elle.

— Encore heureux que tu aies de l'aide !

Elle me lança un regard torve.

— J'ai beaucoup de main-d'œuvre ; nuance, Mclean.

Là-dessus, Opal étudia la plaque d'éléments qu'elle tenait. D'en bas, j'entendais monter les bruits typiques précédant l'ouverture d'un restaurant : grincement des chaises et des tables poussées pour qu'on puisse balayer dessous, rires et conversations du personnel de salle, musique argentine des verres qu'on aligne derrière le bar. Ça ressemblait à une chanson, et cette chanson-là, je l'avais entendue toute ma vie, mais chantée par des gens différents.

— Tu imagines la difficulté ? Plier et assembler ces feuilles prédécoupées pour en faire des maisons, puis trouver leur emplacement exact, sans parler des accessoires urbains : arbres et végétation, signalisation, enseignes commerciales, bouches d'incendie, etc.

— Eh bien...

— Il y en a des centaines et des centaines... Et qui ont à leur tour des centaines et des centaines de pièces ou d'éléments. Et c'est censé être terminé en juin, tu te rends un peu compte ? Comment allons-nous faire ?

Question pour la forme ou véritable inquiétude ? Je ne sais pas, mais j'enchaînai :

— C'est comme tu leur as dit. Il faut monter les fondations, et ensuite, assembler les maisons. C'est de l'architecture de base.

— De l'architecture de base, répéta-t-elle.

Elle soupira.

— J'ai vraiment donné l'impression que c'était l'enfance de l'art ?

— Oui.

— En ce cas, je suis meilleure menteuse que je ne le pensais...

— Opal ? appela une voix d'en bas. Tu viens ?

— Ça dépend pour quoi, cria-t-elle. Qu'est-ce qui se passe encore ?

— La photocopieuse est de nouveau en panne, et on n'a que deux menus d'imprimés.

Nouveau soupir d'Opal qui leva les yeux au plafond.

— Tu as déjà essayé le truc du trombone ? s'écria-t-elle.

Silence. Puis :

— Le *quoi* ?

— Le truc du trombone sous le toner...

Elle n'acheva pas : ça devait être trop compliqué à expliquer.

— J'arrive.

— Super ! répliqua la voix. Ah oui, au fait, Gus veut te parler. Et le commercial de la société de linge de maison est aussi là. Je te signale qu'il veut du liquide, pas de chèque.

Te revoir un jour

— Oui, j'arrive ! répéta-t-elle plus fort.
— Message reçu cinq sur cinq ! répondit la voix. Communication terminée.
Opal se massa les tempes, ce qui fit tomber son stylo.
— Architecture de base. J'espère que tu as raison...
— Moi aussi, parce qu'il y a vraiment beaucoup de cartons.
— C'est rien de le dire.
Elle sourit, carra ses épaules, laissa retomber ses mains et descendit.
— Tu éteindras en partant ?
— Oui.
Son pas s'estompa dans l'escalier. Je m'apprêtais à la suivre lorsque j'aperçus, sur la table contre le mur, le manuel d'instructions qu'elle avait brandi en faisant son speech. Je le pris, impressionnée par son épaisseur. Il ne s'agissait pas seulement d'une centaine de pages, non : le manuel était plus épais qu'un dico. Je tournai les premières pages, passai la table des matières et l'introduction, puis les infos sur comment contacter la société, et arrivai à la page 8, où commençaient les instructions proprement dites. ÉTAPE N° 1, lus-je. Suivaient quatre paragraphes écrits en tout petit avec des diagrammes, des lettres et des numéros. Ben, dis donc... Je continuai de feuilleter et partout je vis le même genre de diagramme avec des chiffres et des lettres. Je me souvins ensuite de ce que je venais de dire à Opal, architecture de base et tout, et je revins à l'étape n° 1. TROUVEZ LES QUATRE COINS (A, B, C, D) FORMANT LE SOCLE ET DISPOSEZ-LES SUR UNE SURFACE PLANE, COMME INDIQUÉ SUR LE SCHÉMA CI-DESSOUS.

La sonnerie du téléphone retentit dans le restaurant. Puis un hurlement, pour dire qu'il fallait des citrons de toute urgence. Je m'approchai du carton portant la majuscule A, l'ouvris, fouillai dedans et en sortis le coin gauche supérieur SOCLE A. Je le disposai comme l'indiquait le schéma. Ça me fit penser à un curseur qui clignote sur un nouveau document Word. C'était le début du début. Mais, au moins, c'était fait.

Après avoir dîné tôt au bar avec papa (laminé par deux coups de fil plus une méga-crise en cuisine), je sortis du *Luna Blu* et coupai par la ruelle de derrière pour rentrer chez nous au plus vite. Il faisait presque nuit quand je tournai dans notre rue et m'approchai de notre maison, la seule sans lumière. Je cherchais mes clés lorsque j'entendis une voiture se garer derrière moi. Je jetai un regard bref au conducteur et à son passager, puis me remis à fouiller dans mon sac. Une fois que j'eus trouvé les clés (une bonne minute plus tard !), je regardai de nouveau derrière moi et me rendis compte que c'était Riley et David, dans la voiture.

Riley était au volant et David à côté d'elle. Grâce à la lumière de notre marquise, je parvenais à discerner leurs traits. Adossée à son siège, Riley regardait droit devant elle, tandis que David parlait en faisant de grands gestes. Au bout d'un moment, Riley acquiesça lentement.

J'entrai chez nous. Ça caillait tellement que, pour commencer, je montai le thermostat. Dès que j'eus posé mes affaires, je filai à la cuisine, allumant toutes les lumières sur mon passage. Je me servis un verre d'eau, retirai mes chaussures à la hâte et m'installai sur le canapé avec mon ordi. Je venais de l'allumer et les icônes apparaissaient sur le bureau quand j'entendis un joyeux petit bip d'alerte de HiThere. Bon, maman avait cessé de bouder.

Quelques jours plus tôt, quand je l'avais rappelée après lui avoir *de nouveau* raccroché au nez, cette fois parce que j'avais fracassé David avec le boomerang, elle n'avait pas daigné décrocher. Peter s'en était chargé pour elle.

— Ta mère ne peut pas te parler pour l'instant, Mclean.

Sa voix était raide et très protectrice.

— Elle est énervée. Elle a besoin d'espace.

Ça m'a donné envie de rire. Maman avait besoin d'espace ? Et moi, je devais respecter son désir, alors qu'elle ne respectait pas le mien et ne cessait de me bouffer mon oxygène ? Je faillis le dire à Peter, et tant que j'y étais, lui donner mon avis sur la situation, mais à quoi bon ?

— OK, je comprends, dis-je seulement.

Là-dessus, deux jours passèrent. Puis trois. Ma boîte vocale restait vide, mon écran de portable n'affichait que le numéro de papa ou celui du *Luna Blu*.

Fini les bulles d'alerte HiThere, fini les petits messages affectueux pour me souhaiter une bonne nuit ou une bonne journée. Pas le plus petit texto. Maman et moi, on avait déjà eu quelques traversées du désert, mais c'était la première fois que c'était elle qui coupait le contact. J'avais toujours voulu que maman me fiche la paix, et maintenant que j'avais la paix, ça me chamboulait.

Cela dit, elle semblait prête à renouer. Ou à riposter ? Je cliquai sur la petite bulle, et fus immensément surprise de voir Peter apparaître sur mon écran d'ordi.
— Mclean ?
Il devait être au bureau, car je vis un énorme logo de Defriese sur le mur derrière lui, et une étagère où s'alignaient des photos de joueurs de basket – de vrais géants à côté desquels il semblait minuscule.
— Tu me vois bien ?
— Hum..., balbutiai-je, nerveuse.
Je ne connaissais pas bien mon beau-père, malgré son impact explosif sur ma vie. Lui et moi, on n'avait jamais chatté par vidéo.
— Oui. Salut.
— Salut.
Il toussota et se pencha sur son écran d'ordi.
— Désolé de te prendre par surprise, Mclean. Je n'avais pas ton contact, mais je l'ai trouvé sur l'ordinateur de ta mère. Je voulais te parler.
— Vas-y.
Depuis que je connaissais Peter, je le voyais toujours de loin : en face de moi à table, dans un couloir ou à la télé. De près, il semblait plus vieux, mais aussi plus sympa. Il portait une chemise sans cravate dont le col était déboutonné. Il avait aussi un Coca Light à portée de main.
— Écoute, je sais que ta mère et toi, vous êtes en froid, ces derniers temps, et je ne veux pas m'en mêler, mais...
Il y a toujours un « mais ». Que vous fassiez partie d'une famille ou d'une néo-famille. Sans exception.
— J'aime ta mère et ta mère t'aime. En ce moment,

elle est infiniment triste et je ne le supporte pas. J'ai donc besoin de ton aide.

J'avalai ma salive et redoutai aussitôt qu'il ne remarque ma nervosité.

— Qu'est-ce que tu veux que je fasse ?

— Je t'explique.

Peter se redressa.

— Ce week-end, nous venons à Lakeview : Defriese joue contre l'équipe de l'université de Caroline du Nord. Katherine et les jumeaux m'accompagnent, et je sais qu'elle aimerait beaucoup te voir.

Ça me faisait toujours bizarre d'entendre Peter appeler maman par son prénom. Jusqu'à ce que maman l'épouse, elle s'appelait simplement Katie Sweet. Mais, après son remariage, Katie Sweet était devenue Katherine Hamilton. C'est comme si maman était deux en une ; cela dit, je n'étais pas la mieux placée pour la critiquer.

— Katherine projetait de t'inviter au match, en début de semaine, mais, à l'évidence, vous avez eu un différend. Ou je ne sais quoi.

Je ne sais quoi. C'était exactement ça.

— Je pensais que maman était trop en colère pour vouloir me parler...

— Ta mère est peinée, Mclean. Je ne te demande pas de venir à la maison, ou de séjourner dans notre villa au bord de l'océan. Cette histoire ne concerne que toi et ta mère. Mais j'aimerais que tu fasses un petit effort.

Dans sa bouche, ça semblait si raisonnable qu'en refusant je passerais certainement pour la pire des engeances.

— Maman sait que tu m'appelles ?
— J'ai pris cette initiative en mon âme et conscience : en clair, si tu marches dans mon plan, j'en assumerai l'entière responsabilité et, surtout, la réussite.

Je compris, avec un temps de retard, qu'il avait voulu faire de l'humour. Tiens donc, Peter Hamilton pouvait être rigolo. Qui l'eût cru ? Qui l'eût dit ?

— Mais maman refusera peut-être de me voir. Tu sais, elle était vraiment en colère, l'autre jour.
— Mais moi, je sais qu'elle en meurt d'envie. Alors rendez-vous samedi à 13 heures, devant le gymnase, avant le coup d'envoi. Je m'occupe de tous les détails. D'accord ?
— D'accord.
— Merci, Mclean. Je te le revaudrai.

« Tu parles ». Mais je gardai le silence et acquiesçai quand il conclut par un « À samedi ». Au moment où on allait raccrocher, on s'est regardés en même temps, le geste en suspens, ni lui ni moi ne voulant être le premier à mettre fin à la communication. Enfin, après un instant de flottement assez gênant, je cliquai sur l'écran. Et voilà. Pouf, il a disparu de l'écran. « Bye ».

Une demi-heure plus tard, je me souvins que les camions poubelles passaient le lendemain matin. Je mis donc ma veste et sortis rouler notre container sur le trottoir. Je faisais demi-tour lorsque je me rendis compte que la voiture de Riley était toujours là. Riley avait éteint ses phares et s'essuyait les yeux avec un mouchoir. Je me rapprochai, elle m'aperçut.

— Je ne te harcèle pas, je te le jure ! me dit-elle par la fenêtre de sa portière.

Elle plia son mouchoir avec soin.

— Seulement, je n'ai pas encore envie de rentrer chez moi...

— Je comprends. Ça va ?

Riley haussa les épaules.

— Juste mes histoires d'amour désastreuses habituelles avec des blaireaux qui me prennent pour la dernière des connes. J'en crève. C'est le seul domaine de ma vie où je suis aussi débile, je te jure...

Elle se tut et toussota.

— Mais ça va aller.

Plus bas dans la rue, un bus passa et le bruit rompit le silence. Comme je ne la connaissais pas assez pour davantage la réconforter, je fis volte-face pour rentrer chez moi.

— Il t'aime bien, tu sais !

Je m'arrêtai et me retournai.

— Hein ? Qui ?

— David.

Elle toussota de nouveau.

— Il t'aime vraiment bien. Il ne me l'a pas dit, mais je le sais.

— N'importe quoi, il ne me connaît même pas.

— Parce que si c'était le cas, il ne flasherait jamais sur toi ? C'est ça que tu insinues ?

Riley fronça les sourcils et reprit :

— Attention à ta réponse, Mclean ! On parle de mon meilleur ami. De la crème des mecs.

— Je n'insinue rien ! Je ne sais pas ce que tu vas chercher.

Comme elle me regardait toujours fixement, j'ajoutai :
— De toute façon, c'est pas mon genre.
— Ne me dis pas que tu es aussi une pauvre fille ?
— Non, pas vraiment. Je suis...
Je n'achevai pas, parce que, bizarrement, je revoyais le visage de Peter disparaissant de l'écran de mon ordi.
— Je suis plutôt une fille aux abonnés absents, en ce moment. Je ne cherche pas de mec, super ou non.
Riley posa les mains sur son volant et s'étira. J'aperçus son tatouage, identique à celui de David, à la base de son poignet. Je me demandai de nouveau quelle était son histoire, mais ce n'était pas le moment de lui poser des questions.
Je hochai donc la tête et mis mes mains dans mes poches.
— Bonne soirée, Riley.
— Oui. À toi aussi. Oh, et à propos, Mclean...
— Oui ?
— Merci.
Merci pour quoi ?
M'être approchée ? Lui avoir parlé ? Ou au contraire parce que je ne lui avais rien dit ? Inutile de le lui demander. Je remontai notre allée privative, lui laissant le choix de partir quand elle voulait, et surtout, sans témoin. Quand on ne peut pas sauver sa peau, ou son cœur, c'est bien de pouvoir au moins sauver la face.

Chapitre 6

Le jour du match de Defriese, papa et moi, on était censés prendre notre petit déj ensemble. On avait passé une vraie semaine de folie, entre le restau et le lycée, en conséquence de quoi on s'était croisés et on avait communiqué à la va-vite, entre deux portes ou par l'intermédiaire de notes gribouillées en rade sur notre table de cuisine. C'était une situation normale, surtout le premier mois suivant une nouvelle installation. Un restaurant, c'est un peu comme une petite amie particulièrement exigeante qui veut concentrer toute l'attention sur elle. Moi, ça ne me dérangeait pas. J'avais l'habitude des absences de papa, qui duraient jusqu'à ce que la situation se décante. Mais j'attendais avec impatience un petit tête-à-tête sympa avec lui. Alors, quand il m'a textoté pour annuler, une heure avant notre petit déj, mon moral a dégringolé dans mes chaussettes.

TFLC. Désolé.

Chez nous, TFLC signifie « Tout Fout Le Camp ». C'était la formule choc de papa quand il téléphonait pour annoncer à maman qu'il était bloqué au *Mariposa* et ne rentrerait pas à la maison pour dîner. « TFLC ! » nous annonçait-il dix minutes avant le début d'une séance de ciné, ou avant la plupart des spectacles de fin d'année scolaire, récitals, etc. En gros, c'était son excuse standard pour expliquer ses défections et absences.

Papa croyait dur comme fer que la panique était contagieuse, surtout dans un restaurant. Il suffisait qu'une seule personne pète un câble – parce que débordée par le service, catastrophée par une entrée cramée déjà retardée, ou à cause d'une file d'attente longue comme un jour sans pain à une demi-heure de la fermeture – pour créer un effet domino. Il était hors de question d'annoncer à maman que le ciel lui était tombé, totalement ou partiellement, sur la tête. C'était beaucoup plus pratique de textoter *TFLC* : voilà qui lui permettait d'exprimer en quatre lettres toute l'urgence d'une situation sans provoquer une crise d'hystérie.

Avec le temps, le TFLC de papa s'était étendu aux autres drames et urgences du quotidien. « TFLC », avais-je pensé le soir où mes parents, l'air sinistre, m'attendaient dans notre ancienne cuisine – alors que c'était le coup de feu au restau. « TFLC », griffonnais-je sans cesse sur un bloc jaune, lors des nombreuses réunions chez les avocats, tandis que des deux côtés c'était la guerre des nerfs à propos des modalités sur le droit de visite et d'hébergement. « TFLC », me répétais-je durant le silence qui tombait juste après que j'avais dit une horreur de plus à maman et avant qu'elle ne parte en live.

Trois jours avaient passé depuis mon chat vidéo HiThere avec Peter, et je n'avais toujours pas annoncé à papa que j'avais rendez-vous avec maman. Ça me mettait en effet tellement mal à l'aise, pour x raisons, que j'avais décidé de repousser l'échéance jusqu'à ce que je sois acculée et obligée de cracher le morceau. Malheureusement, tout me rappelait ce foutu match, parce que les gens en ville ne parlaient que de ça. J'avais oublié ce que c'était de vivre dans une ville dévouée au basket... Tout le monde portait un sweat ou un tee-shirt de la DB, les stations de radio et de télé locales couvraient l'événement dans ses moindres détails : analyses d'avant-match, forme physique des joueurs, forces en présence, clés du match, classement et composition des équipes, les enjeux et la motivation ainsi que les tuyaux des *insiders*. On avait vraiment l'impression de se préparer à vivre un événement national capital. Le drapeau bleu clair de l'université flottait sous les marquises des maisons ou flottait gaiement aux antennes des voitures. Le seul endroit où l'on ne parlait pas du match, c'était chez nous : papa et moi, on évitait le sujet comme des soldats un terrain miné. Mon portable bipa de nouveau.

Déj tardif ? textotait papa. *Pas au LB. Promis Jur.*

Je mordillai ma lèvre et m'apprêtai à pianoter une réponse sur mon clavier. Mais ce que j'avais à lui dire était trop délicat pour un texto. Alors, après une douche et un petit déj sur le pouce, je me rendis au *Luna Blu*.

Je sortais de chez nous lorsque j'entendis une porte claquer. Je me retournai et aperçus David Wade, en jean et chemise de flanelle, qui fourrait ses clés dans sa poche et descendait la rue, à quelques mètres derrière moi.

Je repensai à ce que Riley m'avait dit : David m'aimait bien. Je me sentis aussitôt mal. Comme si la journée n'était pas assez compliquée comme ça... Et il n'était même pas midi ! Je lui fis donc un petit signe et continuai.

Je traversai la rue, David itou. Quand je tournai pour prendre la ruelle en direction du *Luna Blu*, lui aussi. Je ralentis le pas en arrivant au niveau des cuisines, en espérant qu'il me dépasserait et passerait son chemin. Pas du tout. Il se retrouva bientôt pile dans mon dos parce qu'il avait lui aussi ralenti le pas.

Je me retournai.

— Tu me suis ou quoi ?

Il fronça les sourcils.

— Pardon ?

— Tu es tout le temps resté à deux mètres derrière moi.

— C'est juste, mais ce n'est pas parce que je te suivais.

— Alors comment tu appelles ça ?

— Une coïncidence : nous allons dans la même direction.

— Où ça ?

Il me montra la porte du *Luna Blu*.

— Ici.

— Non.

— Comment ça, non ?

La porte s'ouvrit. Opal, en jean, pull blanc et chaussures vernies noires brillantes, tenait une tasse de café.

— Par pitié, dis-moi que tu es venu pour le projet de service communautaire..., commença-t-elle à l'adresse de David.

— C'est exactement ça.

Là-dessus, il me lança un regard que je trouvai très suffisant.

— Alléluia ! s'exclama Opal en lui ouvrant la porte tout grand.

David entra et Opal m'expliqua :

— Tu te souviens des gars de l'autre jour ? Il y en avait des tonnes. Eh bien, aujourd'hui, plus un chat ; et pourtant, la presse locale et cette demi-folle de Lindsay Baker vont débarquer dans une vingtaine de minutes !

Elle tenait toujours la porte. J'entrai donc derrière David qui attendait des instructions. Opal passa devant lui à la hâte et se dirigea vers la grande salle sans cesser de parler.

— Par-dessus le marché, la chambre froide est en panne depuis hier soir ! La moitié des réserves de viande et de poisson sont foutues. Le comble, un jour de match ! Le réparateur ne viendra pas avant cet après-midi, et il va nous facturer le double du prix habituel. Cerise sur le gâteau, aujourd'hui, tous les fournisseurs sont à sec parce que tout le monde a évidemment triplé ses commandes en l'honneur du grand jour !

Voilà donc qui expliquait le TFLC de papa... En effet, lorsque nous passâmes devant les cuisines, j'entrevis papa dans la chambre froide qui bricolait avec un tournevis. Jason, le commis de cuisine, le secondait, en retrait avec la caisse à outils. Il lui tendait le matériel nécessaire, comme une infirmière tend les instruments à un chirurgien pendant une opération. « Ne jamais déranger quelqu'un qui effectue de grosses réparations sur un équipement pourri », pensai-je. Je continuai donc derrière Opal et David dans la salle du restaurant, puis m'engageai avec eux dans l'escalier.

— Si j'avais su que je manquerais de délinquants pour cette satanée rencontre avec la presse ! grommela Opal.

Elle stoppa soudain et se retourna.

— Oh... désolée, dit-elle à David, je ne voulais pas te...

— C'est bon, ça va avec cette histoire de travail d'intérêt collectif.

Opal lui sourit, soulagée, et se remit à monter.

— Sérieusement, tout de même, il y avait un monde fou, mercredi, et aujourd'hui, plus personne. C'est à ne rien y comprendre !

— Vous avez signé leurs feuilles de présence ? s'enquit David.

Opal marqua une pause.

— Oui.

— Ah...

Elle se retourna de nouveau.

— Pourquoi, il ne fallait pas ?

— Une fois que les gens ont une signature, ils la photocopient. C'est ce que j'ai entendu dire. Le greffe du tribunal est en général trop occupé pour vérifier si les noms collent avec la signature.

Opal parut alarmée.

— Mais c'est complètement illégal !

David haussa les épaules.

— Ce sont des délinquants...

— Attends ! le coupa Opal en le regardant dans les yeux. Tu es juste venu pour pointer, et tu vas ensuite filer quand tu auras ta signature ? Comme les autres ?

— Non.

Il tourna les yeux vers moi comme si j'allais me porter garante de son honnêteté, puis reprit :

— Je ne suis pas vraiment un délinquant. J'ai juste fait une connerie.

Opal soupira.

— Ma foi, on en est tous là.

— Opal ! hurla une voix en bas. Il y a une journaliste. Elle te demande.

— Oh merde, il ne manquait plus que ça ! lâcha Opal paniquée en regardant autour d'elle.

Les cartons avaient tous été ouverts. Le socle de la maquette avait été complètement assemblé, à partir de mon coin supérieur gauche. Tout semblait fin prêt, sauf qu'on n'avait qu'un délinquant. Enfin, délinquant...

— Elle est en avance ! Mon Dieu, mon Dieu, mais qu'est-ce que je vais faire ? Je suis censée avoir toute une équipe à ma disposition !

— Deux, ce n'est pas une équipe ? interrogea David.

— Moi, je n'ai rien à voir avec cette histoire, intervins-je. Je suis juste venue voir mon père.

— Pitié, Mclean ! supplia Opal, désespérée. Tu pourrais faire semblant, hein ? Pas longtemps. Je te le revaudrai ! Promis juré.
— Attends, tu veux que je fasse semblant d'être une délinquante ?
— Tu y arriveras bien, reprit David. Évite de sourire et prends l'air d'une fille prête à faire un sale coup.

Je me retins de sourire.
— C'est aussi facile que ça ?
— J'espère bien ! Parce que je vais recruter toutes les bonnes volontés ! s'exclama Opal. Vous pouvez commencer à assembler ces trucs et ces machins, juste pour faire comme si, d'accord ?
— On s'y met, promit David.
— Alléluia ! s'écria Opal.

Elle posa son café sur une table et redescendit.
— J'ai besoin d'individus de moins de trente ans à l'étage ! s'écria-t-elle dans l'escalier. Je ne veux aucune question ! Et c'est *tout de suite* !

David la suivit des yeux, puis son regard revint sur moi.
— Bon. Maintenant, explique-moi la mission.

Je m'approchai du carton A.
— C'est une maquette de la ville. Opal a été réquisitionnée par le conseil municipal pour la réaliser.

David me montra l'escalier, d'où montait toujours la voix d'Opal (elle ordonnait à tout le monde d'être sur le pont).
— Et elle, c'est Opal.
— C'est Opal.

Il s'approcha du socle, l'examina, prit le manuel des instructions et l'ouvrit.

— Oh, regarde ! s'exclama-t-il en tournant une page. Nos maisons se trouvent juste à cet emplacement.

Je déchirai le film plastique qui emballait un kit contenant des feuilles en PVC.

— Ah bon ?

— Il faudra placer une figurine allongée dans l'allée devant chez toi : massacrée par un ballon de basket !

— Et une fille en larmes dans sa voiture juste devant chez toi.

— Ah oui, c'est vrai : Riley m'a dit qu'elle t'avait vue, l'autre soir.

Je sortis d'autres kits du carton.

— J'étais mal pour elle. Avec son mec qui l'a trompée et tout. Cette fille, elle a l'air vraiment sympa.

— Elle l'est.

David tourna une autre page du manuel.

— Le problème, c'est qu'elle tombe toujours amoureuse d'abrutis.

— Vous êtes proches, tous les deux ?

— Oui. À un moment donné, Riley était même ma seule amie. Enfin, avec Gerv le Perv.

Une porte claqua en bas.

— Gerv le... ? demandai-je.

— Mon seul pote dans mon ancien lycée : un petit gamin haut comme trois pommes.

Me voyant surprise, il ajouta :

— Je t'ai déjà dit que j'étais un drôle de mec. Mes potes aussi.

— Tu veux dire ton seul pote.

— Mon seul pote...
David soupira.
— Quand tu suis des cours à la fac à 14 ans, tu n'as pas grand-chose en commun avec les étudiants de ta promo. Sauf avec le seul autre naze de la promo. L'autre petit génie.
— Gerv le Perv...
— Gervais, corrigea-t-il. C'est Riley qui lui a trouvé son surnom parce qu'il n'arrêtait pas de mater ses seins.
— Classe, le mec.
David se mit à rire.
— Je ne fréquente que la crème !
Je m'assis par terre et sortis des feuilles de PVC enveloppées par du film.
— Alors comme ça, toi et Riley, vous n'êtes jamais sortis ensemble ?
David prit un kit à son tour et s'installa à côté de moi.
— Non. Je ne corresponds pas à ses plus bas standards, en matière de loser.
— Mais vous avez le même tatouage. Ça compte, non ?
Il releva sa manche sur son poignet.
— C'est vrai, mais ce n'est pas un pacte d'amour. Plutôt d'amitié. Genre un pacte d'enfance. Une histoire de verrue.
— Pardon ?
— Ce serait trop long à raconter, dit-il en déballant les feuilles de son kit. Bon, à ton avis, on la commence par quel bout, cette maquette ?
— Alors là, aucune idée.

Je pensais pouvoir me débrouiller sans suivre les instructions, mais une fois que j'eus examiné les pièces de plus près, je me rendis compte que ce serait impossible. L'ensemble formait un code secret incompréhensible.

— C'est infaisable...
— Mais non !

Il prit quatre feuilles prédécoupées avec des languettes, les plia, les assembla et, dessus, posa deux feuilles en V. Enfin il prit une dernière plaque de PVC, plus épaisse que les autres, et la fixa à la base d'un coup sec. En deux temps trois mouvements, il avait une petite maison.

— Impressionnant !
— C'est l'avantage d'être un délinquant : j'ai une bonne appréhension de l'espace.
— C'est vrai ?
— Non, c'est faux.

Je rougis. J'avais pas l'air bête, moi. David leva sa construction, regarda dessous et s'approcha du socle.

— J'adorais le modélisme, quand j'étais petit.
— Le modélisme ferroviaire ? demandai-je en prenant une feuille avec un A et un 7.

Si encore j'avais su quoi en faire...

— Du modélisme ferroviaire ? Tu plaisantes, j'espère ?

Heu, et lui... il plaisantait ?

— Pourquoi ? Le modélisme ferroviaire te pose un problème ?

David s'accroupit au coin du socle.

— Aucun, sur le fond. Moi, ma passion, c'était le modélisme militaire au 35e. Les petits dioramas. Des reconstitutions de batailles, avec des tanks et des soldats, des transporteurs aériens. Tu vois ?

— Ah oui, je vois bien le genre : tellement différent du modélisme ferroviaire !

David m'observa d'un air impassible, puis il posa sa maison sur le socle et en pressa la base. Après, il recula.

— Eh bien voilà : et d'une.

J'entendis soudain des bruits de pas dans l'escalier : du monde montait. Beaucoup de monde.

— Alors ? Qu'est-ce que tu en penses ? me demanda-t-il.

Je m'approchai. La maison semblait perdue, esseulée sur cet immense socle. Genre astronaute sur la Lune. Solitude et calme ? Solitude et angoisse ? C'est toujours une question de perspective...

— Je pense que c'est un bon début...

Vingt minutes plus tard, la maquette commençait à avoir une belle allure grâce aux efforts conjugués de David, moi et des employés du *Luna Blu* réquisitionnés qui s'étaient joints à nous pour jouer le rôle de délinquants temporaires. On avait finalement réussi à s'organiser après un gros moment de flottement, beaucoup de chahut et de plaintes. David et Jason, le commis de cuisine (ils se connaissaient parce qu'ils avaient passé l'été dans le même camp d'études académiques de haut niveau, quelques années plus tôt), assemblaient les structures, nous les passaient, et on les fixait sur le socle, au bon endroit si possible. On réussit ainsi à en placer dix sur le coin supérieur gauche de notre socle : quelques maisons d'habitation, deux bâtiments et une caserne de pompiers.

— Oh dis donc, moi j'habitais dans ce quartier-là ! m'annonça Tracey tandis qu'on fixait un bâtiment carré à l'endroit indiqué sur le schéma. C'est une épicerie, non ?

Je clipsai le bâtiment.

— Aucune idée. C'est pas indiqué.

— De toute façon, il n'y a pas une seule indication ! intervint Leo, le sous-chef.

Il avait trouvé une planque derrière les cartons, et il crevait les coussinets du papier bulle pendant que nous, on bossait comme des ânes.

— Je trouve que c'est complètement débile, ajouta-t-il. Pourquoi ça s'appelle un plan si on ne peut même pas s'y repérer ?

— Ça, c'est profond, déclara Jason en le regardant par-dessus le toit de la énième maison qu'il assemblait.

— N'importe quoi ! s'exclama Tracey.

Elle se leva et traversa la salle. Je la suivis.

— Jason est convaincu que Leo est une espèce de génie caché derrière un imbécile, précisa-t-elle.

— Un singe savant ? demanda David qui se concentrait sur l'assemblage d'un immeuble commercial.

— Pour le singe, tu as tout bon, déclara Tracey. Savant, ça, j'en doute.

Elle soupira, puis regarda Jason assembler une nouvelle structure.

— Bon, on la pose où ? Juste à côté de celle qu'on vient de clipser ?

Jason consulta le manuel des instructions ouvert devant lui.

— Oui, je crois.

— Je le savais ! cria Tracey en applaudissant. J'habitais là ! C'est mon ancienne banque, et là le supermarché d'où j'ai été bannie !

— Sans blague, tu as été bannie d'un supermarché ? demandai-je.

— Oh, j'ai été bannie de partout.

— Ce qu'elle veut dire, expliqua Leo, c'est qu'elle a fait des chèques en bois. Total : elle est connue comme le loup blanc, en ville.

— Chèques en bois ! Tout de suite les grands mots ! se récria Tracey, prenant l'immeuble que Jason lui tendait. J'étais un peu juste, côté fric, c'est tout !

— Excuse, mais c'est la même chose, commenta Jason, entre nous et sans méchanceté.

Tracey se pencha sur le socle.

— Si mon ancienne supérette se trouve là, et ma banque là, mon appartement...

Elle posa l'index au beau milieu d'un tronçon de rue, à l'extrémité droite.

— Il n'existe pas : il est en dehors des limites de la maquette...

— *Hic sunt dracones*, ici il y a des dragons ! s'exclama Leo en continuant de faire éclater son papier bulle.

On tourna tous les yeux vers lui.

— Leo, qu'est-ce que tu as encore pris ? s'enquit Tracey, inquiète. Tu sais ce que Gus a dit : si jamais il te surprend de nouveau à...

— Tu es folle ou quoi ? la coupa Leo. Non, je ne suis pas high. Pourquoi le serais-je ?

— Tu as parlé de dragons, oui ou non ?

— Oui, j'ai dit : *Hic sunt dracones*, ici il y a des dragons !

Quand il se rendit compte qu'on le dévisageait toujours, les yeux ronds, il ajouta :

— C'était une expression utilisée par les cartographes, autrefois, pour désigner ce qui se trouvait sur les terres encore inconnues et qui était forcément effrayant. Ils y écrivaient : *Hic sunt dracones*, ici il y a des dragons, ou ils dessinaient des créatures fantastiques, genre serpents de mer géants. Des dragons.

Jason secoua la tête et sourit en posant un toit sur sa maison.

— Ça aussi, c'est très profond.

— Arrête de répéter cette connerie ! répliqua Tracey. Leo n'est pas un génie, il fonctionne avec, disons, la moitié de son cerveau.

— Au moins, il en a la moitié d'un, plaisanta David.

— Quel optimiste, dis-je en passant derrière lui.

Il me sourit, et je lui souris. Pourtant, je n'étais pas très avenante, ces derniers temps.

La voix d'Opal s'éleva dans l'escalier.

— Coucou ! s'écria-t-elle d'une voix bien trop joyeuse pour être sincère. Prêts à subir les assauts des paparazzi, les gars ?

Tracey leva les yeux au ciel.

— Opal est complètement idiote quand elle est stressée, murmura-t-elle.

Jason lui fit un « chut », qu'elle ignora. On se penchait de nouveau sur la maquette quand Opal surgit, suivie par une nana en jean et mignons sabots chics, un mec bouclé avec un appareil photo autour du cou et qui n'avait pas l'air réveillé.

— Vous avez devant les yeux un groupe de jeunes bénévoles à l'œuvre ! expliqua Opal pompeusement. Nous commençons juste, mais vous pouvez déjà vous faire une idée du résultat. Globalement, c'est une représentation miniature du centre-ville.

La journaliste avait sorti son bloc et écrivait, tandis que le photographe s'approchait de la maquette. Il s'accroupit derrière David, qui posait un toit sur une maison, et prit des photos.

— J'aimerais poser des questions à ces jeunes gens : pourquoi ils participent à ce projet, ce qui les a motivés, déclara la journaliste en prenant une page vierge de son bloc.

— Oh oui, bien entendu ! s'exclama Opal. Eh bien, voyons...

Elle nous regarda tous, feignant de chercher le meilleur interlocuteur. Son regard s'arrêta sur David.

— Peut-être, heu...
— David, soufflai-je.
— Eh bien, David pourrait répondre ?

La journaliste opina et, stylo levé, s'approcha de David toujours assis.

— Comment t'es-tu retrouvé dans ce projet, David ?

Oh là là. Mais il joua son rôle à la perfection.

— Je voulais faire du bénévolat. Je suis à un moment de ma vie où j'ai besoin de rendre à la collectivité tout ce qu'elle m'a donné.

— C'est vrai, approuva la journaliste.

— C'est vrai ? me demanda Tracey à mi-voix.

— Travaux d'intérêt collectif sur ordonnance de probation, lui murmurai-je.

Tracey opina, l'air entendu.

— Le pauvre.

— Quoi qu'il en soit, poursuivit Opal d'une voix toujours limite hystérique, nous sommes fous de joie d'avoir la chance de montrer notre ville sous une perspective originale et inédite !

— En tout petit et en pur plastoc ? susurra Tracey.

— C'est aussi une chance inouïe que de monter une représentation visuelle fixe en 3D qui amusera les jeunes générations ! continua Opal, lui adressant un regard noir.

Les flashs crépitaient : le photographe nous mitraillait, moi, Tracey et Jason, et, de nouveau, David.

— Il y a quelqu'un ?

Au son de cette voix, Opal flancha. Elle s'enflamma et cria.

— C'est toi, Lindsay ? Par ici ! Nous sommes tous à l'étage !

On entendit un bruit de pas, plus précisément l'élégant clic-clic de talons, qui se rapprochait. Puis une femme entra. Grande et mince, avec des traits fins comme ceux d'une poupée de porcelaine et des cheveux blonds coupés au carré qui tombaient parfaitement sur ses épaules. Elle portait un tailleur noir et des talons très hauts. Elle nous sourit. Ses dents étaient impeccables, d'un blanc éblouissant. Elle traversa la salle comme la top égérie d'une maison de couture à un défilé de mode. On sentait son assurance comme un parfum trop capiteux.

— Regarde bien, me souffla Tracey, tu as devant les yeux la némésis d'Opal.
— Sa *quoi* ?
— Sa rivale depuis le lycée.
Lindsay tendit la main à la journaliste, qui hésita imperceptiblement avant de la lui serrer.
— Bonjour, Maureen ! commença la conseillère municipale. Je suis ravie de vous revoir ! Je commentais justement au maire votre article sur les options concernant le centre de recyclage. Voilà qui donne matière à réflexion... Cela dit, je me demande où vous avez obtenu certaines de vos statistiques ?
— Ah... heu, merci, déclara la journaliste, l'air nerveuse.
— Merci d'être venue ! s'exclama Opal, profitant de son hésitation pour enchaîner. Nos jeunes bénévoles peuvent ainsi constater que ce projet tient à cœur à toute notre collectivité, jusqu'à nos conseillers municipaux !
— C'est bien normal que je m'y intéresse d'aussi près ! Je suis même ravie qu'on m'ait invitée à passer.
Elle s'approcha d'Opal, tapota son épaule, à la rapide. Opal fit pareil.
— Comment vas-tu, Opal ? Le restaurant est splendide ! J'ai entendu dire que tu étais très occupée, dernièrement ?
Opal sourit, mais des lèvres seulement.
— Je le suis. Merci.
La conseillère municipale s'intéressa ensuite à nous autres, l'équipe des bénévoles, le regard plissé par une intense concentration. À ma gauche, j'entendis Leo

faire éclater une autre bulle. On n'entendit rien d'autre jusqu'à ce qu'elle reprenne la parole.

— Eh bien… c'est là tout ton groupe ?

— Oh non ! répondit Opal à la hâte. Aujourd'hui, nous avons juste eu… hum… quelques petits problèmes d'organisation, mais nous avons tout de même voulu commencer la maquette, pour ne pas prendre de retard.

— Magnifique !

Elle contourna lentement le socle. Clic, clic, clic. Le photographe prit quelques photos d'elle, puis s'intéressa de nouveau à David, le seul qui continuait à bosser.

— C'est certes difficile à dire, en l'état actuel des choses, reprit Lindsay, mais je suis convaincue que vous avez pris un bon départ.

Opal cilla.

— Tout à fait ! Nous pensons même terminer très vite, une fois que toute l'équipe sera en place.

— Quels sont vos délais ? demanda la journaliste, tournant une nouvelle page de son carnet.

— Mai, répondit la conseillère municipale.

— Quoi ? s'exclama Opal. Mai ? Je… je pensais que le centenaire de la ville serait fêté en juin ?

— Certes. Mais les cérémonies de commémoration commenceront le 6 mai, et nous allons installer la maquette dans la grande poste pour ouvrir les festivités en beauté ! répliqua la conseillère municipale.

Elle posa un regard innocent sur Opal.

— Oh mon Dieu, je ne te l'avais pas précisé ? J'étais pourtant sûre de te l'avoir dit !

On vit tous Opal avaler difficilement sa salive.

— Hum... eh bien...
La voix contrariée de mon père nous parvint soudain du bas de l'escalier.
— Mais enfin, où sont-ils donc tous passés ?
Ce fut à mon tour de flancher. Pur réflexe.
— On ouvre tout de même dans moins d'une heure, à cause du match, soliloqua papa.
— Gus ? dit, ou plutôt cria, Opal.
À côté de moi, Tracey tétanisée ferma les yeux.
— Nous sommes à l'étage avec la conseillère municipale ! Nous lui montrons la maquette !
— La *quoi* ?
— La maquette.
La pauvre Opal était sur le point d'imploser. Elle s'éclaircit la voix et ajouta.
— C'est Gus, expliqua-t-elle à la conseillère municipale. Le...
Elle fut interrompue par le bruit des pas de mon père dans l'escalier.
« Fee-fi-fo-fum[1], ça va barder ! » pensai-je.
Papa entra. Il était rouge de colère.
— Leo ! tonna-t-il. Il y a un quart d'heure, je t'ai demandé de préparer les légumes de toute urgence ! Nous allons ouvrir et rien n'est prêt ! Et qui est censé faire la mise en place, aujourd'hui ?
— C'est moi, répondit Tracey aimablement.

---

1. Cette formule se trouve au début du conte *Jack et le Haricot magique*, dans *Le roi Lear* ou encore *Antoine et Cléopâtre* de William Shakespeare, pour exprimer, à l'origine, la désapprobation, la colère ou la contrariété. (*N.d.T.*)

Papa la fixa, mais Tracey détourna aussitôt les yeux sur la maquette.

— Je pensais qu'il s'agissait là de jeunes bénévoles ? s'étonna la conseillère municipale.

— Gus, déclara Opal qui semblait au bord de la crise cardiaque, je vous présente la conseillère municipale, Lindsay Baker. Je vous avais dit qu'elle nous permettrait de conserver le parking, vous vous en souvenez ?

Papa effleura la conseillère municipale des yeux, puis nous regarda tour à tour.

— Jason, descends tout de suite terminer l'épluchage des légumes ! Leo, je veux que tu mettes les casseroles sur le feu et que tu prépares la console pour le service. *Maintenant !* Quant à toi, Tracey, si jamais la mise en place n'est pas terminée et impeccable d'ici un quart d'heure, je te garantis que tu auras tout le temps que tu veux pour faire du bénévolat.

— Eh ! s'exclama Tracey. Pourquoi ne menacez-vous que moi ?

— *File !* tonna de nouveau mon père.

Tracey obéit, lâchant sa petite maison, et dévala l'escalier plus vite que je ne l'avais jamais vue se déplacer.

Leo et Jason la suivirent au pas de charge. Il ne resta bientôt plus que David et moi sur les lieux. Je ramassai la maison, m'approchai du socle, pendant que David, tête baissée, se concentrait sur l'assemblage d'un bâtiment.

Opal adressa un regard éploré à la conseillère municipale.

— C'est jour de match..., expliqua-t-elle. Notre chambre froide nous a lâchés...

La conseillère municipale ne l'écoutait pas. Elle s'approcha de papa, lui adressant un immense sourire.

— Lindsay Baker. Vous êtes Gus Sweet ?

Papa, distrait, lui tendit la main.

— Oui, c'est moi.

— Je crois me souvenir que vous m'avez laissé un message, hier. Quelque chose comme quoi vous n'auriez pas assez de place pour la réalisation de ce projet ?

— Je vous ai dit mot pour mot que ce projet était une nuisance et une source d'ennuis constants : je veux en être débarrassé au plus vite.

Puis papa ajouta à mon adresse :

— Qu'est-ce que tu fais ici, toi ?

— Je voulais te parler d'un truc important... Mais comme tu réparais la chambre froide, je n'ai pas osé te déranger.

— Tu as eu raison, ma fille.

Papa soupira et passa la main dans ses cheveux.

— Bon, il faut que je redescende. Tu me rejoins dans cinq minutes ?

J'opinai.

Il repartait lorsque la conseillère municipale le rappela.

— Monsieur Sweet ?

Papa s'arrêta et regarda par-dessus son épaule.

— Oui ?

Lindsay lui souriait toujours, sans se rendre compte que papa ne s'intéressait pas du tout à elle. Mais Lindsay Baker aimait sans aucun doute être au centre de l'attention, des hommes évidemment, mais aussi des femmes, des enfants et des animaux. Je connaissais bien le profil : c'était celui de ma mère et de ma famille, côté maternel.

— Je serais absolument ravie d'évoquer le problème de la maquette avec vous. Au moment de votre choix, bien entendu. Peut-être pouvons-nous fixer un rendez-vous à mon bureau dans le courant de la semaine ?

Le regard soudain plein d'espoir d'Opal passa de la conseillère municipale à papa.

— Oh, ce serait bien ! intervint-elle à la hâte. Ce serait même parfait !

Papa poussa une espèce de grognement limite mufle, et redescendit sans répondre. Quelques instants plus tard, on l'entendit se remettre à hurler. Mais la conseillère municipale ne sembla rien entendre. Elle fixait l'endroit où papa se tenait quelques instants plus tôt, l'air intrigué, comme si on venait de lui poser une colle dont elle cherchait toujours la réponse. Oh-oh.

— Écoute, Lindsay, je suis vraiment contente que tu sois passée, reprit Opal. Si tu veux me fixer un rendez-vous à un jour et une heure de ta convenance, pour évoquer le problème, ce sera avec...

— Excuse, mais il faut que je file ! la coupa la conseillère municipale en consultant sa montre. Je reviendrai dans une semaine ou deux : à ce moment-là, tu auras davantage de bénévoles, et vous aurez bien progressé, n'est-ce pas ?

— Eh bien... heu... oui.

— En vérité, cette maquette doit rester là pour

l'instant, conclut la conseillère municipale qui s'approchait de moi, tous talons claquants.

Je me contins pour ne pas bondir en arrière et lui laisser le passage. De quoi j'avais peur ? C'était une inconnue, rien de plus.

— Cet endroit est parfait. D'ailleurs, c'est toi qui l'as proposé, si je me souviens bien, reprit la conseillère. Tu devrais l'expliquer à Gus. Il n'avait pas l'air au courant, quand il m'a contactée.

La journaliste laissa échapper une petite toux nerveuse. Le photographe choisit ce moment précis pour prendre une photo de la pauvre Opal.

Je la photographiai dans mon esprit et légendai le cliché aussi sec : FOUTUE.

— La prochaine fois que je viendrai, ce sera grandiose, j'en suis certaine ! continua la conseillère municipale gaiement.

Elle me tendit la main.

— Je crois que nous n'avons pas été présentées ? Lindsay Baker.

Je fus surprise. Stupéfaite. Je ne fus pas la seule. Derrière elle, David leva les yeux et fronça les sourcils.

— Mclean Sweet.

— J'aimerais que tu me rendes un petit service, Mclean, fit-elle en me serrant fort la main. Dis à ton père que j'aimerais beaucoup le rencontrer, d'accord ?

Je hochai la tête. Elle sourit. Elle avait une dentition d'un blanc incroyable. Comme si elle avait eu des lumignons fluorescents à la place des dents.

— Maureen ? appela-t-elle ensuite.

La journaliste sursauta.

— Vous venez ? Je vais vous donner certaines de

mes impressions, pour votre article. Opal ? À plus tard, au cours de vélo en salle !

Elle partait déjà, certaine que la journaliste allait la suivre sans broncher. Et en effet, cette dernière lui emboîta le pas avec empressement, le photographe sur ses talons.

Nous les regardâmes partir et restâmes silencieux jusqu'à ce qu'on entende la porte du bas se refermer. Opal poussa ensuite un soupir et, défaillante, s'appuya à la table la plus proche.

— Oh mon Dieu ! Vous n'avez pas l'impression d'avoir subi une attaque ?

— Elle est assez impressionnante dans son genre, dis-je en prenant le manuel d'instructions que Jason avait laissé.

— Pire que ça ! Non mais tu l'as vue ? Elle se pointe et joue les rouleaux compresseurs ? Seigneur ! Elle était déjà comme ça au lycée. Et puis, quelle hypocrite ! Tout sourires et tout ! En vérité, c'est une garce ! Avec une âme démoniaque !

David leva les yeux.

— Eh bien, c'est hard.

— Oui, je sais ! s'exclama Opal en se mettant la tête entre les mains. Elle me rend folle ! Le pire, c'est qu'elle est meilleure que moi au vélo en salle ! Si encore je savais comment je me suis retrouvée dans une galère pareille ! Moi, tout ce que je voulais, c'était garder mon parking !

On resta silencieux. En bas, mon père hurlait toujours. Quinze bonnes secondes s'écoulèrent au cours desquelles Opal garda la tête entre ses mains, comme une autruche laisse la sienne dans le sable.

— Le parking, c'est important, murmurai-je pour lui remonter le moral.

— Je sais toujours ce que je veux lui dire, continua Opal en se redressant. Je veux assurer comme une vraie pro et être incollable. Mais, le moment venu, je perds tous mes moyens... Tu comprends ?

À cet instant, la porte claqua de nouveau en bas.

— Mclean ? s'écria papa. Tu voulais me parler, je crois ?

À ces mots, mon cœur bondit. Je regardai Opal, puis répondis à sa question et, en même temps, à celle de papa.

— Oui.

Depuis le divorce, depuis que j'avais eu la révélation que j'avais le choix et le droit d'avoir mon opinion sur la question, je cristallisais ma colère sur maman parce que c'était sa faute si papa était sens dessus dessous. Elle l'avait trompé avec un homme qu'il admirait, au su et au vu de tous, et l'avait lâché pour ledit mec sans se soucier que la vie de papa tombe en petits morceaux. Encore maintenant, le seul fait d'y penser me mettait dans une rage folle.

Je ne pouvais pas interdire aux gens de parler de maman et de Peter Hamilton dans les rues de Tyler ou au *Mariposa*. Je ne pouvais pas non plus revenir en arrière et changer le cours des événements provoqués par maman, mais je pouvais agir à mon petit niveau. Par exemple, retirer en douce les pages sport du journal du matin et les balancer à la poubelle avant que papa ne se lève. Refuser délibérément de parler avec maman au téléphone quand papa était là. Refuser aussi de mettre les photos d'elle, de Peter et des jumeaux, dont elle me bombardait, sur les murs de ma chambre à coucher, de toutes mes chambres à coucher. Refuser d'évoquer le passé, du moins notre passé commun, et éviter au maximum le sujet des quinze premières années de ma vie. Papa refusait de se retourner sur le passé, moi aussi.

Mais il y avait des fois où c'était impossible. Ce jour-là, par exemple : dans deux petites heures, je n'aurais pas d'autre choix que d'être assise dans les tribunes, juste derrière le coach de l'équipe de basket-ball classée troisième au niveau national, avec les caméras de la télévision nationale braquées sur lui, donc sur moi. Alors que j'avais passé deux ans à essayer d'épargner papa autant que possible, j'allais maintenant lui balancer une grenade... Je me sentais donc au bord de la nausée et de l'évanouissement lorsque, dix minutes plus tard, je m'approchai de la table près de la fenêtre où il était assis.

— Alors ? Verdict pour le plan déjeuner à deux ? demanda-t-il.

Derrière le bar, Opal lavait les verres en discutant avec Tracey. Celle-ci dépoussiérait le ficus vert dont j'avais remarqué l'aspect minabilissime lors de notre première incursion (qui semblait désormais remonter à la préhistoire) au *Luna Blu*.

— Je ne pourrai m'échapper que pendant une petite heure parce qu'aujourd'hui ça va être de la folie ! me prévint papa.

Je souris, mais je me sentais de plus en plus mal. Je savais que papa aurait préféré ne pas s'éloigner une seconde des cuisines de son restau un jour pareil, mais il culpabilisait parce qu'il avait annulé notre petit déj et il essayait de compenser par un déjeuner, même sur le pouce. On se tenait les coudes, tous les deux. Voilà pourquoi papa et moi on formait une équipe soudée.

Je me concentrai sur Opal qui essuyait le bar en effectuant de grands cercles avec son chiffon.

— Eh bien... en réalité, j'ai des plans pour cet aprème.

— Si tu préfères, on petit-déj ensemble demain matin ?

— Avec maman, achevai-je.

Ces deux mots avaient jailli de ma bouche pour atterrir comme un poids mort entre nous. Et puisque, au point où j'en étais, je n'avais plus rien à perdre, j'ajoutai :

— Elle vient avec Peter pour le match, et elle veut me voir.

— Ah.

C'est incroyable comme un mot aussi banal peut avoir un son différent selon les circonstances.

— Je vois. Pas de problème.

Opal rangeait les verres dont les « cling clang » faisaient un joyeux bruit de fond. Autour de nous, tout le monde était occupé, l'adrénaline montait : le restaurant ouvrait dans dix minutes.

— Je suis vraiment désolée, papa. Si tu savais... je n'ai pas envie d'y aller. Mais la situation est super tendue entre maman et moi, depuis notre dernier déménagement. De plus, c'est Peter qui m'a demandé de venir. Je ne peux tout de même pas l'envoyer bouler.

— Mclean...

— Enfin, si, je pourrais, mais ils sont déjà en route, c'est sûr, et ils vont criser si je ne viens pas. Et toi, tu n'as pas besoin de subir...
— Mclean !

Je fus coupée dans mon élan. Tant mieux, parce que j'allais continuer sur ma lancée, donc, dire n'importe quoi.

— C'est normal que tu voies ta mère.
— Je sais, mais...
— Tu n'as pas besoin de te justifier ou de trouver des excuses, on est bien d'accord ?
— N'empêche, je me sens mal.
— Pourquoi ?

Papa me dévisageait avec intérêt et curiosité. « Oh mon Dieu, mon Dieu, quelle supplice », pensai-je en avalant ma salive avec difficulté.

C'était pile la conversation que je voulais éviter.

— À cause de ce qu'elle t'a fait... C'est vraiment... dégueulasse, prononçai-je avec difficulté. C'est hypocrite de sa part d'agir comme si de rien n'était.

C'était une torture que de mettre des mots là-dessus. J'avais l'impression de mâcher des clous, que chaque lettre en était une pleine cuillerée qu'on me forçait à avaler. Mon Dieu, mon Dieu. Ce n'était pas étonnant que j'évite d'évoquer le sujet...

Un « clang » s'éleva de la cuisine, suivi par un « boum » et un chapelet de gros mots, mais papa ne se laissa pas distraire.

— Ce qui s'est passé entre moi et ta mère ne concerne qu'elle et moi, déclara-t-il en détachant bien chacune des syllabes. Notre relation avec toi n'a rien à voir. Je ne suis pas vexé ou offensé parce que tu vois ta mère, et vice versa. Est-ce bien clair ?

J'acquiesçai et baissai les yeux sur la table. Je connaissais ce discours par cœur : maman tenait le même, au mot près. Sauf que, dans la vraie vie, on ne peut pas diviser une famille en deux parties, maman d'un côté, papa de l'autre, et l'enfant au centre qui doit aussi se partager. C'est pareil lorsqu'on déchire une feuille de papier en deux : on a beau essayer de recoller les morceaux, on verra toujours la ligne de séparation. C'est à cause des petites fibres à jamais détruites que la lacération sera toujours visible.

— Je déteste qu'on en soit arrivés là, repris-je à voix basse.

Je levai les yeux vers lui.

— Je ne veux pas te faire de mal.

— Tu ne m'en fais pas, tu ne m'en feras jamais, d'accord ?

Je hochai la tête. Il serra ma main, et cette simple pression me rappela notre lien et me consola plus que ses paroles.

— Gus ?

Je me détournai. Jason se tenait devant les cuisines.

— Le poissonnier est au téléphone. C'est à propos de la commande que vous avez passée en urgence.

— Dis-lui que je le rappelle, déclara papa.

— Ça va être difficile, il s'absente pour la journée, reprit Jason. Est-ce que vous voulez que je... ?

— Vas-y, lui dis-je, tapotant sa main. C'est bon... Ça m'a fait du bien de te parler.

Papa inclina la tête pour mieux m'observer.

— Tu en es certaine ?

— Oui. De toute façon, je dois rentrer à la maison et me préparer pour... enfin... tu sais.
— Oui : pour le match.
— Exactement...
Papa repoussa sa chaise et se leva.
— Ce sera sûrement un beau match. Et tu seras bien placée.
— Il vaudrait mieux que je sois carrément sur le banc de touche, parce que sinon je me tire !
— Je te comprends ! C'est le meilleur endroit pour insulter les arbitres !
— Oublie les arbitres ! J'ai deux mots à dire à Peter sur sa stratégie offensive !
Papa me sourit, mais il avait le regard triste. C'était trop bizarre de reparler basket avec lui, après toutes ces années. C'était un peu comme si on essayait de parler une langue qu'on maîtrisait autrefois à la perfection, mais dont on avait oublié le vocabulaire et presque toutes les conjugaisons.
— Amuse-toi bien, et je suis sincère, conclut papa.
— Oui, toi aussi.
Papa repartit vers les cuisines sur un dernier sourire. Jason l'attendait. Il ouvrit les portes tout grand. Papa les franchit, prit le téléphone qu'il lui tendait. Je les revis bosser en duo, tout à l'heure dans la chambre froide. Je pensai à cette chorégraphie subtile et complexe nécessaire à la bonne marche d'un restau. Par les portes ouvertes, je vis la brigade de cuisine qui chargeait les chariots, épluchait, lavait. Il y avait un mouvement continu autour de papa, immobile au centre, téléphone calé contre l'oreille et en grande

conversation. Papa était toujours le plus calme au milieu du désordre, même quand tout foutait le camp.

J'étais presque arrivée à la maison lorsque je me rendis compte que j'avais oublié ma veste au *Luna Blu*. Je revins donc sur mes pas en courant et entrai par les cuisines. Je passai devant le bureau où papa était toujours au téléphone. Derrière lui Opal faisait des photocopies. « Zzz » du plateau photoconducteur, et « pfuitt » de la copie qu'Opal recueillait d'une main impatiente.

— Oui, oui, bien entendu, dit papa. Ce serait une bonne chose de revoir la composition du personnel. Toutefois, la situation ne se prête pas à une gestion des ressources humaines telle qu'elle s'effectue en règle générale.

La photocopieuse se mit soudain à cliqueter comme un vieux vélo qui déraille. Opal pressa toutes les touches. Rien ne survint et le « clic » devint « crac ».

— Oh, mais j'en suis tout à fait certain, reprit papa en posant un regard mécontent sur Opal. Je pense même que ce sera édifiant !

Opal pressa une autre touche, soupira, recula et, sourcils froncés, scruta la photocopieuse alors que le petit « crac » devenait un grand « CRAC ». Papa l'observait, maintenant. Opal asséna un coup de poing sur le plateau photoconducteur. BANG ! Ce fut au tour de papa de froncer les sourcils. La photocopieuse éructa, bourdonna et cracha, avec un léger « pffuit », une copie qu'Opal recueillit. Elle sourit, contente, et, à ma grande surprise, papa lui sourit. Puis il se désintéressa de l'affaire.

À l'étage, l'unique représentant de l'équipe de choc d'Opal, j'ai nommé David Wade, était assis en tailleur près du socle, et posait une structure dans l'ancien quartier de Tracey. Il se pencha, sérieux et concentré, jusqu'à ce qu'il trouve l'emplacement exact de sa maison miniature. Je pensais avoir été discrète lorsqu'il prit la parole, sans même me regarder.

— Je sais que mes dons d'artiste sont absolument fascinants, mais il ne faut pas que cela t'empêche de venir me filer un coup de main.

— J'aimerais bien, seulement je dois aller au match.

— Le match de Defriese ? demanda-t-il en se retournant d'un bloc.

J'acquiesçai.

— Non, sérieux ?

— Sérieux.

— Attends... Et tu ne veux pas y aller ? J'ai bien compris ?

— Pas vraiment, non...

Il me dévisagea sans comprendre alors que je prenais ma veste.

— Tu sais qu'il y a des gens qui vendraient leur âme pour se procurer un billet et y assister ?

— Toi par exemple ?

— Moi par exemple !

Il soupira et secoua la tête.

— Je ne vous comprends pas, vous autres qui n'aimez pas le basket. C'est comme si vous étiez d'une autre planète...

— Je ne suis pas une anti-basket, protestai-je, c'est juste que...

— Tu préférerais bosser sur cette maquette plutôt

que d'être là-bas, aux premières loges du meilleur match de cette putain d'année !
Il leva la main.
— N'essaie même pas de te justifier ! Ce serait comme de me parler romulien.
— Parler quoi ?
Il leva les yeux au ciel.
— Laisse tomber, ma pauvre.
Je pris ma veste et sortis mon portable de ma poche. J'avais un appel et un texto de maman.
J'ai hâte de te voir.
Conventionnel. Poli. Bon...
RV guichets.
Je me sentis soudain nerveuse : voilà, on y était, pour de vrai. J'allais assister à un match de basket avec maman et Peter dans moins de deux heures. Et en dépit de l'assurance de papa, qui affirmait que c'était bien et même normal, je fus tout à coup persuadée du contraire. C'est pourquoi, je paniquai, et c'est pourquoi, aussi, je pris une décision folle.
— Tu veux venir ?
— Au match ?
— Oui.
— Tu as un ticket en rab ?
— Pas vraiment, non. Mais je pense pouvoir te faire entrer.

Chapitre 7

Je vis maman avant qu'elle ne me voie. Nous étions en retard, elle scrutait la foule avec anxiété. Pourtant je pris tout mon temps pour la regarder à son insu avant qu'elle ne me repère, et que la face du monde n'en soit changée.

Maman était jolie. J'étais sa copie conforme au même âge : mêmes cheveux blonds, mêmes yeux bleus, grande, mince et tout en jambes. Notre ressemblance s'arrêtait là : maman avait filé droit, au lycée, en se trouvant toujours, comme on dit, au bon endroit au bon moment, conformément à son profil de jolie fille du Sud, par-dessus le marché la plus populaire de son lycée. Maman avait été capitaine des cheerleaders, reine du lycée, et elle avait participé au bal des débutantes. Elle avait eu un seul petit copain – le fils d'un sénateur du Congrès –, de la seconde à la terminale, et avait porté, selon la tradition, une bague accrochée à une chaîne en or. Dans ses jeunes années, elle avait fait du volontariat dans une association à but non lucratif et chanté à la chorale de sa paroisse tous les dimanches. Dans l'annuaire du lycée, elle était sur presque toutes les pages : photos de groupe, photos prises sur le vif, photos posées et photos des clubs. Maman, c'était le genre de fille que tout le monde connaissait, même si elle, elle n'avait jamais entendu parler de vous.

Mais à l'université, le vent avait tourné, maman en avait bavé. Cela faisait deux semaines qu'elle était à Defriese quand son Mister Promise Ring l'avait larguée par téléphone sous prétexte qu'une relation longue distance, c'était une vraie galère. Maman avait déprimé grave, et passé le mois suivant à pleurer en continu dans sa chambre du campus, qu'elle ne quittait que pour aller en cours et à la cafète. Et c'était justement à la cafète que maman, faisant glisser son plateau sur le rail, les yeux rouges et gonflés, avait fait la connaissance de papa qui bossait là pour financer ses études. Papa avait remarqué maman – le contraire aurait été difficile –, et dès lors s'était toujours arrangé pour lui servir une portion de rab : hamburger et fromage ou steak Salisbury, enfin, ce qui lui tombait sous la main. Un jour, il lui avait demandé si elle allait bien, et maman avait éclaté en sanglots. Il lui avait tendu une serviette en papier, elle l'avait prise et s'était essuyé les yeux. Cinq ans plus tard, ils se mariaient.

J'étais fan de cette histoire, et, quand j'étais petite, je demandais sans cesse qu'on me la raconte. J'imaginais papa avec son filet à cheveux jetable (maman disait qu'il était trop craquant, avec), j'entendais même la mauvaise musique d'ambiance, typique des cafêtes universitaires, et je sentais l'odeur des fleurettes de brocolis s'élevant entre eux. J'adorais chaque image, chaque détail de ce beau conte, et j'aimais que mes parents soient aussi différents et, pourtant, destinés l'un à l'autre. Une jeune fille issue d'une riche famille du Sud rencontrait un fils de prolo, boursier, qui volait son cœur et la faisait vivre dans le charme délabré et bordélique d'un restaurant...

C'était la plus belle histoire d'amour qui fût, mais elle s'était terminée de la pire façon.

Avec papa, maman avait changé. Pendant toute sa jeunesse, elle avait fréquenté les salons de manucure, et, en bonne adepte des brushings, allait souvent chez le coiffeur. À l'époque, elle mettait aussi des talons hauts et s'habillait avec élégance, pas seulement pour sortir, mais dès le petit déj et pour le déjeuner. Ensuite, quand j'étais petite, maman s'appelait Katie Sweet, et elle ne portait plus que des sabots en plastique et un jean délavé. De plus, elle avait une simple queue-de-cheval et ne se maquillait que d'une touche de gloss. Au restaurant, elle avait souvent les bras jusqu'aux coudes dans un seau de détergent, parce qu'elle était en train de lessiver la chambre froide, à moins qu'elle ne soit enfermée dans son bureau, où elle passait la compta au crible. Il arrivait que maman se rende à des galas de charité ou à des mariages. Ces jours-là, je reconnaissais la jeune fille des photos figurant dans les annuaires du lycée ou dans de vieux albums photos familiaux : maquillée, bien coiffée et avec des bijoux. Malgré tout, j'avais l'impression que maman s'était déguisée. Dans la vraie vie, la nôtre, maman portait des bottes en caoutchouc, elle avait les ongles cassés et sales parce qu'elle jardinait et retirait un à un les pucerons de nos plants de tomates.

Maintenant, maman était Katherine Hamilton, la femme d'un coach célébrissime et ambitieux. Elle n'attachait plus ses cheveux, car elle avait désormais un petit carré coupé en dégradé dont la blondeur était accentuée par de fréquents balayages (une fois par mois). Maman était également vêtue de vêtements hyper mode destinés à bien passer à la télé, et sélectionnés par une acheteuse personnelle de chez Esther Prine, le grand magasin de luxe. Aujourd'hui, maman portait d'ailleurs une petite jupe noire, des bottillons bien cirés et une veste en cuir sur une chemise blanche impeccable. Maman était superbe, même si elle ne ressemblait plus ni à maman, ni à Katie Sweet.

— Mclean ? appela-t-elle.

J'avais beau être en colère contre elle, au son de sa voix, mon cœur bondit dans ma poitrine. Il y a des sentiments primitifs inébranlables quoi qu'il arrive (ou pas) : entre maman et moi existait une force d'attraction que toute ma colère ne pourrait jamais changer.

Elle s'approcha, bras tendus, prête à me serrer contre elle.

— Bonjour, maman.

— Merci d'être venue ! Je suis si contente, tu n'as pas idée...

Je hochai la tête alors qu'elle me serrait à m'étouffer, sans se décider à me lâcher. C'était son habitude, mais là c'était pire, parce que nous avions un témoin.

— Heu, maman ? dis-je par-dessus son épaule, je te présente David.

Maman recula, mais serra ma main comme si elle avait peur que je ne m'enfuie.

— Bonjour, lui dit-elle.

Son regard passa tour à tour sur David et sur moi.

— Je suis ravie de faire ta connaissance.

— Moi aussi, répondit-il.

Il observa la foule autour de nous qui s'approchait des guichets et franchissait l'entrée du gymnase, puis il me montra les gens qui essayaient désespérément d'acheter un billet pour le match.

— Écoute, murmura-t-il, c'est super sympa que tu m'aies invité, mais je pense que tu ne comprends pas...

— Relax, le coupai-je.

Il avait passé les trois quarts du trajet à m'expliquer que, venant d'arriver en ville, je ne pouvais pas imaginer la difficulté, voire l'impossibilité de se procurer des billets pour un match d'une telle importance. Il ne cessait de répéter qu'il ne réussirait jamais à entrer dans le gymnase, un point c'est tout. Je sais, j'aurais dû lui expliquer la situation, mais je n'en avais pas trouvé le courage. J'étais déjà bien assez stressée à l'idée de revoir ma mère, alors lui servir le récit du divorce, et dans ses moindres détails, ça me bloquait.

— Tu as trouvé facilement ? me demanda maman en pressant ma main par à-coups. On se croirait dans une maison de fous, ici !

— Oui. David était déjà venu.

— C'est d'ailleurs pour cette raison que j'essaie d'expliquer à Mclean qu'on ne peut pas obtenir des billets à la dernière minute, reprit David, en avisant un type qui levait une pancarte où était écrit « Cherche deux billets ! ».

Maman nous regarda de nouveau tour à tour.

— Pardon ?

Je déglutis, puis soupirai :

— David s'inquiète de savoir si on va pouvoir entrer.

— Entrer ? répéta maman.

— Oui, pour voir le match.

Maman parut déroutée.

— Je doute que cela nous pose un problème, dit-elle en regardant autour d'elle. À ce propos, je vais aller aux nouvelles.

— C'est impossible, continua David. Mais ça ne me gêne pas du tout, vous savez...

— Robert ? appela maman sans l'écouter.

Elle fit signe à un grand baraqué en costard-cravate qui se trouvait non loin. Il portait de nombreux passes plastifiés autour du cou, et un talkie-walkie. Il s'approcha.

— Je pense que nous pouvons y aller, Robert.

Il opina.

— Très bien. Suivez-moi. C'est par là.

Maman le suivit, sans me lâcher la main. Je regardai David qui, cette fois, semblait un peu déconcerté.

— Attends : qu'est-ce que... ?

— Laisse faire. Je t'expliquerai plus tard.

Robert nous fit passer devant l'entrée principale où la foule attendait en file indienne, et nous conduisit vers une petite entrée latérale. Il montra ses passes à une bonne femme en uniforme, qui ouvrit et nous fit signe d'entrer.

— Vous voulez vous rendre dans votre salon VIP, ou tout de suite à vos places ? demanda Robert.

— Je ne sais pas... Mclean ? Qu'est-ce que tu en penses ? Il nous reste environ vingt minutes avant le début du match.

— J'ai envie d'aller m'asseoir tout de suite dans la tribune.

— Parfait.

Maman pressa de nouveau ma main.

— Les jumeaux y sont déjà, avec leurs baby-sitters. Ils sont fous de joie à l'idée de te voir !

Du coin de l'œil je devinai le énième regard surpris que me lançait David, mais je fis mine de ne rien remarquer. On pénétra dans le gymnase déjà à moitié plein. La fanfare jouait, les écrans vidéo diffusaient un dessin animé où Eagle, la mascotte de l'Université, dansait. La clameur qui montait des gradins m'atteignit et me pénétra. Je pensai à papa, à tous les matchs auxquels on avait assisté depuis que j'étais petite. On occupait des places sur les gradins du haut et on hurlait de toutes nos forces pour encourager la DB.

Je sentis qu'on me tapait sur l'épaule. Je me retournai. David regardait autour de lui, incrédule. On descendait toujours les marches, se rapprochant du terrain de basket.

— Je rêve... Tu me caches quelque chose, Mclean ?

— Pas grand-chose, répondis-je tandis qu'on passait devant les journalistes sportifs, les caméras et les photographes.

— Pas grand-chose ? Rien que ça ?

— La voilà ! s'exclama maman au même instant, alors qu'on atteignait le troisième rang de la tribune du bas, qui portait la mention « Réservé ».

Elle leva sa main, et la mienne par la même occasion, en signe de victoire, et l'agita à l'intention des jumeaux, assis sur les genoux de leurs baby-sitters, deux lycéennes – une petite rousse avec des anneaux à l'oreille et une grande brune.

— Maddie et Connor, regardez, la voilà ! C'est votre grande sœur !

Les jumeaux étaient joufflus comme des chérubins et portaient deux tee-shirts identiques de Defriese. Ils sourirent en reconnaissant maman, mais ils m'ignorèrent complètement. Pas leur faute. Maman avait beau faire, ils ne savaient même pas qui j'étais.

— Mclean, je te présente Virginia et Krysta, reprit maman en me montrant les baby-sitters.

Elles nous sourirent tandis qu'on passait devant elles pour gagner nos sièges.

— Voici ma fille Mclean et son ami Dave, leur expliqua maman.

— David, corrigeai-je.

— Désolée !

Maman se retourna et posa son autre main (l'autre serrait toujours la mienne) sur l'épaule de David. Il était immobile au milieu de la rangée et regardait le terrain de basket, l'air paumé.

— David, oui, oui ! Asseyez-vous donc !

Maman s'installa à côté de Krysta et prit Maddie qui babillait sur ses genoux. Je m'assis à mon tour à côté d'elle et j'attendis que David, décidément pétrifié, se pose à côté de moi.

— N'est-ce pas merveilleux ? demanda maman en faisant sauter Maddie sur ses genoux.

Elle se pencha vers moi et me pressa l'épaule.

— Je suis si contente qu'on soit de nouveau réunies...

— Mesdames et messieurs ! hurla le speaker avec enthousiasme. Voici l'équipe University Eagles !

La foule ovationna les joueurs. La clameur alla de bas en haut, et de haut en bas, comme une vague.

David continuait de regarder autour de lui avec de grands yeux pendant que l'équipe sortait des vestiaires, qui se trouvaient juste sur notre droite, et déboulait sur le terrain. La fanfare jouait toujours, le sol des tribunes vibrait parce que tout le monde s'agitait. En dépit de mon malaise, je retrouvai intacte la passion du basket que m'avait inculquée papa, avec cette incroyable montée d'adrénaline. C'était comme ma connexion avec maman : en dépit de tout, réelle et indéniable.

— Bon, maintenant dis-moi toute la vérité : qui es-tu, Mclean Sweet ? me demanda David, ou plutôt, cria dans mon oreille à cause de la foule autour de nous qui hurlait, applaudissait et sautait.

Si je l'avais su... Au cours des deux dernières années, je m'étais défoncée pour avoir une réponse chaque fois différente. J'avais été Eliza, puis Lizbet et Beth... Et dans cette foule incroyable et survoltée, avec maman d'un côté et un garçon que je connaissais à peine de l'autre, je n'étais ni l'une ni l'autre ni la troisième. Par chance, le temps de la formuler, ma réponse, quelle qu'elle fût, serait noyée par les

clameurs, et c'est justement pour cela que je fis cette révélation à David :
— Je ne sais pas.
Non, vraiment pas.

Defriese perdit (79-68), mais je ne suivis pas le match. J'étais bien trop distraite et bien trop occupée à préparer ma défense.
— Alors, me fit maman, parle-moi un peu de ce *David*.

Le match fini, on avait pris place dans la salle privée d'un restau du coin, où maman et Peter avaient réservé. Le restau, qui s'appelait *Le Bœuf*, était immense et incroyablement sombre, avec ses lourdes tentures en velours et son coin cheminée où crépitait joyeusement un feu. Les murs étaient couverts d'armes et de lames : faux étincelantes, épées de tous les styles et de toutes les tailles, et même ce qui me parut être un petit bélier en piteux état. Tout cela me foutait les jetons : j'avais l'impression qu'une attaque était imminente et qu'on devrait se servir du décor à portée de main pour repousser l'envahisseur.
— Il habite à côté de chez nous, dis-je à maman, tandis que le serveur nous remettait d'épais menus à la couverture de cuir.

David, qui avait été invité à se joindre à nous, était aux toilettes. Assailli d'appels, Peter parlait au téléphone. À l'autre bout de la table, les jumeaux, installés dans des chaises hautes assorties, riaient pendant que leurs baby-sitters leur donnaient à manger. Cela dit, je ne les voyais pas très bien dans cette ambiance black-out.

— Vous êtes seulement *voisins* ? insista maman.

Sa manie de mettre l'accent sur certains mots m'énervait, mais je me mordis les lèvres.

J'avais décidé d'être patiente dès le premier quart-temps du match, même si maman n'avait toujours pas lâché ma main et me mitraillait de questions sur le lycée et mes nouveaux amis. J'aurais pu l'envoyer balader, mais vu qu'on était deux rangs derrière Peter et son assistant, et que le match était retransmis en direct, tous les fans de basket du pays auraient été témoins d'un éventuel clash. Ça suffisait comme ça ! Notre vie privée avait déjà été bien assez publique ! Je ne mourrais pas de garder mon calme pendant environ deux heures. Du moins, je l'espérais.

J'aurais pu oublier que le match était diffusé en direct si le portable de David n'avait pas vibré toutes les dix secondes parce que ses potes hallucinaient de le voir à l'écran. Il ne remarquait rien : il suivait le match avec concentration, bouche entrouverte, toujours aussi épaté d'être placé avec les VIP.

S'il ne perdait pas une miette du jeu, moi je regardais subrepticement l'écran de son portable. *Putain c'est mortel !* disait le premier texto, d'Ellis. Suivi par *Énorme !* et d'autres textos du même genre, envoyés par des gens que je ne connaissais pas. Puis il y eut un autre texto. *Séducteur, va.* C'était Riley.

— Eh, tu as des messages, avais-je dit à David.

Il m'avait regardée, avait baissé les yeux sur son portable, avant de reporter son attention sur le terrain.

— Ça attendra. Je n'arrive pas à croire que tu ne t'intéresses pas au match.

— Je m'y intéresse. C'est un bon match.

— Non, c'est un *super* match ! Et on a de super places ! m'avait-il corrigée. Je n'en reviens pas : tu fais partie de la famille royale du basket, et tu as gardé le secret !

— Je ne fais pas partie de la famille royale du basket. Et d'abord, qu'est-ce que ça veut dire ?

— Ça veut dire que Peter Hamilton est ton beau-père.

— *Beau-père*, avais-je répété, un peu trop fort.

J'avais toussé et m'étais éclairci la voix.

— Beau-père seulement...

David avait enfin percuté et avait regardé ma mère, puis les jumeaux.

— Je comprends, avait-il dit d'une voix lente.

Il m'avait lancé un tel regard que je m'étais sentie devenir très vulnérable, toute chose. J'en avais peu dit, mais j'avais l'impression de lui avoir déballé les secrets les plus intimes de ma vie.

— En tout cas, merci encore pour l'invitation.

— Pas de quoi.

Comme il continuait de me dévisager, je lui avais montré le terrain.

— Coucou ? Je n'arrive pas à croire que tu ne regardes plus le match !

Il avait souri et reporté son attention sur le jeu juste au moment où son portable se remettait à vibrer. Cette fois, je n'avais pas louché sur son écran, je m'étais concentrée sur les joueurs qui passaient si vite qu'on ne voyait qu'un grand flou avec le ballon qui circulait encore plus vite entre eux.

Maintenant que nous étions au *Bœuf*, je m'intimai de nouveau la patience. C'était normal que maman soit curieuse : ne m'étais-je pas pointée avec un garçon ?

— On est juste voisins.

— Il semble très bien. Et tellement intelligent...

— Il ne t'a pas dit trois mots.

L'un des jumeaux protesta tout à coup en poussant un hurlement strident.

— Comment ? demanda maman, se penchant vers moi, main à l'oreille.

— Non, rien.

David revenait. Il cogna ma chaise au passage.

— Désolé, dit-il. Il fait tellement sombre qu'on n'y voit que dalle. Je suis même entré dans une autre salle et je me suis assis à une autre table.

— Oh là !

— Galère, oui. Cela dit, personne n'a rien remarqué.

Il ouvrit son menu. Maman, qui le regardait, me sourit avec tendresse comme si je venais de lui avouer un scoop.

— Merci pour tout, lui dit David. Le match était génial.

— Je suis ravie que tu l'aies autant apprécié.

Elle tourna les yeux vers Peter, toujours au téléphone, puis ajouta à mon adresse :

— Il ne devrait pas tarder à en avoir fini avec les journalistes. Ensuite, tu pourras nous parler un peu de toi.

— Je n'ai pas grand-chose à raconter.

Je feuilletai la carte. Les premières pages étaient consacrées aux vins et, après seulement, venait le détail des menus et des plats. Je pensai aussitôt à papa, qui aurait critiqué la façon dont elle avait été conçue. À côtoyer un consultant pour les professionnels de la restauration, on finit par devenir comme lui.

— Il n'y a que le lycée.

— Et ton père ? Il va bien ? me demanda-t-elle d'une voix aimable et très polie.

Je hochai la tête avec la même politesse.

— Il va bien.

Maman sourit à David pour une raison que je ne compris pas, puis elle but une gorgée de vin.

— Quoi d'autre ? Tu as bien des activités, en dehors du lycée ?

Je ne répondis pas. Un silence tomba. On n'entendait que Peter parler de « bonne offensive ». Maman me fixait. Elle attendait que je parle, lui donne un détail qu'elle pourrait s'approprier et commenter. Mais je n'avais rien d'autre à partager avec elle. Rien à lui dire. Je lui avais déjà donné un peu de mon temps, je lui avais même présenté un ami : ça suffisait largement.

David toussota.

— Eh bien... il y a cette maquette sur laquelle nous travaillons, annonça-t-il.

Maman cilla et me sourit.

— Oh... une maquette ?

J'aurais volontiers filé un coup de coude à David si je n'avais pas eu peur de mal viser dans l'obscurité. Je regardai tout de même dans sa direction avec insistance, mais évidemment, il ne le remarqua pas.

— C'est une maquette du centre-ville et des quartiers des alentours, expliqua-t-il à maman, alors que le serveur remplissait nos verres d'eau. C'est pour le

centenaire de la ville. On la monte à l'étage du *Luna Blu*.
Le regard de maman revint sur moi.
— Le *Luna Blu*, c'est le restau de papa, précisai-je.
— Ah oui ? repartit maman.
Elle semblait espérer que je m'empare du sujet et le développe. Mais comme je gardais le silence, elle reprit :
— Ça a l'air vraiment intéressant. Comment se fait-il que tu participes à ce projet ?
J'étais certaine que cette question m'était destinée, mais je ne répondis pas. C'est donc David qui répondit, après s'être beurré un petit morceau de pain.
— En ce qui me concerne, je n'ai pas eu le choix. Obligé.
— Ah. Obligé ? répéta maman prudemment.
— Oui : travaux d'intérêt collectif. J'ai eu un petit problème, il y a deux ou trois mois. Je dois des heures à la collectivité, vous comprenez.
Je sentis maman bloquer.
— Oh, dit-elle en tournant les yeux dans la direction de Peter, toujours au téléphone. Eh bien…
— C'est rien, il s'est fait piquer en train de picoler à une fête, expliquai-je.
— C'était une histoire stupide…, convint David. Quand les flics ont débarqué, tout le monde a déguerpi. Mais ils m'ont dit de ne pas bouger et comme je suis du genre docile et respectueux de la loi… C'est drôle, la vie, tout de même ?
— Heu… eh bien je pense que oui, répliqua maman cette fois en me regardant.
David toussota.

— Je pensais que les travaux d'intérêt collectif, ce serait bien pire. Au bout du compte, mes parents sont beaucoup plus sévères que la justice : ils me tiennent littéralement enfermé, depuis cette affaire.

— Je suis certaine qu'ils ont dû se faire beaucoup de souci, commenta maman. C'est parfois dur d'être parent.

— D'être enfant aussi, ajoutai-je.

David et maman me dévisagèrent avec un bel ensemble. Puis maman leva tout à coup son verre d'eau et, le regard fixe, but longuement. Typique. David venait de révéler qu'il avait été arrêté et condamné, et c'était moi la méchante, dans l'histoire.

— Quoi qu'il en soit, j'ai effectué la première moitié de mes heures au refuge pour animaux, où je nettoyais les cages, mais les subventions ont été coupées, et le refuge ferme désormais plus tôt dans l'après-midi, dit David sans me quitter des yeux. Voilà comment je me suis retrouvé sur cette maquette avec Mclean.

— Une maquette ! De quoi ? déclara Peter en se joignant à la conversation.

Le serveur apporta le verre de vin qu'il avait commandé, et prit tout son temps pour retirer le verre vide et ajuster la petite serviette, à côté. Ce devait être un admirateur de la DB.

À ma droite, David s'apprêtait à répondre, et, à la gauche de maman, Peter patientait. Entre eux, maman avait une expression abattue et défaite, comme si je lui avais fait pis que pendre. Moi, j'avais le vertige parce que j'essayais de me souvenir d'avant, quand on était seulement tous les trois. Quand la vie était encore simple. Mais je n'y réussissais pas. Tout ce que je savais, c'était que moi, Mclean, j'avais, de nouveau, martyrisé maman. Alors je décidai de faire ce que je savais le mieux faire : jouer un rôle. Et là, les mots sont sortis tout seuls.

— C'est une maquette de la ville. En réalité, je n'étais pas censée participer au projet, mais Opal – c'est la bonne femme qui bosse avec papa au restaurant, tu vois ? – avait vraiment besoin de main-d'œuvre, alors l'autre jour j'ai aidé un peu.

— Ça semble très intéressant, et surtout, très utile, commenta maman.

— C'est un chantier gigantesque ! Il y a des tonnes de pièces à assembler, et je me demande comment Opal tiendra les délais : il faut livrer en mai.

— C'est important d'avoir un but, intervint Peter. Même s'il est déraisonnable, c'est toujours motivant.

Ça, c'était mon beau-père tout craché. Si un jour il cessait d'être coach sportif, j'étais certaine qu'un groupe en quête de motivation et de confiance en soi l'embaucherait en deux minutes.

— En ce cas, mon but, c'est d'être diplômé sans avoir d'autres problèmes, enchaîna David.

— Très ambitieux ! déclarai-je.

— Comme tu le dis.

Il sourit et je lui souris, sous le regard attentif de maman. Et si à ses yeux je n'étais qu'une inconnue, dans une ville inconnue, avec des amis inconnus ? me demandai-je brusquement. Barbotant avec elle dans les limbes d'un passé lointain et d'un futur flou, improbable ? Cette pensée me rendit inexplicablement triste, comme au moment où je l'avais vue de loin, devant les guichets. Mais quand je reportai mon attention sur maman, elle s'était désintéressée de moi et disait quelques mots à l'une des baby-sitters.

— C'était un match sacrément difficile, dis-je à Peter. Ils ont bien joué, tes gars.

— Pas assez.

Puis, baissant la voix, il ajouta :

— Merci d'être venue. Ta mère est vraiment heureuse, tu sais.

— Vous parlez de moi ? demanda maman en se tournant sur nous.

— Je disais juste à Mclean que nous étions contents que la villa au bord de l'océan soit terminée, lui expliqua-t-il avec beaucoup de tendresse. Elle devrait nous y rendre visite. Colby est si agréable, à cette époque de l'année.

— Je ne connais pas bien Colby, répliquai-je. Parce que nous, on allait toujours à North Reddemane.

— Oh, mais il n'y a plus rien d'intéressant à North Reddemane, désormais ! déclara Peter. Juste deux ou trois boutiques qui tiennent le coup on se demande comment, et des ruines.

Je repensai au *Poséidon*, à son odeur de moisi et à ses couvre-lits aux couleurs fanées, puis je regardai maman. S'en souvenait-elle ? Mais maman souriait à Peter, elle semblait penser à tout autre chose.

— C'était bien, pourtant…, repris-je.

— La vie change, conclut Peter en ouvrant sa carte.

Il se pencha dessus.

— Bon sang, je ne vois rien. Pourquoi a-t-on aussi peu de lumière, ici ?

Personne ne répondit. Chacun d'entre nous étudia son menu à la lueur de la petite bougie au centre de la table. Si quelqu'un était entré et nous avait observés, qu'aurait-il vu ? Un petit groupe avec des liens de parenté, ou non, qui déchiffrait un menu au fond d'une épaisse pénombre.

— Eh bien, ça, c'était quelque chose ! s'exclama David.

Le monospace de Peter s'éloignait. Je n'en voyais que les phares qui devenaient plus petits au fur et à mesure qu'ils s'éloignaient.

— Ça ?

— Le soupir que tu viens de pousser. Non, sérieux : c'était assourdissant.

— Excuse.

La voiture passa le dos-d'âne et se dirigea vers la nationale. Peter mit le clignotant. Bientôt, ils seraient sur l'autoroute. Bientôt, les phares ne seraient que deux têtes d'épingle lumineuses.

— Pas la peine de t'excuser. C'était juste une remarque.

Après avoir passé ces dernières heures à surveiller mes faits et gestes, je saturais. J'étais complètement cassée. Alors, au lieu de répondre, je m'assis pile là où l'on se trouvait, sur le bord du trottoir, et rassemblai mes genoux sous mon menton. David s'assit à côté de moi. On est restés sans parler pendant, allez, disons une minute, enveloppés par la musique assourdissante qui s'élevait de chez mes fêtards de voisins.

— C'est simple, je ne m'entends pas avec ma mère, confiai-je au bout d'un moment. Je pense... Parfois, je pense même que je la déteste.

Il resta pensif.

— Voilà qui explique la tension entre vous.
— Tu l'as sentie ?
— Le contraire aurait été difficile.
Il se pencha, toucha la pointe de sa chaussure du bout des doigts, puis reprit :
— Je ne connais pas le problème, mais je te jure que ta mère fait de sacrés efforts.
— Sacrément trop, même !
— Possible.
— Sacrément trop, je te dis ! martelai-je.
Cette fois, il resta silencieux.
Je pris une inspiration d'air bien froid, et j'ajoutai :
— Ma mère a trompé mon père. Avec Peter. Elle l'a largué, elle est tombée enceinte et elle s'est mariée avec Peter. Un vrai foutoir, je te dis.
Une voiture passa, ralentit, puis continua.
— C'est hard.
— Carrément.
J'enveloppai mes genoux plus étroitement.
— Tu vois, c'est ça, le problème. Toi, tu as tout de suite compris que c'était hard. Elle, elle n'en a pas conscience.
— Ah bon ? C'est pourtant évident.
— N'est-ce pas ?
Je lui fis face.
— Toi, tu n'as pas de mal à comprendre, alors pourquoi pas elle ?
— Voyons, ce n'est pas la même chose, Mclean.
Je le regardai, tandis qu'une autre voiture passait.
— Comment ça ?
— D'abord, tu affirmes que ta mère n'a pas conscience de la gravité des faits que tu lui reproches,

d'accord ? Ensuite, tu te demandes pourquoi elle ne comprend pas, tu me suis ? Ce sont deux choses différentes.

— Ah bon.

— Oui. Savoir, c'est facile, mais comprendre, et assimiler... c'est là où ça coince.

— Ça coince sérieux entre elle et moi. Et depuis des années, maintenant.

— Je vois.

Silence. David jouait avec les brins d'herbe, je regardais droit devant moi.

— Alors comme ça, tes parents ont crisé quand tu as été arrêté ? repris-je.

— Tu es loin de la vérité ! En gros, ce fut un DEFCON 1 familial : préparation maximale des forces en vue d'un état de guerre. Bref, un traumatisme.

— C'est extrême, dis donc.

— Mes parents ont pensé que j'étais devenu ingérable.

— Tu n'avais bu qu'une bière à une fête !

— Mais je n'avais jamais bu d'alcool. Je n'avais même jamais été à une fête, jusqu'à quelques semaines plus tôt.

— Gros changement.

— Exactement.

Il se redressa, s'appuya sur ses mains.

— Dans l'esprit de mes parents, tout est la faute de *Frazier Bakery*. C'est à partir du moment où j'ai commencé à y bosser que ma descente dans les bas-fonds de la criminalité a commencé.

— Arrête, tu n'es pas un criminel !

— On est d'accord, mais essaie un peu de comprendre mes parents. Pour eux, un petit boulot, c'est une activité constructive qui contribue à construire et à assurer ton avenir ; ce n'est pas perdre ton temps à préparer des smoothies Givré des Neurones Myrtilles-Banane, en plus pour une misère, alors que tu as le bonheur de pouvoir étudier la physique appliquée. À leurs yeux, ça n'a tout simplement pas de sens.
— Smoothie Givré des Neurones Myrtilles-Banane ? Qu'est-ce que c'est ?
— Un smoothie spécial petit déjeuner. Tu devrais essayer. C'est trop bon. Mais il faut le boire lentement. Ce n'est pas par hasard qu'il porte ce nom.

Je souris.

— Pourquoi tu as décidé de bosser là ?
— Ça me semblait marrant. J'assistais ma mère dans son labo depuis l'âge de 10 ans : recherches, rapports d'expérience. C'était intéressant, mais on ne peut pas dire que j'avais des points communs avec les scientifiques qui y bossaient. Et puis, un jour, j'étais au FrayBake et je commandais mon smoothie habituel, quand j'ai vu une petite annonce. J'ai posé ma candidature, j'ai été embauché.
— Et tant pis pour le labo !
— Bien dit. Ça grouille de petits génies, là-bas. Je ne pense pas avoir manqué à qui que ce soit, sauf à ma mère.

Il se remit à arracher des touffes d'herbe.

— Quoi qu'il en soit, je me suis fait des potes de mon âge et j'ai commencé à bouger le week-end, au lieu de bouquiner ou de bosser comme un âne. C'était génial ! Enfin, cet été, j'ai annoncé à mes parents que je voulais être transféré à Jackson. Ils m'ont opposé un non catégorique, avec, à l'appui, les statistiques sur les moyennes et le ratio élèves-prof.

— Sans blague, ils sont allés à la pêche aux statistiques ?

— Ce sont des scientifiques, dit-il comme si ça expliquait tout. Bon, finalement, j'ai réussi à les convaincre de me faire transférer à Jackson, au moins pour un semestre, et seulement parce que j'avais déjà plus de crédits qu'il ne m'en fallait pour terminer le secondaire et entrer en fac.

— C'était l'année dernière ?

Il acquiesça.

— Tu avais assez de crédits pour entrer en fac à la fin de ta première.

Il toussota, gêné.

— En fait, j'en avais déjà assez en troisième.

— Oh dis donc ! Tu es intelligent à ce point ?

— Tu veux entendre la suite ou non ?

Je me mordis la lèvre.

— Excuse...

Il me jeta un regard faussement contrarié et je poussai un soupir faussement exaspéré.

— J'ai donc été transféré à Jackson. J'ai commencé à faire des trucs avec Riley et Heather, je suis allé à des fêtes, et j'ai laissé tomber ma préparation à l'AAPT Physics Bowl[1].

---

1. Le AAPT Physics Bowl est un concours annuel, sponsorisé par l'American Association of Physics Teachers (AAPT), destiné aux lycéens. (*N.d.T.*)

— Jusque-là, rien que de très normal. Sauf pour le Physics Bowl !

— Pour la plupart des gens, peut-être. Pas pour moi. Je ne me la joue pas, Mclean, je te jure ! Mais à presque 18 ans, je n'avais jamais rien fait de *normal* dans ma vie. Et soudain, je me retrouvais dans un lycée énorme, où personne ne me connaissait. Je pouvais être n'importe qui, ce que j'avais décidé d'être ! Et je te promets que je n'avais plus envie d'avoir le rôle du petit virtuose.

Je revis tous les lycées que j'avais fréquentés, vastes labyrinthes de couloirs et de portes fermées.

— Je comprends.

— Ah ?

J'acquiesçai.

— Le problème, c'est que mes parents commençaient déjà à criser. Et quand j'ai projeté de partir en voyage, juste après la remise des diplômes de juin, au lieu d'opter pour le Brain Camp, la situation ne s'est pas arrangée.

— Brain Camp ?

— Le camp de maths où je vais tous les étés depuis l'âge de 11 ans. Je devais de nouveau être tuteur cette année. Mais Ellis, Riley, Heather et moi, on a décidé de partir au Texas. Ce qui est, tu l'as compris, nettement moins scolaire.

Je souris.

— Les voyages forment la jeunesse.

— C'est ce que j'ai affirmé à mes parents. Ils ne m'ont pas cru une seconde !

Il regarda de nouveau ses mains.

— C'était vraiment pas le moment de me faire piquer par les flics, à cette fête.

La porte de la maison voisine claqua. Un mec sortit et monta dans l'une des voitures garées devant. Il démarra, accéléra deux ou trois fois, et le bruit du moteur envahit toute la rue. Quand il eut reculé et se fut éloigné, le silence revenu sembla encore plus épais.

— Tu ne pars donc pas au Texas ?

— Je dois faire mes preuves, déclara-t-il d'une voix solennelle et raide (je suis sûre qu'il citait ses parents). La confiance doit être réciproque. Si mes parents ont l'impression que je fais des efforts en ce sens, ils pourraient revenir sur leur décision.

— Pourraient...

— Pourraient.

Il me sourit.

— Je mise toutes mes chances sur ce conditionnel ; peut-être trop, d'ailleurs.

— Riley dit que tes parents étaient morts d'angoisse. Ils pensaient qu'ils étaient en train de te perdre.

— Je comprends. Mais n'existe-t-il que deux options dans la vie ? Soit je suis un futur délinquant en puissance, soit je deviens un physicien, comme prévu ? Tu crois ça possible ?

— Il en faut une troisième !

— Du moins, la possibilité de découvrir la vraie vie ! C'est mon but, en ce moment. Vivre ma vie, être réglo et anticiper.

— Tu crains, toi.

— Sacré compliment, venant d'une méchante fille cruelle avec sa mère.

Je souris et resserrai mes bras autour de mes genoux. Je commençais à avoir froid. Quelle heure était-il, au fait ?

— Pour en revenir à ton cas... sérieusement, reprit David au bout d'un moment, si mon avis t'intéresse, je peux te dire que, du moins de l'extérieur, ta mère semble faire des efforts. Et parfois, c'est la seule solution...

— Tu es dans son camp ?

— Je n'aime pas prendre parti, dit-il en posant ses mains derrière lui, dans l'herbe. Les gens font des conneries pour des milliers de raisons qu'on comprend à peine.

— Moi, c'est pas mon boulot de comprendre, fis-je d'une voix plus tranchante que je ne l'aurais voulu. Moi, je n'ai rien fait. Moi, je suis juste un dégât collatéral.

Il ne répondit pas. Il regardait en l'air.

— Moi, je n'ai rien fait..., répétai-je, surprise de sentir ma gorge se serrer. Je n'ai pas mérité ça...

— C'est sûr.

— Ça n'est pas à moi de comprendre.

— C'est toi qui décides...

Je ravalai la boule dans ma gorge et battis des paupières une, deux, trois fois pour ne pas pleurer. La journée avait été longue, j'étais lessivée. J'aurais aimé partir, disparaître, mais il y a toujours tellement à faire...

Cette pensée en tête, je levai les yeux vers le ciel froid et clair, et je pris une inspiration. « Et d'une », pensai-je lorsque j'eus trouvé la Grande Ourse. Les larmes me piquaient les yeux. Je repérai Cassiopée.

« Et de deux ». Je déglutis, essayant de me calmer. Je cherchais la troisième quand je me mis à trembler, parce que je désespérais de trouver quelque chose de familier, là-haut. Il faisait très froid, mon regard était embué, mais, soudain, je sentis un bras autour de mes épaules. C'était David, si doux et si proche. Je pris conscience de la chaleur de son étreinte. Enfin j'aperçus Orion. « Et de trois », pensai-je en posant la tête sur son épaule et en fermant les yeux.

Chapitre 8

Quand j'arrivai au lycée, le lundi matin, je vis d'abord Riley. Plutôt, je ne vis que Riley, parce que j'étais en retard.

Notre chaudière nous avait lâchés au cours de la nuit, et le temps que j'appelle l'agence immobilière pour demander un chauffagiste, j'avais loupé mon bus. J'avais donc dû attendre que papa termine sa conférence téléphonique avec Chuckles, alors à Londres, pour qu'il me dépose au lycée. Il avait passé les feux à l'orange bien mûr et avait roulé dans les couloirs réservés aux bus scolaires parce qu'il était lui aussi super en retard.

J'avais quinze minutes de retard, mes cheveux étaient toujours humides et mes doigts engourdis. De plus, je crevais de faim, n'ayant pu manger qu'une banane dans la voiture.

Je me dirigeais vers mon casier lorsque je vis Riley,

son sac à ses pieds, assise sur le radiateur devant le bureau du CPE. Elle parlait au téléphone à voix basse, la tête baissée. Je continuai, tournai dans le couloir en me rappelant le texto qu'elle avait envoyé à David, le jour du match : *Séducteur, va.* Même s'il n'y avait rien entre lui et moi, ça me gênait.

Je pensais ce que j'avais dit à propos de David. C'était un mec super sympa, mais je n'avais pas de temps à perdre, même pour un mec super sympa. Je n'avais pas envie de m'embarquer dans une conversation là-dessus avec Riley, il valait donc mieux l'éviter.

Arrivée devant mon casier, je rangeai mes bouquins. Comme j'avais vraiment la dalle (mon estomac grognait), je cherchai une barre énergétique que je me souvenais d'y avoir déposée, la semaine précédente. J'en arrachai l'emballage et mordis dedans. Tout en mâchant, immobile devant mon casier, je croisai mon reflet dans cet horrible miroir à plumes roses Sexxy et décidai qu'il était temps de le virer. J'essayai de l'arracher, mais il était solidement fixé.

« Ah, zut à la fin ! » pensai-je en tirant dessus, sans résultat. J'engloutis le reste de ma barre, puis passai les deux mains sous les plumes roses du cadre. Ce foutu miroir me résistait toujours. J'étais sur le point de renoncer quand il se brisa pile au moment où j'avalais. Il s'ensuivit une réaction en chaîne : le morceau que j'avalais resta en rade dans ma gorge, le miroir dégringola et la porte du casier, en se refermant, m'éclata le nez.

Je reculai, tremblant comme une feuille et voyant trente-six chandelles, et me cognai à la fontaine à eau. Le petit jet qui en jaillit m'arrosa joyeusement le bras.

Une voix horrifiée me parvint.

— Oh mon Dieu ! Ça va ?

J'entendis un bruit de pas, et je discernai une silhouette à travers mes paupières plissées sous la douleur.

Je toussai pour faire passer le morceau toujours coincé dans ma gorge. Soulagée de pouvoir respirer, je reculai. L'eau de la fontaine cessa de couler. C'était déjà ça, mais mon nez continuait de me faire un mal de chien, comme si j'avais pris un énorme coup de poing.

— Je pense, oui.

— C'était un truc de fou !

Je reconnus Riley, toute floue, qui semblait inquiète. Je cillai et vis mieux.

— Tu devrais t'asseoir, dit-elle en me prenant le coude.

Je fléchis les genoux et me laissai glisser contre le mur.

— Ça a fait un de ces boucans ! Ça a résonné dans tout le couloir !

— Moi, je n'ai rien compris. Qu'est-ce qui s'est passé au juste ?

Riley revint vers l'endroit où gisait le miroir SEXXY et le ramassa.

— C'est la faute de cette horreur. C'est le genre de bricole qui, une fois fixée, l'est pour la vie !

— Maintenant que tu le dis...

Je levai la main pour toucher mon nez, mais je ne réussis même pas à l'effleurer : ça me faisait trop mal.

— Attends ! Laisse-moi regarder.

Elle m'examina.

— Oh la vache ! Tu vas avoir une sacrée bosse ! Regarde !

Elle brandit le miroir devant mes yeux. La marque rouge sur mon nez semblait grossir à vue d'œil. Cassé, pas cassé ? Aucune idée, mais ce n'était pas Sexxy du tout.

— Super. Je n'avais vraiment pas besoin de ça, aujourd'hui.

— Tu m'étonnes.

Elle prit mon sac à dos.

— Allez, viens. On va à l'infirmerie. Il te faut de la glace.

Je me relevai sous son regard compatissant. J'avais l'impression d'avoir les jambes en caoutchouc et de la barbe à papa dans la tête, exactement ce qu'on ressent quand on est en état de choc. Je devais vraiment avoir l'air groggy, car Riley me prit par le bras et, mine de rien, me guida dans le grand hall du lycée.

L'infirmière nous répartit par ordre de priorité et on se retrouva derrière un type qui vomissait (berk) et une grande perche qui avait de la fièvre, les yeux brillants et les joues trop rouges. L'infirmière me donna un sac de petits pois surgelés et me demanda de patienter. Je choisis une chaise le plus loin possible des deux autres patients, et pressai les petits pois sur mon pif.

Riley prit place à côté de moi.

— Ça fait du bien ?

— Extra.

Et, de dessous mon sac de légumineuses, j'ajoutai :

— Pas la peine de rester, tu sais. Tu as sans doute mieux à faire.

— Non, pas vraiment.

Comme je la regardais avec un air de doute, elle précisa :

— Je n'ai pas cours. Je devrais être en soutien de maths ou à la biblio, mais personne ne vérifie jamais.

— Tu as du bol. Comment tu te débrouilles ?

Elle haussa les épaules et croisa les jambes.

— Je crois que j'ai une bonne tête.

Je touchai mon nez prudemment. Je ne le sentais presque plus ; en revanche, la bosse avait grossi. Génial. En face de moi, le gars qui vomissait était vert. Je remis les petits pois sur mon nez.

— Alors, avec David ? Raconte, demanda Riley alors que l'infirmière demandait à la grande perche fiévreuse de la suivre.

Je déglutis. Je m'attendais à sa question.

— Oh, on était juste ensemble au match.

— Ça, je l'ai vu ! Mon père est un fan de l'équipe de notre université, les Eagles. Chez nous, regarder les matchs, c'est obligatoire !

— Mon père, pareil. Mais lui, il était supporter de Defriese.

— Moins maintenant, j'imagine ?

Je retirai mes petits pois et la dévisageai. Son regard était plein de gentillesse, pas du tout moqueur.

— En effet.

Silence.

— Je suis désolée si je t'ai mise mal à l'aise, l'autre soir, tu sais, quand on a parlé devant chez toi.

— Tu ne m'as pas mise mal à l'aise !

— C'est parce que...

Elle baissa les yeux sur ses mains, puis les ouvrit en déployant ses doigts sur ses genoux.

— Avec David, je suis comme une poule avec son poussin, tu vois ? Je ne veux pas qu'il souffre.

— Il m'a dit que tu étais sa seule amie quand il est arrivé à Jackson.

— C'est juste. Puis il a fait la connaissance d'Ellis, le premier jour : il est dans sa classe d'appel. À nous deux, on formait la totalité de son cercle. De plus, il venait de Kiffney-Brown, autant dire d'une autre galaxie. Imagine, son meilleur pote là-bas avait 13 ans.

— Gerv le Perv ?

— Il t'en a parlé ? Ce gamin, quel cauchemar ! C'est un Einstein miniature, mais bonjour les blagues pipi-caca.

Riley leva les yeux au ciel.

— Cela dit, David n'aurait jamais dû traîner avec moi. C'est ma faute s'il a commencé à aller à des fêtes et à prendre des initiatives qui ont angoissé ses parents. Il aurait moins déconné s'il avait traîné avec Ellis.

— Toi et Ellis vous n'êtes pas amis ?

— Maintenant, si. Grâce à David. Ellis, il est cool. Il joue au foot et participe à toutes les activités du lycée. Il fait les annonces sur la chaîne de télé. Franchement, c'est lui le pote idéal pour David, pas moi.

— Je n'en suis pas sûre. J'ai l'impression que tu es une super amie pour lui.

— Ah ?

J'acquiesçai. Elle sourit.

— J'essaie de l'être, en tous les cas, même si c'est parfois un peu égoïste. C'est mon côté mère poule

névrosée. Pas seulement avec David, avec tout le monde. Autant te dire que ça me complique drôlement la vie !
Je déplaçai mes petits pois.
— La simplicité, ça peut être chiant aussi, tu sais.
— Exemple ?
— Comment dire... Au cours de ces deux dernières années, j'ai beaucoup déménagé, alors je n'ai pas beaucoup d'amis. C'est plus facile, mais, d'un autre côté, c'est beaucoup de solitude.
Pourquoi avais-je été aussi franche ? À cause du coup que je venais de prendre dans la tronche ?
— Tu penses que tu vas rester longtemps dans le coin ? reprit Riley avec intérêt.
— Aucune idée.
— Ah bon.
Elle se remit à regarder droit devant elle.
— Quoi ? demandai-je, intriguée par sa réaction.
— Ici c'est différent : tu t'es fait des amis.
— Ah ?
Elle fixa le type, toujours vert, en face de nous.
— Écoute, Mclean, je suis avec toi à l'infirmerie, et pourtant, je n'ai pas cours. Ça signifie donc qu'on est amies.
— Non, que tu es une fille sympa.
— Comme tu l'as été avec moi, l'autre soir, quand je chialais dans ma caisse. Et puis, tu as invité David à assister au match de basket. Tu as aussi demandé à Deb de se joindre à notre petit groupe, ce que personne n'avait jamais fait, tu peux me croire ! Et tu n'as pas encore boxé Heather. Ça, c'est un record.
— Ce n'est pas si difficile.

— Oh si ! C'est ma meilleure amie et je l'adore, mais elle est vraiment gonflante, par moments.
Riley s'adossa à sa chaise et croisa les jambes.
— Regarde la réalité en face, Mclean. Tu affirmes que tu ne veux pas te faire d'amis, mais tes actes sont en contradiction avec tes paroles.
— Mclean Sweet ?
L'infirmière, un bloc à pinces à la main, attendait devant la salle d'examen.
— Venez. Je vais examiner votre nez.
Je me levai et pris mon sac.
— Merci de m'avoir accompagnée, Riley. C'était super sympa.
— J'attends jusqu'à ce que tu aies fini.
— Pas la peine.
Elle se cala bien sur sa chaise et sortit son portable.
— Je sais bien.
Je suivis l'infirmière dans la pièce voisine et m'assis pendant qu'elle refermait la porte. « Drôle de journée… », pensai-je. Elle approcha un tabouret et me fit signe de retirer mon sac de petits pois surgelés. Tandis qu'elle examinait les dégâts, je lançai un regard oblique vers le panneau vitré de la porte. On ne voyait pas très bien au travers du verre opaque, mais je distinguais toute de même une silhouette, une présence. Quelqu'un qui m'attendait, moi Mclean.

À l'heure du déjeuner, je traversai la cour avec le sentiment très net que tout le monde me suivait des yeux, ou plutôt, écarquillait les yeux sur mon passage. Bon, d'accord, mon nez ressemblait à une patate, mais j'attirais tout de même une attention disproportionnée, depuis ma rencontre fracassante avec la porte de mon casier. Cela dit, une nana qui a l'air de sortir d'une rixe de bar est un scoop, le lundi, journée morne par excellence.

Je ne vis ni Riley ni Heather. Je m'approchai donc de Deb, qui, assise sous un arbre, écoutait son iPod, les yeux fermés.

— Salut !

Elle ne m'entendit pas. Je lui donnai un petit coup. Elle sursauta et ouvrit les yeux.

— Oh, Mclean ! s'exclama-t-elle à la hâte en retirant ses écouteurs. C'est donc vrai ! Je pensais juste que c'était une terrible, une méchante rumeur !

— Quelle rumeur ?

— Toi et Riley !

Comme je restais muette d'étonnement, elle ajouta :

— Votre bagarre ! J'ai entendu dire qu'elle t'avait donné un coup de poing, mais je ne voulais pas le croire...

— Riley ne m'a jamais frappée !

Je regardai autour de moi dans la cour. Les gens qui me fixaient ne prirent même pas la peine de détourner les yeux.

— Qui a raconté une connerie pareille ?

— Je l'ai entendu dans les toilettes. On ne parle que de ça !

— Oh mon Dieu, c'est pas vrai !

Je m'assis.

— Pourquoi elle m'aurait frappée ?

Deb prit son Diet Coke et aspira avec sa paille.

— Par jalousie. Elle t'a vue avec David Wade pendant le match de basket, samedi, et elle a piqué une vraie crise.

— Elle ne sort même pas avec David ! objectai-je en déballant mon burrito.

Je me demande bien pourquoi : j'avais perdu l'appétit, tout à coup.

— Je le sais, tu le sais, mais tout le monde ne le sait pas.

Elle recoiffa une mèche derrière son oreille.

— C'est comme ça. Les gens n'arrivent pas à concevoir qu'un garçon et une fille soient seulement amis. Ils pensent qu'il se passe forcément quelque chose entre eux. C'est typique.

— J'imagine.

— Raconte... Que s'est-il vraiment passé ? reprit-elle plus lentement.

— Je me suis pris la porte de mon casier en pleine figure.

— Aïe.

— Tu m'étonnes !

— Ça ne semble pas trop grave, commenta-t-elle, en se remettant à aspirer avec sa paille. Sans cette rumeur de bagarre qui circule, personne n'aurait remarqué l'état de ton nez !

Il était temps de changer de sujet. Je fis donc un geste vers son iPod.

— Qu'est-ce que tu écoutes ?

— Ma playlist. La musique me calme les nerfs. Ça fait du bien de décompresser après une grosse matinée.

— Je vois. Je fais pareil. Je peux écouter ?

— Oui, mais...

Je pris son iPod et mis ses écouteurs, m'attendant de la variété des années quatre-vingt, de la musique vaguement jazzy, peut-être le remix des chansons les plus pêchues des meilleures comédies musicales. Mais j'entendis une explosion, puis un roulement de batterie.

Complètement sonnée, je retirai l'un des écouteurs. Dans l'autre, le chanteur hurla des paroles incohérentes sur un fond musical qui évoquait un massacre à la tronçonneuse.

— Deb, c'est quoi ? m'exclamai-je en baissant le volume et en consultant l'écran.

— Le groupe où je jouais, dans mon ancien lycée : le Naugahyde.

J'en restai baba.

— Tu as fait partie d'un groupe ?

— Oui, mais pas longtemps.

Dans mon oreille, le mec continuait de beugler crescendo et decrescendo.

— Toi, tu jouais dans *ce* groupe-là, répétai-je en détachant bien les mots.

— Oui. C'était un petit lycée, tu sais, je n'avais donc guère le choix.

Elle ajusta son bandeau.

— J'ai toujours pris des cours de batterie, mais je voulais jouer dans un groupe. Alors quand j'ai vu une petite annonce pour recruter un batteur, j'ai posé ma candidature et j'ai fait un remplacement temporaire.

Je levai la main.

— Arrête, Deb, tu me fais marcher, là ?

— Pourquoi ?

— Tu n'es pas le genre à jouer de la batterie dans un groupe de speed metal !
— C'est juste.
— C'est juste ?
— Je ne me confine pas à un seul genre. Je joue de tout.

Elle sortit un paquet de chewing-gums de son sac et m'en offrit un. Je refusai, elle le rangea poliment, referma son sac et me sourit.

— Cela dit, j'aime la musique rythmée, mais seulement parce que c'est beaucoup plus marrant à jouer.

J'ouvris la bouche, toujours sous le choc. Je n'eus pas le temps de prononcer un seul mot, car David s'asseyait à côté de moi.

— Salut, dit-il en retirant son sac à dos. Qu'est-ce qui se passe, ici ?
— Figure-toi que Deb joue de la batterie !
— Oh la vache !
— Oui ! C'est dingue, non ?
— C'est dingue : qu'est-ce qui est arrivé à ton nez ? Passer inaperçu, mon nez ? Voire.
— Riley me l'a éclaté.
— Riley ?
— C'est la rumeur, dis-je en prenant ma bouteille d'eau. Enfin, d'après Deb.
— C'est ce que j'ai entendu dire dans les toilettes des filles, expliqua Deb.

Le regard de David passa de Deb à moi.

— Elle a une bonne droite, déclara-t-il en me dévisageant bien.
— Tu crois vraiment que Riley m'a défoncé le nez, toi ?

— Non, bien sûr, mais je sais d'expérience qu'elle a un bon crochet du droit. Et pourquoi vous vous seriez bagarrées, selon la rumeur ?
Deb s'agita et se mit à fouiller dans son sac.
— Elle aurait eu une crise de jalousie parce qu'elle nous a vus ensemble, au match, expliquai-je après un silence.
David hocha la tête.
— Ah. Je vois. La jalousie et le drame passionnel.
Il leva la main et, avec précaution, la posa sur ma joue. Du coin de l'œil, je vis Deb ouvrir de grands yeux.
— Que s'est-il passé en vrai ?
— Attaquée sournoisement par la porte de mon casier.
— Ça leur arrive de temps en temps, commenta David.
Il laissa retomber sa main.
— Tu as besoin de glace ? Ou autre chose ?
— L'infirmière m'en a déjà donné. Mais merci quand même.
— C'est le moins que je puisse faire, puisque c'est ma faute.
Je souris.
— Tu blagues, mais c'est ce que croit tout le lycée. Tu n'as qu'à regarder autour de toi.
David obtempéra. Depuis qu'il s'était joint à nous, on avait un public comme au cinéma.
— Waouh, tu as raison, en plus !
— Les gens adorent les triangles amoureux, intervint Deb.

— En sommes-nous un ? lui demanda David sans cesser de me dévisager.
Je me sentis rougir.
— Non, répondis-je.
Il haussa les épaules.
— Dommage, j'en ai toujours rêvé !
— Surtout pas ! s'exclama Deb en secouant la tête. C'est un maximum d'embrouilles, tu peux me croire !
Je poussai un soupir appuyé, qui amusa David. Deb nous dévisagea sans comprendre.
— Deb, lui demandai-je, est-ce qu'il y a quelque chose que tu n'as jamais expérimenté ?
— Comment ça ? Je ne comprends pas.
— Eh bien...
Je regardai David, cherchant de l'aide, mais il resta muet.
— Tu es spécialiste des tatouages, tu joues de la batterie et tu as fait partie d'un triangle amoureux.
— Ah oui, mais une fois seulement ! précisa-t-elle.
Puis elle ajouta avec un soupir :
— Ça m'a suffi.
De nouveau David se mit à rire, nos regards se croisèrent, et je sentis ce petit truc, là. Chaud comme une flamme qui s'allumait. « Non, non et non ! pensai-je aussitôt. Je suis de passage seulement. En plus, David Wade n'est pas mon genre. »
— Deb, tu veux venir au *Luna Blu* pour bosser sur notre maquette ?
— Ce n'est pas la nôtre ! intervins-je. Je ne me suis retrouvée embarquée dans cette histoire que pour aider Opal. C'est un projet destiné uniquement aux délinquants.

— Faux, me corrigea David. C'est un projet de volontariat destiné à toute personne ayant le désir de soutenir la collectivité.

— *Désir* ?

— Oh, j'adore le volontariat ! me coupa Deb. C'est ouvert à tout le monde ?

— Oui. N'écoute pas Mclean, surtout, c'est elle qui dirige l'opération.

— Ça semble vraiment sympa ! J'aime beaucoup les projets de groupe !

— Alors tu devrais venir, un de ces après-midi, reprit David. Nous bossons dessus tous les jours de 4 à 6.

— Inutile de parler en mon nom, je ne viendrai pas, dis-je.

— Ah non ?

On s'affronta du regard.

— C'est ce qu'on verra, conclut-il.

Deb nous observait tour à tour, perplexe. Je n'eus pas le temps de répondre. La sonnerie, assourdissante, emplit toute la cour. Deb se leva d'un bond, prit son sac. L'air intrigué, elle continuait d'observer David qui se levait lui aussi et tout à coup me sourit.

— Tu n'as pas besoin de me prendre pour un punching-ball, tu sais : je suis pour l'amour, pas la guerre.

— Tu es complètement cinglé, c'est tout !

Il tendit la main.

— Allez, viens, ma belle catcheuse ! Suis-moi ! Tu en crèves d'envie.

Je savais que c'était entrer dans son jeu, qu'il était différent de tous les autres mecs que j'avais croisés, mais j'obéis comme il l'avait prédit. Comment savait-il que je n'avais d'autre envie que de le suivre ?

Cet après-midi-là, en rentrant chez nous, j'aperçus les clés de papa, oubliées sur la porte. Je les retirai, entrai et aussitôt entendis des voix.

— Arrêtez, Gus. Sérieusement ! Ce n'est pas drôle du tout !

— C'est vrai, ce n'est pas drôle !
Petite pause.

— C'est absolument pathétique !
Gloussement.

— Si vous classez le personnel de service et la brigade de cuisine selon ce système de points, puis si vous incorporez les évaluations que nous avons effectuées, et que l'on parte de là, alors...

— Nous aurons la confirmation officielle, en chiffres, que nous avons la pire brigade de toute la ville !

Petit « grmpf », suivi par un énorme éclat de rire. Et, au moment où j'entrai dans la cuisine, mon père et Opal assis à la table, une pile de papiers entre eux, étaient morts de rire.

— Qu'est-ce que vous fabriquez, tous les deux ? leur demandai-je.

Opal prit une serviette en papier, pour s'essuyer les yeux et s'efforça de me répondre, mais elle se remit à hurler de rire en agitant la main devant son visage. Papa, en face d'elle, se tordait lui aussi.

— La EAT INC, parvint enfin à articuler Opal, veut savoir quel est notre point faible.

— Et la réponse, enchaîna papa entre deux rires, c'est tout le monde.

Ils repartirent de plus belle, comme s'ils n'avaient jamais rien entendu d'aussi drôle. Hystérique, Opal posa les deux mains sur sa bouche, les épaules agitées de tressaillements, tandis que papa se redressait et essayait de reprendre son souffle.

— Je ne comprends rien à vos histoires.

— C'est parce que tu n'as pas passé ces quatre dernières heures avec nous, répondit papa, haletant.

— Quatre heures ! renchérit Opal en tapant la table de la main. Et on n'a rien obtenu. Que dalle. Zéro, nada !

Mon père pleurait de rire. Je ne l'avais jamais vu dans un état pareil.

— Pourquoi vous faites les évaluations chez nous ?

— Impossible au restaurant, hoqueta Opal.

Elle prit une grande inspiration et ajouta :

— C'est une affaire extrêmement sérieuse !

À ces mots, mon père se remit à rire, rejetant sa tête en arrière, et Opal embraya. J'ouvris le frigo pour me servir un truc frais. Je me demandais si on n'avait pas une fuite de gaz hilarant dans la baraque.

— Bon, d'accord, dit Opal, prenant une autre profonde inspiration. C'est nerveux. Je suis complètement claquée. On doit... Oh, mon Dieu, Mclean ! Qu'est-ce qui est arrivé à ton nez ?

Je refermai la porte du frigo. Papa et Opal me dévisageaient. De profil, mon nez devait être monstrueux.

— Je suis rentrée en collision avec la porte de mon casier. Mais ça va bien.

Je m'assis à côté de papa.

— Tu es sûre ? demanda-t-il.
Il allait toucher ma bosse ; je reculai.
— Ça me semble tout de même sérieux.
— Oh, mais c'était pire tout à l'heure. Ça a bien désenflé depuis.
— On dirait que tu as reçu un coup de poing, reprit papa.
— Non, c'était juste une réaction en chaîne.
Je bus une gorgée. Papa m'observait toujours avec inquiétude.
— Papaaa ! Je te dis que ça va bien.
— C'est une brave petite, alors cessez de vous faire du mouron, Gus, déclara Opal qui me souriait.
Papa lui fit une grimace, puis baissa les yeux sur les papiers devant lui et se passa la main sur le visage.
— Bon, reprenons, Opal. Voilà la situation. Je connais Chuckles depuis longtemps. Il aime les formules et les chiffres propres et lisibles. C'est pourquoi il utilise ce système d'évaluation, qui a en effet le mérite d'être clair et net.
— Je n'en doute pas, mais cela ne laisse malheureusement pas de place à l'aspect humain, répliqua Opal. Cela dit, je suis la première à admettre que nous avons une brigade limite limite.
Sur un bloc jaune, sous le coude de papa, se trouvait une liste de noms, chacun associé à un numéro. Dans la marge, il y avait des gribouillis et des notes.
— Je pense que nos employés donnent au *Luna Blu* une saveur et une personnalité difficilement quantifiables, ajouta Opal à la hâte.
Papa la dévisagea, pensif.
— Aujourd'hui, pendant le déjeuner, déclara-t-il

d'une voix unie, Leo a préparé un sandwich au poulet avec du yaourt au lieu de crème aigre.
Opal se mordit les lèvres.
— Eh bien, au Moyen-Orient, le yaourt sert de condiment !
— Nous ne sommes pas au Moyen-Orient, Opal.
Elle leva les mains.
— C'était une erreur ! Ça arrive ! Personne n'est parfait !
— Ce genre de pensée positive, c'est bon pour les ados. Nous parlons d'un restaurant en activité qui doit faire du chiffre.
Opal contempla ses mains.
— Si je comprends bien, vous voulez virer Leo ?
Papa baissa les yeux sur son bloc jaune.
— Selon la formule de Chuckles, oui. Vu nos résultats, Leo ainsi que tous ceux qui se trouvent dans la partie supérieure de notre liste devraient partir.
Opal grogna et repoussa sa chaise comme pour se lever.
— Mais ce ne sont pas des numéros ! Ce sont des individus ! Avec des qualités !
— Leo ne sait même pas faire la différence entre le yaourt et la crème aigre !... Écoutez, Opal, je fais mon boulot. Si quelque chose ou quelqu'un ne fonctionne pas, il faut en changer.
— Comme les petits pains ?
Papa soupira.
— C'était un surcoût. Leur préparation nécessitait trop de temps pour un bénéfice médiocre. On perdait de l'argent.
— Moi je les trouvais bons, dit-elle à voix basse.

— Moi aussi, renchérit papa.
Opal lui adressa un regard surpris.
— Ah bon ?
— Oui.
— Je pensais que vous aimiez les cornichons à l'aneth frits ?
Papa secoua la tête.
— Tu parles, il déteste les cornichons ! répondis-je.
— Surtout frits, ajouta papa.
Opal en resta bouche bée.
— Il ne s'agit pas de mes désirs personnels, il s'agit de la rentabilité du restaurant. Vous prenez la situation trop à cœur, Opal.
— Vous savez, Gus, je ne pourrais jamais faire ça.
— Développez.
Elle lui montra son bloc.
— Débarquer quelque part, faire des tonnes de changements qui emmerdent le monde et, pour finir, virer à tour de bras. Sans compter tout le temps et le travail que vous y consacrez pour repartir ensuite ailleurs, votre mission terminée.
— C'est un boulot comme un autre.
— J'ai bien compris.
Opal prit une serviette en papier.
— Comment faites-vous pour ne pas vous attacher aux gens qui bossent dans les restaurants où vous êtes parachuté ?
Je brûlais d'entendre la réponse de papa.
— En vérité, ce n'est pas toujours facile, dit-il après un silence. Mais j'ai moi-même été propriétaire d'un restaurant pendant plusieurs années. Je me suis

investi à fond, et cela a été difficile. C'est pire quand on est gérant.

— Je vous comprends... J'adore le *Luna Blu* depuis que je suis ado. J'y ai mis tout mon cœur ! Il bat au rythme de ce restaurant, vous savez !

— C'est pourquoi il faut mettre toutes les chances du côté du *Luna Blu*, enchaîna papa. Même au prix de décisions difficiles.

Silence. Opal plia la serviette et la posa sans hâte devant elle.

— Je déteste quand vous avez raison, Gus.

— Je sais. J'ai l'habitude.

Elle soupira et se leva.

— Alors demain, lorsque nous rencontrerons le responsable de la EAT INC, nous lui donnerons ces numéros...

— Et ce sera le point de départ de pourparlers, acheva papa.

Opal prit son sac et ses clés.

— J'ai l'impression que je vais assister à une exécution..., dit-elle en mettant son écharpe. Comment vais-je regarder mes employés en face en sachant qu'ils pointeront peut-être au chômage la semaine prochaine ?

— Ce n'est pas facile d'être patron.

— Non, sans blague ? Dommage, je n'ai plus mes petits pains au romarin : j'en aurais volontiers avalé une pleine corbeille pour me consoler. Les hydrates de carbone, ça vous efface un sentiment de culpabilité en moins de deux.

— Vous ne lâchez jamais prise..., déclara papa.

Opal sourit.

— Non, jamais ! À plus tard, Mclean. Rétablis-toi bien, surtout !
— Merci.
Opal sortit. Une fois dehors, elle s'arrêta pour ajuster son écharpe. Puis elle leva les yeux vers le ciel gris, carra les épaules et continua.
— Cette fille-là, c'est quelqu'un, conclut papa.
— On est tous quelqu'un en puissance...
Je me retournai. Papa, toujours assis, observait Opal qui traversait la rue et prenait la ruelle conduisant au *Luna Blu*.
— Alors c'est vrai ? repris-je. Tout le monde va être viré ?
— C'est encore difficile à dire, déclara papa en rassemblant ses papiers. Ça dépend de plusieurs facteurs : les actions en bourse de Chuckles, son humeur, bienveillante, ou non, etc. Mais Opal ne se rend pas compte d'une chose : ce n'est pas les licenciements, le pire scénario.
— Ah bon ?
Papa secoua la tête.
— Le bâtiment a plus de valeur que le restaurant. Chuckles peut décider de vendre, de s'en laver les mains et de passer à autre chose.
Je reportai les yeux sur Opal, qui était déjà loin.
— Il en serait capable ?
— Ça se pourrait. On le saura seulement demain.
Papa m'embrassa sur le front tandis qu'il prenait le téléphone et s'éloignait dans le couloir.
Une fois qu'il fut dans sa chambre, je m'approchai de la table de la cuisine et regardai le bloc avec les noms et les numéros. Tracey avait le 4, Leo le 3 et

Jason le 9. Qu'est-ce que cela pouvait bien vouloir dire ? Si seulement il existait un système infaillible pour juger des qualités et des défauts... Ce serait tout de même plus facile d'avancer dans le monde, d'accepter et de choisir ses connexions. Ou de les refuser. Sans état d'âme.

Plus tard dans la soirée, j'étais dans ma chambre, essayant de m'intéresser à mon cours d'histoire globale, quand j'entendis frapper à la porte de notre cuisine. Du couloir, je vis David, en jean et chemise unie, sous la marquise éclairée. Il portait une casserole fumante, avec un gant de cuisine sur le couvercle.

— Soupe au poulet ! m'annonça-t-il quand j'eus ouvert. La potion magique pour les gros bobos postrixe de bar ! Je t'en sers un petit bol ?

Je m'effaçai pour le laisser entrer. Il posa sa casserole sur la cuisinière.

— Tu cuisines ? demandai-je.

— Autrefois, oui. C'était ça ou le menu de ma mère, et j'avais parfois envie de viande et de laitages. Mais ça date. J'espère que ma soupe ne va pas nous tuer.

Je sortis deux bols et deux cuillères.

— Ce n'est pas ce que j'appelle une confiance sans réserve, me moquai-je.

— Peut-être, mais tu peux aussi regarder la situation autrement : comme tu as déjà pris un coup aujourd'hui, tu n'as plus rien à perdre.

Je m'attablai.

— Tu sais bien que personne ne m'a frappée !

— Oui, je sais, répondit-il en versant de la soupe dans nos bols. Mais, franchement, ça m'éclate que tout le monde au lycée pense que tu t'es pris une grosse claque à cause de moi.

— Ravie de caresser ton ego dans le sens du poil.

Il mit une cuillère dans l'un des bols et me le tendis.

— Comme la situation a été humiliante pour toi, le moins que je pouvais faire, c'était de te préparer une bonne petite soupe. De plus, je me sens mal, avec ce qui s'est passé tout à l'heure.

Je le dévisageai avec curiosité.

— De quoi tu parles ?

— De ce que j'ai dit, concernant ton aide pour la maquette. Quand j'ai constaté que tu ne viendrais plus, tout à l'heure au *Luna Blu*, je m'en suis voulu d'avoir dit des conneries.

— Des conneries ?

— J'ai affirmé que j'étais pour l'amour, pas la guerre.

Il soupira et s'assit en face de moi.

— Il n'y a pas plus con, comme réflexion.

— Si.

Il sourit.

— Sérieusement... J'ai sauté des classes, j'ai fréquenté des petits prodiges, mais je suis un raté, sur le plan relationnel. Il m'arrive donc parfois de dire des trucs particulièrement débiles.

— Pas besoin de sauter des classes pour ça. Je suis une élève moyenne avec des notes moyennes, genre B +, et moi aussi je dérape souvent.

— B + ?

Il semblait horrifié.

— C'est vrai ?

Je fis la grimace, puis m'intéressai au contenu fumant de mon bol. Mon dernier repas remontait à

mon burrito tout mou du déjeuner, et je crevais de faim. Je commençai donc. La soupe était bien épaisse avec des pâtes aux œufs, des morceaux de poulet et des rondelles de carotte. Tout juste ce qu'il me fallait.
— Super bon !
Il avala quelques cuillerées et s'arrêta pour réfléchir.
— Pas mal. Mais il y faudrait plus de thym. Où sont rangées tes épices ?
Il se levait déjà et se dirigeait vers les placards.
— Eh bien...
— Là ? demanda-t-il en montrant celui près du four.
— C'est que nous n'avons pas...
Je n'avais pas fini ma phrase qu'il l'ouvrait et se trouvait devant un placard vide. Après une hésitation, il ouvrit le suivant. Vide lui aussi. Comme le suivant. Il ouvrit enfin celui qui contenait nos ustensiles de cuisine, que j'avais rangés selon le principe que j'adoptais depuis maintenant deux ans.
Sur l'étagère du bas se trouvaient quatre flacons d'épices – sel, poivre, chili en poudre, sel à l'ail – et les couverts dans le panier à couverts. Au-dessus, quatre assiettes, quatre bols, trois mugs et six verres. Tout en haut, une poêle à frire, deux casseroles, et un bol mélangeur.
Il ouvrit le placard suivant. Vide.
— Mais... c'est quoi ? J'hallucine ! Vous jouez les survivalistes ou quoi ?
— Ben non.
J'étais gênée, pourtant il n'y avait pas de quoi. J'étais plutôt fière qu'on n'ait que le minimum. Ça rendait nos déménagements plus faciles.

David ouvrait un autre placard. Vide.

— Mclean, ta cuisine est complètement vide !

— Mais on a tout ce qu'il nous faut, je te jure.

Il paraissait sceptique.

— Enfin, sauf du thym, me ravisai-je. Écoute, mon père bosse au restaurant et on ne cuisine pas beaucoup à la maison.

— Tu n'as même pas de plats en verre ! Comment fais-tu si tu dois cuire un poulet ou un rôti ?

— J'achète une barquette en alu, pardi !

Nouveau regard sidéré.

— Quoi ? repris-je. Tu as déjà emballé des plats en verre ? Ils s'ébrèchent, ou pire, se cassent !

Il revint s'asseoir. Il avait laissé les portes des placards ouvertes, on aurait dit des bouches béantes.

— Ne le prends pas mal, mais je trouve que c'est triste.

— Non, pourquoi ? C'est organisé.

— Tu parles d'une excuse. C'est comme si tu étais tout le temps sur le départ.

J'avalai une autre cuillerée de soupe.

— N'importe quoi.

— Je suis sérieux, Mclean. C'est comme ça partout, chez toi ? Je veux dire, si j'ouvre les tiroirs dans ta chambre, je ne verrai que deux paires de jeans, pas plus ?

— Pas question que tu ouvres mes tiroirs, mais la réponse est non. En tous les cas, si ça t'intéresse, on avait plus de trucs, avant. Mais chaque fois qu'on déménageait, je me rendais compte qu'on n'utilisait presque rien, alors j'ai limité.

Il m'observait tandis que je remuais ma soupe pour ramener les rondelles de carotte à la surface.

— Tu as déménagé souvent ? me demanda-t-il.

— Pas trop.

Comme il ne semblait pas convaincu, j'ajoutai :

— J'habite avec papa depuis deux ans... et c'est notre quatrième baraque, je crois.

— Quatre villes en deux ans ?

— Évidemment, dit comme ça...

Silence. On n'entendait que le tintement de nos cuillères. J'avais envie de me lever et de fermer les portes des placards, mais ç'aurait été comme d'admettre une défaite, alors je restai immobile.

— Ce doit être dur d'être toujours nouvelle, dit-il finalement.

— Bof. Pas trop.

Je mis une jambe sous mes fesses.

— C'est plutôt libérateur.

— Ah ?

— Oui. Quand tu déménages souvent, tu ne te lies pas, tu n'as pas le temps de t'investir. C'est plus simple.

Il réfléchit.

— C'est juste, mais, du coup, tu ne te fais jamais de vrais amis. Tu n'as personne pour ton coup de grâce des 2 heures du mat. Ça peut être chiant.

Je levai les yeux sur lui.

— Mon *quoi* ?

— Tes fatidiques 2 heures du mat.

Il avala une cuillerée et ajouta :

— Tu sais bien, la personne que tu peux appeler à 2 heures du mat, quoi qu'il arrive. Sur qui tu peux

compter. Qui sera toujours présente à tes côtés, même si tu la réveilles, même s'il gèle, ou même si tu dois être libéré d'une garde à vue. C'est le maximum sur l'échelle de l'amitié.
— Ah.
Je fixai la table.
— Ça donne à réfléchir.
Silence.
— En même temps, reprit tout à coup David, j'aime bien cette idée de sans cesse commencer de zéro : chaque fois, tu es comme devant une page blanche. Et au moins, tu n'as pas besoin de t'expliquer sans arrêt.
— Exact. Personne ne sait que Gerv le Perv a un jour été ton meilleur ami. Ou que tu as été l'enjeu d'une bagarre entre filles, à cause d'un triangle amoureux.
— Ou que le divorce de tes parents a été carrément atroce.
Je le regardai, bouche bée.
— Désolé, Mclean, mais c'est bien là que tu voulais en venir, non ?
Pas du tout. Si c'était le cas, c'était involontaire.
— On avait besoin de prendre le large, papa et moi. Cela nous a fait du bien.
— De vivre dans le temporaire ?
— De prendre un nouveau départ ! Enfin, quatre...
Nouveau silence.
Le frigo se mit à bourdonner. C'est drôle, il suffit qu'on vous fasse remarquer certains faits pour qu'ils vous sautent aux yeux.

Te revoir un jour

— Tu vas repartir bientôt ? demanda-t-il. Dans six mois ?

— Aucune idée. On reste plus ou moins longtemps, selon le restaurant où papa travaille. Et l'année prochaine...

Je me tus parce que je n'avais pas envie d'aller au bout de ma pensée. Mais David attendait la suite.

— J'irai à l'université, achevai-je. Donc, dans six mois, je repartirai. Mais seule, cette fois.

On s'est regardés. C'était un type intelligent, sans doute le plus intelligent que j'avais jamais rencontré. Alors il a tout de suite pigé.

— Je vois, dit-il en posant sa cuillère à côté de son bol vide. Tu seras bien préparée à affronter la vie sur le campus : la vie modeste, ça te connaît.

Je souris et fis un signe vers les placards vides.

— Oui, n'est-ce pas ?

— Je devrais prendre des leçons ; ça pourra me servir, quand je ferai mon sac pour prendre la route, cet été.

— Prendre la route ? Cela signifie que ton voyage au Texas est de nouveau d'actualité ? Tes parents t'ont donné le feu vert ?

— Pas vraiment. Mais ils y reviennent tout doux. Enfin, c'est surtout parce que j'ai dit que je passerais la deuxième partie de mes vacances au Brain Camp, et c'est exactement ce qu'ils désirent. Tu vois, dans la vie, tout est affaire de compromis. Et si un compromis me permet de partir au Texas avec Ellis et Riley, j'ai tout bon.

— Et Heather ? Elle ne devait pas venir ?

Il sourit.

— Bonne question. Elle en était, jusqu'à récemment. Là-dessus, elle a... heu, bousillé la caisse de son père et on lui a retiré des points à son permis. Son père veut qu'elle lui rembourse l'intégralité des réparations et contracte une nouvelle assurance avant de reprendre le volant. Tout son fric part donc là-dedans.
— C'est l'accident de la guérite ?
— En effet.
Il soupira.
— Je te jure, je n'ai jamais vu quelqu'un conduire aussi mal ! Elle ne regarde même pas dans ses rétros lorsqu'elle s'engage dans la circulation.
— C'est ce que j'ai entendu dire.
Je regardai dans mon bol et écartai une rondelle de carotte esseulée.
— Alors ? Qu'est-ce qu'il y a de beau, au Texas ?
— Austin, principalement. Le frangin d'Ellis y habite, et il n'arrête pas de répéter que la scène musicale est mortelle et qu'il y a plein de trucs cool à faire. De plus, comme c'est loin, on s'organise un vrai périple.
— Tu es enthousiaste !
— À la différence de certaines personnes, je n'ai pas beaucoup voyagé. Et puis, tout le monde aime faire de la voiture.
J'opinai, pensant à mes excursions à North Reddemane et au *Poséidon* avec maman. David pensait sûrement que ma vie était déglinguée. Tant pis, je me fichais bien qu'il comprenne ou pas. Et, en vérité, il ne le pouvait pas. Il avait toujours vécu au même endroit, et toute sa vie il avait côtoyé les mêmes gens. Son passé, son histoire étaient solides. Je ne disais pas

que ma destinée était meilleure que la sienne, mais ce n'est pas non plus le top de ne jamais bouger. Entre partir et rester, j'avais choisi, et la vie que je menais avec papa depuis deux ans était celle qui me convenait. C'est sûr, je n'avais pas de flacons d'épices dans mes placards de cuisine, mais je ne trimballais pas non plus des plats en verre inutiles et ébréchés.

— David ? David ?

Je me retournai. De sa véranda, Mme Dobson-Wade regardait partout dans le jardin avec inquiétude.

Il se leva, s'approcha de la porte.

— Je suis là !

Elle sursauta.

— Oh...

Puis elle me vit, et me fit un signe auquel je répondis.

— Désolée de vous interrompre, mais le documentaire dont ton père parlait, tout à l'heure, va commencer. Je sais que tu ne voulais pas le manquer.

— Ah oui, c'est vrai, le documentaire, me dit David.

— C'est une plongée au cœur de la cellule, m'expliqua sa mère. Un documentaire porté aux nues par la critique.

J'acquiesçai, parce que je ne savais pas quoi dire.

— J'arrive, dit David.

— Très bien.

Elle sourit, puis referma la porte.

— Un doc sur les cellules ?

— Affirmatif !

Il soupira, empila les bols et mit les cuillères dans celui du dessus.

— La cellule change tout et tout le monde, Mclean.
— Bien sûr. Je suis certaine que ce sera fascinant.
— Tu veux venir le regarder chez nous ?
Je me mordis la lèvre pour ne pas rire.
— Je sais, dit-il. Ce n'est pas non plus mon truc, mais si je veux aller à Austin, je dois jouer le jeu à fond. Être un bon fils et bla bla.
Il prit la casserole, fourra le gant de cuisine dans sa poche et ferma toutes les portes des placards, sans les claquer. De nouveau, ma cuisine redevint une cuisine. En apparence.
Je me levai.
— David, dis-je, si je ne suis pas venue vous aider à la maquette, aujourd'hui, ce n'est pas à cause de ce que tu m'as dit tout à l'heure. C'est parce que...
— Tu n'as pas envie de t'investir et de t'attacher. C'est clair et net.
On se regarda. « Ah ! si j'avais plus de temps », pensai-je. Mais le problème n'était pas là. Le problème, c'était que je n'étais plus sûre que des relations, quelles qu'elles soient et avec qui que ce soit, soient du domaine du possible. Si l'histoire d'amour parfaite de mes parents avait échoué, alors l'amour lui-même était désormais sujet à caution.
— Je ferais mieux d'y aller. Les cellules m'attendent.
— Merci pour la soupe au poulet.
— Pas de problème. Et merci pour la compagnie.
J'ouvris. Il sortit et se retourna vers moi à plusieurs reprises jusqu'à ce qu'il soit rentré chez lui. Une fois dans sa cuisine, il posa la casserole dans l'évier et prit

le couloir au bout duquel je discernais la lueur de l'écran de télévision.

Je revenais dans ma chambre pour continuer mes devoirs lorsque le téléphone sonna. Je sursautai, car, franchement, j'avais complètement oublié qu'on avait un poste fixe dans cette maison. Papa et moi, on n'utilisait que nos portables : c'était plus facile que d'apprendre de nouveaux numéros de téléphone. Mais ici, la EAT INC avait fait installer une ligne téléphonique sans qu'on sache pourquoi. Les rares fois où ce téléphone avait sonné, c'était pour rien : faux numéros ou marketing téléphonique. D'ailleurs, je n'aurais pas pris la peine de répondre si je n'avais pas eu la flemme de retourner apprendre mon cours d'histoire.

— Allô ? dis-je avec une voix sévère destinée à décourager tout démarcheur.

— Mclean ?

Je ne reconnus pas la voix, mais la personne à l'autre bout du fil, elle, me connaissait. Bizarre.

— Heu, oui. Qui est à l'appareil ?

— Lindsay Baker. Du conseil municipal. On s'est rencontrées l'autre jour, au restaurant.

Aussitôt, je la revis. Blonde, yeux et dents étincelants. Même à l'autre bout du fil, je sentais son assurance.

— Ah oui. Bonsoir.

— J'appelle chez vous parce que je tente de joindre ton père depuis déjà quelques jours sur son portable et au *Luna Blu*, mais en vain. J'espérais le joindre chez lui. Il est là, ce soir ?

— Non, il est au restaurant.

— Ah.

Te revoir un jour

Silence.

— Je viens juste d'appeler, et on m'a dit qu'il était rentré.

— Ah ?

Je consultai l'horloge murale : 19 h 30, soit le premier coup de feu de la soirée.

— Désolée, je ne sais pas où il est.

— Bon, tant pis, j'aurais tenté le tout pour le tout. Je ne désespère pas de le joindre, mais est-ce que ça ne t'ennuierait pas de lui communiquer mon numéro et un message ?

— Pas de problème.

Je pris un stylo, en retirai le capuchon.

— Dis-lui que j'aimerais vraiment beaucoup déjeuner avec lui et évoquer ce dont on a parlé, l'autre jour. Je l'invite où il veut. Il peut me joindre au 919-967-7744. C'est mon portable, et je l'ai toujours sur moi.

Lindsay Baker veut déjeuner avec toi, écrivis-je, et j'indiquai le numéro dessous.

— Je le lui dirai.

— Parfait. Merci, Mclean.

Une fois que j'eus raccroché, je relus le message. Mon serial lover de père aurait-il négligé de recontacter Lindsay Baker, comme elle le lui avait demandé ? « Cette fois, s'il ne comprend pas le message... », pensai-je, le posant en évidence sur la table de la cuisine.

Je revins dans ma chambre et essayai de m'immerger dans la révolution industrielle. Une demi-heure plus tard, j'entendis frapper à la porte de derrière, si doucement que je me demandai si je ne rêvais pas.

Je sortis, mais je ne vis rien ni personne. En revanche, j'avisai un petit objet avec un Post-it sur la rampe de la terrasse.

C'était un flacon en plastique déjà entamé mais encore plein aux trois quarts, qui contenait du thym.
Au cas où tu déciderais de rester. On en a trois.
L'écriture était brouillonne et inclinée.

La cuisine des Wade était maintenant éteinte mais je l'observai quelque temps... Je rentrai et rangeai le thym dans le placard de la cuisine, à côté du sel, du poivre et des couverts. Le Post-it, je le gardai et le posai sur mon réveil. Ainsi ce serait la première chose que je verrais, le lendemain matin.

Chapitre 9

Le lendemain matin, je fus réveillée par une lumière blanche comme un néon qui filtrait par les persiennes. Je les levai et regardai dehors : il avait neigé toute la nuit et ça continuait. Il y avait déjà bien dix centimètres.

— Cela faisait longtemps que je n'avais pas vu de neige, déclara papa quand j'entrai dans la cuisine.

Posté à la fenêtre, il buvait son café.

— Depuis Montford Falls...

— Avec un peu de chance, l'avion de Chuckles atterrira en retard. Cela nous fera gagner du temps.

— Pour quoi faire ?

Papa soupira et posa sa tasse.

— Agiter une baguette magique. Débaucher la meilleure brigade du meilleur restaurant de la ville. Me reconvertir. Ce genre de choses, tu vois...

J'ouvris le garde-manger et en sortis des céréales.

— Il n'y a pas à dire : tu penses positif.
— Toujours.

Je sortais le lait quand je me souvins brusquement du coup de fil de la veille.

— À propos, tu as quitté le restaurant tard, hier soir ?

— Vers 1 heure du matin, et je suis tout de suite rentré à la maison. Pourquoi ?

— À cause de Lindsay Baker, tu sais, la conseillère municipale. Elle a téléphoné hier soir, après avoir appelé le *Luna Blu*. On lui a affirmé que tu étais déjà rentré.

Papa soupira et se passa la main sur le visage.

— Ne me juge pas, surtout, mais j'ai demandé qu'on dise que je n'y étais pas.

— Vraiment ?

Il fit la grimace.

— Pourquoi ? insistai-je.

— Elle me harcèle à propos de cette histoire de maquette. Pour l'instant, je n'ai ni le temps ni l'énergie de m'en occuper.

— Il paraît qu'elle essaie de te joindre depuis un bail.

Papa grogna, termina son café et posa son mug dans l'évier.

— Personne n'appelle un restaurant au beau milieu du coup de feu pour organiser un déjeuner ! C'est grotesque.

— Elle veut un rendez-vous romantique ?

— Je ne sais pas ce qu'elle veut. Tout ce que je sais, c'est que je n'ai pas le temps, quoi qu'elle ait en tête.

Papa prit son portable, consulta l'écran avant de le refermer et de le rempocher.

— Je vais passer au restaurant et mettre deux ou trois bricoles en ordre, avant l'arrivée de Chuckles. Ça va aller, pour te rendre au lycée ? Tu crois qu'il sera fermé ?

— J'en doute. On n'est pas en Géorgie ou en Floride. De toute façon, je te tiens au courant.

— J'y compte bien.

Papa pressa mon épaule pendant que je remettais le lait dans le frigo.

— Bonne journée.

— Oui, à toi aussi. Bonne chance.

Papa répondit quelque chose que je n'entendis pas, puis se prépara. Il enfila sa veste, qui n'était ni destinée aux grands froids ni imperméable. Et de nouveau, je pensai à l'automne prochain, à sa vie sans moi dans une autre maison d'une autre ville. Qui allait gérer les petits détails de son quotidien pour qu'il ait le temps de s'immerger dans d'autres vies et d'autres restaus ? Ce n'était pas à moi de me charger de mon père, il ne m'avait rien demandé et il n'attendait rien de moi, mais maman l'avait déjà laissé tomber et je ne supportais pas l'idée de le lâcher à mon tour.

À cet instant, mon portable sonna. « Tiens, quand on parle du loup », pensai-je en voyant Hamilton, Peter s'afficher sur mon écran. J'allais filtrer l'appel quand je consultai l'horloge. Bon, il me restait un petit quart d'heure avant de filer prendre mon bus. Si j'expédiais l'affaire, j'aurais la paix pour la journée, ou au moins pour quelques heures.

Je pris donc la communication.

— Coucou, chérie ! s'exclama maman d'une voix trop sonore. Bonjour ! Vous avez de la neige ?

— Un peu, répondis-je en regardant les flocons. Et chez vous ?

— Oh, nous en avons sept ou huit centimètres et il continue de neiger ! Avec les jumeaux, nous avons déjà mis le nez dehors, tu penses bien ! Ils sont si mignons dans leurs combinaisons de ski ! Je vais t'envoyer des photos par e-mail.

— Super.

Et voilà, trente secondes de passées. Encore deux cent soixante-dix environ et je pourrais raccrocher sans passer pour une malpolie.

— Je voulais seulement te dire combien j'ai été heureuse de te voir, ce week-end.

Maman, émue, toussa pour s'éclaircir la voix.

— C'était tout simplement formidable d'être de nouveau réunies. J'ai réalisé combien j'avais perdu le fil de ton quotidien, au cours de ces deux dernières années : tes amis, tes activités...

Je fermai les yeux.

— Tu n'as pas manqué grand-chose.

— Je pense que si.

Maman renifla.

— Quoi qu'il en soit, j'aimerais revenir te rendre visite. Nous ne sommes plus très loin l'une de l'autre, alors ce serait bien de se voir plus souvent. Tu pourrais même venir à la maison. Tiens, ce week-end par exemple, nous recevons l'équipe de basket et les champions pour un barbecue géant à la maison ! Peter serait ravi que tu sois présente !

« Merde. »

Te revoir un jour

C'était exactement ce que je redoutais en acceptant d'assister au match. On donne la main, on vous prend le bras, et enfin on vous bouffe tout cru. Mon petit doigt me souffla qu'on n'allait pas tarder à se revoir chez les avocats.

— J'ai beaucoup de boulot avec le lycée, tu sais.
— Mais ce sera le week-end seulement, insista maman.

Pression, pression.

— Tu pourrais venir avec tes devoirs. Les faire ici.
— C'est difficile.
— Ah bon.

Autre reniflement.

— Alors le week-end prochain ? On va dans notre nouvelle villa en bord de mer pour la première fois. On pourrait passer te prendre et...
— Je ne peux pas non plus le week-end prochain, la coupai-je. Écoute, j'ai besoin de me poser.

Silence. Dehors, la neige continuait de tomber. Si propre, si blanche. Recouvrant tout.

— Très bien, déclara maman, mais, à sa voix, c'était pire que tout. Si tu ne veux pas me voir, tu ne le veux pas. Je ne peux rien y faire, n'est-ce pas ?

« Non, tu ne peux pas », pensai-je. La vie aurait été tellement plus facile si j'avais pu le lui dire, pour qu'on crève l'abcès, qu'on en finisse, pour être sur la même longueur d'onde. Mais ce n'était pas si simple. Il fallait continuer de jouer la partie avec des feintes, des *moves* et des stratégies compliquées.

— Maman, je veux que...
— Que je te fiche la paix, oui, je sais ! m'interrompit maman, soudain exaspérée. Donc, ne plus te télé-

phoner ou t'envoyer d'e-mails et, surtout, ne pas essayer de garder le contact avec l'aînée de mes enfants. C'est vraiment cela que tu veux, Mclean ?

— Moi, ce que je veux, c'est avoir la chance de vivre ma vie, expliquai-je d'une voix posée.

— Pas seulement, Mclean. Parce que tu ne me racontes plus rien de ta vie, sauf lorsque je te harcèle.

Maman haussait la voix.

— J'aimerais que nous soyons proches comme autrefois ! Avant que ton père ne t'éloigne de moi ! Avant que tu ne changes au point que je ne te reconnaisse plus !

— Papa ne m'a jamais éloignée de toi !

Ma voix grimpait aussi dans les aigus.

À force de tripatouiller, maman avait enfin trouvé le bouton ultime, le déclencheur de l'explosion atomique. *Moi* j'avais changé ? C'était le comble tout de même !

— C'était mon choix ! continuai-je. Toi aussi, tu as fait tes choix, tu ne t'en souviens pas ?

J'avais parlé sans réfléchir. Je sentis l'impact de mes derniers mots dès qu'ils eurent franchi mes lèvres et l'atteignirent. Ça faisait longtemps qu'on n'avait pas parlé de son histoire avec Peter et du divorce, de cette époque que j'appelais « Destin du Mariage ». C'était un sujet tabou, haut et épais comme une muraille, qui bloquait toute discussion. Je venais de le fracasser en lançant dessus des mots explosifs et je devais en assumer les conséquences.

Pendant un bon bout de temps, – enfin, c'est mon impression –, maman resta muette.

— Un jour ou l'autre, Mclean, tu cesseras d'affirmer que tout est ma faute...

C'était le moment-clé : soit j'opérais une retraite et je m'excusais platement pour les horreurs que je venais de dire, soit je m'acharnais, et là, ce serait sans retour. Tant pis, j'en avais vraiment ras le bol. De plus, cette fois, j'étais moi-même, pas Eliza, Lizbet ou Beth. Voilà pourquoi c'est Mclean qui parla, et Mclean dit ce qu'elle avait sur le cœur.

— Tu as raison. Mais j'ai le droit de dire que le divorce, c'est ta faute. La situation pourrie entre nous, c'est ta faute aussi. C'est toi la responsable ! Pour une fois, reconnais-le, au moins !

J'entendis maman suspendre son souffle, comme si je l'avais frappée dans le ventre. Et c'est vrai, mes paroles avaient eu la violence d'un coup. Longtemps on avait évité de plonger au cœur du problème, on l'avait contourné avec mille politesses et sourires forcés. Je venais d'exploser la seconde muraille, celle des convenances, et on voyait enfin la vérité toute nue. Cela faisait presque trois ans que j'attendais l'instant de parler cash, mais maintenant que c'était fait, j'étais triste. Je le fus bien avant d'entendre le petit « clic » qui annonçait que maman me raccrochait au nez.

Tant pis. Je saisis mon sac à dos. Je savais qu'à quatre heures de route de Lakeview, ma mère était en larmes par ma faute. J'aurais dû me sentir euphorique. Pas du tout. Je ressentais même une peur panique lorsque je sortis de chez nous, tremblante et engoncée dans mon anorak.

Dehors, le froid était mordant, il neigeait dru. Je pris la direction du centre-ville. La neige étouffait les bruits du matin, le silence était ouaté. Je marchai longtemps. Quand soudain je regardai autour de moi, je constatai que je me trouvais dans une rue commerçante qui donnait sur un quartier résidentiel. Il ne me restait plus qu'à faire demi-tour et trouver un arrêt de bus pour aller au lycée. Mais j'avais trop froid ; avant, il fallait que je me réchauffe. Je m'approchai donc de la boutique la plus proche, une boulangerie signalée par un muffin sur la vitrine. J'entrai.

— Bienvenue chez *Frazier Bakery* ! entendis-je dès que je franchis le seuil.

Deux personnes s'affairaient derrière le comptoir, tandis que d'autres faisaient la queue. *Frazier Bakery*, c'est le genre d'enseigne rustique avec un décor modeste et sobre, des boiseries et des gravures sépia pour créer une atmosphère « comme dans l'ancien temps ». Les vendeurs étaient souriants et polis, il y avait une fausse cheminée dans un coin. Je me mis dans la file, prenant au passage des mouchoirs en papier pour essuyer mon nez qui coulait.

J'étais claquée après avoir marché si longtemps et j'étais toujours en train de digérer mon clash avec maman. Total, j'étais en pilotage automatique et je suivis le mouvement jusqu'à ce que vienne mon tour. Je me retrouvai nez à nez avec une petite rousse qui portait un tablier à rayures et une coiffe de papier jaune.

— Bienvenue chez *Frazier Bakery* ! Que puis-je faire pour rendre votre journée agréable ?

Je détestais ces conneries « esprit d'entreprise » bien avant que papa ne les critique sévèrement. Je levai les yeux sur le tableau derrière la vendeuse et le parcourus. Café, muffins, panini spécial petit déj, smoothies et bagels. Je m'intéressais aux smoothies, lorsqu'un souvenir me revint.

— Un Givré des Neurones Myrtilles-Banane.
— C'est parti !

La vendeuse se dirigea vers une rangée de mixeurs et j'en profitai pour observer l'endroit où avait commencé la descente aux enfers de David Wade. C'était difficile de voir le *Frazier Bakery* comme une antichambre de la délinquance et de la criminalité. Il y avait des maximes brodées au point de croix sur les murs : IL EST CONSOLANT ET DOUX DE BOIRE DES LAITAGES CHAUDS ET FROIDS, lus-je près du minibar où lait, crème et sucre étaient en self-service. Une autre, au-dessus des poubelles de recyclage, proclamait : ÉCO-GESTE, LE BON GESTE. Je me demandai où on les commandait, s'il existait une production de masse de maximes brodées au point de croix et encadrées. Moi, j'aurais choisi la formule suivante : FICHE-MOI LA PAIX ! Je l'aurais mise en évidence sur la porte de ma chambre, et à bon entendeur salut !

Une fois que la vendeuse m'eut servi mon Givré des Neurones, je me perchai sur un tabouret en cuir rembourré devant le faux feu de cheminée. David avait raison : après avoir aspiré deux gorgées avec ma paille, j'eus un terrible mal de tête et je vis carrément trouble. Je posai la main sur mon front, comme pour dégeler mes neurones pétrifiés, et je fermai les yeux. Au même moment, la clochette de l'entrée retentit.

— Bienvenue chez *Frazier Bakery* ! hurla l'un des vendeurs.
— Merci ! hurla une voix.

Tout le monde éclata de rire. Je me massais toujours le front quand j'entendis des pas, puis un « Mclean ? ».

J'ouvris les yeux et je vis David devant moi. Évidemment, c'était David. Qui d'autre ?

— Salut.

Il m'observa avec attention.

— Ça n'a pas l'air d'aller, toi ?

— J'ai seulement bu un Givré des Neurones, dis-je en lui montrant mon verre. Ça va.

Il n'avait pas l'air convaincu, mais il n'insista pas.

— Qu'est-ce que tu fais ici ? demanda-t-il. Je ne savais pas que tu faisais partie des Grands Amis de Frazier !

— Qu'est-ce que tu racontes ?

— C'est le nom qu'on donne aux clients réguliers.

Il échangea un petit signe avec la rouquine.

— Je reviens, je vais juste me chercher une Bombe à Tomber et un Spécial Procrastination. Tu ne bouges pas, hein ?

Je me remis à boire mon smoothie tandis qu'il se rendait derrière le comptoir. Il dit quelques mots à la rouquine qui éclata de rire. Puis il choisit un muffin dans la vitrine à pâtisseries et se versa une grande tasse de café. Enfin, il pianota sur la caisse, déposa cinq dollars, en reprit un et glissa sa petite monnaie dans la tirelire des pourboires.

— Merci ! dit la rouquine, et l'autre type fit chorus.

— Avec plaisir ! répondit David en revenant vers moi.

« Oh, mon Dieu, je n'ai pas l'énergie de parler de tout et de rien aujourd'hui... » Mais je n'avais pas le choix. J'étais dans un lieu public, qui plus était la cantine de David. C'était un drôle de hasard que je me retrouve là. Hum, un hasard ?

— Tu sèches les cours ? dit-il, son muffin à la main.

— Non. J'avais besoin d'un bon petit déjeuner. J'allais prendre le bus, justement.

— Le bus ?

Il parut offensé.

— Pourquoi ? J'ai ma voiture !

— Oh c'est bon... Ça... ne me dérange pas de marcher, tu sais. J'ai trop la pêche, ce matin.

— Moi, je dirais que tu es surtout en retard, objecta-t-il, me montrant l'horloge derrière moi. Si tu prends le bus, ce sera bien pire. Être en retard, c'est pas la gloire.

Je regardai autour de moi.

— Ça ressemble aux maximes au point de croix sur les murs.

— Tu l'as dit.

Il sourit.

— Je vais la proposer à la direction. Allez, viens.

Je le suivis. Il mangeait son muffin, semant des miettes derrière lui, comme le Petit Poucet.

— Comment tu l'as appelé ?

— Appelé quoi ?

— Ton petit déj.

— La Bombe à Tomber et le Spécial Procrastination.

— Je ne les ai pas vus sur le menu.

— Parce qu'ils n'y sont pas, répondit-il en traversant le parking. J'ai créé mon lexique, au FrayBake. Traduction : une Bombe à Tomber, c'est une bombe calorique et délicieuse, soit un gros muffin au chocolat-beurre de cacahouète. Le Spécial Procrastination, c'est un café qui stimule le transit. Ça a un succès fou, et maintenant, tous les vendeurs l'utilisent !

Il joua avec ses clés de voiture.

— On y est !

Il s'approcha d'une pauvre petite Volvo toute bosselée. Le siège passager était protégé par un couvre-siège en billes de bois. Tiens, je croyais que seules les petites mamies et les chauffeurs de taxi en utilisaient...

— C'est ta voiture ?

— Ouais ! dit-il fièrement alors qu'on y montait. Elle était en cellule d'isolement, mais la levée d'écrou s'est effectuée hier soir !

— Ah ? Comment tu as fait ?

— Le docu sur la vie des cellules a largement contribué à sa remise de peine.

Il démarra. Le moteur ronronna après une petite toux poussive.

— De plus, j'ai accepté de bosser dans le labo de ma mère, après le voyage à Austin et jusqu'à mon départ au Brain Camp. C'est le prix à payer pour ce que tu aimes. Et j'aime cette voiture.

La Volvo cala brusquement. Cherchait-elle à mettre l'immense amour de son propriétaire à l'épreuve ? David baissa les yeux sur le tableau de bord, puis tourna la clé. Rien. Nouvelle tentative. La voiture soupira, cette fois, comme si elle était fatiguée de la vie.

Le moteur tictaquait, on aurait dit qu'une bombe était cachée sous le capot.

— Ça va aller ! s'écria David. Parfois, elle a juste besoin d'encore plus d'amour.

— Je connais le problème. C'était pareil avec Super Shitty.

J'avais parlé sans réfléchir. C'est en croisant le regard étonné de David que je me rendis compte de ce que je venais de dire.

— Super Shitty ?

— Ma voiture. Enfin, mon ancienne voiture. Je ne sais pas où elle est...

— Toi aussi, tu es entrée en collision avec une guérite ?

— Non, j'ai seulement quitté la ville, et je n'en avais plus besoin.

Je revis ma vieille Toyota Camry. Quand j'en avais hérité, elle avait déjà 300 000 bornes au compteur, l'alternateur déconnait tout le temps et le radiateur sifflait. La dernière fois que je l'avais vue, elle était dans l'immense garage de Peter, prise en sandwich entre sa Lexus et son monospace. Chez lui, Super Shitty était aussi peu à sa place que moi.

— C'était une super voiture, seulement un peu...

— ... merdique !

Exactement.

David fit gronder le moteur, puis en leva le frein à main. Derrière nous, une voiture mettait son clignotant pour prendre notre place. Je crois bien avoir vu le conducteur criser quand la Volvo démarra enfin avec un nuage de fumée sortant du pot d'échappement.

— C'est génial de conduire dans la neige ! déclara David sans s'émouvoir.

On monta la petite pente vers le stop. Les flocons frappaient le pare-brise en masse. Lorsque David ralentit, les freins crissèrent douloureusement en signe de protestation.

— Sécurité avant tout : boucle ta ceinture, Mclean.

J'obéis, reconnaissante qu'il me le rappelle. En effet, ma portière fermait mal et j'espérais que ma ceinture tiendrait le choc si elle s'ouvrait lors d'une petite pointe à 60 km/heure.

— Au fait, dis-je, merci pour le thym...
— De rien. Ça ne t'a pas vexée, au moins ?
— Non, pourquoi ?
— Parce que tu n'aimes pas accumuler.
— Bah, c'est juste un flacon d'épices.
— C'est le début d'une réaction en chaîne. Tu commences par avoir du thym, puis du romarin et de la sauge, et du basilic, et, tout à coup, tu es submergée par des flacons d'épices, et tu as une cuisine aménagée.
— Je ne l'oublierai pas.

La voiture ahanait. David accéléra. Le moteur gronda et la conductrice de la Lexus dans la file d'à côté nous adressa un regard inquiet.

— Tu as cette voiture depuis longtemps ?
— Environ un an. Elle m'a coûté toutes mes économies, l'argent de ma bar-mitsva et mon salaire du FrayBake.

De nouveau, les freins crissèrent avec une intensité douloureuse.

— C'est beaucoup d'argent pour ça.

Il me regarda brièvement avant de reporter les yeux sur la route.

— C'est une super voiture, robuste, fiable. Elle a son petit caractère, c'est vrai. Elle a aussi des problèmes, mais je l'adore.

— « Je l'aime tendrement jusqu'à ses verrues et à ses taches[1]. »
— Qu'est-ce que tu viens de dire ?
— Quoi ? fis-je.
— Je l'aime tendrement jusqu'à ses verrues et à ses taches...
— Heu... oui. Tu connais cette expression ?
— Comme tu le vois.

David prit le virage vers le lycée, puis il tendit sa main gauche pour me montrer son tatouage.

— C'est à cause d'une verrue si Riley et moi on s'est fait ce tatouage.
— Ce rond est censé représenter une verrue ?
— Plus ou moins.

Il rétrograda.

— Quand j'étais petit, mes parents enseignaient à plein temps ; je passais donc la journée chez ma nounou, qui gardait d'autres enfants. Elle s'appelait Eva.

Les chutes de neige redoublaient d'intensité et les essuie-glaces, perdus dans la tourmente, s'activaient formant deux petits arcs de cercle aux contours bien nets.

— Eva avait une petite-fille, du même âge que moi, qu'elle gardait aussi. On faisait la sieste ensemble, on faisait des bêtises ensemble. C'était Riley.
— Riley ?
— Tu ne te souviens pas ? Je t'ai déjà dit qu'on se connaissait depuis une éternité. Bref. Eva était total redoutable. Grande avec des épaules de déménageur et un rire d'ogresse. Elle sentait bon les pancakes, et

---

1. Montaigne, *Les Essais*, III, 9. (*N.d.T.*)

elle avait une verrue. Énorme. Le genre qu'on voit seulement sur les sorcières. Et en plus, juste là.
Il me montra le milieu de son tatouage.
— On était carrément fascinés et dégoûtés en même temps. Eva nous laissait la regarder. Ça ne la gênait pas du tout. Elle disait qu'elle l'aimait bien, et nous aussi on l'aimait bien, finalement. Cette verrue faisait partie de sa personne...
Je revis le poignet de Riley, avec le même cercle noir. Je revis aussi la tristesse qui avait voilé son regard quand Deb s'était intéressée au tatouage de David.
— Eva a eu un cancer du pancréas. C'était l'année dernière, elle est morte deux mois plus tard.
— Désolée...
— Oui. Ç'a été un gros choc.
On tournait dans le parking du lycée, juste devant la guérite.
— Le lendemain de son enterrement, avec Riley, on s'est fait tatouer.
— Un *In memoriam* étonnant.
— Eva était étonnante.
Je l'observai tandis qu'on ralentissait devant un groupe de filles en pantalon de survêt et grosse doudoune.
— J'aime ce sentiment... Mais c'est plus facile à dire qu'à faire..., murmura-t-il, songeur.
— De quel sentiment parles-tu ?
Il haussa les épaules.
— Aimer les défauts et les qualités de quelqu'un. C'est le but de toute une vie !
Il se gara et coupa le moteur, qui se tut après un

dernier hoquet. Jamais je n'avais vu une voiture aussi épuisée, à croire qu'elle avait mille ans.

— Qu'est-ce que tu en penses ? me demanda-t-il.

Je me rappelai maman au téléphone. Sa voix qui flanchait. Mes critiques.

Je déglutis.

— Voilà pourquoi j'aime autant déménager... De cette façon, personne n'a le temps de bien ou de mal me connaître.

David resta silencieux. Nous ne bougions pas. Les gens passaient près de nous à petits pas parce que ça glissait. Malgré tout, beaucoup se cassaient la figure.

— Je ne sais pas si c'est vrai, dit finalement David. Je te connais seulement depuis un mois, mais je te connais déjà bien.

— Ah ? Comment ça ?

— Pour commencer, tu n'as ni condiments ni épices. Et ça, ce n'est pas tout à fait normal. De plus, tu es une bête au basket.

— Ce ne sont pas vraiment mes verrues et mes taches. Enfin, mes défauts.

— Qui sait ?

Il sourit.

— Tout est relatif, n'est-ce pas ?

Ça sonna. Ce bruit familier et grêle était étouffé par la neige qui recouvrait tout. On se décida enfin à sortir et ma portière craqua horriblement. Ça glissait vraiment beaucoup. Je dérapai mais m'agrippai à la Volvo.

— Oooh...

— Fais gaffe, surtout, me dit David qui surgit à côté de moi, glissant aussi.

Je marchai à tout petits pas. David avançait, tête baissée, cheveux sur le front ; en bref, concentré. Je l'observai. Je pensai à tous les instants que j'avais passés avec des garçons, au cours de ces deux dernières années. Aucun ne m'avait été aussi proche que David Wade. Parce que, à l'époque, je n'étais pas Mclean, mais Eliza, Lizbet ou Beth, des mirages, des rôles qui avaient l'apparence de la réalité. Derrière mes personnages, c'était le vide. Mais ici, en dépit de tous mes efforts, j'étais finalement redevenue Mclean Sweet, avec des parents divorcés, des connexions oscillant entre amour et haine avec le monde du basket, Super Shitty et une remorque de déménagement remplie à ras bord.

Mes nouveaux départs de ces deux dernières années m'avaient fait oublier ce que c'était que d'être bordélique, honnête et total dépassée par les événements. D'être en phase avec la réalité, tout simplement... On arrivait au tournant quand David glissa et battit des bras. J'essayai de garder mon équilibre, avec un succès mitigé, tandis qu'il tanguait en arrière et en avant.

— Oh-oh ! Merde, je vais me ramasser !
— Accroche-toi ! dis-je, attrapant sa main.

Malheureusement, mon geste lui fit perdre définitivement l'équilibre. Résultat, on a patiné sur le sol gelé et couru le risque de se ramasser, poids multiplié par deux, donc impact multiplié par deux aussi.

Étrange étrange. Mes pieds se dérobaient, ma tête basculait ; j'étais affolée par le sentiment, très angoissant, de ne plus avoir aucune prise et de ne plus rien contrôler. En revanche, David riait aux éclats, le visage empourpré par le froid. Il vacillait d'un côté, de l'autre, et comme il était aussi maladroit que moi, il m'attirait dans sa chute.

Même situation, deux réactions.

Il s'était passé beaucoup de choses, ce matin-là. Mais c'est cette image, ce moment-là, que je gardai en mémoire pendant les heures suivantes, bien après qu'on est entrés (non sans mal) dans le lycée et qu'on a gagné nos salles de classe. J'ai enfermé en moi cette drôle d'impression de sentir à la fois le monde se dérober sous mes pieds et une main dans la mienne, et de savoir que si je tombais, au moins, je ne tomberais pas seule...

Les chutes de neige furent si abondantes que le lycée ferma un peu avant midi. Je le quittai avec la perspective d'un après-midi libre. Enfin, libre... Je devais faire partir des machines (le linge s'accumulait) et pondre une disserte pour le lendemain. Mais au lieu de rentrer direct chez moi comme je l'avais prévu, je descendis deux arrêts avant la maison, pour me rendre au *Luna Blu*.

La neige avait saboté le coup de feu du déjeuner, autrement dit le restaurant était quasi désert. Je reconnus donc sans peine les voix de mon père, de Chuckles et d'Opal, tous les trois réunis dans la salle de réceptions qui se trouvait derrière le bar. Ils conféraient autour d'une table couverte de documents, leurs mugs devant eux. Mon père semblait fatigué, Opal tendue. Bon, le coup de baguette magique n'avait pas eu lieu...

Je me dirigeai vers la porte qui conduisait à l'étage. À peine l'avais-je ouverte que j'entendis des voix, en haut. D'abord, celle de David.
— ... totalement faisable !
C'est lui que je vis en premier, et, tout de suite après, Deb, toujours en manteau, écharpe et gants. Côte à côte, ils étudiaient les cartons contenant les pièces de la maquette.
— C'est compliqué, on est d'accord, mais faisable, insista David.
— Tu as raison, ce qui compte, c'est la faisabilité de la chose ! déclara Deb.
Elle se retourna. Son visage s'illumina à ma vue.
— Salut ! Je ne savais pas que tu viendrais.
« Ben moi non plus », pensai-je.
— J'avais envie de travailler pour le bien de la collectivité, dis-je au moment où David se retournait à son tour. Que se passe-il, ici ?
— On met une stratégie en place ! répondit Deb en retirant ses gants. Tu as une idée sur la meilleure façon de procéder ?
Je m'approchai d'elle, sous le regard de David. Je repensai à notre début de matinée ensemble, au cercle noir tatoué à la base de son poignet. Ce poignet que j'avais serré, tandis qu'on patinait en s'approchant du lycée. « C'est pas ton genre », prononça une voix dans ma tête. Mais ça faisait si longtemps que je n'étais pas sortie avec un mec que je ne savais même plus quel était mon genre. Ou si la fille que j'étais devenue en avait un.
— Aucune idée, répondis-je en souriant à David. Si on s'y met, on finira bien par trouver.

Un quart d'heure plus tard, on fit le point.

— Écoutez-moi bien, les gars, commença Deb avec sérieux. Je viens tout juste de me joindre à ce projet, je ne veux donc vexer personne, mais je vais être honnête : vous vous y prenez mal.

— Je suis vexé, déclara David d'une voix tranquille.

Deb ouvrit aussitôt de grands yeux.

— Oh non ! Je suis...

— Je plaisante, la coupa David.

— Ah, d'accord. Ouf...

Elle sourit, toute rose maintenant.

— D'abord, merci de m'avoir proposé de participer. *J'adore* ce projet. Quand j'étais petite, j'adorais les miniatures.

— Les miniatures ? répétai-je.

— Tu sais bien : les maisons de poupée, tout ça ! J'aimais surtout ce qui concernait l'histoire. Les cottages en bois de la guerre d'indépendance des États-Unis, l'architecture coloniale et virginienne, et les orphelinats londoniens de l'époque victorienne. Tu vois ?

— Les orphelinats londoniens ? interrogea David.

Elle haussa les sourcils.

— Qu'est-ce que tu crois ? Tout le monde n'a pas la chance d'avoir une maison de poupée ! Moi, j'étais obligée d'être créative, c'est tout.

— David l'était aussi, précisai-je. Mais lui, c'était les trains, son truc.

— Ce n'était pas des trains, me corrigea-t-il, contrarié. C'était des dioramas de scènes de bataille. Des reconstitutions historiques. Du sérieux.

— Moi aussi j'adorais les reconstitutions historiques ! s'exclama Deb. Voilà où j'en suis arrivée, avec mes orphelins londoniens.
Je les regardai tour à tour.
— Stupéfiante, votre enfance à tous les deux.
— Non, triste, répondit Deb avec simplicité.
Elle retira sa veste, la plia soigneusement et posa son sac sur la table.
— On était toujours fauchés, chez moi, et mes parents ne s'entendaient pas. Comme ma vie, c'était du grand n'importe quoi, ça me plaisait bien d'en inventer d'autres.
Elle n'avait jamais autant parlé de sa famille.
— Eh bien..., dis-je seulement.
David haussa les épaules.
— Moi, j'aimais juste les grandes batailles historiques.
— Tout le monde les adore ! renchérit Deb qui s'activait déjà. Bon, d'après mon expérience avec les petites et les grandes maquettes, la méthode de la roue est la plus judicieuse, pour commencer la construction. Vous, vous avez malheureusement adopté la structure du jeu d'échecs. Ce n'est pas bon du tout, ça.
David et moi, on resta d'abord muets de stupeur.
— Bon sang, comment n'y ai-je pas pensé ! s'exclama-t-il.
Je me mordis les lèvres pour ne pas rire.
— Dans ces conditions, nous devons réévaluer totalement l'approche du projet ! conclut Deb. Ça, c'est le manuel d'instructions ?
— Oui, répondis-je, le ramassant.

— Super. Tu me le passes ?

Elle se plongea dedans et fut bientôt si concentrée qu'elle tapota la pointe de son index sur ses lèvres.

— Tu veux que je te dise ? murmura David alors qu'on retirait nos doudounes. J'adore Deb. Elle est positivement siphonnée, mais elle est trop drôle.

J'étais d'accord.

Deb avait joué de la batterie dans un groupe de metal, elle connaissait le sujet des tatouages à fond, et elle avait construit des maquettes d'orphelinats londoniens de l'époque victorienne. Elle n'avait pas froid aux yeux... C'était une passionnée qui ne faisait jamais les choses à moitié.

— Pense roue ! ne cessa-t-elle de répéter en me voyant devant la maquette, une maison à la main. On va commencer pile au milieu, sur le moyeu de notre roue, et, à partir de là, on va tourner par secteurs !

— Nous, on disposait les maisons selon l'ordre dans lequel on ouvrait les cartons, dis-je.

— Je sais. Je l'ai tout de suite vu.

Elle m'adressa un regard plein de compassion.

— Je ne critique pas, hein ? C'est juste une erreur de débutant. Si vous aviez continué à poser les structures au pif, vous auriez fini par devoir enjamber celles déjà en place. Vous les auriez piétinées, abîmées et vous auriez fait tomber quelques bouches d'incendie. Ç'aurait été un souk incroyable !

Je suivis donc les indications de Deb. Fini la stratégie globale « déballe le truc, monte le bidule et trouve-lui sa place ». Deb développa vite une logistique de général d'armée : elle sortit un stylo rouge de son sac pour annoter le manuel d'instructions avec ses trouvailles. Résultat, une heure plus tard, c'était du travail à la chaîne. Deb réunissait les structures pour chaque « rayon », ou secteur, de notre « roue », David les assemblait, et moi, je les plaçais au bon endroit. « Créer, assembler, fixer », ou, comme disait Deb : « CAF ». Je n'aurais pas été étonnée que, lors de nos prochaines retrouvailles, elle nous apporte des tee-shirts ou des casquettes ornés de ces trois lettres.

— Il faut reconnaître qu'elle assure un max, dis-je à David à un moment où elle se trouvait à l'autre bout de la pièce avec son portable.

Deb appelait la hotline gratuite de Model Community Ventures pour la deuxième fois afin d'obtenir de nouveaux éclaircissements.

David plaça un toit sur une maison.

— Elle assure un max ? Mieux que ça ! À côté d'elle, on a l'air de parfaits débiles.

— Parle pour toi, mon vieux ! Elle a déclaré que mon approche était prometteuse, pour une débutante !

— Penses-tu ! Elle voulait juste être sympa !

Il sortit une feuille à plier de son kit.

— Quand tu es partie aux toilettes, elle m'a confié que tes secteurs manquaient d'unité.

— C'est faux ! Mes secteurs sont absolument parfaits !

— Tu trouves ça parfait, ma pauvre ? On dirait un jeu d'échecs !

Je lui fis une grimace, puis lui donnai une bourrade qu'il me retourna. Il riait lorsque je retournai près de la maquette pour inspecter mon secteur. Auquel je ne trouvai strictement rien à redire.

— Ah, bien sûr ! Non, non, merci, entendis-je Deb

répondre. Je suis certaine que je ne vais pas tarder à vous rappeler ! OK. Bye !

Deb referma son portable et soupira.

— Cette Marion, elle est *trop* gentille.

— Qui est Marion ?

— La fille de la hotline de Model Community Ventures. Un vrai cadeau du ciel !

— Tu es déjà copine avec la nana de la hotline ?

— Je n'irais pas jusque-là, ce serait exagéré, mais elle a été super sympa. En général, ces hotlines, c'est de la foutaise, personne ne répond jamais. Si vous saviez les heures que j'ai passées à attendre qu'on m'explique comment coller une corniche correctement !

Je restai muette de stupeur, mais David éclata de rire.

— Hé-ho, Gus est avec vous ? entendit-on tout à coup en bas.

Je m'approchai sur le palier et vis Tracey.

— Non. Il est en rendez-vous avec Opal dans la salle de réceptions.

— Ils n'ont pas encore fini ? Mais enfin, qu'est-ce qu'ils fichent ?

Je revis, dans un flash, le bloc jaune avec les numéros, et son nom presque en tête de liste.

— Je ne sais pas.

— Quand il émergera, dit-elle en sortant un stylo de ses cheveux et en le remettant en place, dis-lui que la conseillère municipale a encore appelé. Je ne sais pas combien de temps je vais pouvoir la faire patienter. Elle est sacrément en manque, celle-là, donc sacrément motivée pour rattraper le temps perdu !

— Hein ?
— Cette gonzesse craque total pour ton pater, ma fille ! Et ton pater, pour notre malheur à tous, il n'imprime pas le message. Être bouché à ce point, c'est inquiétant. Par conséquent, je compte sur toi pour lui transmettre le message en langage non codé, d'accord ?

Tracey claqua la porte derrière elle. Je n'étais pas surprise. La situation était même d'un banal... On débarquait quelque part, on s'installait et papa se trouvait une copine, mais c'est seulement quand on était sur le point de déménager qu'il concluait avec elle, pour finir en beauté en disparaissant de la vie de sa nouvelle amoureuse. Genre comme quelqu'un que je connaissais bien, vous voyez qui.

— Mclean ? Je peux te dire deux mots, pas plus, sur ton approche de l'espace près du planétarium ? demanda Deb.

Je me retournai. David, qui plaçait une maison sur la maquette, commenta aimablement :

— Ha ha ha ! Et tu disais que tes secteurs étaient parfaits !

Je souris, mais j'étais distraite. Pourquoi ? Et pourquoi me faire du souci ? Lindsay Baker harcelait papa et lui laissait des messages, mais il ne s'était encore rien passé. Et puis, ce n'était pas comme si papa allait la rappeler. On avait donc encore du temps à passer à Lakeview, non ?

À 17 heures précises, trois secteurs passèrent, avec succès, l'inspection rigoureuse de Deb, et on décida d'en rester là pour le moment. En bas, le restaurant

ouvrait. Il y faisait bon, toutes les lumières étaient allumées. Papa et Opal étaient assis au bar, une bouteille de vin entre eux. Joyeuse et les joues rouges, Opal souriait. Je ne l'avais jamais vue aussi heureuse.
— Mclean ! s'exclama-t-elle. Je ne savais pas que tu étais là !
— On bossait sur la maquette.
— Ah bon ?
Opal secoua la tête.
— Malgré la neige ! Si ça n'est pas du volontariat !
— On a terminé trois secteurs, la renseigna David.
Opal le regarda sans comprendre.
— Trois *quoi* ?
— Secteurs.
Ça ne l'a pas éclairée. J'ai renoncé à lui expliquer la logistique de Deb, que je n'étais pas sûre d'avoir bien comprise.
— Laisse tomber, repris-je donc. Mais ça a de l'allure. On a sérieusement progressé.
— Extra !
Opal se remit à sourire.
— Vous êtes les meilleurs !
— C'est en grande partie grâce à Deb, précisai-je.
À côté de moi, Deb, ravie, rougit.
— C'est une spécialiste des maquettes !
— Quelle chance ! s'exclama Opal. Alors, Lindsay va se calmer ! Dites, vous savez pourquoi elle n'arrête pas de téléphoner ici ? On dirait que subitement cette maquette l'obsède !
Je regardai papa qui buvait tranquillement en regardant par la fenêtre.

— En tout cas, elle sera drôlement contente la prochaine fois qu'elle passera, fis-je.

— J'aime te l'entendre dire ! déclara Opal. Elle est contente, je le suis, tout le monde l'est !

— Oh, mon Dieu ! s'exclama Deb en ouvrant de grands yeux.

Tracey s'approchait avec un plat garni de cornichons à l'aneth frits qu'elle plaça devant Opal.

— Est-ce que ce sont... ? commença-t-elle.

— Des cornichons à l'aneth frits ! acheva Opal. Les meilleurs de la ville ! Goûte, et tu m'en diras des nouvelles !

— Je peux ? Vraiment ?

— Évidemment. Et toi aussi, David ! C'est bien le moins que je puisse faire pour vous remercier de votre collaboration.

Tracey posa le plat. Deb et David se servirent.

— Miam ! Super bons ! commenta David.

— N'est-ce pas ? répliqua Opal. Ce sont les mises en bouche spéciales *Luna Blu* !

« Waouh, miam », pensai-je, la regardant se servir puis engloutir son cornichon frit. Papa, lui, regardait toujours dehors.

— Alors ? La réunion s'est bien passée ? demandai-je.

— Mieux que ça ! s'exclama Opal.

Elle se pencha vers moi et reprit, à voix plus basse.

— Personne ne va être licencié, figure-toi ! Nous avons exposé nos arguments et il a... pigé. Tout ! Il a été super !

— Génial.

— Qu'est-ce que je me sens soulagée !

Opal soupira, puis hocha la tête.

— Je ne pouvais pas espérer mieux. Je vais enfin dormir sur mes deux oreilles, cette nuit. Et tout ça, c'est grâce à ton père !

Elle lui sourit et lui serra le bras. Papa sortit enfin de sa rêverie.

— Mais non, protesta-t-il.

— Gus est trop modeste ! Il s'est battu comme un lion pour garder la brigade. Franchement, si je n'avais pas connu les dessous de l'affaire, j'aurais pensé qu'il ne voulait pas un seul licenciement.

Je regardai papa qui haussa les épaules.

— C'est fini, dit-il. C'est le principal.

Une voix s'éleva du fond du restaurant.

— N'est-ce pas Mclean que je vois là !

Je me retournai. Chuckles, immense façon colosse, fonçait sur nous. Comme à son habitude, il portait un costume très luxe, des chaussures cirées impec et deux anneaux du championnat de la NBA, un à chaque main. Chuckles était un fan-joueur de basket en costard-cravate bobo.

— Salut, Charles ! lançai-je tandis qu'il me serrait dans ses bras. Ça va ?

Il me dominait largement. J'avais le nez sur ses pectoraux.

— Je serai en pleine forme une fois qu'on aura planté nos quenottes dans ces bisons !

David et Deb le dévisagèrent, les yeux écarquillés, tandis que Chuckles se servait dans le plat de cornichons frits.

— Chuckles vient d'investir dans un ranch de bisons, m'expliqua papa. Il est venu avec cinq kilos de steaks.

— Que ton père va nous préparer comme lui seul sait le faire ! précisa Chuckles en faisant signe à Tracey, derrière le bar, pour lui commander un verre de vin. Tu restes dîner avec nous, Mclean ?

— Tu parles que je reste ! Mais avant, je dois filer à la maison pour me changer. J'ai travaillé sur la maquette, et je me sens poussiéreuse.

— Vas-y, déclara Chuckles, juchant sa grande carcasse sur un tabouret tandis que Tracey le servait. Moi, je vais rester ici avec ces magnifiques créatures jusqu'à ce que le dîner soit prêt.

Papa leva les yeux au ciel, Jason sortit la tête de la cuisine.

— Gus ? Téléphone !

— À plus, disons une demi-heure, me dit papa.

Il s'approcha de Jason et lui prit le combiné des mains. Il salua son interlocuteur et fit une grimace. Il se rendit dans son bureau, dont il referma la porte.

— Moi aussi, il faut que j'y aille, déclara Deb en remontant la fermeture éclair de son anorak. Je veux rentrer mettre mes idées au clair sur mon tableau blanc, pendant qu'elles sont bien fraîches.

— Tableau blanc ? interrogea Opal.

— Oui, j'en ai un dans ma chambre. J'aime être prête quand l'inspiration frappe !

Opal me regarda, l'air surpris, mais pour toute réponse je haussai les épaules. Connaissant Deb, son plan tableau blanc me semblait parfaitement logique. Elle mit ses cache-oreilles et passa son sac en patchwork à son épaule.

— À plus !

— Sois prudente sur la route ! lui dis-je.

Deb me sourit et rentra la tête dans les épaules tandis qu'elle sortait sous la neige et s'éloignait. C'est incroyable, même ses empreintes étaient impeccables.

Je rassemblai mes affaires à mon tour.

— Ces cornichons sont absolument sensas, déclara Chuckles à Opal. Mais dites-moi, que sont devenus ces délicieux petits pains au romarin que vous serviez, autrefois ?

— On a décidé de laisser tomber.

— Ah bon ? Quel dommage. Dans mon souvenir, c'était un vrai délice.

— Prenez donc un autre cornichon frit, lui proposa Opal, rapprochant le plat de Chuckles. Croyez-moi, vous oublierez vite ces petits pains.

Opal me sourit. Papa avait eu raison, quand il avait dit que d'ici un peu plus d'un mois elle changerait d'avis sur les cornichons.

David et moi, on a dit au revoir et on a pris le couloir pour sortir par-derrière en passant devant la cuisine, où Jason s'affairait, poêle en main.

— Au fait, Jason, j'ai vu ton nom sur la liste de diffusion du prochain Brain Camp, dit David.

— Ah bon ? fit Jason. Ce n'est pas moi qui me suis inscrit. Je n'ai pas été en contact avec les organisateurs depuis des lustres.

— Toi aussi tu es un habitué du Brain Camp ? demandai-je.

— Pas seulement ! précisa David. C'est carrément une légende ! Respect devant son QI !

— Arrête, c'est faux, protesta Jason.

— Ça marche, chef ! s'écria Tracey. Une salade pour le big boss, alors tu as intérêt à te décarcasser !
— J'ai du boulot, excusez, nous dit Jason, qui revint vers la table.
— Alors comme ça, Jason était un super geek ? demandai-je à David qui le suivait des yeux.
— Une star, plutôt ! Il était à Kiffney-Brown, et il a suivi des cours de prépa à la fac, comme Gervais et moi, mais il était plus âgé que nous. Il est aussi allé à Harvard. J'étais en seconde, à l'époque.
— Harvard ? Non ! Sans blague ?
Je tournai les yeux vers Jason.
— De Harvard aux cuisines du *Luna Blu*, il y a un sacré bout de chemin. Que s'est-il passé, au juste ?
— Aucune idée. Je pensais qu'il était toujours à Harvard, jusqu'à ce que je le voie ici, l'autre jour.
« Tiens, bizarre », pensai-je tandis qu'on passait devant le bureau de papa. Je glissai un œil par la porte entrouverte. Adossé à son siège, un pied sur la table, mon père parlait au téléphone.
— Vous savez, j'ai été très occupé, avec le nouveau menu, et diverses réunions.
J'entendis son siège craquer.
— Mais non, Lindsay, c'est faux. Je vous le promets. Et un déjeuner... oui, ce serait bien. Faisons comme ça, d'accord ?
David ouvrit la porte de derrière. La neige s'y engouffra. J'enfilai mes gants et David mit sa capuche avant de sortir. Il rejeta la tête en arrière pour regarder les flocons révélés par les lumières des lampadaires.
— À votre bureau, à la mairie, à 11 h 30, continua

papa. Non, vous choisissez. Je suis certain que vous connaissez les meilleurs endroits... Oui. Très bien. À demain !

La porte qui donnait sur la grande salle du restaurant, à l'autre bout du couloir, s'ouvrit. Opal surgit, son verre de vin à la main.

— Ton père est toujours au téléphone ? me demanda-t-elle.

— Je crois, oui.

— Quand il aura terminé, rappelle-lui que nous l'attendons. Chuckles insiste pour qu'il rapplique au plus vite.

Elle sourit.

— Et moi... hum, aussi !

— D'accord.

— Merci !

Elle leva son verre, puis repartit. La porte se referma.

Je restai immobile. De la cuisine s'élevait de la musique funky par-dessus les « cling » des ustensiles, le crissement des chaussures spécial cuisine et le sifflement du grill : la bande-son qui précède le coup de feu et que je connaissais par cœur. Comme je connaissais par cœur l'intonation de la voix de papa, au moment où il avait accepté la proposition à déjeuner de la conseillère municipale, et son expression concentrée quelques minutes avant, lorsque Opal exultait sans se rendre compte de la tête qu'il faisait. Quelque chose avait changé. À moins que rien n'ait changé, justement ?

— Alors, tu viens, Mclean ? s'écria David.

Je tournai les yeux vers lui, entouré par tout ce blanc, sa capuche saupoudrée de neige.
— Prête à partir ?
Je reportai les yeux vers le bureau de papa, maintenant fermé. « Non, cette fois, je ne suis pas prête », pensai-je.

Chapitre 10

— Tu entends ça ?
Je levai les yeux de la caserne de pompiers que j'essayais de bien placer sur le socle de la maquette.
— Quoi ?
En arrêt en haut de l'escalier, David prêtait l'oreille à ce qui se passait dans le restaurant.
— Ça ! Écoute donc !
Il dressa son index pour attirer mon attention.
— Ça fait déjà pas mal de temps que ça dure.
— Bah, ce sont juste des clients qui s'installent, répliquai-je en cherchant toujours à bien positionner ma caserne.
C'était un petit carré qui aurait dû gentiment s'intégrer dans son espace, mais, pour une raison que je ne comprenais pas, il s'y refusait catégoriquement.
— Il est 17 heures et quelques : bientôt l'heure de l'ouverture.

— Il est 16 h 46, répondit David qui tendait toujours l'oreille. Je te jure que ce ne sont pas les premiers clients. Il y a un boucan incroyable : j'entends carrément hurler !

Pour finir, je posai ma caserne, m'approchai de David et regardai moi aussi vers le bas de l'escalier. De là où je me trouvais, on ne voyait qu'un morceau de la grande salle, toujours déserte. En revanche, les hurlements étaient bien audibles.

— C'est juste papa.

David fronça les sourcils.

— Ton père ?

J'opinai et me remis à écouter.

Cette fois, j'entendis bien « conneries », « incapable », une allusion à une porte, à l'éventualité que la personne qui se faisait engueuler la prenne direct, et bon vent.

— Je crois que papa est en train de virer quelqu'un.

— Ah ? Pourquoi cette déduction ?

David cilla, comme si cela l'aidait à décoder la situation.

— Le volume de sa voix : papa ne hurle jamais de cette façon sauf quand il sait que la personne à qui il s'adresse ne va pas faire de vieux os.

Au même instant, on entendit une flopée d'insultes.

— Le mec a décroché le cocotier : il est viré, traduisis-je.

— Et tu sais cela parce que... ?

— Papa n'insulte pas souvent les gens. Même quand il licencie.

On entendit un grand fracas.

— Ça, c'est la victime qui doit balancer un truc.

Puis on entendit un « bang ».

— Ça vient du fond des cuisines, donc la victime est sans doute un plongeur. Un mec.

— Un mec. Pourquoi ?

— Parce que les femmes ne jettent pas les ustensiles. Et parce que les mecs de la brigade de cuisine hurlent plus fort que papa.

David me regarda comme si j'étais complètement givrée.

— Ton décryptage, c'est un don naturel ou c'est acquis ?

Je secouai la tête.

En bas, le silence était revenu, ce silence typique qui suit un licenciement : tout le monde marche sur des œufs et reste prudemment à l'écart du boss pour éviter la contagion, au cas où.

— Acquis. J'ai grandi dans un restaurant. À la longue, tu apprends à décoder les signes et les bruits.

Je revins auprès de mon secteur, m'agenouillai et me concentrai de nouveau sur le positionnement de ma caserne.

— Ça devait être sympa, l'époque où tes parents avaient leur restau..., déclara David. Tu devais bien en profiter ?

— Plutôt, oui.

Je centrai ma structure, mais me rendis compte qu'elle était de nouveau toute de travers. Ah, zut, à la fin.

— Soit j'étais au restau, soit je ne voyais jamais mes parents. Enfin, je veux dire, mon père.

— Sacré boulot, hein ?

— Sacrée galère à temps plein, oui, et pire que tu ne le penses.

Je m'assis plus confortablement.

— Au moins, maman était à la maison, le soir. Elle houspillait papa pour qu'il vienne nous rejoindre pour dîner, ou passe au moins le week-end avec nous. « C'est pour cette raison que nous payons des directeurs de restaurant », disait-elle tout le temps. Mais papa répétait à longueur de journée qu'un employé reste un employé, même payé comme un roi ; qu'il ne se donnera pas la peine de passer la chambre froide au Clorox, la serpillière dans les toilettes, ou de vider la friteuse quand les canalisations sont bouchées par la graisse.

David resta silencieux. Quand je levai les yeux, il me regardait de nouveau comme si j'avais parlé une langue inconnue.

— Le personnel ne se donnera jamais à cent cinquante pour cent pour un restaurant comme le font les propriétaires. Quand tu es le proprio, tu fais tous les boulots, de chef à tâcheron. Voilà pourquoi c'est si dur.

— Du coup, tu en as bavé toi aussi.

— Je ne connaissais rien d'autre, mais maman a eu du mal. Elle disait parfois qu'elle était « veuve de restaurant », comme on dit veuve de guerre, tu vois ?

— C'est à cause de cette vie de patachon qu'elle a craqué pour Peter ?

Je cillai. Je fixais toujours ma caserne, mais elle était soudain toute gondolée.

— Je...

— Désolé, coupa David à la hâte.

J'avalai ma salive.

— Excuse, reprit-il. C'était nul... Je ne sais pas de quoi je parle, alors je dis n'importe quoi.

J'opinai lentement.

— Pas grave.

Silence toujours. Dans le restau on n'entendait que les chuchotements des serveurs. Au cours de ces dernières semaines où j'avais bossé sur la maquette, j'avais découvert que mon rythme variait selon la ou les personnes avec qui j'étais. Quand j'étais avec Deb seulement, ou avec Deb et David, on parlait sans arrêt : de musique, du lycée, et de je ne sais quoi encore. Mais quand j'étais seule avec David, c'était un flux et un reflux de paroles permanents : dialogue, silence et temps de réflexion. C'était comme d'apprendre une langue étrangère. J'apprenais en réalité à nouer des relations et à assumer ce que je disais sans fuir, même quand la conversation devenait gênante.

Dans le restaurant en bas, on entendit la touche finale qui précédait l'ouverture : quelques notes de musique. Papa avait une devise : l'ambiance sonore devait être agréable et fluide comme les plats. Le volume devait être au minimum (pour ne pas faire détaler les tout premiers clients de la soirée), et la musique, instrumentale (pour ne pas parasiter les conversations), mais avec un bon tempo, afin de stimuler le service. « Rythme rapide, service rapide ! » disait papa. Il prétendait l'avoir appris durant un bref passage calamiteux dans un restau bio-folk, où il bossait pour se faire des sous quand il était encore étudiant.

Dans un bon restaurant, on ne remarque jamais ces détails. Dîner en ville, c'est dîner, point : seul le repas

compte. Le client ne doit jamais penser au reste. Et comme papa était un as dans sa partie, le client n'y pensait en effet jamais.
David reprit enfin la parole.
— C'est quoi, la musique en bas ?
— Du jazz cubain. Papa affirme que ça stimule l'appétit.
— Bizarre..., commenta-t-il. Je déteste le jazz, mais j'ai super faim, tout à coup !
Je souris et ajustai ma caserne une dernière fois avant de retirer la lamelle autocollante. Puis je la clipsai sur son emplacement. Clic. Terminé.
— Tu veux grignoter un petit truc ? demandai-je à David qui époussetait la route principale en PVC avec un pan de sa chemise.
— Seulement si tu me dis quel est le meilleur plat à commander.
Il leva les yeux vers moi.
— Parce que je *sais* que tu le sais.
Je souris.
— Peut-être bien.
— Cool. Allons-y.
Il se dirigea vers l'escalier. Je le suivis.
— Je pense poisson ! s'exclama-t-il.
— Non.
— Raviolis ?
— Tu chauffes !
Il me sourit et j'éteignis la lumière. De loin, dans la pénombre, la maquette avait une apparence surréaliste, avec ses secteurs où s'élevaient des bâtiments contigus à d'autres encore déserts. Cela me rappelait quand, en avion, on survole les villes de nuit. On n'en

distingue pas grand-chose, seulement des guirlandes de minuscules lumières qui percent la nuit.

Le lendemain, quand je rentrai du lycée, papa était à la maison. C'était inhabituel. On était en effet à une heure environ de l'ouverture et c'était le moment où il supervisait les préparatifs en cuisine. De plus, il n'était pas au téléphone, il ne s'agitait pas dans tous les sens et n'était pas non plus sur le départ. Il m'attendait, assis à la table de la cuisine.

— Salut, me dit-il dès que j'eus refermé la porte. Tu as une minute ?

J'eus un flash en quatre lettres : TFLC. J'avais une galère au lycée. Quelqu'un était mort. Pire, les deux.

— Oui, bien entendu.

Je m'assis en face de lui, la bouche sèche.

Il toussa pour s'éclaircir la voix, passa la main sur la table comme s'il ramassait quelques miettes oubliées. Enfin, après un silence qui me parut infiniment long, il prit la parole.

— Et si tu m'expliquais ce qui se passe entre toi et ta mère ?

À ces mots, j'eus une double réaction. Je fus soulagée parce que personne n'était mort et je ressentis cette colère intime et si familière qui montait dès qu'il était question de maman.

— Quoi ? Qu'est-ce qui se passe encore ?

— Vous ne vous seriez pas disputées récemment, par hasard ? Vous n'auriez pas eu un léger différend ?

— On a toujours des disputes et de légers différends ! Ça ne date pas d'hier.

— Je pensais que tu avais vu ta mère, l'autre week-end ?

— Oui, je l'ai vue.

Je haussai ma voix qui devenait instable.

— Que se passe-t-il encore ? Elle t'a appelé, ou je ne sais quoi ?

— Non, Mclean.

Petite toux de papa.

— Son avocat m'a contacté, aujourd'hui.

« Oh non. »

— Son avocat ? répétai-je alors que j'avais déjà tout compris. Pourquoi ?

— Eh bien…

Papa repassa sa main sur la table.

— Manifestement, ta mère voudrait revoir le droit de visite et d'hébergement.

— Ben voyons, c'est reparti !

Papa ne releva pas.

— Pourquoi ? repris-je. Parce que je lui ai enfin dit ses quatre vérités ?

— Ah. Nous y voilà.

Papa s'adossa à sa chaise.

— Il y a donc bien eu un incident.

— Je lui ai dit que le divorce c'était sa faute et que pour cette raison j'étais en colère contre elle. Ce n'est pas un scoop, tout de même !

Papa m'observa un bon moment avant d'ajouter :

— Ta mère envisage d'informer le juge que nous ne respectons pas le droit de visite et d'hébergement dans sa forme actuelle.

— Développe.

— Tu ne l'as vue que deux fois, au cours de ces six derniers mois. Et tu n'as pas passé la totalité de l'été chez elle.

— Je suis restée trois semaines ! Et je viens de la voir !

Je secouai la tête et regardai par la fenêtre.

— C'est dingue ! Elle veut nous traîner devant le juge parce que je ne veux pas venir chez elle pour le week-end, ou parce que je refuse de l'accompagner à la mer.

— Mclean...

— Tu ne crois pas que j'ai mon mot à dire, dans toute cette histoire ? Elle ne peut quand même pas me forcer à la voir si je n'en ai pas envie !

Papa passa une main lasse sur son visage.

— Je doute qu'elle veuille te forcer à faire quoi que ce soit. Si l'on vivait dans un monde parfait, tu pourrais agir comme bon te semblerait.

— On ne vit pas dans un monde parfait !

— Je le sais bien, Mclean...

Papa soupira.

— Écoute, tu vas avoir 18 ans dans huit mois, et tu rentres en fac dans six. Ça vaudrait peut-être la peine de songer à...

— Non, le coupai-je avec fermeté.

Papa fronça les sourcils, étonné par le ton de ma voix. Je me repris donc vite.

— Désolée... Tu sais, on vient juste d'arriver. Je vais dans un nouveau lycée. J'ai des amis. Je ne veux pas boucler mon sac et partir tous les week-ends.

— Je comprends.

Papa prit une grande inspiration.

— Mais j'imagine que tu n'as pas non plus envie de passer ton dernier semestre de terminale au cœur d'une bataille juridique ?

— Mais enfin pourquoi elle ne veut pas me foutre la paix ?

Ma voix se brisa, les larmes montaient.

— Elle n'en a pas assez ?

— C'est ta mère et elle t'aime.

— Si elle m'aimait, elle me laisserait vivre ma vie, ici.

Je me levai si brusquement que ma chaise racla le lino de la cuisine.

— Pourquoi je n'ai pas le droit de décider ? Pourquoi c'est toujours maman qui décide ? Ou toi ? Ou ces juges à la con ?

— Du calme, Mclean.

Je bouillais. Pas papa.

Mon père était un homme mesuré, et ce genre de conversation, avec une grosse charge émotionnelle, était plutôt rare entre nous. Je crois même que c'était la première du genre.

— Tu n'es pas forcée de prendre une décision dans l'immédiat. Mais réfléchis tout de même, d'accord ?

C'était raisonnable. Je me forçai à acquiescer.

— OK, prononçai-je à mi-voix.

Papa se leva et me prit dans ses bras. Je me serrai contre lui, et fixai, par-dessus son épaule, la pelouse du jardin. Puis papa me lâcha, se rendit dans sa chambre, et moi, je sortis. J'avais envie de casser quelque chose, de hurler, mais dans ce quartier où régnait le calme d'un après-midi de milieu de semaine, ç'aurait été déplacé. Je me faisais cette réflexion quand je tournai les yeux vers la bâtisse désaffectée qui s'élevait juste derrière chez nous.

Je traversai notre jardin, franchis le muret de brique et me retrouvai devant la double porte de l'abri-tempête. Elle était fermée mais il n'y avait pas de cadenas. Je regardai vers chez moi. Personne dans la cuisine, papa n'allait pas tarder à partir au restaurant. Je me penchai, tirai sur les poignées. Les portes s'ouvrirent, avec un craquement, sur l'étroit escalier. Une lampe de poche était posée sur la marche du haut.

Je regardai de nouveau autour de moi. C'était un jour comme les autres : la circulation devenait plus dense à mesure que l'heure de la sortie des bureaux approchait. Un chien aboyait, pas très loin. Le volume de la télévision de mes voisins, les fêtards, était comme d'habitude trop élevé. À quatre heures de route de là, au nord de Lakeview, maman essayait de m'attirer à elle, allongeant le bras au maximum pour m'agripper par le paletot. Je n'avais cessé de courir et d'esquiver, de zigzaguer pour échapper à son emprise, et j'avais échoué. Cela dit, fuir n'était pas non plus une solution... Mais pour l'instant je n'avais d'autre envie que de prendre cette lampe de poche et de l'allumer. Quand ce fut fait, je dirigeai son faisceau vers l'escalier et je le descendis pour plonger dans le noir.

J'aurais dû avoir les jetons, à l'idée de taper l'incruste dans une cave près d'une maison abandonnée. Mais quand mes yeux se furent habitués à la pénombre, je me rendis compte que David s'était vraiment trouvé une planque d'enfer. Je m'assis sur la marche du bas et posai la lampe de poche sur mes genoux. J'éprouvais le même sentiment que la nuit où il m'y avait entraînée. Ce soir-là, j'avais eu l'impression de me dérober au monde, et, sous terre, d'être pour un temps indéfini hors de portée de tout et de tous.

« Quel foutu bazar... », pensai-je en levant les yeux vers le ciel qui s'assombrissait. Et tout ça parce que j'avais enfin osé dire ses quatre vérités à ma mère. Elle m'aimait assez pour se battre pour moi (contre ma volonté), mais elle n'allait pas jusqu'à accepter ma colère contre elle.

Dehors, pas très loin, j'entendis un moteur ronronner, puis caler. Je me levai et remontai l'escalier pour aller aux nouvelles. Je sortais ma tête quand David pencha la sienne au-dessus de moi.

— Oh ! s'écria-t-il en sursautant, main sur son cœur. Tu m'as filé une sacrée putain de trouille !

Lui aussi, il m'avait fait drôlement peur, et l'espace d'une seconde, on resta immobiles et muets, à reprendre nos esprits.

— Sacrée putain de trouille ? Ben dis donc.

— Une peur bleue, si tu préfères.

— Désolée, ce n'était pas mon intention... J'avais juste besoin de calme.

Je sortis tout à fait de l'abri-tempête, et montrai d'un geste le bas.

— Je te laisse chez toi.

David fit un signe vers la lampe de poche que je tenais toujours.

— C'est pour la récupérer que je suis passé. On est en train de créer du lien familial et j'ai besoin de lumière.

— C'est quoi, ce délire ?

Il ne répondit pas, car, au même instant, un affreux raclement s'échappa du garage devant lequel était garée la Volvo. À l'intérieur, M. Wade déplaçait les étagères en métal alignées le long du mur.

— On range le garage, expliqua-t-il en regardant son père qui soulevait un carton. Corvée de nettoyage, activité père-fils et temps de convivialité : un package tout en un.

— Un vrai bonheur, plutôt.

— Tu ne peux même pas imaginer à quel point.

— David ? appela M. Wade qui tourna les yeux dans notre direction. Ta lampe de poche, c'est pour aujourd'hui ou pour demain ?

— J'arrive.

Son père me fit un signe de tête auquel je répondis, puis il posa son carton sous le panier de basket et repartit dans le garage.

— Pour mon père, le paradis, c'est un super boxon et une réserve illimitée de bacs en plastique Rubbermaid pour le ranger.

Je souris, puis levai les yeux vers la maison abandonnée.

— Tu y es déjà entré ?

— Une ou deux fois, quand j'étais petit. Avant qu'on ne mette des planches aux fenêtres.

— Sacrée baraque.

— Sacrément grande. Si tu voyais, c'est immense, à l'intérieur. Pourquoi tu me poses cette question ?

Je haussai les épaules.

— Bof, je ne sais pas. Elle n'est pas à sa place dans

ce quartier, entourée par toutes ces maisons familiales qui ont poussé autour comme des champignons.
— Ah oui ?
Il reporta les yeux sur la bâtisse.
— Je n'y avais jamais pensé de cette façon. Cette baraque a toujours été là. Pour moi, elle fait partie du paysage.
On revint vers nos allées privatives respectives. M. Wade empilait plusieurs cartons et bacs Rubbermaid sous le panier de basket.
— Tu vois ? Qu'est-ce que je te disais ! Bienvenue au paradis ! fit David.
Certains cartons étaient ouverts, d'autres étaient fermés avec du ruban adhésif industriel. Un petit nombre seulement étaient étiquetés.
— C'est quoi, ces trucs ?
— Des trucs.
Il alluma la lampe de poche et les éclaira.
— Des ustensiles de chimie. Des cages de rats de laboratoire...
— Sans blague ?
— Ma mère est allergique à tous les animaux. Sauf aux rats.
— Ah.
— Et il y a aussi ce que tu appelles mes miniatures de trains.
David se pencha, souleva les rabats d'un carton et plongea la main dedans. Il me tendit un petit soldat vêtu de kaki, arme au poing. Pan pan !
— Waouh ! Combien en avais-tu en tout ?
— Plus que tu ne peux l'imaginer ! Si toi et ton

père vous êtes des minimalistes, nous on est au contraire des maximalistes !

David observa sa figurine.

— Dans notre famille, on ne jette jamais rien. On se dit que ça peut toujours servir.

— Il y a des magasins pour faire le plein.

— *Dixit* mademoiselle qui n'a même pas de thym dans sa cuisine ! Ça me fait doucement rigoler.

Un craquement assourdissant s'échappa du garage. On se retourna. M. Wade, rouge brique sous l'effort, ses petits bras minces d'intello tendus, tirait une étagère.

— Papa vient de me textoter à sa façon pour que je rapplique, dit David. Excuse, je dois te laisser.

— Ouais. Amuse-toi bien.

— Si tu savais !

David s'éloigna, fourra la lampe dans sa poche arrière et se plaça de l'autre côté de l'étagère.

Lui et son père se remirent à tirer, et je m'approchai des cartons pour examiner le contenu de celui où se trouvait la figurine de soldat. À l'intérieur se trouvaient au moins toute une armée, ainsi que des minichevaux et des miniwagons. Le carton d'à côté, frère jumeau du premier, contenait d'autres minitrucs, cette fois des armes : canons, fusils, mousquets, et d'autres plus contemporaines, comme des revolvers et des mitraillettes. Soldats et armes étaient bien séparés.

Je remis mon soldat solitaire dans le carton et reportai mon attention sur David et son père. Je pensai à toutes ces batailles qu'il avait dû mettre en situation, à la minutie et à la perfection des détails. Il avait le contrôle total de ces scènes de guerre dont il connaissait les conséquences d'avance. Un vrai truc de geek, même un peu gênant sur les bords. Mais maintenant, surtout maintenant, je comprenais.

Le lendemain, je me levai et sortis avant le lever du jour. Cette nuit-là, papa était rentré à la maison plus tard que d'habitude. Comme je ne dormais pas, j'avais entendu son rituel de chaque fin de soirée tardive : la radio avec le volume au minimum, tandis qu'il décapsulait et buvait une bière dans la cuisine, l'eau de la douche, et enfin son ronflement deux secondes après avoir éteint la lumière.

Toute la soirée j'avais évité de penser à maman. Je m'étais concentrée sur la préparation de mon dîner, la vérification de mes e-mails, le pliage et le rangement du linge propre, et puis la mise en route du lave-vaisselle... enfin, la routine. Au sein d'un mouvement perpétuel, j'avais l'impression de garder à distance ces concepts incompréhensibles de droit de visite et d'hébergement, et de résidence alternée.

Bien engoncée dans ma doudoune, je me mis en route vers le centre. Mon souffle formait des petits nuages dans le froid intense. Les rues étaient désertes, à l'exception de quelques joggers matinaux et des voitures de patrouille qui roulaient au pas. Je remontai les blocs les uns après les autres, me dirigeant vers le néon « Ouvert. »

— Bienvenue chez *Frazier Bakery* !

« Oui, oui, merci. » Je m'approchai du comptoir. Aujourd'hui, un petit mec avec des cheveux courts et des lunettes se tenait derrière la caisse.

— Salut..., me dit-il, l'air un peu endormi. Que puis-je faire pour rendre votre journée agréable ?
— Un Special Procrastination.
Le petit mec ne parut pas surpris.
— C'est parti.
Cinq minutes plus tard, j'étais, comme la veille, juchée sur mon tabouret en face de la cheminée où brûlait un faux feu. J'étais la seule cliente, à part un groupe de seniors attablés près de l'entrée qui parlaient politique avec passion. Je pensai à papa qui dormait toujours, et ne savait pas où j'étais ni ce que je faisais à l'instant.

La veille au soir, une fois que je m'étais calmée (j'y avais mis le temps), j'avais compris pourquoi papa m'avait conseillé de lâcher du lest, avec maman. La situation entre elle et moi était conflictuelle depuis trop longtemps ; je ne voulais pas provoquer une nouvelle guerre des nerfs et des avocats à six mois de mon installation sur un campus universitaire, et à huit mois de ma majorité.

D'un autre côté, le problème, ce n'était pas ces six ou huit mois de délai, le divorce, nos déménagements ou mes jeux de rôles. Non. Cette fois, le problème, c'était moi et moi seule : il y avait toute une vie que je m'étais construite, depuis notre arrivée dans cette ville, il y avait les repères et les amis que j'y avais trouvés. Et malgré tout, je voulais fuir comme jamais. C'était bien ma veine.

— Bienvenue chez *Frazier Bakery* ! hurla soudain le petit mec derrière le comptoir.

Il semblait un peu plus réveillé, maintenant. Pauvre gars, il s'était enfilé combien d'espressos ?

Une voix amicale s'éleva.
— Bonjour !
Je me retournai et reconnus Lindsay Baker, vêtue d'un pantalon de yoga et d'une polaire, et coiffée d'une queue-de-cheval. Lorsqu'elle me vit à son tour, elle me sourit et s'approcha.
— Mclean ! Bonjour ! Je ne savais pas que tu aimais cet endroit !
— Ça n'a rien à voir.
Devant son air surpris, je précisai :
— Je ne connais pas cet endroit depuis longtemps. C'est seulement la deuxième fois que je viens.
— Moi, j'adore *Frazier Bakery !* s'exclama-t-elle, se juchant sur le tabouret à côté de moi et croisant les jambes. Je viens tous les matins. Je ne pourrais pas assurer à mon cours de vélo en salle de 7 h 30 sans mon espresso au caramel !
— Je vois.
— Comment ne pas aimer ce salon de thé ? reprit Lindsay en s'adossant. C'est confortable, on s'y sent tout de suite à son aise. C'est grâce à cette cheminée et aux petites maximes au point de croix affichées aux murs. Surtout, il y a des *Frazier Bakery* partout dans le pays. De cette façon, quand je voyage, j'en trouve toujours un. C'est bien agréable, j'ai l'impression d'être un peu chez moi.
Je regardai autour de moi, songeant à papa qui détestait le toc dans les restaus, salons de thé and co. Manger était une expérience réelle, authentique et faite d'imprévus. Quiconque affirmait le contraire se leurrait.
— C'est pratique.

Elle retira ses gants.

— Tout est délicieux. Je crois que j'ai commandé tout ce qui était sur la carte ! Enfin, *Frazier Bakery* se trouve à mi-chemin entre mon appartement et mon bureau. C'est l'idéal.

— Il faut que j'essaie cet espresso au caramel.

— Absolument ! Tu ne le regretteras pas !

Lindsay Baker consulta sa montre.

— Oups ! Je dois y aller. Si je suis en retard, je n'aurai pas de vélo pour mon cours de Spin Extreme, ce serait dommage. Je suis ravie de t'avoir rencontrée ! Ton père affirme que tu te plais, ici.

— Ah, c'est ce que papa dit ?

— Oh oui ! Entre nous, je pense que ton père se plaît bien aussi, ici. Enfin, surtout depuis peu... Mais c'est juste une intuition !

Elle sourit de toutes ses dents trop blanches. Je fronçai les sourcils, tandis qu'elle se levait et m'adressait un petit signe, façon fille la plus belle et la plus populaire du campus.

— À un de ces jours, Mclean !

« Oui c'est ça, le plus tard possible », pensai-je en la regardant s'approcher du comptoir. J'étais soulagée. Jamais papa ne fréquenterait une bonne femme qui aimait un endroit aussi toc que *Frazier Bakery*. Lui et moi, on n'était peut-être pas réglo avec les locaux au moment de déménager, mais on avait tout de même nos standards en matière de relation.

J'attendis que Lindsay ait payé son espresso au caramel et que la clochette ait signalé joyeusement sa sortie pour prendre mon portable et consulter l'heure.

Il était 7 heures pile quand je composai le numéro

de téléphone. Après une, puis deux sonneries, elle décrocha.
— Maman ?
— Mclean ? C'est toi ?
Petite toux pour dissiper mon émotion. Regard fixé vers le faux feu de cheminée pour assurer ma concentration. Les bûches avaient des dimensions parfaites, et les fausses flammes étincelaient. C'était beau, oui, mais ça ne dégageait rien. Aucune chaleur. Ce n'était qu'une illusion, mais on ne s'en rendait compte que lorsqu'on avait le nez dessus et qu'on s'étonnait de toujours grelotter.
— Oui, c'est moi. Il faut qu'on parle.

— Hé ! *Think fast* !
David lança le ballon de basket. C'était la pire passe de tous les temps. Le ballon retomba au moins à un kilomètre sur ma droite, rebondit et roula vers la Land Rover de papa.
— Il te faut des lunettes, mon vieux !
— Je te remets juste en forme, me dit-il joyeusement, se précipitant pour ramasser le ballon.
Il dribbla.
— Alors ? On se fait un petit match à deux ?
Je secouai la tête.
— Trop tôt pour moi.
— Arrête un peu, Mclean, il est seulement 8 h 30.
— Je suis levée depuis 5 heures du mat, alors merci bien.
— Pas possible ?
David se remit à dribbler.
— Pourquoi ?

Te revoir un jour

— Pour faire des compromis.
Je baîllai et me dirigeai vers chez moi.
— Je t'expliquerai plus tard.
Je montai les marches de chez nous, cherchant déjà mes clés. Notre maison était toujours plongée dans le noir. Pour une fois, papa dormait encore.
— Tu veux savoir ce que je pense ? me cria David.
— Non.
— Je pense, continua-t-il quand même, que tu es morte de trouille, ma pauvre fille.
Je me retournai.
— Moi ? Morte de trouille ?
— Tu as peur de ma façon de jouer ! De mon talent au basket. De...
Je rebroussai chemin, fonçai vers lui et lui fis lâcher le ballon qui roula dans l'allée, puis sur la pelouse.
— Pouce ! Je n'étais même pas en position défensive, protesta-t-il, passant derrière moi pour ramasser le ballon et se remettre à dribbler. Mais maintenant, je suis prêt. *Go* !
Je croisai les bras.
— Ça ne m'intéresse pas. Tu es bouché ou quoi ?
David soupira.
— Allez, Mclean. Cool. Tu vis dans une ville consacrée au basket. Ton père jouait dans la DB, ta mère est mariée à l'entraîneur de la DB et j'ai eu la chance inouïe d'être fracassée par ton lancer franc.
— Mais en ce moment, le basket et moi ça fait deux. Trop d'associations malheureuses, tu piges ?
— Tu ne vas tout de même pas en vouloir au basket toute ta vie ! Le basket, c'est trop génial. Le basket ne veut que ton bonheur !

Il dribbla maladroitement, et me contourna pour se diriger vers le panier.
— Tu es complètement cinglé, mon pauvre vieux.
— Allez. *Think fast.* Prête ?
Il fit volte-face et me lança le ballon. Je le rattrapai sans mal. Il parut surpris.
— Super. Maintenant, tire !
— Écoute, David...
— Mclean ! Allez ! Juste pour moi. Un seul panier.
— Mais tu m'as déjà vue tirer et marquer.
— C'est juste, seulement la puissance de ton tir m'a rendu amnésique. Je veux que tu le rejoues.
Je soupirai, dribblai une fois et carrai les épaules. À l'exception de ce boomerang hasardeux que j'avais effectué, quelques semaines plus tôt, je n'avais pas touché un ballon de basket depuis des années. Mais c'était le matin de toutes les premières fois, alors bon, au point où j'en étais...
Tout à l'heure au téléphone, maman avait d'abord été sur ses gardes. Elle savait que papa m'avait mise au courant de ses démarches auprès de son avocat, et elle pensait que je lui téléphonais pour lui dire ses quatre autres vérités. Ça m'avait bien tentée. Au lieu de cela, j'avais pris une grande inspiration et agi pour la bonne cause.
— Tu vas toujours à la mer, au printemps ?
— La mer ?
Je fixais toujours la cheminée.
— Tu disais que, la villa finie, tu t'y rendrais, les beaux jours revenus. C'est bien ça ?
— En effet, avait répondu maman, toujours prudente. Pourquoi cette question ?

— Je viendrai pour le Spring Break, le mois prochain. Si tu dis à ton avocat de tout laisser tomber, je passerai la semaine du Spring Break avec toi, et puis quatre autres week-ends.

— Je ne voulais pas en arriver là, avait-elle dit très vite cette fois, mais...

— Je ne veux pas passer le reste de l'année à m'angoisser avec des rendez-vous chez le juge.

Maman était restée silencieuse.

— Voilà ce que je te propose : Spring Break plus quatre week-ends avant la fin juin et la remise des diplômes, mais c'est moi qui fixe les week-ends, avais-je résumé. C'est bon ?

Toujours le silence. Je savais que maman avait une tout autre vision des choses. Tant pis pour elle. Je lui donnais un peu de mon temps, je lui faisais l'honneur de ma présence pendant le Spring Break et quatre week-ends, mais elle n'aurait certainement pas mon cœur.

— Très bien. Je vais contacter Jeffrey et lui dire que nous avons trouvé un arrangement, si tu m'envoies les dates de tes week-ends et celles de ton Spring Break, avait conclu maman.

— Je m'en occupe aujourd'hui. Et on se recontacte le moment venu, d'accord ?

Pause.

Un vrai contrat entre deux partenaires en affaires. Froid et méthodique. À des années-lumière de nos virées d'autrefois, sur un coup de tête, au *Poséidon*. Mais plus personne ne se rendait à North Reddemane désormais. North Reddemane, c'était fini. Du moins, c'est ce qu'on disait.

— Très bien, avait-elle enfin répété. Merci.
Et maintenant, j'étais avec David, ballon entre les mains. Il souriait, en position défensive, ou ce qui l'était à ses yeux : un peu penché et sautillant de droite et de gauche en agitant les mains devant mon visage.
— Essaie donc de passer ! dit-il sans cesser de se tortiller comme un ver. Même pas cap !
Je levai les yeux au ciel, puis je commençai par feinter un départ en drive rapide à droite, ramenai la balle vers la gauche avec un dribble énergique dans le dos et passai. Il courut après moi, fit plusieurs fautes personnelles et antisportives, etc., tandis que j'attaquais le panier.
— Tu as commis des tonnes de fautes au cours de ces cinq dernières secondes, tu le sais ? lui dis-je alors qu'il brassait beaucoup d'air autour de moi.
— Bah, c'est du streetball !
— Alors en ce cas...
Je lui donnai un coup de coude dans le ventre, ce qui lui arracha un cri de douleur, et j'en profitai pour tirer en jump shot.
Je me souvins des enseignements de papa, gravés dans ma mémoire, pour réussir un jump shot : regarde l'arceau, pointe du coude dirigée vers l'avant, bras en angle de 20 à 25 degrés avec le sol, ballon jamais en contact avec la paume, main largement ouverte, fouetté du poignet... Je tirai, le ballon effectua un arc de cercle parfait.
— Refusé ! hurla David.
— Intervention sur la balle ! répliquai-je en rattrapant le ballon.
— Streetball !

Et comme pour me le prouver, il me tacla et on tomba dans l'herbe. Je lâchai le ballon qui roula sous ma terrasse.

Pendant un moment, on resta sans bouger dans la neige. David avait ses bras autour de ma taille, on était hors d'haleine.

— Avec une faute pareille, tu es banni à tout jamais du royaume du basket.

— Contact personnel. Qui ne tente rien n'a rien.

Sa voix était étouffée parce qu'il parlait dans mes cheveux.

— Tu as tenté mais tu n'as rien obtenu : c'est moi qui ai marqué !

Je roulai sur le dos. Il reprenait toujours son souffle.

— Tu es le joueur de basket le plus bizarre que j'aie jamais vu.

— Merci !

J'éclatai de rire.

— Quoi ? C'était une insulte ?

— Tu as une autre explication ? le taquinai-je.

David se leva et se dégagea le visage.

— Je ne sais pas. Mon jeu est unique, c'est ce que tu veux dire ?

— C'est toi qui le dis !

On restait immobiles, côte à côte. Au bout d'un moment il roula sur le flanc, et moi aussi. On se fit face.

— Alors ? Qui est le meilleur des deux ? demanda-t-il.

— Tu n'as pas marqué.

— C'est un détail.

Sa bouche était toute proche de la mienne.

— Nous autres, les grands penseurs, nous préférons ne pas nous attarder sur des futilités.

J'étais certaine qu'il allait m'embrasser. Il y était presque, je sentais son souffle sur mon visage. Mais une pensée, ou peut-être une hésitation, je ne sais comment dire, passa soudain sur son visage. Il recula imperceptiblement. Ce ne serait donc pas pour maintenant... Peut-être plus tard ? J'avais eu si souvent ce genre de réaction, j'avais l'impression de me regarder dans un miroir.

— On fait la belle ? dit-il au bout d'un moment.
— Le ballon est sous la terrasse.
— Je vais le chercher. Ce ne sera pas la première fois.
— Ah tiens ?

Il s'assit, ignorant mes derniers mots.

— Tu joues les coriaces, mais je connais la vérité.

Je me relevai.

— Quelle vérité ?
— Dans le secret de ton âme et de ton cœur, tu as envie de jouer au basket-ball avec moi. Je dirais même plus, c'est une nécessité vitale. Parce que, tout au fond, tu aimes le basket autant que moi.
— J'aimais. Imparfait, s'il te plaît.
— C'est faux.

Il contourna ma terrasse et y prit un balai avec lequel il chercha à récupérer le ballon.

— J'ai bien vu comment tu as tiré en jump shot ! C'était de l'amour.
— Tu as vu de l'amour là-dedans !
— Ouais.

Il continua de promener le balai, jusqu'à ce que le ballon roule lentement vers nous.

— Ce n'est pas surprenant. Une fois que tu aimes quelque chose, tu l'aimes pour la vie, d'une façon ou d'une autre. C'est comme ça. Cela fait partie de ce que tu es. Du meilleur de toi.

Je me demandais ce qu'il voulait dire par là quand une image surgit inopinément, et à ma grande surprise, dans ma tête : maman et moi sur une plage balayée par le vent froid de l'hiver, cherchant des coquillages tandis que les vagues s'écrasaient sur la plage. Je ramassai le ballon et le lui lançai.

— Prête à jouer ? demanda David en dribblant.

— Je ne sais pas : tu vas encore tricher ?

— C'est du streetball, dit-il en me le renvoyant. Montre-moi tout cet amour !

« Si ça c'est pas du mélo... », pensai-je.

Mais tandis que je serrais le ballon, je ressentis quelque chose. De l'amour ? Hum, pas sûr. Alors, ce qui en restait ? Possible...

— Très bien. C'est parti !

Chapitre 11

La bibliothécaire m'accueillit avec un sourire.
— Bonjour.
Blonde et toute jeune, elle portait un petit pull rose vif, une jupe noire et des lunettes cool à fine monture rouge.
— Que puis-je pour vous ?
— Je recherche des informations sur l'histoire de la ville. Mais je ne sais pas comment m'y prendre.
— Rassurez-vous : vous êtes au bon endroit.
Elle recula sur son fauteuil à roulettes, se leva et sortit de derrière son bureau.
— Nous possédons la plus importante collection de journaux et de documents liés à la ville. Mais chut, ne le dites surtout pas à la société historique de Lakeview. Ses membres sont assez susceptibles sur ce point.
— Ah.

Elle me fit signe de la suivre dans la salle de lecture, où se trouvaient sofas et chaises, la plupart occupés par des gens absorbés dans leurs livres, ordis ou magazines.

— Vous recherchez quelque chose en particulier ?

— J'essaie de trouver un plan détaillé de la ville qui remonterait à une vingtaine d'années environ.

— Nous en avons.

Elle me conduisit dans une salle plus petite aux murs couverts d'étagères. Une rangée de tables occupait son centre.

Il n'y avait là qu'un mec en parka, capuche sur la tête. La bibliothécaire prit un volume sur une étagère.

— Dans cet ouvrage vous trouverez des archives, des plans et toute l'histoire de Lakeview. Je vous conseille aussi de faire une recherche sur la base de données cadastrales et de consulter dans le registre foncier l'ensemble des actes relatifs aux transactions immobilières de ces dix dernières années. On peut effectuer une recherche par adresses.

Elle déposa d'autres ouvrages sur la table.

— C'est un bon début, dis-je.

— Tant mieux. Bonne chance. Oh, et pour information, je vous conseille de garder votre anorak. Il fait très froid, dans cette salle. C'est une vraie glacière.

— Merci.

Elle repartit dans la salle de lecture, ramassant des livres oubliés au fil des tables. Une cheminée, avec un vrai feu, pour le coup, crépitait dans la pièce d'à côté. C'est en la regardant que je me rendis compte que ça caillait drôlement dans la salle où j'étais. Je m'engonçai bien dans ma doudoune, en remontai la fermeture éclair et m'absorbai dans un premier bouquin sur l'histoire de la ville.

Depuis que Deb participait au projet, c'est-à-dire depuis deux semaines et quelques, on progressait si bien que la maquette avait une chance d'être terminée un jour – une éventualité qui était à peine imaginable au début, d'autant que la pauvre Opal n'avait pas réussi à rallier un seul délinquant pour nous aider, en dépit des coups de fil tous azimuts qu'elle avait passés. Par chance, Deb avait un plan. Plutôt, plusieurs plans.

Primo, elle avait intégré à sa gestion de projet des sigles correspondant à différentes phases de travail pour nous transformer en équipe de choc.

Nous n'avions plus seulement le CAF, mais aussi le TDH, « Temps dû hebdomadaire », soit un emploi du temps requérant une présence tous les après-midi ; la RDRG, « Réunion de récap globale », qui se tenait chaque vendredi ; et mon préféré, la SAPTR, « Situation actuelle & Programmation temps restant ». L'évolution de la SAPTR était détaillée sur une immense feuille de papier Canson, avec le décompte des jours qui nous restaient avant le 1er mai, délai fixé par madame la conseillère municipale.

Deb avait aussi créé un compte Ume.com où se trouvaient un fil d'infos en continu, l'actu du projet, les derniers statuts mis à jour et un blog qui relatait nos progrès journaliers. Les e-mails que je recevais chaque jour étaient à l'image de notre Deb nationale : amicaux, concis et débordants d'énergie.

Mais il restait un détail que je voulais régler seule.

— Mclean ?

Arrachée à ma lecture et mes pensées, je cillai. C'était Jason, le commis du *Luna Blu*. Il avait lui aussi gardé sa parka et lisait.

— Salut ! lui dis-je, surprise. Tu es là depuis longtemps ?

— J'étais déjà là quand tu es arrivée.

Il sourit.

— Mais je suis un vrai sauvage. Je n'avais pas réalisé que c'était toi, avec Lauren, tout à l'heure. Je viens juste de le découvrir.

— Lauren ?

Il fit un geste vers la bibliothécaire qui m'avait aidée, et qui, revenue à son bureau, tapait sur son ordi avec concentration.

— Quant il s'agit d'aller à la pêche aux infos, elle est géniale. Si elle ne réussit pas à trouver ce que tu cherches, tu peux renoncer !

Je restai pensive, tandis qu'il reprenait son bouquin, un livre de poche abîmé, *Une prière pour Owen*, de John Irving.

— Tu viens souvent ici ? demandai-je.

— Oui. J'y bossais quand j'étais au lycée, l'été et le soir après les cours.

— Ça doit faire un drôle de contraste avec les cuisines du *Luna Blu*.

— Il n'y a rien de mieux au monde que de travailler au *Luna Blu*. C'est du chaos organisé. C'est sans doute pour cette raison que je m'y sens comme un poisson dans l'eau.

— David dit que tu étais à Harvard.

— Oui.

Il toussota.

— Mais ça n'a pas marché. Je suis donc revenu ici, et j'ai décidé de cuisiner pour gagner ma vie. Une progression de carrière naturelle, tu t'en doutes !

— Bonjour la pression, non ?

Il fronça les sourcils sans comprendre.

— Ben oui : tu es allé dans le même lycée de surdoués que David et, en même temps, tu as suivi des cours à la fac. C'est fou de ne vivre que pour les études.

— Ce n'était pas si mal, tu sais, mais, en définitive, ce n'était pas ma voie.

— Comme David. Mais ses parents... enfin, ils ont un autre avis sur la question.

Jason sourit.

— Dans la vie, on ne peut pas te forcer à faire certains choix, même si on affirme que c'est pour ton bien. Il y a pas mal de gens qui préféreraient que je sois toujours à Harvard, au lieu de faire frire des cornichons à l'aneth au *Luna Blu*, ou de hanter la section histoire locale et régionale de la bibliothèque et de parasiter les vrais chercheurs. Mais c'est ma vie. Pas la leur. Tu comprends ?

Oui.

Jason se remit à lire, et moi, je reportai mon attention sur mon livre. Après avoir parcouru des registres de cadastres, des relevés d'imposition foncière écrits en tout petits caractères et quelques plans de parcelles, je tombai sur un plan du centre-ville qui datait d'une vingtaine d'années et où se trouvait le *Luna Blu*. J'y cherchai ma rue et ma maison, identifiée seulement par un numéro de parcelle et la nature du local : maison d'un étage. Je passai mon index dessus, puis sur la maison de David, voisine de la mienne, avant de m'intéresser à la parcelle derrière chez moi. Je reconnus sa forme familière. Elle comportait aussi un numéro et juste un mot : HÔTEL.

Ça alors, c'était drôle, même si je m'étais toujours plus ou moins doutée que cette énorme bâtisse n'était pas une maison individuelle et d'habitation. Je sortis un stylo et une vieille facture de mon sac, y écrivis le numéro de parcelle ainsi que l'adresse exacte, puis pliai mon papier et le fourrai dans ma poche. Je remettais les livres en pile lorsque mon portable bipa. C'était un texto de Deb.

Rappel TDH : 4 à 6 aujourd'hui ! ☺

Je regardai l'heure. 15 h 50. Deb avait un chrono dans la tête. Je saisis mon sac et y rangeai mon portable. Au moment où je me levais, Jason me regarda.

— Tu vas au restaurant ?

J'opinai.

— Ça ne te dérange pas si on fait le chemin ensemble ?

— Pas du tout.

On sortit par la salle de lecture, en passant devant Lauren qui aidait une vieille dame coiffée d'une casquette de base-ball à se dépatouiller sur un ordinateur.

— Merci de m'avoir dépannée avec le système d'information documentaire, tout à l'heure, dit Lauren à Jason. Vous êtes génial !

Jason hocha la tête, embarrassé. Une fois dehors, on marcha quelque temps en silence.

— Il n'y a donc pas seulement Tracey et David qui pensent que tu es un mec brillantissime.

— Trois personnes, ça ne fait pas la majorité. Et toi, tu as trouvé ce que tu voulais ?

— Plus ou moins. Mais j'ai progressé.

On traversa. À quelques blocs de là se dressait le *Luna Blu*, reconnaissable à sa devanture avec une marquise bleu clair. On franchit un autre bloc. Il y avait toujours de la neige, mais elle était maintenant grise et glissante.

— C'est déjà pas mal, non ? fit-il.

Oui. C'était vrai. Mais tout le monde est capable de commencer quelque chose : les débuts sont toujours pleins de promesses et chargés d'espoirs... Juste ce que j'aimais. Mais j'avais de plus en plus envie de découvrir ce qui arrivait, à la fin.

— Enfin te voilà ! s'exclama Deb quand j'arrivai à l'étage. On se faisait du souci. Je pensais que tu serais là pile à 4 heures.

— Il est seulement 4 h 05 !

— Voyons, voyons, Mclean, tu sais bien que ce TDH n'attend ni homme ni femme ni enfant ! intervint David qui était assis en tailleur sur le sol.

Je lui donnai un petit coup en passant.

— Désolée. J'avais des trucs à faire. Je me rattraperai. Promis.

Penchée sur la table, Deb cherchait des feuilles en fredonnant et je me concentrai sur mon secteur. Pendant un moment, on a bossé en silence. On n'entendait que des voix à peine audibles qui montaient des cuisines. Je repensai à Jason et à ce qu'il m'avait dit, sur Harvard, et ses choix.

C'est drôle d'arriver très loin des buts qu'on s'était fixés mais de découvrir qu'on ne pouvait pas tomber mieux.

Te revoir un jour

Une petite demi-heure plus tard, j'entendis frapper à la porte du bas. BANG ! BANG ! BANG !
Deb et moi on sursauta. David ne bougea pas.
— On est là ! cria-t-il.
Peu après, la porte s'ouvrit dans un craquement, des bruits de voix et de pas, sur Ellis, Riley et Heather.
— Oh mon Dieu ! Où est-on tombés ? s'exclama Heather.
Elle portait une veste rouge et un short avec d'épais collants.
— Dans un grenier, la renseigna Ellis. Autrement dit, l'étage supérieur situé sous les toits d'une habitation.
— Oh, toi, la ferme ! répondit-elle en lui collant une tape sur la nuque.
— Ça suffit, vous deux, intervint Riley avec lassitude.
Elle ajouta à l'adresse de David :
— Excuse, on est en avance. Mais je n'avais pas la force de rester dans la voiture plus longtemps avec eux.
— C'est bon, déclara David. Je vous rejoins dans une seconde.
— Voilà donc à quoi tu passes ton temps libre, déclara Ellis.
Il fourra ses mains dans ses poches et s'approcha de la maquette.
— Tu sais ce que ça me rappelle ? Tes jeux de figurines ! Tu jouais tout le temps avec.
— C'était des dioramas, corrigea David avec fermeté. C'était du sérieux.
— Puisque tu le dis.

David leva les yeux au ciel, clipsa une maison dans son secteur, puis se leva et essuya ses mains sur son jean.
— Voilà, j'ai fini. Je continuerai samedi matin.
Deb vérifia son travail.
— Pas mal.
— Tu pars vraiment ? lui demandai-je.
— Rendez-vous pris de longue date, expliqua-t-il tandis que Heather et Ellis s'approchaient des baies vitrées pour regarder dans la rue.
Postée devant la maquette, Riley observait nos secteurs avec attention.
— On dîne ensemble tous les mois, continua-t-il. C'est une obligation absolue.
— Plus précisément, c'est une petite bouffe tellement grandiose qu'il ne la manquerait pour rien au monde ! intervint Ellis. Même pour les beaux yeux de la plus jolie fille du monde !
Heather renifla avec mépris en me coulant un regard rapide.
— Bon, on file, conclut Riley. Tu sais comment est ma mère quand on se pointe en retard.
Ellis et Heather sortirent, David à leur suite. Riley regarda une dernière fois la maquette.
— Vous pouvez venir, si ça vous dit, nous proposa-t-elle tout à coup.
— Où ça ? demandai-je.
— Chez moi, répondit Riley. Ellis a raison : c'est bon à tomber.
— Eh bien, je ne sais pas... Ça me plairait bien, mais on a un délai à tenir, et on doit...
— On peut s'adapter, acheva Deb à toute vitesse.

Surprise qu'elle soit si vite d'accord, je tournai les yeux vers elle.

— On rattrapera le temps perdu. Ce n'est pas un problème, insista-t-elle.

— Ah bon... En ce cas, je viendrai volontiers, oui.

Riley acquiesça et rejoignit David et Heather, déjà en haut de l'escalier.

— Il vaut mieux que je vous prévienne : chez moi, c'est une vraie maison de fous, précisa-t-elle.

— C'est pareil partout.

Elle haussa les épaules.

— J'imagine. Vous venez ? On a assez de place pour vous dans la voiture.

— Je sais ce que tu penses : voilà la technologie automobile portée à la perfection ! me dit Ellis qui sortait sa télécommande.

La porte arrière de son monospace bleu coulissa et s'ouvrit sur trois rangées de sièges. Ceux du fond étaient encombrés par des ballons et différentes paires de crampons de football.

Heather monta tout à l'arrière, poussant un ballon par terre pour se faire de la place.

— Tu peux toujours lui dire que c'est un banal monospace, il ne t'écoutera pas, me prévint-elle. C'est pas faute d'avoir essayé...

— C'est la *love machine* de l'homme moderne ! s'exclama Ellis en s'asseyant derrière le volant.

Riley monta à côté de Heather, et David, sur la rangée intermédiaire. Comme Deb restait immobile, serrant son sac contre elle, je montai à côté de David, ce qui lui laissa la place du passager.

— Tu en connais, des voitures qui ont une prise électrique auxiliaire pour accessoires, un espace-cargo aussi grand, ainsi que des sièges totalement inclinables ?

— J'entends bien, mais tu auras beau flasher et craquer sur ta caisse, ça restera toujours une carcasse sur quatre roues avec des sièges condamnés à recevoir des miettes de cookies et de chips ! répliqua Heather.

— C'est faux ! protesta Ellis en démarrant tandis que Deb fermait sa portière. Et d'ailleurs, vous flasherez et craquerez tous sur ma *love machine*, quand on partira à Austin, alors tes remarques, tu parles si je m'en fiche !

Là-dessus, Ellis sortit du parking du *Luna Blu* et s'engagea dans la circulation. Je me retournai : Riley regardait par la vitre de la portière tandis que Heather, à côté, consultait ses textos.

— Tu es sûre que ça ne va pas gêner ta mère d'avoir deux invitées de dernière minute ?

— T'inquiète. Maman cuisine toujours trop.

— Oui, mais du poulet grillé, on n'en a jamais assez, objecta David.

— La dernière fois, sa mère nous a fait du poulet grillé, expliqua Heather sans cesser de lire ses textos. Je m'en souviens bien, parce que David a mangé deux blancs, deux cuisses et deux ailes. C'était vraiment...

— Un poulet entier ! acheva-t-il avec un soupir. Mon record.

— C'est incroyable d'être aussi gourmand, enchaîna Riley. C'était limite gênant pour les autres.

— *Limite* seulement, précisa Ellis.

Il lui sourit dans le rétroviseur. Riley lui retourna son sourire, et se remit à regarder par sa vitre.

Ellis traversa la ville et prit une autoroute à deux voies. Bientôt, le paysage changea : petites collines et, parfois, une ferme et des champs où paissaient des vaches. Je me rendis soudain compte que Deb n'avait pas dit un mot depuis notre départ. Je me penchai donc sur elle.

— Ça va ? lui murmurai-je à l'oreille.
— Oui.

Elle regardait droit devant, n'en perdant pas une miette.

— C'est la première fois...
— Que tu vois la campagne ?

Elle secoua la tête. À côté d'elle, Ellis tripotait les boutons de sa radio, et des fragments de musique ou des voix, selon la station qu'il sélectionnait, jaillissaient pour s'interrompre aussitôt.

— Non, que je suis invitée à un dîner comme ça.
— Comme ça ? Que veux-tu dire ?
— Invitée par des gens du lycée. Comme une amie...

Elle serra son sac contre elle.

— C'est tellement gentil.

« Attends, on n'est pas arrivées », me retins-je de dire tout haut. Deb parlait volontiers d'elle, mais je ne savais pas tout de sa vie.

— Tout va bien ? m'interrogea David alors que je me laissais retomber contre mon dossier.

Je hochai la tête, les yeux fixés sur Deb, qui restait immobile et pétrifiée comme si à tout moment l'un d'entre nous allait réaliser son erreur, lui demander ce qu'elle fichait avec nous et lui ordonner de descendre vite fait du monospace. Je fus soudain très triste à la pensée de ce qu'elle avait dû subir pour que cette soirée entre amis soit un moment d'exception.

— Oui, tout va bien.

Au bout d'un moment, Ellis ralentit et tourna dans un chemin de gravier cahoteux signalé par un panneau VOIE PRIVÉE, juste à côté de boîtes à lettres. Le genou de David cogna sans cesse contre le mien, mais je ne bougeai pas, et lui non plus. Au sommet de la pente, une femme en pantalon de survêt, veste trop longue et sneakers promenait ses deux chiens. Elle tenait une bière d'une main, et une cigarette de l'autre. Elle essaya malgré tout de nous faire de grands signes.

— C'est Glenda, m'expliqua David. Elle fait sa petite balade de mise en forme du soir.

— Et une deux, une bière une cigarette, hop hop, ajouta Riley.

Puis elle précisa à mon adresse :

— C'est ma voisine.

— Et ça, déclara Heather tandis qu'on passait devant une maison blanche façon maison de poupée, c'est chez moi ! Je comprendrais bien que tu t'étonnes de sa taille et de sa majesté !

— Arrête ! Moi, j'adore ta maison ! se récria Ellis. Par-dessus son épaule, il ajouta.

— Son père, il achète des Oreo en gros au Park Mart ! Il en a un plein bocal sur la télé. C'est le meilleur !

Heather parut contente du compliment, et je réalisai que c'était la première fois que je la voyais sourire.

— Papa aime bien manger des cochonneries sucrées.

J'essaie de l'inciter à manger plus sainement, mais c'est un boulot ingrat.

— Laisse-le donc manger ses Oreo, intervint David. De quoi tu te mêles ? Tu fais partie de la police sanitaire ?

— Mais il doit surveiller son poids ! On a du diabète, dans la famille. S'il arrivait à garder une bonne femme assez longtemps pour qu'elle s'occupe de lui, je m'en ficherais, mais ce n'est pas le cas !

Je me retournai tandis que nous passions devant chez elle.

— Tu habites seule avec ton père ?

Elle acquiesça.

— Moi aussi.

— Mon père, c'est une vraie galère, dit-elle avec tendresse. Mais c'est ma petite galère à moi.

Ellis tourna enfin dans la dernière allée privative au bout de l'impasse. Il s'arrêta à côté de nombreuses voitures, devant le garage d'une grande maison en brique marron avec une marquise profonde et une toiture métallique. Une grange se profilait, juste derrière. Une cheminée trapue crachotait de la fumée qui s'élevait en ruban dans le ciel.

— Et nous y voilà ! déclara David quand Ellis eut coupé le moteur. J'espère que vous avez faim, les petits loups !

La portière du monospace coulissa, nous sortîmes les premiers, Heather et Riley derrière nous. L'escalier du perron était éclairé par les lumières à l'intérieur. Je me retournai pour regarder Deb qui montait les marches à côté d'Ellis.

— Ça sent super bon ! murmura-t-elle tandis que Riley, en tête, entrait.

Ça sentait même *trop* bon. J'avais grandi dans un restau, j'avais souvent eu la chance de super bien manger, mais les odeurs de cuisine qui flottaient dans cette maison étaient absolument uniques. Ça sentait le grillé à point, le fromage fondu, et des odeurs sucrées façon aliments doudous : c'était la mise en bouche la plus délicieuse de toute ma vie.

— Vous êtes en retard, dit la mère de Riley pour saluer notre arrivée.

La porte d'un four se referma brusquement, ponctuant ces mots.

— C'est la faute de David, expliqua Riley en laissant tomber son sac au pied de l'escalier.

— Au cas où vous ne le sauriez pas encore, je fais du bénévolat, la renseigna David.

— Oh, mais je le sais, reprit notre hôtesse.

Riley s'écarta, et je vis sa mère, une femme rousse de petite taille, qui se tenait devant l'évier et s'essuyait les mains dans un torchon de cuisine. Elle portait un jean, des sneakers et un sweatshirt de l'équipe de basket de l'université. Elle souriait.

— Tu es un brave gamin !

— Et moi, alors ? protesta Ellis.

— Le jury est toujours en délibération, dit-elle, lui offrant sa joue.

Ellis l'embrassa, elle le précéda dans la salle à manger.

— Heather, ma belle, ton père a téléphoné, reprit la mère de Riley. Il sera en retard.

— Pourquoi il ne m'a pas appelée sur mon portable ?

s'étonna Heather, le sortant de sa poche. Je lui ai pourtant expliqué qu'il pouvait appeler un portable depuis un fixe ! Mais il est bouché. Un vrai homme des cavernes.

Une voix d'homme s'éleva de la salle à manger.

— Laisse donc Jonah en paix !

Ellis s'assit à côté du père de Riley, un barbu en sweat-shirt et casquette de la même équipe de basket. Il avait une bière devant lui.

— Tout le monde n'est pas esclave de la technologie comme vous autres, les jeunes.

— Ce n'est pas une question de technologie ! objecta Heather, se laissant tomber sur une chaise en face de lui. C'est juste une histoire de clavier !

— Allez, Heather, sois gentille avec ton père, la rabroua-t-il.

Heather lui tira la langue. Le père de Riley s'esclaffa et but une gorgée de bière.

— Maman, voici Mclean et Deb, annonça ensuite Riley. Et elles meurent de faim.

— Oh mais non, pas du tout ! se récria Deb à la hâte. Nous ne voulions pas nous imposer...

— Vous ne vous imposez pas du tout, la coupa la mère de Riley. Allez vite vous asseoir, toutes les deux. Il est déjà tard, Riley, et tu sais que ton père est proche de la crise de nerfs quand il craint de manquer le début de son match.

Riley noua un tablier avec des carreaux rouges autour de sa taille.

— Mes parents ne savent rien sur toi, me souffla-t-elle. Promis.

— Début de match ? demanda Deb au même instant.
— Les Eagles, de l'université, jouent contre Loeb College à 19 heures tapantes ! s'écria le père de Riley, nous faisant signe de le rejoindre.
Deb et moi, on s'approcha pour les présentations.
— Moi c'est Jack Benson. Mclean ? Tu as le même prénom que l'un des meilleurs entraîneurs de basket de tous les temps !
— Heu, oui, il paraît, répondis-je, lui serrant la main.
Autour de nous, Riley et sa mère apportaient casseroles et plats sur la table.
— Je peux vous aider ? demanda Deb au moment où la mère de Riley posait sur un dessous de plat le plus gourmand des gratins de macaroni au fromage que j'avais jamais vu.
— Vous avez entendu ça, les garçons ? lança la mère de Riley en prenant David et Ellis à parti. Voilà ce qu'on appelle de bonnes manières ! Vous devriez en tirer des leçons ! Ou du moins, daigner le remarquer.
— On ne propose plus notre aide parce que vous la refusez tout le temps ! objecta Ellis.
Il continua à mon adresse :
— La mère de Riley est psychorigide quand il s'agit de ces petites bouffes entre nous. On n'est jamais assez bien pour assurer le service.
La mère de Riley lui donna un petit coup sur la tête avec un paquet de serviettes en papier.
— Tais-toi donc, Ellis !
Puis elle reprit à mon intention et à celle de Deb :

— Vous êtes nos invitées, alors allez vite vous asseoir. Riley ? Assure-toi que les verres sont pleins, d'accord ? Ça va bientôt être prêt !

Je pris place à côté de David.

— J'ai l'impression de t'avoir déjà vue quelque part, me dit M. Benson. On s'est déjà rencontrés ?

— Non ! s'écria Riley en mettant des glaçons dans un pichet.

— Je suis pourtant convaincu du contraire, poursuivit son père qui m'adressa un petit clin d'œil. Tu étais au match avec David, l'autre jour ! Tu parles de sacrées bonnes places ! Tu dois avoir tes entrées, non ? David refuse toujours de me dire comment il les a obtenues.

— Parce que ça ne te regarde pas, Jack ! coupa la mère de Riley.

L'odeur de poulet grillé, chaude et succulente, chatouilla mes narines lorsqu'elle passa derrière moi. Elle posa le plat sur la table, devant son mari.

— Maintenant, nous allons cesser de parler de basket pendant au moins dix minutes, le temps de dire les grâces. Un volontaire ?

Je regardai Deb, paniquée.

— T'inquiète, me souffla David. C'est une question pour la forme. Tu ne pourras jamais dire les grâces comme la mère de Riley.

— David Wade, tu te trompes ! intervint Mme Benson tandis qu'elle tirait une chaise pour s'asseoir.

Tout le monde se mit à rire, mais elle garda son sérieux et hocha la tête, les ignorant. Puis elle tendit une main à Ellis sur sa gauche et me tendit l'autre.

Je sentis ses doigts se nouer aux miens tandis que David prenait mon autre main.

— Merci pour cette nourriture..., commença Mme Benson.

Je regardai la tablée et remarquai que Riley et Deb avaient fermé les yeux. M. Benson, lui, fixait le poulet grillé avec gourmandise.

— Merci pour la chance que nous avons de partager ce repas avec notre famille, nos anciens amis et de nouveaux amis. Nous sommes véritablement bénis... Amen.

— Amen, répéta M. Benson en prenant déjà les couverts de service. Maintenant, mangeons !

Papa m'avait appris depuis belle lurette que les goûts et les couleurs, en gastronomie, c'était une affaire de subjectivité. Mettant en pratique ce sage enseignement, j'avais appris à me méfier de toutes les critiques gastronomiques, même des plus dithyrambiques. Mais ce qu'on m'avait dit des talents culinaires de la mère de Riley était largement en dessous de la vérité. Ce soir-là, j'eus droit à un vrai repas du Sud : poulet grillé avec une peau dorée et croustillante à souhait, gratin de macaroni au fromage crémeux, haricots verts fondants cuits dans de la graisse de porc, et petits pains moelleux tout juste sortis du four qui fondaient dans la bouche comme du beure. Le thé glacé était doux et frais, et les portions généreuses. J'aurais aimé que cette soirée ne finisse jamais...

Je me sentais tellement bien que c'est seulement en me resservant de poulet (je n'allais pas tarder à battre le record de David) que je réalisai que je n'avais pas eu droit à un vrai repas, je veux dire, autour d'une table familiale, depuis longtemps. J'avais passé ces deux dernières années à manger sur un bout de canapé, à l'extrémité d'un bar, ou dans les cuisines de tel ou tel restaurant. Papa et moi, on mangeait parfois dans le même plat, une fois que le coup de feu était passé. Mais chez Riley, c'était différent... Tout le monde parlait fort. On sautait du coq à l'âne. Les plats passaient et repassaient, les verres se remplissaient sans arrêt. David et moi, on n'arrêtait pas de se donner des coups de coude, et la mère de Riley me bombardait de questions sur Jackson : si j'aimais mon nouveau lycée, s'il était différent des précédents... Pendant ce temps, Ellis et Heather parlaient de basket avec le père de Riley. À côté d'eux, Deb détaillait le projet de la maquette à Riley et confiait ses idées pour qu'il soit une réussite. Il y avait beaucoup de bruit et de rires, il faisait chaud, je devais être toute rouge. Le repas, ce n'est pas seulement des assiettes bien garnies et bien préparées par un chef cuisinier, qui défilent par un passe-plat puis sont servies à votre table. Le repas, c'est la famille, le foyer, l'endroit où bat votre cœur, comme Opal l'avait si bien dit en parlant du *Luna Blu*, récemment.

— Mclean, ressers-toi donc en haricots verts ! me dit Mme Benson, qui fit signe à Ellis de rapatrier le plat. Je crois aussi que tu n'as plus de petit pain. Où est donc le beurre ?

— Ici ! répondit Heather.

Elle le prit, le tendit à M. Benson qui le passa à David.

La conversation reprenait. Je regardai la motte de beurre et la corbeille à pain qui passaient au-dessus de la table, de main en main, pour parvenir jusqu'à moi.

Après le dîner, la mère de Riley nous mit à la plonge pendant que M. Benson s'excusait et se rendait dans le salon. Il s'installa dans son fauteuil inclinable avec une bière fraîche. Un petit moment plus tard, j'entendis la voix du commentateur sportif, et je vis deux joueurs qui se serraient la main, un arbitre entre eux.

— Non mais, regardez-moi ça ! s'exclama M. Benson. Old Dog Face porte seulement deux de ses bagues de vainqueur du championnat de NBA, ce soir !

— Papa déteste Loeb College, m'expliqua Riley en ajoutant du liquide vaisselle sur son éponge.

Dans cette maison, chacun avait sa place et son rôle. Riley lavait, Ellis rinçait, Deb et moi, on essuyait. Enfin, David et Heather rangeaient la vaisselle dans les placards.

— Il déteste *surtout* le coach de Loeb.

— Comme tout le monde, non ? hasarda Ellis.

— Non ! répondit Heather. Tu sais bien que mon père est un fan de Loeb ! Alors arrête de dire n'importe quoi.

— Jonah soutient Loeb seulement par esprit de contradiction ! s'écria M. Benson du salon. C'est comme d'encourager Darth Vader : c'est impossible, c'est tout.

Riley leva les yeux au ciel tandis que Mme Benson s'affairait derrière nous et rangeait au réfrigérateur les restes enveloppés dans du film.

— Maman, va donc t'asseoir ! lui dit Riley. On se débrouille très bien !
— C'est presque fini.
— Elle n'a jamais fini, me confia Ellis.
Des cris s'élevèrent de la télévision. M. Benson applaudit.
— Ouais ! Voilà comment on commence un match, bordel !
— Jack ! le réprimanda Mme Benson.
— Désolé, répondit-il automatiquement.
Ellis me tendit un plat que j'essuyai et passai à Deb.
— Moi, je n'ai jamais rien compris au basket, déclara-t-elle.
— C'est facile à suivre ; il suffit de regarder.
— Peut-être. Mais je n'ai jamais regardé de match de basket.
Un silence tomba. Même la télé semblait être devenue muette de stupeur.
— Jamais ? répéta Riley.
Deb secoua la tête.
— Jamais. Ma mère et moi, on n'est pas des fans de sport.
— Le basket, ce n'est pas un sport, c'est une religion ! précisa David.
— Impie ! s'exclama Mme Benson de la buanderie où elle rangeait des boîtes de conserve.
— Laisse donc ce garçon s'exprimer ! s'écria M. Benson.
Il se retourna sur son siège inclinable, et de l'index fit signe à Deb de s'approcher.
— Viens donc, ma belle. Moi, je vais t'initier aux arcanes du basket.

— Oh pitié, non, papa ! protesta Riley.
— Ce serait super ! répliqua Deb.
Puis elle baissa les yeux sur son torchon de vaisselle.
— Il faut juste que...
— C'est bon, coupa Heather en le lui prenant. Vas-y. Ce sera plus simple si tu le laisses prendre les devants et commencer. On ne sait pas combien de temps ça peut prendre.
— Certaine ? demanda Deb à Riley, qui acquiesça. OK. Merci.
On continua de laver et d'essuyer la vaisselle en silence, tandis que Deb allait s'asseoir sur le canapé du salon, tout près du siège inclinable. On entendit la voix de M. Benson.
— Voilà. En 1891, le docteur James Naismith inventa...
— Oh, c'est pas vrai, commenta Riley. Il commence avec *Naismith*... Pire qu'au lycée !
David éclata de rire.
— Ne te plains donc pas ! intervint Heather. L'année prochaine, nous avalerons tous cette saloperie de malbouffe de la cafétéria universitaire, et on regrettera nos soirées chez toi !
— Mais avant, on va avaler les kilomètres jusqu'au Texas ! enchaîna Ellis. À propos, nos économies pour le voyage se montent à 1 000 dollars, grâce à la prime que David a reçue chez FrayBake.
— Vous avez économisé ? demandai-je.
— On met du fric de côté depuis l'été dernier ; l'argent qu'on reçoit à nos anniversaires et à Noël. C'est pour payer l'essence, l'hôtel et..., expliqua Riley.
— La bouffe ! ajouta Ellis. Je fais la carte des *diners*

d'ici à Austin. Moi, je veux des œufs Bénédicte dans tous les États que nous traverserons !
— Ça a l'air génial, dis-je.
— Excuse, mais je préférerais que vous n'en parliez pas quand je suis là, déclara Heather en posant des verres sur une étagère.
— Tu es sûre que tu ne pourras pas venir ? hasarda Riley.
— Je ne crois pas. À moins que je ne devienne l'employée du mois jusqu'à cet été...
— Avant, il faudrait te trouver un petit boulot, ma poule, souligna Ellis.
Heather le regarda avec dédain.
— J'ai envoyé plein de CV, si tu veux savoir !
— Le FrayBake embauche tout le temps, insinua David.
— Cet endroit me colle le bourdon ! C'est tout du toc.
— Mais le salaire, je te jure qu'il est réel !
Heather soupira et referma le placard.
— Je dois rembourser mon père, mais je n'aurai pas fini avant le grand départ.
— T'inquiète, déclara Riley, pressant son épaule. On fera tout de même des trucs sympas, cet été. La mer et tout.
— Je sais.
— Yessss ! C'est le plus beau lay up de l'année ! hurla M. Benson.
Deb applaudit poliment sans détacher ses yeux de l'écran, pendant que la mère de Riley qui s'était installée dans le rocking-chair près de la cheminée secouait la tête avec fatalisme.

— Dépêche de rincer ! ordonna David à Ellis, qui tenait un pichet.
— On n'a plus besoin de vous, filez ! leur lança Riley.
Ils ne se le firent pas dire deux fois.
Riley soupira.
— Pire que des gosses !
— Ooohhh yessssssss ! hurla de nouveau M. Benson, comme pour confirmer ses dires.
— Waouh-ouuuh, s'exclama Deb avec un applaudissement exagérément enthousiaste tandis que David et Ellis se laissaient tomber à côté d'elle.
— Loeb, t'es foutu, tu l'as dans le..., reprit M. Benson.
— *Papa* ! s'exclama Riley en portant sa main à son front.
Puis elle se tourna vers moi.
— Tu ne diras pas que je ne t'ai pas prévenue ! C'est une maison de fous.
— Mais non.
Elle laissa retomber sa main, surprise.
— Je trouve que c'est génial, insistai-je. Sérieux. Tu ne connais pas ta chance !
— Ah ?
Elle sourit puis regarda de nouveau son père qui levait le poing.
— Oui ! Et merci pour l'invitation.
— Pas de souci. Et merci pour ton aide...
Elle remit les mains dans l'eau savonneuse, en sortit un bol et me le tendit pour que je le rince. Je regardai la fenêtre, où se reflétait l'écran de télévision avec le match en inversé. Le commentateur annonçait chaque

nouveau point. Soudain, je pensai à maman. J'aurais aimé qu'elle me voie maintenant, dans une vraie maison avec une vraie famille, tout ce qu'elle voulait avoir. Cette famille-là n'était pas la nôtre, mais c'était bien quand même.

Chapitre 12

— Bon : bleu ciel ou bleu électrique ? demanda Opal.

— Pourquoi pas bleu tout simplement ? proposa Jason.

Opal baissa les yeux sur les deux échantillons de bleu de son nuancier.

— Je ne sais pas. Parce que c'est trop simple ? De plus, il existe plusieurs nuances, il faut donc les différencier.

— Moi, j'aime bien celui-là, intervint Tracey, pointant l'index vers le bleu le plus clair, à droite. Il me fait penser à l'océan.

— L'autre aussi, souligna Jason. Quoique, honnêtement, je ne voie pas la différence entre les deux.

— Le bleu ciel est plus clair, avec une pointe de blanc.

Tracey prit l'échantillon et l'agita.

— Le bleu électrique a des pigments noirs brillants, c'est une teinte plus complexe.

Opal et Jason la regardèrent tourner et retourner l'échantillon, puis le reposer.

— Je suis une artiste, ça vous étonne ?

— Ça se voit, déclara Jason. Impressionnant.

— On a une voix pour le bleu ciel, et un vote blanc. Peut-être devrais-je choisir un jaune au lieu de me compliquer la vie avec des bleus ?

Opal soupira, reprit son nuancier, et le feuilleta à la hâte. Puis elle leva les yeux et me vit.

— Ah, Mclean ! Viens me dire ce que tu en penses !

Je m'approchai du bar et posai mon sac sur une chaise.

— De quoi ?

— Des couleurs pour la nouvelle déco façon *al fresco* de la salle de l'étage.

— Tu vas la rouvrir ?

— Pas maintenant : il y a la maquette, et puis nous devons d'abord remettre le restaurant à flot.

Elle me montra son nuancier.

— Cela dit, maintenant que Chuckles nous a épargnés, il sera peut-être ouvert à de nouvelles idées en matière d'expansion et d'amélioration ? Il est censé venir, ce soir : il est de passage en ville. Je vais lui en toucher deux mots.

— Ça ne m'enchante pas de devoir monter et descendre les escaliers pour faire le service…, marmonna Tracey.

— Il y a un autre problème : comment garder les plats chauds entre les cuisines et l'étage ? ajouta Jason.

— Un peu d'enthousiasme, voyons ! Vive l'aventure !

Innovons ! Cela pourrait être vraiment un plus pour le restaurant. Un retour à sa gloire d'antan ! s'exclama Opal *crescendo*.

Tracey et Jason la regardèrent comme si elle avait un grain. Opal soupira et reporta son attention sur moi.

— Vas-y, Mclean. Choisis.

Deux bleus, différents et pourtant similaires. Je ne distinguais aucune nuance de blanc ni pigments noirs brillants, et je ne connaissais pas non plus le lexique de Tracey pour décrire les nuances les plus subtiles, mais j'avais au moins une certitude depuis peu : je savais ce que j'aimais.

— Ce bleu-là ! dis-je, posant le doigt sur la couleur de droite. Je le trouve parfait !

On était maintenant en mars. Ça faisait deux mois qu'on habitait à Lakeview. Dans toute autre ville, on aurait suivi, pendant ces huit semaines, notre petit rituel désormais bien établi. Déménagement, installation, choix d'un prénom et d'un rôle pour moi, donc d'un look. Déballage de notre strict et modeste nécessaire, rangement, toujours identique, aux mêmes endroits. Nouveau lycée pour moi, nouveau restaurant pour papa avec les prémices habituelles : laitue fatiguée ou parfait guacamole. Étoffer mon rôle, affiner la psychologie du personnage : adhérer à tel ou tel club, me faire de nouveaux amis selon mon néo-look. La route tracée, il ne restait qu'à la suivre, repérer les signaux pour savoir quand battre en retraite, couper les liens et être dans les starting-blocks pour un nouveau départ en trombe, ailleurs.

Mais à Lakeview, c'était différent. Au début, on avait été en conformité avec nos habitudes, puis tout avait changé : à commencer par moi, qui avais dit m'appeler Mclean, et jusqu'à papa, qui avait déjà une copine alors qu'on n'était même pas sur le point de déménager. Ajoutons à ce bilan que j'étais plutôt en bons termes avec maman, et ça, c'était de l'inédit.

Depuis que j'avais accepté de venir à Colby pour le Spring Break et que je m'étais engagée à passer quatre week-ends à Tyler entre avril et juin, une paix relative avait été conclue. Elle avait contacté son avocat et renoncé à saisir la justice pour non-respect du droit de visite et d'hébergement. J'avais expliqué notre accord à l'amiable à papa, qui avait été soulagé. Sur mon calendrier, la troisième semaine de mars était désormais entourée d'un rond en feutre bleu ciel ou bleu électrique, enfin bleu, tout simplement. De plus, quand maman m'avait appelée la veille au soir, après le dîner, on avait eu un sujet de conversation qui ne pesait pas cent tonnes. Franchement, ç'avait été sympa.

— L'océan doit être glacé, m'avait-elle dit. J'espère que le jacuzzi sera en état de marche et que la piscine sera chauffée. Rien n'est encore certain. De toute façon, je te tiens au courant.

— Ta maison a un jacuzzi et une piscine ? Sans blague ?

— Oui, avait-elle répondu, l'air gênée. Tu connais Peter... Il ne fait jamais les choses à moitié. Mais cet endroit était vraiment splendide : je crois qu'il s'agissait d'une saisie. Quoi qu'il en soit, j'ai hâte de te montrer la villa ! J'ai passé des heures à me prendre la tête sur la déco. Le choix des couleurs à lui seul a été un véritable cauchemar.

— Je vois. J'ai une amie qui a le nez dans son nuancier, en ce moment. Elle m'a demandé mon avis, mais pour moi les bleus sont tous pareils.

— Tout à fait ! avait renchéri maman. Et en même temps, ils sont différents. Il faut bien regarder les couleurs à la lumière du jour – de l'après-midi, plus précisément, si possible par beau temps. Oh, ç'a été de la folie... Enfin, je suis contente du résultat.

C'était étonnant mais cool, tout de même, d'avoir de nouveau une discussion légère avec maman. Le sujet de l'océan était notre terrain neutre, aussi éloigné que possible du délicat conflit droit de visite et d'hébergement. On se parlait régulièrement, désormais, on s'envoyait des e-mails. On cherchait des idées pour savoir à quoi on s'occuperait, si jamais il pleuvait. Maman me demandait aussi ce que je désirais manger, pour le petit déj, si je voulais une chambre avec vue sur l'océan ou sur le jardin. C'était plus facile, tellement plus facile tout à coup... Je crois même que ça me plaisait.

Pendant que je me réconciliais en douceur avec maman, papa passait beaucoup de temps avec Lindsay Baker. J'avais cru comprendre qu'ils avaient souvent déjeuné ensemble sur les coups de 14 heures. Ils avaient aussi dîné, les deux seules fois où papa avait pu laisser le *Luna Blu* livré à lui-même (c'était rare). Je savais quand il planifiait notre sortie (traduction : préparait notre prochain déménagement) à la façon dont il s'investissait : en marchant à reculons sur le plan sentimentalo-amoureux. Coups de téléphone et déjeuners tardifs seulement ? Bon, c'était le signe qu'on était encore là pour un bout de temps. Mais dès que je trouvais des chouchous qui ne m'appartenaient pas dans la salle de bains, ou des yaourts et des Diet Cokes, qui ne m'appartenaient pas non plus, dans le frigo, le moment était venu de cesser d'acheter des aliments de base – sucre et beurre –, et de finir nos stocks pour déménager léger. Pour autant, rien de ce genre ne s'était encore concrétisé, enfin, que je sache. Il faut dire que moi aussi j'étais distraite.

Je l'étais depuis la soirée chez Riley. Le match de basket terminé, Ellis nous avait tous reconduits chez nous. Deb s'était installée devant, avec un Tupperware rempli de restes que Mme Benson lui avait remis. Deb lui avait en effet confié que sa mère faisait des heures sup et qu'elle n'avait pas le temps de se préparer un frichti en rentrant. David et moi, on était derrière. Lorsque Ellis avait pris la route, on était silencieux, repus et lessivés par le délicieux dîner et l'abondance des conversations, sans compter le super bon match que l'université avait gagné, en s'imposant avec un jump shot au buzzer dans le dernier quart-temps. Quand Ellis avait mis son clignotant pour tourner sur l'autoroute, on n'avait entendu que son petit bruit régulier et répétitif.

J'aime le silence d'une voiture qui roule dans la nuit très tard. Cela me rappelle quand maman et moi, on rentrait de North Reddemane en fin de week-end. J'avais des coups de soleil sur le nez, du sable dans mes chaussures, et mes vêtements étaient humides parce que j'avais gardé mon maillot de bain dessous, après avoir nagé jusqu'à la dernière minute. Lorsqu'on était fatiguées d'écouter la radio, fatiguées de parler, on se taisait et on restait seules avec nos pensées et la route devant nous. Quand on est bien avec quelqu'un, on n'a pas besoin de parler.

En rentrant de chez Riley, je m'étais bien adossée à mon siège et j'avais replié une jambe sous mes fesses. David regardait par la vitre. Pendant un moment, j'avais observé son visage, éclairé par intermittence par les phares des voitures qu'on croisait. Je réfléchissais, je pensais à nous deux : un pas en avant, un pas en arrière pour moi, et lui, toujours immobile. C'était ma constante dans ce monde d'illusions. Mais, cette fois, je m'étais rapprochée et avais posé ma tête sur son épaule. Il ne s'était pas détourné. Il avait seulement levé la main et l'avait mise sur mes cheveux.

Ç'avait été tout simple. Pas de baiser ni d'étreinte. Mais ç'avait été tout de même très intense. Cela faisait deux ans que j'étais en fuite : rien ne me faisait plus peur que de partager un instant au calme avec quelqu'un. Mais ce soir-là, sur cette route, j'avais enfin lâché prise.

Après avoir déposé Deb à sa voiture, Ellis s'était garé devant ma boîte aux lettres.

— Dernier arrêt ! avait-il dit alors que je bâillais et que David se frottait les yeux. Désolé de casser l'ambiance.

J'avais rougi et j'étais descendue de la voiture, David derrière moi.

— Merci de nous avoir reconduit, avait-il dit. La prochaine fois, c'est pour moi.

— Ça va pas, non ? Ta caisse est un défi au destin !

avait riposté Ellis. Nous sommes mieux dans ma *love machine*.

— Oui, mais il faut l'économiser pour notre voyage de cet été ! avait répliqué David. Tu la bichonnes, surtout, d'ac ?

Ellis m'avait souri, puis il avait opiné et appuyé sur un bouton. La portière arrière avait coulissé, comme le rideau à la fin d'un spectacle.

— D'ac. À plus.

On lui avait fait coucou quand il était reparti. Sa voiture avait fait un petit bond en franchissant les ralentisseurs.

David avait noué ses doigts aux miens et on s'était mis en marche. Je me souvenais de la soirée où il m'avait entraînée dans l'abri-tempête : il m'avait prise par la main, pour m'amener sous la terre et pour me ramener à la surface. Était-ce sa seconde nature que de me montrer la voie ?

On n'avait pas parlé. Le quartier vivait, comme à son habitude, tout autour de nous : batterie, percussions et basse, klaxon, télévision. Mes voisins les fêtards avaient aussi regardé le match de basket-ball à la télé : il y avait foule chez eux, et la poubelle de recyclage débordait de canettes de bière cabossées. Ma maison était plongée dans la nuit, et la sienne bien éclairée. Sa mère était à la table de la cuisine. Elle lisait, un stylo à la main.

— À demain ? avait dit David quand nous étions arrivés devant les portes de nos jardins qui se faisaient face.

— À demain, avais-je répondu en pressant sa main.

Dès que j'étais rentrée chez moi, j'avais allumé la

lumière dans la cuisine. Puis j'avais branché l'iPod de papa sur les haut-parleurs. Une chanson de Bob Dylan, familière, s'était élevée. J'étais ensuite allée dans le salon, où j'avais aussi allumé la lumière, puis celle du couloir et de ma chambre. C'est étonnant comme un peu de lumière et de bruit peuvent donner vie à une maison et changer les perspectives. Après ces années de passage et de transition, je commençais enfin à me sentir chez moi.

Je laissai Opal réfléchir à l'éventualité de choisir des jaunes plutôt que des bleus, et montai rejoindre Deb et David qui travaillaient déjà dur, en haut. Ce jour-là, ils n'étaient pas seuls. À l'autre bout de la salle, Ellis, Riley et Heather, assis en rang d'oignons sur des chaises près des cartons remplis de pièces et d'éléments de maquette, étaient absorbés dans la lecture d'un paquet de papiers agrafés.

— Qu'est-ce qui se passe ici ? demandai-je à David tandis que Deb, affairée comme toujours, passait avec un bloc à pinces.

— Deb les a réduits au silence. Un exploit !

— Comment elle a fait ?

— C'est grâce à son package IPB.

« Ah. » À ce stade, tout sigle de Deb méritait une explication.

— « Initiation projet et bienvenue », développa David en posant un toit sur sa maison. Il faut prendre connaissance de certaines instructions avant de penser à s'approcher d'un secteur.

— Je ne suis pas aussi psychorigide ! protesta Deb.

Je levai un sourcil.

— Non, insista-t-elle. Je pense seulement qu'on ne peut pas débarquer dans un projet en cours de but en blanc, sans en savoir un minimum sur la question. C'est stupide !

— Mais c'est bien sûr ! renchérit David avec exagération. Bon sang, Mclean !

Je lui donnai un coup de coude. Il me crocheta le doigt et le retint.

Je souris.

— Comment as-tu réussi à doubler notre force de travail, depuis hier ? Je ne t'ai pourtant pas entendu faire de la pub, hier soir chez Riley ?

— Pas besoin ! dit Deb en parcourant la feuille sur son bloc à pinces. La maquette en soi est éloquente. Dès qu'ils l'ont vue, ils ont eu envie de participer au projet.

— Eh bien !

Deb s'agita et fit cliqueter son stylo. À côté de moi, David reprit avec calme :

— En fait, je leur ai dit que plus tôt la maquette serait finie, plus je pourrais faire d'heures au FrayBake et ainsi gonfler nos économies pour notre voyage au Texas. Ils vont donc s'y attaquer pendant le Spring Break, la semaine prochaine. On va abattre un sacré boulot !

— Vous ne projetez rien pour le Spring Break ?

David secoua la tête.

— Nan. On aurait bien voulu, mais on s'est dit qu'il valait mieux économiser pour notre grand voyage. Et toi ?

— Avec ma mère. Au bord de l'océan.

— Quel bol !

— Non, pas vraiment.

Je m'approchai de mon secteur en cours de réalisation et l'observai pour me rafraîchir la mémoire.

— Je préférerais rester ici.

— Tu sais...

— Eh, David, quand tu m'as proposé de participer à ce projet, tu n'as pas précisé que c'était une galère pire que le lycée ! le coupa Heather.

— Ça n'a rien à voir avec le lycée ! répliqua Deb, qui à l'autre extrémité de la maquette vérifiait les éléments un à un à partir de ses listes. Pourquoi dis-tu une chose pareille ?

— Parce que tu nous fais bosser comme au lycée ? insinua Ellis.

— Si vous plongiez direct dans le projet, sans initiation, cela bouleverserait la SAPTR. Il faudrait que je réajuste complètement ma liste TDH.

— C'est quoi, ça, encore ? demanda Heather. Ça t'arrive de parler normalement, des fois ?

— Elle parle le Deb, expliquai-je, et vous pourriez bientôt le parler couramment...

— C'est bon, j'ai fini, déclara Riley, se levant avec ses feuillets. J'ai lu les quatorze points importants et fait un survol de tes sigles.

— Super, tu vas pouvoir tout m'expliquer ! grogna Heather, se levant aussi.

— C'est vraiment pire qu'au bahut ! répéta Ellis. Heather lui donna un coup de coude.

— Eh, ne te mets pas en colère. Tu es la seule à ne pas venir à bout du package IPB.

— Tu peux le ramener chez toi pour le relire, déclara Deb à Heather.

— Ah oui, super : rien à voir avec le lycée ! ironisa Heather.

— Bon ! s'exclama Deb en frappant dans ses mains, puis reprenant son bloc à pinces. Suivez-moi vers le secteur du cadran supérieur : je vais commencer la visite guidée.

Ellis se leva, et suivit Riley et Heather qui traînaient les pieds derrière Deb.

— Il y aura des trucs à grignoter ? demanda Ellis. Moi je travaille mieux si je peux grignoter.

David renifla avec mépris. Deb l'ignora, ou peut-être ne l'entendit-elle pas.

— Une fois que vous aurez pris confiance et que vous comprendrez mieux le système, un secteur vous sera attribué. Jusque-là, vous allez vous partager ce secteur-là. Il est relativement simple, et parfait pour de grands débutants.

Tandis qu'elle continuait de parler, je levai les yeux sur David, qui travaillait un peu plus loin. Ses cheveux cachaient en partie son visage ; tête baissée, il fixait un toit sur sa maison.

— David ?

Il me regarda.

— Tu vois cette grande baraque abandonnée derrière nos deux maisons ?

— Oui. Eh bien ?

— Elle figure sur la maquette, mais les feuilles de PVC ne portent pas de numéro d'identification. Je m'en suis rendu compte, l'autre jour.

Je sortis l'immeuble de la pile que je venais d'assembler et le lui montrai.

— Je suis donc allée à la bibliothèque pour chercher des infos.

— Tu as trouvé quelque chose ?

Je hochai la tête, étonnée de mon désir de lui en parler. Je ne sais pas pourquoi cette grande demeure était si importante à mes yeux. À un moment où les choses de ma vie redevenaient réelles et s'ancraient, j'étais chargée précisément du secteur de mon quartier. N'était-ce pas un signe du destin ? Il y avait là ma maison. Celle de David, la maison de mes voisins fêtards. Le *Luna Blu*. La rue où je prenais mon bus. Et, au milieu, cette grande baraque abandonnée que son absence d'identification par les concepteurs de la maquette rendait d'autant plus remarquable qu'elle était entourée par des maisons bien identifiées. Je voulais lui donner une caractéristique, un nom, et pas seulement deux lettres à moitié effacées sur un toit, avec un million de questions sur son histoire.

Je retirai l'adhésif et posai la maison à son emplacement. J'entendis le petit clic qui confirmait sa bonne adhérence.

— Oui, lui dis-je, c'était...

— Oh mon Dieu ! Regarde-moi ça !

Je tournai la tête et vis Lindsay Baker en pantalon noir et petit pull rouge qui surgissait sur le palier, tout sourires. Papa, l'air nettement moins enthousiaste, la suivait.

— Je savais que vous aviez fait beaucoup de progrès, mais à ce point ! Je suis impressionnée !

À l'autre bout de la maquette, Deb s'illumina.

— Nous avons un bon directeur de projet. Ça fait toute la différence, dis-je.

— Je te crois !

Lindsay Baker fit le tour de la maquette en émettant des petits bruits approbateurs. Après quelques pas, elle prit la main de papa et la serra.

— Regarde, Gus. Je n'avais pas idée de la précision des détails !

— Cette maquette a été créée à partir d'images satellite, expliqua Deb. Model Community Ventures est fier de sa précision. Et nous avons évidemment essayé de respecter les instructions à la lettre.

La conseillère municipale acquiesça.

— Eh bien, cela se voit.

Deb rougit. C'était son heure de gloire. J'aurais dû être contente pour elle, mais j'étais distraite par mon père, qui évitait les regards, gêné, tandis que Lindsay Baker lui faisait faire le tour du socle. Les déjeuners et les coups de téléphone, c'était une chose, mais une main serrée ou toute autre manifestation d'affection en public, c'était drapeau rouge.

— Waouh, murmura David, ton père et Lindsay Baker ensemble, hein ? C'est une Grande Amie de Frazier. Elle descend les cafés *latte* comme du jus de fruits.

Je secouai la tête, même si je n'étais pas en mesure de confirmer ou d'infirmer quoi que ce soit.

— À mon avis, ce n'est pas sérieux.

— Gus ? appela Opal dans l'escalier. Tu es là ?

— Oui ! J'arrive !

Opal surgit en haut de l'escalier sans que papa ait eu le temps de retirer sa main de celle de Lindsay (à mon humble avis, Lindsay ne vous lâchait pas de sitôt une fois qu'elle vous avait mis le grappin dessus).

— Le fournisseur de viande est en ligne, annonça-t-elle, essoufflée d'avoir grimpé les marches en courant. Il affirme que tu as modifié notre commande habituelle, qui s'effectuait sur une base mensuelle. Maintenant, il s'agirait d'une livraison hebdomadaire. Je lui ai dit qu'il se trompait, mais il...
Je suivis son regard vers la main de papa, toujours prisonnière de celle de la conseillère municipale.

— Je vais aller lui parler, dit papa, la lâchant et se dirigeant vers la porte.

Opal resta comme pétrifiée, le regard fixe, tandis qu'il passait devant elle.

— Opal, je suis tellement impressionnée par ce que je vois ! s'extasia Lindsay. Tu dois être ravie des progrès effectués par tes petits jeunes !

Opal cilla comme si elle se réveillait d'un long sommeil, puis elle regarda la maquette.

— Oh oui, je suis folle de joie. C'est fantastique.

— Je t'avoue que j'étais un peu inquiète, après ma dernière visite, déclara la conseillère municipale. Je ne dis pas que je ne te faisais pas confiance, mais tu semblais si mal organisée. Mclean m'a dit qu'il y avait un nouveau chef de projet.

— Oui, c'est Deb, précisai-je.

Je montrai Deb, qui de nouveau sourit de bonheur.

— C'est grâce à elle si on a si bien avancé ! ajoutai-je.

Croisant le regard incandescent d'Opal, je compris, trop tard, que je n'aurais jamais dû attirer son attention sur ma personne.

— Bravo, Deb, dit Lindsay en lui adressant son sourire éclatant de blancheur. Si c'est vrai, nous

sommes impatients de vous applaudir à la cérémonie d'inauguration.
— C'est magnifique ! s'exclama Deb.
Puis elle réfléchit.
— J'ai déjà quelques idées sur la meilleure façon de présenter la maquette. Afin qu'elle fasse vraiment effet. Si mes propositions vous intéressent...
— Oh mais bien entendu ! dit Lindsay en consultant sa montre. Hop-hop-hop ! Excusez-moi, je dois retourner à mon bureau. Descendez donc avec moi, Deb, nous parlerons pendant que je chercherai Gus.
Le visage de Deb s'illumina. Elle serra son bloc à pinces et se précipita dans le sillage de la conseillère municipale. Elles disparurent dans l'escalier. Quand la porte du bas se ferma, Opal se tourna vers moi.
— Mclean ? Tu peux m'expliquer ce qui se passe ?
— Je ne sais pas.
Opal déglutit, regarda autour d'elle, comme si elle réalisait tout à coup qu'elle avait un public. Elle reporta donc son attention sur la maquette, qu'elle examina sous tous les angles.
— Je ne savais pas que vous aviez si bien avancé ! Je devrais faire plus attention à ce qui se passe autour de moi.
— Opal, ne...
— Je vais ouvrir tout grand les yeux et les oreilles, désormais ! Eh bien, hum, continuez à bien bosser... Super... Allez, bye.
Elle fit demi-tour et disparut à son tour. La salle parut soudain vide et, pourtant, il y avait encore Riley, Ellis, Heather, David et moi.

— C'est vraiment l'ambiance qui était plombée ou je délire ? demanda Heather.

— Tu ne délires pas, on a tous eu la même impression, dit David.

— Ça va, Mclean ? lança Riley.

Je n'en savais rien. Tout ce que je savais, c'est que mon petit monde était redevenu précaire. Je baissai les yeux sur la maquette. C'était un monde simple et miniature, propre et ordonné... pour la bonne raison qu'il n'y avait pas âme qui vive pour en compliquer la vie.

Ce soir-là, comme d'habitude, on ne travailla sur la maquette que jusqu'à 18 heures. C'était une règle fixée par Opal, mais mon père avait sans doute eu son mot à dire sur le sujet. Cette décision se concevait : si une armada de jeunes qui allait et venait dans un restau ne posait aucune problème avant son ouverture, en revanche, ça devenait compliqué à gérer au moment des coups de feu.

David et moi, on fit le chemin du retour ensemble. Chez lui, il y avait de la lumière dans toutes les pièces, comme d'habitude, et ses parents s'affairaient dans la cuisine. Chez moi, c'était noir. Seule la lumière de la marquise était allumée, mais c'est parce qu'on oubliait tout le temps de l'éteindre. Ce n'était pas très écolo. Je me promis de coller un Post-it sur la porte pour me rappeler à l'ordre.

Cependant, les soirs comme celui-là, ça me faisait tout de même plaisir d'avoir négligé l'avenir de la planète et d'avoir une petite lumière qui brillait rien que pour moi, pour me souhaiter la bienvenue dans ma maison toute noire.

— Tu as un bon plan super dîner ? me demanda David alors que nous remontions la petite allée devant chez moi.

— Pas vraiment. Et toi ?
— Du pâté de tofu.

Il soupira et ajouta très vite :

— C'est meilleur qu'on ne le pense. Mais ce n'est pas terrible. Et toi ? Quel menu ?

Je visualisai le contenu de notre frigo. Je n'avais pas eu le temps de faire des courses, mais il devait rester des œufs, du pain et un peu de bacon.

— Peut-être un dîner façon petit déj avec des œufs et du bacon.

— Ah ?

Nouveau soupir de David.

— Ça semble génial...
— Tu devrais le proposer à ta mère.

Il secoua la tête.

— Elle est contre les œufs.
— Contre ?
— Pour te la faire courte, ma mère n'en mange pas. Elle a des problèmes d'allergie ainsi qu'une certaine éthique.

— Oh !
— Ben oui.

On arrivait sous le panier de basket. Je regardai de nouveau dans la cuisine : Mme Dobson-Wade touillait le contenu d'un wok, pendant que le père de David se servait un verre de vin.

— C'est sympa de manger en famille. Même si les œufs sont interdits.

— Sympa ? Oui, possible, mais les trois quarts du temps, on lit.

— Pardon ?

— On lit. Ce qu'on fait avec un livre.

— Vous êtes à table et vous lisez ? Vous ne parlez pas ?

— Un peu quand même. Mais si on lit un truc vraiment intéressant...

Il se tut, l'air gêné.

— Je t'ai déjà dit que j'étais bizarre. Mes parents aussi le sont. Mais tu n'avais pas besoin de moi pour le comprendre.

— Vous êtes peut-être bizarres, mais vous êtes ensemble. Ça compte.

Il tourna les yeux vers ma maison toute noire avec sa seule lumière allumée au-dessus de la porte.

— Tu as raison.

— Bon, je te laisse. Régale-toi bien avec ton pâté de tofu ! lui dis-je, montant les escaliers de chez moi.

— Mange un œuf à ma santé !

Je déverrouillai la porte, allumai la lumière de la cuisine et celle de la salle à manger. Ensuite, je branchai l'iPod de papa aux haut-parleurs (il avait été d'humeur à écouter Led Zeppelin, ce matin-là), puis je cassai mes œufs dans un bol et y ajoutai un peu de lait. Le pain était un peu rassis mais pas moisi, donc, grillé, il serait parfait. Cinq minutes plus tard, mon dîner façon petit déj était prêt.

D'habitude, je mangeais sur le canapé en regardant une connerie à la télé ou en surfant sur Internet, mais, ce soir-là, je décidai de manger, normalement, à la cuisine. Je venais de croquer dans ma tartine grillée quand j'entendis frapper. Je me retournai. David et son père se tenaient devant chez moi, leurs assiettes à la main.

— On a besoin de ta télé, annonça David sitôt que j'eus ouvert.

Je regardai vers chez eux. Mme Dobson-Wade mangeait seule dans leur salle à manger, un bouquin ouvert devant elle.

— Vous avez besoin de ma télé ?

— Le match de la DB vient de commencer ! me renseigna M. Wade. Et notre télé refuse tout à coup de changer de chaîne.

— Sans doute parce qu'elle a 20 ans, précisa David.

— C'est une télé parfaite, répliqua son père en remontant ses lunettes sur le nez de sa main restée libre. De toute façon, on la regarde à peine.

— Sauf ce soir, reprit David.

Puis il continua à mon intention :

— Je sais que c'est beaucoup demander, mais...

Je leur fis signe d'entrer.

— Ça ne me dérange pas.

Ils se ruèrent dans notre salon, leurs fourchettes cliquetant en cadence sur leurs assiettes, puis ils prirent place sur le canapé. J'allumai la télé et zappai jusqu'à ce que je voie la bobine de mon beau-père à l'écran. Le match avait commencé depuis dix minutes et quelques, mais Defriese commençait seulement à se réveiller.

— Comment est-ce possible ? s'exclama M. Wade

en secouant la tête, tandis que je partais chercher mon assiette dans la cuisine.

Je revins m'asseoir dans le fauteuil en cuir près du canapé.

— C'est parce que notre défense est complètement merdique ! déclara David.

Puis il renifla mon assiette.

— Oh, ça sent... *super bon* !

— Ce sont juste des œufs brouillés... Rien d'exceptionnel.

Maintenant, M. Wade fixait mes œufs.

— Heu... je peux vous en faire, si vous voulez, dis-je.

— Oh non non ! On a notre dîner ! C'est déjà très généreux de ta part de nous laisser regarder ta télévision, répondit le père de David, me montrant le contenu de son assiette.

Un carré marron entouré de brocolis et de ce qui ressemblait à du riz complet.

— C'est vrai. On est bien comme tout ! renchérit David.

L'arbitre siffla une faute, et M. Wade réagit par une grimace.

Je reportai mon attention sur ce qui se passait à l'écran. Au bout de quelques minutes il y a eu une faute de l'équipe universitaire et un arrêt de jeu, suivi de pub et d'un flash info. Lorsqu'on revint au match, Peter parlait avec l'un de ses joueurs. Il lui donna une grande claque dans le dos, et le starter retourna sur le terrain. Au moment où mon beau-père trouvait sa place, je vis maman, juste derrière lui. Elle regardait le mach avec le plus grand sérieux.

— Je vais vous préparer des œufs brouillés. Ça ne me pose aucun problème ! dis-je en bondissant de mon fauteuil. De toute façon, j'ai fini de manger, et cela me prendra deux minutes, pas plus.

— Oh, Mclean, il ne faut surtout pas..., commença David.

Je lançai un regard appuyé en direction de l'écran de télévision où l'on voyait toujours ma mère.

— Eh bien oui, ce serait super, se ravisa-t-il aussitôt.

Je préférais encore entendre les commentaires du journaliste que de regarder le match ; je pris donc tout mon temps pour préparer mes œufs brouillés, leur ajouter un peu de lait et préchauffer la poêle. Je ne savais pas très bien quelle était la position de David et de son père sur le pain grillé. Souffraient-ils d'allergie au gluten ? Ne mangeaient-ils que de la farine de blé issue du commerce équitable ? Je mis tout de même des tranches de pain dans le grille-pain. Pendant ce temps, l'équipe de Defriese remontait au score, même si les joueurs accumulaient les fautes personnelles. J'entendais David et son père rugir, grogner, acclamer ou applaudir, je sentais l'odeur de mes œufs et je n'avais qu'à fermer les yeux pour me croire revenue dans notre maison de Tyler, dans mon ancienne vie. Je ne retournai dans le salon que six petites minutes plus tard, avec leurs deux assiettes. C'était juste des œufs brouillés avec un peu de pain grillé et du beurre, mais, à les voir, j'ai eu l'impression de leur servir de la cuisine quatre étoiles.

— Oh mon Dieu, s'exclama M. Wade dans un souffle,

en repoussant son pâté de tofu entamé. Est-ce... est-ce du beurre ?

— Je pense que c'en est, déclara David. Oh mon Dieu, regarde-moi ces œufs : si moelleux, si jaunes !

— Rien à voir avec les substituts ! décréta son père.

— Substituts ? répétai-je.

— Des substituts d'œufs, expliqua David. C'est ce qu'on utilise chez nous.

M. Wade ferma les yeux et mâcha lentement, avec un tel plaisir que, gênée, je détournai les yeux.

David exhala un soupir de bien-être.

— C'est un vrai délice, Mclean. Merci mille fois !

— Merci..., murmura son père en continuant de manger.

Je souris. Le match reprenait après une nouvelle page de publicité. Les joueurs remontaient le terrain, l'équipe de Defriese en tête. Au moment où ils passèrent devant le banc, l'action ralentit et je revis Peter, avec maman juste derrière. Lorsque l'intensité défensive monta d'un cran, je vis maman sortir son portable, l'ouvrir et composer un numéro, puis le presser contre son oreille.

Je regardai mon sac, au pied du canapé. Ça n'a pas loupé : mon portable s'est allumé. Je le pris et décrochai.

— Allô ?

— Bonjour, chérie ! s'écria maman par-dessus le vacarme. Je viens de penser à quelque chose, à propos de notre voyage de demain. Tu as une petite seconde ?

Au même instant, David et son père se mirent à hurler : Defriese prenait l'avantage. Mais, autour de maman, ça resta calme.

— En fait, j'ai du monde à dîner, annonçai-je.
Elle parut surprise.
— Ah bon ? Alors tu me rappelles plus tard, d'accord ?
— D'ac.
Je regardai David. Il mordait dans sa tartine grillée en me souriant.
Du vrai beurre. Du vrai pain. La réalité à l'état pur...
— Alors à plus.
Et je raccrochai.

Chapitre 13

Ce soir-là, je décidai d'attendre papa pour lui demander ce qui se passait exactement entre lui et la conseillère municipale. D'un autre côté, je n'étais pas certaine de vouloir en avoir le cœur net.
Pour commencer, je fis et refis mon sac, en essayant de ne pas penser à toutes les autres fois où j'avais effectué ces mêmes gestes, avec ce même sac. Quand j'eus terminé, je me préparai du café et m'installai sur le canapé pour réviser ma dernière grande interro avant le Spring Break. J'étais sûre que les révisions et la caféine me tiendraient éveillée jusqu'au retour de papa, mais je m'endormis et n'ouvris les yeux que vers 6 heures le lendemain, enveloppée dans la couverture en patchwork de maman mais grelottant malgré tout dans notre salon transformé en glacière durant la nuit.
Je me redressai et me frottai les yeux. Les clés de papa étaient dans la coupelle de l'entrée, et son manteau

sur un fauteuil. J'entendis couler de l'eau, dans sa salle de bains. C'était juste une nouvelle journée qui commençait... Rien de spécial. Je l'espérais.

Je pris ma douche, m'habillai et me préparai un bol de céréales et du café. Je m'en versais une deuxième tasse lorsque j'entendis frapper à la porte. Je regardai par la fenêtre et aperçus une Lincoln Town Car noire garée devant chez nous.

Je devinai tout de suite qui venait nous rendre visite. Et lorsque j'ouvris, je me retrouvai comme prévu le nez contre un pull en cachemire gris, au niveau des pectoraux. Je levai les yeux vers le visage de Chuckles. Opal avait certes annoncé qu'il était de retour en ville, mais j'étais étonnée qu'il passe chez nous.

— Bonjour, Mclean, dit-il en me souriant. Ton père est là ?

— Oui. Sous la douche, expliquai-je, le faisant entrer.

Il dut se baisser, forcément, mais avec beaucoup de naturel : il avait l'habitude.

— Il ne devrait pas tarder à sortir de la salle de bains. Tu veux un café, en attendant ?

— Non, merci : j'ai déjà ce qu'il me faut.

Il brandit un gobelet XXL, serré dans sa main, XXL elle aussi.

— Je ne jure plus que par ça, d'ailleurs. Je l'emporte partout avec moi. C'est une petite merveille.

— C'est quoi au juste ?

— Un pur arabica : le Kona d'Hawaii. Je l'ai découvert lors d'un voyage d'affaires à Hawaii.

Il retira le couvercle de son gobelet qu'il me tendit.

— Sens-moi donc ça !

J'obtempérai, un peu intimidée. Mais c'est vrai, ça sentait incroyablement bon.

— Waouh. Hawaii, hein ?
— Tu n'y es jamais allée ?

Je secouai la tête.

— Non, mais j'aimerais bien.
— Vraiment ?

Je pliai la couverture en patchwork sur le bras du canapé.

— C'est bon à savoir, ajouta-t-il.

Je le regardai, perplexe. Peu après, papa vint nous rejoindre dans la cuisine, en train d'enfiler un pull, les cheveux encore mouillés.

— Ce n'est pas un peu tôt pour faire du démarchage à domicile ?
— Tu vas changer d'avis quand tu sauras ce que je viens te vendre ! s'exclama Chuckles, refermant son gobelet pour avaler une gorgée de son Kona d'Hawaii.
— Tu parles ! C'est toujours ce que tu dis ! déclara papa.

Chuckles prit ses clés et son portable.

— Tu es sur le départ ? reprit papa.
— Affirmatif. Je voulais juste t'embêter un peu, avant de prendre mon avion.

Il me sourit.

— J'étais en train de dire à ta fille que le Kona d'Hawaii était excellent.
— Allons parler dehors, coupa papa qui enfilait déjà sa veste. Mclean ? Je reviens.
— Ça m'a fait plaisir de te voir, ma biche ! me dit Chuckles, se baissant pour franchir la porte. *Aloha* !

Cela signifie bonjour et au revoir, en hawaiien. Tu t'en souviendras ? Ça peut servir, un de ces jours.

Papa lui adressa un regard oblique, puis referma la porte. En descendant l'allée, Chuckles et papa formaient un sacré contraste de taille, un ensemble assez rigolo. Ils montaient dans la Lincoln Town Car noire quand mon portable sonna.

Je le pris et l'ouvris, sans quitter la voiture des yeux.

— Bonjour, maman.

— Bonjour ! Tu as quelques minutes à m'accorder ?

— J'ai le temps, vas-y.

— Tant mieux ! Ça va être une journée de folie, avec les préparatifs de départ et la route jusqu'à Colby, donc je t'appelle juste pour confirmer l'heure avant le coup d'envoi !

Maman se mit à rire.

— Je passe te chercher à 16 heures, cela te convient toujours ?

— Pour moi, c'est bon. Je serai à la maison vers 15 h 45 au plus tard, mais j'ai déjà fait mon sac.

— Surtout, n'oublie pas ton maillot de bain ! me rappela maman. Le technicien chargé de la maintenance a appelé, hier : la piscine et le jacuzzi sont en état de marche !

— Oh là là ! Tu fais bien de me le rappeler, je n'y avais pas pensé, dis-je en tournant les yeux vers mon sac, sur mon lit. Mais je ne suis pas certaine d'avoir un maillot de bain.

— En ce cas, on t'en achètera un ! répliqua maman. Il y a une très jolie boutique sur la promenade du front de mer de Colby. C'est mon amie Heidi qui la tient. On y passera avant la fermeture.

Derrière elle, j'entendis un coup dans le mur.

— Oh mon Dieu, Connor vient de lancer un bol de Cheerios sur Madison. Je te laisse... À tout à l'heure, 16 heures ?

— Oui. À toute.

Maman raccrocha vite ; elle raccrochait toujours dans l'urgence. Je refermai mon portable et l'empochai. Au même instant, papa revint et la voiture de Chuckles s'éloigna.

— C'est officiel : j'ai besoin d'un nouveau maillot de bain ! annonçai-je quand il entra.

Papa se figea.

— Il te l'a donc dit ? Je lui avais pourtant demandé de garder le secret. Celui-là, je te jure, il est incapable de tenir sa langue !

Je regardai papa sans comprendre.

— De qui parles-tu ?

— De Chuckles, précisa-t-il, toujours contrarié. Il t'a parlé de ma nouvelle mission à Hawaii, c'est ça ?

Je secouai lentement la tête.

— Mais non. Moi je te parlais seulement de mon séjour au bord de la mer avec maman. Il y a une piscine dans sa villa.

Papa soupira et se passa la main sur le visage.

— Oh non, dit-il à voix basse.

Silence.

Le Kona d'Hawaii, « *Aloha* », le répit apparent du *Luna Blu* et ses rendez-vous *crescendo* avec la conseillère municipale : je comprenais tout.

— Alors comme ça, on va à Hawaii ? demandai-je. Quand ?

— Il n'y a encore rien d'officiel, répondit papa en s'asseyant sur le canapé. Cette mission est d'ailleurs insensée. Le restaurant n'a pas encore ouvert, mais c'est déjà le foutoir intégral. Ce serait de la folie que d'accepter.

— Quand ? répétai-je.

Papa avala sa salive et regarda le plafond.

— Dans cinq semaines. Grosso modo.

Je pensai tout à coup à maman. J'avais contourné le problème du droit de visite et d'hébergement en promettant de passer le Spring Break et quelques week-ends avec elle, d'où la nette amélioration de nos rapports, mais si jamais je partais à Hawaii, à l'autre bout du monde, la hache de guerre n'allait pas tarder à être déterrée.

— Tu n'es pas forcée de me suivre, reprit papa.

— Alors je vais rester là ?

Papa fronça les sourcils.

— Eh bien... non. J'avais pensé que tu pourrais retourner à la maison, chez ta mère. Y finir ton année scolaire.

« À la maison. »

Quelle maison ?

— Maman ou Hawaii ? Il n'y a pas d'autre option ?

Papa toussota, gêné.

— Écoute, Mclean, rien n'est encore décidé.

C'était épouvantable. Et tout à coup, je sus avec certitude et horreur que j'allais pleurer. Ça aussi, c'était inattendu. Et pas seulement pleurer, mais sangloter avec des larmes chaudes bouillantes qui font

mal à la gorge et brûlent les yeux. Le genre qu'on verse seulement en privé, enfermé et sans témoin.
— C'est pour cette raison que tu as conclu avec la conseillère municipale ? dis-je lentement.
— Il nous est arrivé de dîner ensemble. Rien de plus.
— Elle est au courant, pour Hawaii ?
Papa cilla.
— Pourquoi ? Tout est encore à l'état de projet.
— Alors pourquoi le *Luna Blu* ne passe plus qu'une commande hebdomadaire chez le grossiste en viande au lieu de sa commande mensuelle habituelle ?
Papa leva les sourcils.
— C'est mauvais signe pour l'avenir du *Luna Blu*, repris-je. Cela signifie deux choses : soit il n'y a plus d'argent pour le faire tourner, soit tu n'as plus beaucoup de temps devant toi parce que tu dois repartir. Ou les deux.
Papa s'adossa au canapé et secoua la tête.
— Rien ne t'échappe, n'est-ce pas ?
— Je te répète juste ce que tu m'as dit à Petree. Et à Montford Falls.
— À Petree et à Montford, le restaurant avait le temps et les fonds.
— Ce qui n'est pas le cas du *Luna Blu*, conclus-je à voix basse.
— C'est exact.
Papa passa la main sur son visage avant de reprendre :
— Je suis sérieux, Mclean : tu ne peux pas faire ton sac et traverser la moitié du monde alors que la fin

de l'année scolaire approche. Ta mère ne le supportera pas.

— Ça ne la regarde pas !

— Pourquoi ne veux-tu pas retourner avec elle ?

— Parce qu'il n'y a plus de chez-nous depuis trois ans ! Maman et moi, on s'entend mieux, c'est un fait, mais ça ne signifie pas que j'ai envie d'aller habiter *chez elle*.

Papa se frotta le visage, signe qu'il était fatigué et frustré, puis il se leva.

— Je dois passer au restaurant. Tu y réfléchis, d'accord ? On en reparlera ce soir.

— Impossible : maman passe me chercher à 4 heures pour partir à Colby.

— Alors on en parlera à ton retour du Spring Break. De toute façon, rien n'est encore décidé.

Il s'éloigna dans le couloir.

— Je ne peux pas revenir chez maman. Tu ne comprends pas, je ne suis pas...

Papa s'arrêta, se retourna et attendit que je termine. J'en étais incapable. Dans ma tête, ça partait dans tous les sens.

« Je ne suis plus ce genre de nana, mais il y a pire : je ne sais plus qui je suis... » Chaque phrase m'entraînait vers davantage de complications et un réseau d'explications.

Brusquement, le portable de papa sonna. Mais papa resta immobile, le regard toujours fixé sur moi.

— Tu n'es pas quoi ? insista-t-il.

— Rien...

Je lui montrai son téléphone.

— Ce n'est pas important, ajoutai-je.

— Ne bouge pas, surtout ! Toi et moi, on n'en a pas fini, Mclean.

Il prit son portable.

— Gus Sweet. Oui. Bonjour... Non, non, je suis en route.

Papa me tourna le dos et, sans cesser de parler, se rendit dans sa chambre. Alors j'attrapai mon sac et filai.

Il faisait froid, ce matin-là. Un air glacé et coupant emplit mes poumons en bloc. Je contournai la maison. L'herbe couverte de givre crissait sous mes semelles. Mes joues me brûlaient. Je traversai le jardin et franchis la propriété déserte derrière la nôtre.

La demeure figée par le gel semblait encore plus désolée que d'habitude. Et alors que je la longeais, apercevant l'arrêt du bus plus loin, je m'arrêtai et me pliai en deux. Bras ballants, j'essayai de reprendre mon souffle et de ravaler mes larmes. Le froid m'enveloppait, montait du sol et traversait mes semelles. Je croisai mon reflet dans l'une des rares vitres encore en place. J'avais l'air tellement paumée que je ne compris pas que c'était moi. C'était comme si la maison me regardait et fixait une inconnue. Je n'avais pas de chez-moi, ni de chez-nous. Je ne contrôlais plus rien, je ne savais pas où je me trouvais, je savais seulement où je pouvais peut-être aller.

— Attends, Mclean !

« Zut, David. » Je me mordis la lèvre. J'avais réussi à éviter presque tout le monde, ce jour-là au lycée, parce que je m'étais concentrée sur mes cours, mes dernières interros. Je voulais grappiller des crédits

supplémentaires, nécessaires pour bien terminer le semestre, de surcroît clôturé par le classement.
Mais maintenant, David courait vers moi.
— Salut, dis-je.
— Mais où étais-tu passée ? J'ai cru que tu avais séché !
— J'ai eu pas mal d'interros, répondis-je tandis qu'on sortait du lycée avec les autres. Et puis des trucs à faire.
— Ah oui, parce que tu pars.
— Je pars ?
— Ben oui ! À la mer. Tout à l'heure. Avec ta mère.
David me regarda attentivement, en plissant les yeux.
— C'est bien ça ?
— Oh oui, oui ! Excuse, je suis à côté de la plaque. À cause du voyage, et tout.
— Je vois.
Mais il me fixait toujours, perplexe. Moi, j'évitais son regard.
— Tu rentres direct, ou tu passes au *Luna Blu* ?
— Je...
Je sentis mon téléphone vibrer dans ma poche. Je le sortis et consultai l'écran. C'était un texto de papa. *Passe avant de partir*. Une requête, quasiment un ordre.
— Justement, je dois y aller.
— Cool. On fait la route ensemble !
Je n'avais pas envie d'être seule avec lui, mais je n'avais pas le choix. Je le suivis donc dans le parking et montai dans sa Volvo. Après plusieurs faux départs, il cajola tant et si bien sa voiture qu'elle se décida à

démarrer. On prit la route. Le pot d'échappement faisait un boucan du tonnerre.
— Mclean, j'ai réfléchi, me dit-il.
— Ah ?
Il opina.
— Oui. J'aimerais qu'on sorte ensemble.
Je cillai.
— Pardon ?
— Tu as bien entendu. Toi et moi. Ensemble au restau. Au ciné. Tous les deux.
Il me regarda en passant une vitesse.
— C'est peut-être un nouveau concept pour toi ? Si c'est le cas, je serais ravi de t'initier !
— Tu veux qu'on aille au ciné ensemble ?
— Enfin non, pas vraiment. Ce que je veux, c'est que tu sois ma petite amie. Je ne voulais pas te le dire tout de go parce que j'avais peur que tu ne paniques.
Je sentais mon cœur battre très fort.
— Tu es toujours aussi direct avec les filles ?
— Non.
On tourna à droite et on prit la côte vers le centre-ville. Du sommet, on apercevait déjà les grands bâtiments de l'hôpital et le clocher de l'université.
— Mais comme j'ai eu l'impression que tu étais pressée de partir, j'ai choisi d'aborder le sujet sans détour.
— Je serai absente pendant une semaine seulement, tu sais, murmurai-je.
Sa Volvo ahanait.
— En effet, mais cela faisait déjà un bout de temps que je voulais te le proposer, et je n'avais pas envie d'attendre plus longtemps.

— C'est vrai ?
Il acquiesça.
— Depuis quand ? insistai-je.
— Depuis le jour où j'ai reçu ton ballon de basket en pleine tronche.
— Parce que tu as trouvé ça glamour, toi ?
— Non, c'était plutôt embarrassant et humiliant. Mais ce moment avait tout de même quelque chose... C'était spécial. Sans faux semblant. Neuf façon page blanche et irréductible à toute expérience antérieure. Vrai, quoi.
On arrivait en ville. On passa devant le FrayBake. Le *Luna Blu* n'était plus très loin.
— Vrai, répétai-je.
— Oui. Impossible de jouer un rôle ou de feindre, après que tu m'avais vu comme ça : au-delà des apparences, désarmé et fragilisé, en plus malgré moi. C'était sans retour...
— Tu as raison.
Il tourna dans le parking du *Luna Blu* et se gara à côté d'une Volkswagen. On s'approcha vite de l'entrée des cuisines.
— Je ne veux pas paraître désespéré, ou te stresser, mais je te signale que tu ne m'as pas répondu.
— Attendez-moi ! hurla une voix derrière nous.
Je me retournai. Ellis se garait à côté de la Volvo. Il courut à notre rencontre, en jouant avec ses clés de voiture.
— Content de vous voir, les potes. Je pensais être en retard.
David consulta sa montre.
— En réalité, on est tous les trois en retard.

— De deux minutes seulement, répondis-je. Je ne pense pas que Deb va nous punir !

— Avec elle, on ne sait jamais !

Il ouvrit la porte de derrière. Les garçons filaient déjà, mais moi, je m'arrêtai devant le bureau de mon père.

— Je vous rejoins.

— Oh non ! s'exclama Ellis, tu étais notre joker, Mclean !

— On dira que c'est sa faute, si on est en retard, intervint David.

Il me sourit.

— Prends tout ton temps, surtout, ce n'est pas comme si on comptait sur toi, plaisanta-t-il.

Je fis la grimace. Ils entrèrent dans la grande salle, et la porte se referma violemment sur eux. J'entendis papa parler à voix basse.

— À ta place, je ne le dérangerais pas.

Je me retournai. Jason, bloc à pinces en main, se trouvait plus loin dans le couloir, dans la réserve sèche où étaient stockées les denrées non périssables.

— Ton père a recommandé qu'on ne le dérange pas jusqu'à nouvel ordre.

Perplexe, je reportai les yeux sur la porte du bureau.

— Ah bon ? Pourquoi ?

Jason cocha des cases sur sa liste.

— Je ne le lui ai pas demandé. Mais ils sont làdedans depuis déjà un bon moment.

« Avec qui ? » Peu importait. Je le remerciai et décidai de rejoindre les autres à l'étage.

La salle du restaurant était déserte et silencieuse. On n'entendait que le frigo à bières et le bourdonnement du ventilateur, juste au-dessus de la console de l'accueil, qui tournait à son maximum. De l'une des extrémités du bar, on avait une belle perspective sur la rangée de tables déjà dressées et prêtes pour l'ouverture. « Neuf façon page blanche... Vrai... », pensai-je, me souvenant des paroles de David. La préparation d'une salle de restaurant obéit toujours au même rituel, mais, à partir de l'ouverture, c'est le contraire : tout, absolument tout, peut arriver.

Je montai à l'étage, étonnée du calme qui y régnait. Il n'y avait donc personne ? Où étaient passés David et les autres ? Mais quand j'arrivai en haut, je les vis rassemblés autour de Deb, assise sur une table avec son ordi sur les cuisses. Elle me tournait le dos, je ne voyais pas ce qu'ils regardaient tous avec tant d'attention.

— Ce n'est pas possible ! Ce doit être une blague ! déclara Deb. Ou alors, c'est une extraordinaire coïncidence.

— Désolée de te décevoir, mais il n'y a pas que la ressemblance. Tiens, regarde là. Et puis là aussi, dit Heather, pointant quelque chose sur l'écran. Je te jure, c'est la même nana.

— Mais avec des noms différents.

— Non, des *prénoms* différents seulement. C'est la même fille.

— Que se passe-t-il ? demandai-je.

Deb sursauta et referma son ordi.

— Oh, rien, je...

— On créait une page Ume.com pour la maquette et on publiait des liens vers nos comptes, enchaîna Heather en rouvrant le couvercle de l'ordi. Imagine un peu notre surprise quand on a découvert, en tapant ton e-mail, tes cinq profils.

— Heather, arrête, lui intima Deb à voix basse.

— Quoi ? C'est bizarre, non ? On était même d'accord là-dessus, il n'y a pas dix minutes !

Elle me dévisageait, tandis que David et Ellis reportaient leur attention sur l'ordinateur.

— C'est quoi, ton problème, Mclean ? Tu souffres de trouble de la personnalité multiple ou quoi ?

Je sentis ma bouche se dessécher au moment où je saisis l'énormité de leur découverte. Je m'approchai et fixai l'écran, y voyant déjà la liste de noms. Cinq filles. Cinq profils. Cinq photos. MCLEAN SWEET. ELIZA SWEET. LIZBET SWEET. BETH SWEET. Et en bas, juste LIZ SWEET. Sans profil. Sans rien... Je n'étais pas allée plus loin.

— Mclean ? reprit Deb d'une voix douce. Qu'est-ce que c'est que ce bazar ?

Je tournai les yeux vers elle, sentant la présence de David tout proche qui scrutait l'écran.

J'avalai ma salive. Ils avaient tous été honnêtes et sans détour avec moi. David avec son arrestation et sa condamnation pour consommation illicite d'alcool. Riley avec ses histoires d'amour qui finissaient toujours mal. Ellis avec sa *love machine*. Deb et son histoire familiale à la Dickens. Même Heather avait montré sa modeste maison et parlé de son père, le fan technophobe de l'équipe de Loeb. Avec ce qu'ils venaient de découvrir, ils avaient de bonnes raisons de douter de tout ce que je leur avais dit. Même si tout était vrai, pensai-je en regardant David.

— Je..., commençai-je.

Un soupir, et ce fut tout, car je fis demi-tour et redescendis à toute allure. Je passai devant Tracey qui empilait les menus sur le bar. Je courais si vite que je la vis à peine.

— Hé ! Il y a le feu ?

Je ne pris pas la peine de répondre. Je continuai de courir. Je m'engouffrai dans le couloir pour sortir par-derrière. Je poussais tout juste la porte du plat de la main quand Opal ouvrit la porte du bureau de papa.

— Tu aurais dû me le dire plus tôt ! lui jeta-t-elle par-dessus l'épaule.

Elle était rouge de colère.

— Tu as entretenu mes illusions ! Tu m'as laissée croire que ça roulait. Et moi, idiote, je t'ai cru !

— Je n'en étais pas tout à fait sûr, plaida papa.

— Tu l'étais presque !

Opal fit volte-face.

— Tu sais que j'aime ce restaurant et les gens qui y travaillent. Tu *savais*, et tu ne m'as *rien* dit !

Elle se dirigea vers la grande salle.

— Opal ! la rappela papa, mais elle poussait déjà la porte et en franchissait le seuil.

Papa la suivit des yeux avec un soupir, les épaules affaissées. Puis il me vit.

— Mclean, quand... ?

— Alors c'est officiel, le coupai-je. On part ?

— Il faut qu'on en parle. On doit réfléchir.

— Je veux partir ! N'importe où ! *Maintenant*.

— Maintenant ?

Papa me dévisageait, inquiet, sans comprendre.

— De quoi parles-tu ? Que se passe-t-il ?

Je secouai la tête.

— Il faut que j'y aille. Maman... maman va arriver.
— Attends, Mclean ! Explique-moi ce qui ne va pas.

« Parle. Explique ce qui ne va pas.... »

Toujours la même chanson. Toujours la même demande. Celle de maman, de papa, de mes amis, là-haut, et de tous mes anciens amis rencontrés dans nos précédentes villes de passage. Mais parler, ça ne sert strictement à rien. L'important, c'est d'agir. Et moi, j'étais en mouvement. En mouvement perpétuel.

Chapitre 14

— Tu es certaine que ça va ? me demanda maman en me glissant un regard bref. Tu n'as pas trop chaud ? Pas trop froid ?

Je fixais le tableau de bord virtuel à écran LCD TFT, avec ses boutons pour l'air conditionné automatique à réglage multi-zones et la climatisation automatique avec filtre à pollen et capteurs antipollution/anti-humidité (!) : le monospace de Peter, un monstre de haute technologie, ressemblait davantage à un loft sur roues qu'à une simple voiture.

— Ça va.

— Si tu veux régler la clim, n'hésite pas.

On avait pris la route depuis une petite heure, mais notre conversation s'était limitée à ce sujet, ainsi qu'au temps et à la plage. Le monospace était en pilotage automatique et, honnêtement, j'avais aussi l'impression de l'être, depuis que je fuyais l'épouvantable cata de l'après-midi et m'en m'éloignais au fil des kilomètres.

Quand j'étais rentrée chez nous, maman était déjà là et m'attendait. Elle patientait en distribuant des minibriques de jus de fruits aux jumeaux assis dans leurs siège-bébé logés dans l'immense espace des banquettes arrière.

— Bonjour ! m'avait-elle crié en agitant une paille. Prête au grand départ ?

— Oui. Juste le temps de prendre mes affaires.

Je m'étais passé de l'eau sur la figure et avais essayé de me calmer. Je revoyais sans cesse les autres agglutinés autour de l'ordinateur de Deb, à scruter les différentes versions de Mclean Sweet. J'avais honte, ça ressemblait à une poussée de fièvre : je brûlais, j'avais des frissons et des coups de sueur. Même la clim du monospace luxe de Peter n'avait pas encore réussi à faire redescendre ma température.

— J'étais en train de réfléchir, me dit maman en lançant un regard dans le rétro sur les jumeaux endormis. Je me disais que ce serait bien de commencer par nous rendre à la villa, puis de décharger et peut-être de faire un tour sur la promenade. Il y a un très bon *diner*, où nous pourrions manger. Ensuite, nous pourrions aller t'acheter un maillot de bain ? Ce programme te plaît ?

— Oui.

Maman sourit et posa sa main sur mon genou, qu'elle serra.

— Je suis tellement contente que tu sois là, Mclean ! Merci d'être venue !

J'acquiesçai et sentis mon portable vibrer dans ma

poche. Je l'avais mis sur vibreur une vingtaine de minutes après notre départ, après avoir fait basculer les appels de papa, de Riley et de Deb sur ma boîte vocale. Je filtrais désormais mes appels pour parler tranquillement avec maman, c'était le comble ! Le monde à l'envers... Mais plus rien n'avait de sens.

On quitta l'autoroute et on s'engagea sur une nationale. Les chênes cédèrent la place aux pins. Je ne cessais de penser à nos anciennes expéditions dans Super Shitty, à l'époque où elle était moins pourrie, quand c'était encore la voiture de maman et pas la mienne. Maman conduisait et moi je cherchais des stations de radio sympas. Je m'assurais aussi qu'on avait toujours assez de café ou de Diet Coke pour la route. Quand les stations de radio devenaient moins nombreuses et moins audibles, on claquait un fric fou pour acheter des magazines féminins dont je faisais la lecture à haute voix, histoire de nous mettre au courant des dernières tendances en matière de maquillage ou de diététique. Mais dans l'espèce de voiture spatiale/capsule futuriste (au choix !) de Peter, on avait un frigo rempli de boissons fraîches et une radio par satellite avec au moins trois cents stations et un son HD. Sans oublier les deux petits, à l'arrière. Il n'y avait que le paysage qui n'avait pas changé.

J'avais redouté cette expédition pour des millions de raisons dont la principale était de me retrouver coincée avec maman pendant trois heures de route, dans l'impossibilité totale d'éviter toute conversation. Mais, à ma grande surprise, maman parut aussi soulagée que moi de nos grandes plages de silence. Au bout d'un moment, je fus tout de même mal à l'aise.

— Je suis désolée, je ne parle pas beaucoup, dis-je après une heure et demie de route. Je suis lessivée...

— Oh, ça ne me dérange pas. Tu sais, avec ces deux-là, le silence est rare, alors maintenant, c'est...

Maman me sourit.

— C'est très sympa.

— Oui, c'est sympa, dis-je, sentant mon portable de nouveau vibrer.

Je le sortis et, sans regarder l'écran, l'éteignis puis le rempochai.

La nuit tombait lorsqu'on passa le pont de Colby. Le détroit s'étalait, vaste et sombre, sous nos yeux. Les jumeaux s'étaient réveillés, et ils étaient mal lunés. Pour les calmer, on leur mit un CD d'Elmo, le bébé monstre au pelage rouge et au nez orange de *Sesame Street*, qui chantait les hits des Beatles. Sa voix de fausset était un supplice, mais, au moins, la rébellion qui menaçait à l'arrière fut matée.

— Mclean ? reprit maman. J'aimerais que tu leur cherches un petit truc à grignoter. Nous sommes bientôt arrivés, mais ça évitera peut-être une explosion atomique.

D'une main, elle tâtonnait vers le sac qui se trouvait derrière elle, énorme, débordant de couches Huggies et de mille autres choses.

— Tout de suite.

Je fouillai et trouvai un sachet rempli de biscuits en forme de poissons que je connaissais bien pour en avoir aussi mangé, petite. Je l'ouvris et me retournai vers les jumeaux.

— Vous avez faim, les petits loups ?

— Poisson ! s'écria Connor en montrant le paquet.

— Exact.

Je donnai quelques biscuits à Connor et à Madison, qui suçotait sa tasse à bec en tendant la main.

— C'est toujours la fête avec maman gâteau ! m'exclamai-je.

Maman mit le clignotant et tourna sur sa gauche pour gagner le centre de Colby. Je n'avais guère de souvenirs de Colby, sauf que la ville m'avait semblé plus pimpante que North Reddemane, à l'époque : c'était surtout parce que ça construisait partout et que les panneaux de permis de construire pullulaient. Trois ans plus tard, Colby s'était embourgeoisée, et on y voyait l'attirail typique des petites stations balnéaires : magasins de planches de surf, de fringues mode, hôtels et boutiques de location de vélos à la pelle. On longea la promenade pour continuer vers les zones plus résidentielles où les lotissements et les maisons devenaient de plus en plus imposants : les pavillons et les modestes résidences secondaires cédaient la place à des villas de bord de mer, d'immenses demeures peintes aux couleurs vives, avec piscine. Maintenant, les jumeaux chouinaient en tandem, tandis qu'Elmo chantait « Baby, you can drive my car », des Beatles, toujours avec cette voix méga-optimiste, survitaminée et à fond la caisse. Enfin, maman tourna et s'engagea dans l'entrée privée d'une maison peinte en vert mousse. Elle se gara et se retourna pour sourire aux jumeaux.

— Nous y sommes ! Regardez notre belle villa au bord de l'océan !

Moi, je restai baba.

— Maman ! Elle est démente, ta maison !

Maman retira les clés du démarreur et ouvrit sa portière pour descendre.

— Elle n'est pas aussi grande qu'elle le paraît, précisa-t-elle.

Derrière moi, Madison braillait dans les aigus et tentait de faire de la concurrence à Elmo.

— Si, si, je t'assure, insista maman.

Je restai immobile à contempler cette immense villa verte de trois étages, avec des colonnes, un garage en sous-sol et, tout proche, l'océan qui s'étendait jusqu'au bout du monde.

— Maman, faim ! pleurnicha Connor tandis que maman défaisait les sangles de son siège. Un m'burger. Du fromage !

— Burger et fromage ! répéta Madison en agitant sa tasse à bec.

— Oui, tout de suite. Une fois que nous serons dans la maison, promit maman.

Elle prit Connor sur sa hanche, contourna le monospace pour sortir Maddie de son siège-bébé et la planta sur son autre hanche. Après avoir pris son sac à main et le sac de couches, maman grimpa les marches du perron comme un sherpa gravit l'Everest. Je la rejoignis à la hâte.

— Maman, attends ! Laisse-moi t'aider.

— Oh, c'est gentil, ma chérie, me lança-t-elle par-dessus l'épaule.

J'allais prendre le sac de couches et son sac à main quand je me retrouvai tout à coup avec Maddie contre moi. Elle noua ses petits bras autour de mon cou et ses jambes potelées autour de ma taille. Elle sentait la couche sale et la sueur de bébé, et laissa aussitôt tomber un morceau de biscuit baveux sur mon tee-shirt.

— Bon, maintenant il faut que je trouve les clés... Ah, les voilà ! Enfin !

Maman ouvrit d'un coup de hanche, entra et alluma. La lumière jaillit, révélant des murs peints en jaune avec une frise sur le thème de la plage.

— Voila la cuisine et le salon, m'informa maman en s'approchant de l'escalier tout proche, Connor toujours contre elle.

Maddie avait gardé un bras autour de mon cou et suçait son pouce.

— Ma chambre se trouve au rez-de-chaussée. Les autres chambres sont au deuxième et au troisième étage.

— Il y a quatre étages ?

Maman alluma la lumière d'une immense cuisine. Tout au bout se trouvait un réfrigérateur en acier inoxydable avec une porte vitrée transparente Sub Zéro, plus grand et plus neuf que celui du *Luna Blu*.

— En réalité, il y en a cinq. Enfin, si tu comptes le niveau de la salle de jeux. Mais, pour l'instant, c'est un grenier encore en travaux.

J'entendis une mélodie que je reconnus sans pouvoir mettre un nom dessus. Maman, sans lâcher Connor, fouilla dans son sac et en sortit son portable.

— Est-ce que ce ne serait pas... ? commençai-je.

— Si, c'est l'hymne sportif de Defriese. C'est Peter qui me l'a installé. J'avais ABBA, avant, mais il a insisté.

Je ne fis aucun commentaire et admirai l'océan par les immenses baies vitrées. Maman plaqua son portable à l'oreille et déposa Connor qui courut tout de suite vers le réfrigérateur et tambourina dessus. Je voulus moi aussi lâcher Maddie, mais elle se cramponna à mon cou.

— Allô ? Oh oui, chéri ! Nous venons d'arriver. Tout va bien.

Maman tourna les yeux vers Connor, comme si elle se demandait si elle allait le ceinturer, mais elle y renonça, car il traversait maintenant la cuisine en sens inverse à toute vitesse.

— Nous allons nous installer, ensuite nous irons au *Last Chance*. Et toi, tu as dîné ? Bien.

Je m'approchai de la baie la plus proche pendant que Maddie jouait avec mes cheveux et je regardai la terrasse. En contrebas, j'aperçus la piscine, dont une partie était découverte et l'autre protégée par un surplomb.

— Je te rappelle dès que nous serons rentrés..., continua maman. Je sais... Moi aussi. Ce n'est pas pareil sans toi... OK. Bisous. À plus tard.

Connor revint vers nous et me rentra dedans.

— La mer ! hurla-t-il, et sa voix haut perchée résonna sur les murs.

— Peter te donne le bonjour, me dit maman en rangeant son portable dans son sac. Il est rare que nous ne passions pas la nuit sous le même toit. J'ai beau lui dire que la plupart des couples voyagent séparément, il se fait quand même du souci.

— Du souci pour quoi ?

— Oh, tout et rien. Il aime que l'on soit ensemble, voilà. Bon, je vais décharger la voiture, et après, nous irons faire un tour au centre. Cela ne t'ennuie pas de t'occuper des jumeaux pendant ce temps ? Ça va plus vite quand je ne les ai pas dans les jambes.

— Bien entendu, répondis-je tandis que Connor courait dans le salon et posait ses menottes sur les vitres.

Maman me sourit avec reconnaissance. Peu après, j'entendis la porte du garage s'ouvrir et le monospace disparut sous la maison.

J'étais désormais seule dans cet immense salon-salle à manger avec Connor et Maddie. Connor le mini-tsunami avait réussi à lui seul à laisser des empreintes de main sur toutes les vitres du rez-de-chaussée.

— Connor ! appelai-je alors qu'il continuait de les marteler.

Connor se retourna, mais, mon élan coupé, je restai muette. Dans le garage du sous-sol, j'entendis une portière claquer.

— On va aller voir la mer, dis-je enfin, essayant de nouveau de lâcher Maddie.

Rien à faire. Alors, la portant toujours sur ma hanche, je traversai le salon-salle à manger, ouvris la porte qui donnait sur la plage et tendis la main à Connor. Il la serra. On sortit.

La nuit tombait, le vent était glacé, mais la plage était magnifique. On l'avait tout entière rien que pour nous, même si l'on voyait, à l'une de ses extrémités, les phares allumées des pick-up d'adeptes de surfcasting dont les cannes à pêche étaient plantées dans le sable. Connor lâcha ma main et courut vers une flaque de marée. Je le rejoignis à la hâte. Il se baissa pour toucher l'eau.

— Froid ! me dit-il.

— Je te crois.

Dans la villa, maman passait devant les baies avec des sacs de courses recyclables. Aucune lumière dans les demeures voisines. Désertes, à l'évidence.

— Froid, répéta Maddie en se blottissant contre mon épaule. À la maison...

— On rentre tout de suite, dis-je en regardant une dernière fois la mer.

Malgré le crépuscule, on voyait l'écume des vagues qui venaient mourir sur la plage, et refluaient. Je restai là, près de Connor qui tapotait la surface de la flaque. Le vent soulevait ses fins cheveux. Puis je scrutai le ciel. Maman n'aurait pas besoin de son vieux télescope, ici. Le ciel était si limpide... Les étoiles semblaient si proches qu'on avait l'impression de pouvoir les toucher. Elle n'aurait pas à les chercher pendant des heures. Elle n'avait plus rien à désirer, en définitive... Pour elle, pour Connor et Madison, c'était bien, mais cela me rendait triste, et je ne savais pas pourquoi.

— Mclean ?

Je me retournai. Maman, main devant la porte ouverte, nous cherchait des yeux.

— Vous êtes là ? ?

Bizarrement, j'eus envie de rester silencieuse, rien que pour l'obliger à partir à ma recherche. Mais cette pensée disparut aussi vite qu'elle était arrivée, et je mis ma main en cornet pour me faire entendre par-dessus les vagues.

— On est là ! On arrive !

Après avoir mangé à la va-vite dans le *diner* local parce que les jumeaux ne supportaient plus d'être assis et ne restèrent que dix secondes dans leurs chaises hautes, on remonta la promenade, dans le froid, vers la boutique dont maman avait parlé. Elle était fermée.

— Horaires d'hiver..., déclara maman en vérifiant la pancarte. Le magasin ferme à 17 heures.

— Pas grave. Il fait trop froid pour nager, de toute façon.

— Je te promets que nous t'achèterons un maillot de bain demain, à la première heure !

De retour à la maison, nous déchargeâmes le reste de la voiture, en utilisant l'ascenseur (oui, un ascenseur !) pour monter les bagages au troisième étage. Ma chambre comportait un lit avec un couvre-lit corail, des meubles en osier et un grand panneau carré au-dessus du miroir où on lisait PLAGE en majuscules. Ça sentait la peinture fraîche et la vue était de toute beauté.

— Tu es sûre que c'est ma chambre ? demandai-je. Je n'ai pas besoin d'avoir un lit aussi grand.

— Toutes les chambres ont des grands lits, expliqua maman, l'air embarrassé. Sauf celle des jumeaux. Elle se trouve à l'autre bout de la maison, comme ça ils ne te réveilleront pas à l'aube.

— Oh, tu sais, je me lève assez tôt.

— À 5 heures du matin ?

— Si tôt ?

Maman acquiesça.

— Waouh ! Je comprends pourquoi tu es si fatiguée.

— C'est vrai, c'est épuisant, convint-elle, et ses propos furent confirmés par Connor et Maddie qui sautaient maintenant sur mon lit en criant de joie. Mais ils vont vite grandir, tu sais... Le temps passe à une telle vitesse. Je te revois à leur âge comme si c'était hier. Cela dit, à l'époque, je me faisais tellement de souci à cause du restaurant et de tout le travail... Je crois que je n'ai pas assez profité de toi...

— Mais tu étais toujours là.

Maman parut surprise.

— C'est papa qui était toujours au *Mariposa*, ajoutai-je.

— Je suppose... J'agirais quand même autrement, si je pouvais revenir en arrière.

Elle frappa dans ses mains.

— Maddie, Connor ! Venez, c'est l'heure du bain !

Elle s'approcha des jumeaux. En dépit de leurs protestations, elle les fit descendre du lit et les poussa vers la porte. Maddie se retourna.

— Clane vin ?

— Que dit-elle ? demandai-je.

— Mclean vient ? traduisit maman en caressant les cheveux de Maddie tandis que Connor filait dans le couloir. Laissons d'abord Mclean s'installer, Maddie, d'accord ? Tu la verras tout à l'heure.

Maddie continuait de me fixer.

— Tu veux un coup de main ? proposai-je à maman.

Elle me sourit.

— Merci, je crois que ça va aller.

Ils s'éloignèrent. Le bruit de leurs pas, étouffé par la moquette, s'atténuait au fur et à mesure qu'ils s'éloignaient. Combien de mètres mesurait donc ce couloir ? Incroyable.

Après avoir admiré la vue, je redescendis au rez-de-chaussée que j'avais maintenant pour moi toute seule, et me laissai tomber sur le sofa rouge bien rebondi. Au bout de quelques minutes où je me sentis particulièrement idiote, comme une âme en peine sur mon sofa, je mis en marche la télé à écran plasma au-dessus de la cheminée. Je zappai, puis éteignis et écoutai l'océan.

Au bout d'un moment, je pris mon téléphone et l'allumai. J'avais trois messages.

« Mclean, c'est papa. Il faut qu'on parle. Je vais garder mon portable avec moi en cuisine pendant toute la soirée. Appelle. »

Aucun doute, c'était un ordre. Je passai au message suivant.

« Mclean ? C'est Deb. Je suis désolée pour toute cette histoire. Je ne voulais pas... Je ne savais pas... Voilà ce que je voulais te dire... Je suis joignable si tu désires me parler ce soir. OK ? Bye. »

Je sauvegardai le message.

Après un bip, j'entendis la voix de Riley.

« Salut, Mclean ! C'est Riley. Je venais juste aux nouvelles... C'était très intense, tout à l'heure, hein ? Cette Deb, mon Dieu, quelle cata ! Elle pense que tu es folle de colère contre elle. Appelle-la, ou je ne sais pas, moi. Enfin, si tu peux... J'espère que ça va, de ton côté ? »

« *Très intense* », pensai-je en refermant mon portable. C'était une façon comme une autre de présenter les choses. Je ne savais pas s'ils avaient dépiauté ma page

Ume.com et passé tous les profils au crible, ou seulement regardé les photos. Je ne me souvenais même pas des renseignements que j'avais mis dans mes profils. La curiosité me força à m'extirper du canapé. Je descendis au garage pour aller chercher mon ordi, resté dans la voiture.

Je pris ma sacoche sur le siège avant. Je refermais la portière lorsque je remarquai un autre véhicule, garé plus loin, près d'un kit de rangement par suspension où étaient accrochés balancelles de jardin et jouets de piscine. Il était recouvert d'une housse, mais un je ne sais quoi de familier m'incita à me rapprocher et à la soulever. Super Shitty !

« Oh, salut, ma belle ! » Je retirai complètement la housse pour dégager le capot rouge, le pare-brise poussiéreux et le volant massacré. Je croyais que maman l'avait vendue ou mise à la casse ! Mais Super Shitty était bel et bien là, et dans le même état qu'il y avait trois ans. Je tirai sur la poignée de la portière, qui s'ouvrit avec un craquement, et me mis au volant. Le siège gémit. Je levai les yeux vers le rétroviseur. Un Gert y était suspendu.

J'en caressai le rang de perles rouges où s'intercalaient des coquillages. Je n'arrivais pas à me souvenir de quand datait notre dernière balade à North Reddemane. Ça faisait longtemps ? J'y réfléchissais quand, dans le rétroviseur, je repérai une étagère au fond du garage. Des caisses en plastique s'y alignaient ; sur trois d'entre elles était écrit « Mclean ».

Je me retournai. Un jour, maman m'avait dit qu'elle et Peter avaient stocké des affaires dans ce garage spacieux si pratique, mais je n'avais pas compris qu'elle parlait de *mes* affaires. Je m'extirpai de mon siège. Seulement, avant de refermer la portière, je pris le Gert attaché au rétro.

En m'approchant, je remarquai que cette étagère ressemblait comme une sœur jumelle à celle que le père de David avait dans son garage : dessus s'alignaient des bacs en plastique étiquetés. Je m'accroupis et pris le premier bac « Mclean » qui me tomba sous la main. Je retirai le couvercle. Il ne contenait que des vêtements : vieux jeans, tee-shirts, et deux manteaux. Je continuai de fouiller et découvris ce que je laissais chez maman chaque fois que je passais les vacances ou les week-ends chez elle : des résidus de mes fragments de vie à Westcott, Petree et Montford Falls. Chaussures de cheerleader éraflées d'Eliza Sweet, jolies chemises polo roses que Beth Sweet aimait tant. Plus j'allais au fond, plus je remontais le cours du passé, comme un archéologue exhume les vestiges de l'activité d'une population couche après couche, de la plus récente à la plus ancienne. Je finis donc par retrouver mes vêtements de Mclean trois ans plus tôt.

Le deuxième bac était plus lourd. Dès que je l'ouvris, je compris pourquoi : il était rempli de romans, de cahiers où j'avais gribouillé, dessiné et que j'avais décorés de mes signatures, ainsi que d'albums de photos et de deux annuaires du lycée. En haut de la pile se trouvait celui de Westcott High School. Je ne l'ouvris pas. Je remis le couvercle sur le bac et continuai mes recherches.

La dernière boîte était si légère que je la crus vide. Mais à l'intérieur se trouvait une couverture en patchwork que je reconnus vite : c'était celle que maman m'avait donnée le jour où papa et moi on était partis à Montford Falls. Je m'en souvenais bien. Je l'avais emportée, mais j'avais dû l'oublier ou volontairement la laisser chez elle plus tard, avec quelques vêtements et bouquins. La couverture semblait neuve, même trois ans plus tard, à la différence de celle qui se trouvait sur notre canapé. Ses carrés étaient cousus avec beaucoup de soin. Je la remis dans le bac et le replaçai à sa place avec les deux autres.

C'était déconcertant de retrouver une partie de mon passé dans ce garage inconnu, en sous-sol comme l'abri-tempête de David. Je glissai le Gert dans ma poche, puis tirai la housse sur Super Shitty avant de reprendre ma sacoche et de remonter.

Maman était toujours à l'étage avec les jumeaux. Je m'assis donc tranquillement à l'îlot de cuisine, sur l'un des dix tabourets en cuir assortis, et allumai mon ordi. Pendant qu'il se mettait en marche, je revis, pour la première fois depuis des heures, le visage de David. Jusqu'à maintenant, ç'avait été trop dur, ç'avait été trop humiliant de penser à son expression – un mélange de surprise, d'intérêt et de déception – à l'instant où il découvrait mes profils avec les autres. « Façon feuille blanche », avait-il dit pour décrire le moment où il avait été assommé par mon ballon de basket. Vrai. Au moins, il était fixé, maintenant.

J'ouvris Internet, cliquai sur Ume.com et tapai mon e-mail. Dix secondes plus tard, les profils que Deb, Riley, Heather et David avaient vus surgirent devant mes yeux : tout en haut, il y avait celui de Liz Sweet, le dernier en date, qui était à peine renseigné. Et en bas se trouvait mon tout premier profil, qui datait de l'époque où j'habitais encore à Tyler, d'une époque où je ne m'appelais que Mclean. Je cliquais dessus lorsqu'on sonna.

Je me levai et montai quelques marches.

— Maman ? appelai-je.

Pas de réponse. Normal. La villa était si grande.

On sonna de nouveau. Je redescendis et regardai par la fenêtre de la cuisine. La visiteuse était une jolie blonde en jean et pull à torsades qui portait un sac de courses. Elle tenait dans ses bras une petite fille brune et bouclée de l'âge de Maddie et Connor.

J'ouvris. Elle sourit.

— Tu dois être Mclean ! Moi, c'est Heidi ! dit-elle, tendant sa main libre.

Je la lui serrai, et elle me donna le sac.

— Voilà pour toi.

Je haussai les sourcils.

— Ce sont des maillots de bain, m'expliqua Heidi.

Il y en avait un noir et un rose.

— Je ne savais pas très bien ce que tu voulais, alors j'en ai pris deux au hasard. Si tu ne les aimes pas, j'en ai des tonnes d'autres à la boutique.

— La boutique ?

— Oui, *Chez Clémentine*, dit-elle tandis que la petite fille posait sa tête sur son épaule sans me quitter des yeux. C'est ma boutique. Elle se trouve sur la promenade.

— Je vois. Nous y sommes passées, tout à l'heure.

— Je sais, dit-elle en souriant à sa fille. Thisbé et moi, on ne supporte pas l'idée que quelqu'un soit à proximité d'une piscine, de la mer ou d'un jacuzzi

sans maillot de bain. Ça va à l'encontre de nos convictions !
— Ah. Eh bien... merci.
— Je t'en prie.
Elle se pencha pour regarder derrière moi.
— C'était aussi une excuse pour voir Katherine, avant la fête de demain. Cela fait si longtemps que je ne l'ai pas vue. Elle est là ?
« Ah bon ? Une fête demain ? » pensai-je.
— Maman est à l'étage : elle donne leur bain aux jumeaux.
— Génial ! Je monte en vitesse pour lui dire bonjour, d'accord ?
Je m'effaçai. Heidi grimpa les escaliers en faisant rire et sauter sa fille dans ses bras. Je l'entendis prendre la seconde volée d'escaliers, et, peu après, ce furent les cris de joies de maman et de Heidi qui éclatèrent dans la maison.

Je revins m'asseoir devant mon ordi. En haut, maman et Heidi parlaient joyeusement et sans reprendre haleine. Je consultai mes alter ego, songeant que maman aussi en avait un. Au revoir Katie Sweet, bonjour Katherine Hamilton, reine en sa villa de rêve au bord de la mer, avec de nouveaux amis, entre des murs neufs peints de frais. Une nouvelle vie... Il n'y avait que cette vieille voiture sous sa housse garée dans le sous-sol, et moi, qui n'y avaient pas leur place.

Mon portable sonna. Je consultai l'écran. Papa. À peine avais-je décroché qu'il prit la parole :
— Tu ne t'en tireras pas comme ça !
Ni bonjour ni rien.

— Et tu réponds quand je tente de te contacter, s'il te plaît ! Tu te rends compte de mon inquiétude ?

Je fus surprise par cette irritation soudaine et nouvelle qui perçait dans sa voix.

— Je vais bien. Tu sais que je suis avec maman.

— Je sais aussi que nous devons parler, tous les deux, et je voulais avoir cette conversation avant ton départ.

— Parler de quoi ? On part à Hawaii, non ?

— Il est possible que *moi* j'aie l'opportunité de partir à Hawaii, corrigea-t-il. Il n'a pas été question de toi.

— Alors je dois revenir vivre à Tyler ? Tu sais bien que c'est impossible.

Papa resta silencieux.

J'entendais des voix derrière lui. C'était sans doute Leo et Jason qui bossaient en cuisine et échangeaient en hurlant.

— Je voulais qu'on en parle posément. Sans se disputer, et pas dans le stress du coup de feu, comme maintenant, reprit papa.

— C'est toi qui appelles, pas moi.

— Ne sois pas insolente, Mclean ! Sa voix sonnait comme un avertissement.

Je me tus instantanément.

— Je te rappellerai demain, quand la nuit sera passée là-dessus. On ne prend aucune décision avant, ça marche ?

— Ça marche.

Je fixai l'océan.

— On ne prend aucune décision..., répétai-je.

On raccrocha. Je fermai Internet pour qu'Eliza, etc., toutes ces filles gigognes, disparaissent de ma vue. Je montai au deuxième étage et me dirigeai dans le couloir en me fiant aux voix de Heidi et de maman. Les chambres se succédaient, mes pieds s'enfonçaient dans la moquette qui sentait le neuf. Enfin, j'arrivai devant la porte close de la salle de bains.
Maman parlait.
— Honnêtement, je n'y avais pas réfléchi... Et sans Peter, c'est beaucoup plus compliqué. Je savais que ce serait une lourde responsabilité, mais j'étais certaine de vouloir l'assumer.
— Ça ira ! répondit Heidi, rassurante. La villa est enfin terminée, et tu as déjà survécu au trajet. Maintenant, essaie de te détendre.
— C'est plus facile à dire qu'à faire...
Petit silence entrecoupé par des bruits d'eau qui coule et les babillements des petits.
— C'était amusant, autrefois, mais cela fait deux heures à peine que nous sommes arrivés et... Oh, je ne sais pas. Je me sens mal, à l'idée de tout assurer seule.
— Ça ira mieux demain, après une bonne nuit de sommeil, reprit Heidi.
— Oui, sans doute..., convint maman qui ne semblait pourtant guère convaincue. J'espère juste que ce n'était pas une erreur...
— Pourquoi une erreur ?
— Parce que je ne me rendais pas compte... parce que j'ai eu les yeux plus gros que le ventre...
De nouveau, maman ne finit pas sa phrase.

— Tout est différent désormais... Je ne l'aurais jamais cru, mais c'est la vérité.

Je reculai sous le coup de la douleur subite qui perçait ma poitrine et mettait le feu à mes joues. « Oh, mon Dieu, non... non... », pensai-je. Au cours de ces deux années de vie de bohème, il y avait toujours eu une constante : maman voulait que je vienne habiter avec elle. Pour le meilleur et pour le pire, surtout le pire (ça aussi c'était une évidence). Mais maintenant... et si je m'étais trompée ? Et si la nouvelle vie de maman était vraiment comme cette villa : rénovée, flambant neuve et sans aucune vieillerie ? Katie Sweet devait gérer son ado distante et désagréable née de son premier mariage. Katherine Hamilton n'en voulait pas.

Je fis demi-tour et repris le long couloir en sens inverse, vers un escalier inconnu dans cette baraque inconnue. Je paniquais, tout à coup. J'avais l'impression de ne plus rien reconnaître, même pas moi. Je pris mon ordi, le fourrai dans sa sacoche, descendis l'escalier quatre à quatre jusqu'au garage. La gorge nouée, je passai derrière la voiture de Peter pour filer vers Super Shitty. Je retirai la housse et jetai ma sacoche sur le siège passager. C'est à ce moment-là seulement que je me rendis compte que je n'avais pas la clé. Je restai immobile. Soudain, j'eus une intuition : je fouillai sous le tapis de sol. Très vite je sentis la clé sous mes doigts. Toujours au rendez-vous, même après toutes ces années.

À mon grand étonnement, je démarrai sans aucune difficulté. Je laissai le moteur tourner, puis j'allai ouvrir le coffre. J'y casai, non sans mal, les trois bacs en plastique. Enfin, je trouvai le mécanisme d'ouverture du garage, l'activai et remontai dans la voiture.

La rue était sombre, il n'y avait pas un chat dehors. Je ne savais pas exactement où j'étais, en revanche je savais où j'allais. Je mis donc mon clignotant et je tournai à droite, direction North Reddemane.

Chapitre 15

Vingt-cinq minutes plus tard, j'ouvrais la porte de la chambre 811, au *Poséidon*, et cherchais l'interrupteur. Le décor dont j'avais gardé le souvenir se remit en place dès que j'eus allumé la lumière. Couvre-lit aux couleurs passées, nature morte représentant des coquillages au-dessus du lit, et cette légère odeur de moisi, si typique.

Pendant tout le trajet j'avais été penchée sur mon volant, le nez carrément sur le pare-brise, à scruter la route avec mille inquiétudes : et si ce dont je me souvenais n'existait plus ? J'avais eu un coup au cœur en constatant que le *Shrimpboats* était barricadé, mais, après la petite côte, j'avais reconnu la pancarte de chez Gert : OUVERT 24/24. Le *Poséidon* était juste après.

J'avais eu peur que la gérante ne me pose des questions. Après tout, je n'avais pas 18 ans et il était très tard, mais, elle m'avait à peine regardée, avait pris mon fric et, en échange, m'avait donné la clé de ma chambre.

— La machine à glaçons est au bout, et le distributeur de boissons n'accepte que les billets, m'avait-elle informée avant de se replonger dans ses mots croisés.

J'avais repris ma voiture pour me garer plus bas, juste devant ma chambre de plain-pied. Il ne m'avait fallu que quelques minutes pour décharger les trois bacs en plastique et m'installer.

Voilà. J'étais arrivée. Je me posai sur le lit, regardai autour de moi, et, enveloppée par le bruit de fond régulier du ressac, je me mis à pleurer.

Ma vie était un tel bordel. Déménager, fuir et me fuir. Je ne pouvais gérer la situation plus longtemps. D'ailleurs, je n'en avais plus envie. J'étais super naze, je voulais me coucher, me pelotonner sous ce vieux couvre-lit et dormir pendant toute ma vie. Personne ne savait où je me trouvais. Absolument personne... C'était exactement ce que je voulais. Du moins, c'est ce que je croyais, parce que je me rendis vite compte que c'était aussi l'angoisse totale d'être enveloppée par ce silence assourdissant né de ma solitude.

Je me redressai, essuyai mes larmes et pris une grande inspiration pour me redonner du courage. Je savais que j'aurais dû rentrer chez maman, qui devait se faire un sang d'encre à l'heure qu'il était. Demain, la situation se décanterait sûrement. Le problème, c'était que chez maman, ce n'était pas chez moi. Chez moi, ce n'était ni Tyler, ni Petree, ni Westcott, ni Montford Falls, ni même Lakeview. Je n'avais de chez-moi nulle part.

Je sortis mon portable, les mains tremblantes, tapai une touche et fixai le clavier qui devenait lumineux. Des visages passèrent devant mes yeux. Mes anciens amis de Tyler, les bimbos de mon équipe de cheerleaders, à Montford Falls, les musicos avec qui je traînais, backstage, à Petree. Michael, mon copain surfer, puis Riley et Deb. J'avais croisé assez de gens pour occuper chaque minute d'une journée de vingt-quatre heures, mais je n'avais personne à appeler à mes « fatidiques 2 heures du mat ». Je pensais bien à quelqu'un, mais j'étais certaine qu'il ne voulait plus jamais m'adresser la parole...

« Oui sauf que... l'amitié, c'est aimer les qualités et les défauts de l'autre, n'est-ce pas ? » me dis-je, pensant au cercle noir à la base du poignet de David. Je regardai mon propre poignet, auquel j'avais noué le vieux Gert au moment de quitter Colby, et maman. David et moi, on avait chacun un cercle au poignet, différents et semblables, importants. Mes erreurs étaient nombreuses et mes secrets l'étaient encore plus, mais je ne voulais pas être seule. Ni à mes fatidiques 2 heures du mat, ni maintenant.

Je composai lentement son numéro, pour ne pas me tromper. Deux sonneries. Il décrocha.

— Allô.
— Oui...
— Mclean ? C'est toi ?
— Oui.

J'avalai ma salive et regardai l'océan par la porte ouverte.

— Ma réponse, c'était oui.
— Ta réponse... ?

— Tu m'as demandé si je voulais sortir avec toi. Tu as sans doute changé d'avis, depuis, mais ma réponse était oui. Il fallait que tu le saches. Avec toi, j'ai toujours voulu.

David resta silencieux un instant.

— Tu es où ?

Je me remis à pleurer. Ma voix était saccadée. Il me dit de me calmer. Il me dit que tout allait s'arranger. Il me dit aussi qu'il arrivait.

Après mon coup de fil, je me rendis dans la salle de bains pour me passer un peu d'eau sur le visage, puis je m'essuyai avec une serviette de toilette rêche. J'étais morte de fatigue, mais je devais rester réveillée, pour tout expliquer à David quand il serait là, quelle que fût l'heure à laquelle il arriverait. Je m'assis sur mon lit, retirai mes chaussures. J'allais prendre la zapette lorsque mon regard tomba sur les bacs en plastique.

Je traînai la boîte la plus lourde vers mon lit, en retirai le couvercle et vidai son contenu sur le lit. Je formai ensuite une immense horloge dont j'étais le centre, avec les livres, les photos encadrées, les albums, les annuaires du lycée, les cahiers et les journaux intimes en rond tout autour.

Je me penchai sur une photo de moi et de maman qui avait été prise pendant un défilé. À l'époque, j'étais en primaire. J'en vis une autre qui datait du remariage de maman. Elle était en blanc et Peter en smoking. J'étais devant eux, parce que j'étais demoiselle d'honneur. Troisième photo : les jumeaux encore bébés endormis, doigts entrelacés. C'était une photo en studio par un photographe professionnel. Il y avait plein de clichés dans des cadres en laiton ou en bois, aimantés ou décorés de coquillages. Je ne savais pas que j'en avais autant ! Au fur et à mesure que je les disposais sur mon lit, près de la couverture en patchwork, j'y cherchais mon visage, et j'y reconnaissais mes différentes incarnations.

Sur la photo du défilé, ça allait encore bien : mes parents étaient toujours ensemble, notre vie était intacte. Au remariage, j'avais un air groggy, un faux sourire et un regard de chien battu. Sur les premières photos des jumeaux, prises lors du premier Noël suivant mon départ de Tyler, la couleur de mes cheveux, mon style de maquillage et mes vêtements m'indiquaient que j'étais Mclean.

Puis je reconnus la queue-de-cheval et le tee-shirt de la mascotte du lycée d'Eliza, le trait épais d'eyeliner et le pull à col roulé noir de Lizbet, la chemisette vichy impeccable et boutonnée jusqu'au col ainsi que la petite jupe plissée de Beth. Je me regardai dans le miroir, en face de moi. Je m'y vis, et j'y vis aussi ce qui m'entourait. Mes cheveux n'avaient jamais été aussi longs, ils tombaient sur mes épaules. Je portais un jean et un pull noir sur mon tee-shirt blanc. J'avais mes créoles en or, et mon Gert au poignet. Pas de maquillage, par d'alter ego ou de costume. Je n'étais que moi.

Les couvertures de mes cahiers étaient couvertes de mon écriture ronde, de variations absurdes de ma signature et de mille petits dessins : ça m'occupait quand je m'ennuyais en cours. J'en pris un au hasard, l'ouvris jusqu'à ce que je tombe sur une page blanche. Et de nouveau, je laissai errer mon regard sur les photos, les objets éparpillés en cercle autour de moi qui illustraient mon histoire jusqu'à maintenant. Je pris ensuite le stylo (cadeau du motel, sur la table de nuit) et je commençai :

À Montford Falls, la première ville où on s'est installés, avec papa, je me suis fait appeler Eliza. On habitait un quartier où ne vivaient que des familles heureuses, comme dans les séries télé.

Je me relus, puis regardai dehors. Une voiture passa lentement. Ses phares éclairèrent la rue déserte. Je tournai la page.

À Petree, notre deuxième ville, c'était friqué à mort. Je suis devenue Lizbet, et on a habité dans un loft haut de gamme dans une résidence chicos. Chez nous, les éléments de déco étaient en bois sombre et en acier brossé. On avait l'impression de vivre dans un magazine de déco. Même l'ascenseur était silencieux.

Je bâillai et étirai mes doigts. Il était 1 h 30 du matin.

Quand on est partis à Westcott, on a emménagé dans un bungalow sur la plage. Il faisait si bon et si chaud. Il y avait tant de soleil que je pouvais me balader en claquettes toute l'année. Le premier jour, au lycée, j'ai dit à tout le monde que je m'appelais Beth.

« Reste éveillée ! m'ordonnai-je. É-veil-lée. »

À Lakeview, dans la courette devant notre maison, il y avait un panneau avec un panier de basket-ball. À Lakeview, j'avais décidé de devenir Liz Sweet.

Il était 2 h 15 la dernière fois que je consultai l'horloge. Je me suis tout à coup réveillée en sursaut dans cette chambre mal éclairée en entendant frapper.
Je me redressai et restai immobile jusqu'à ce que j'aie un peu repris mes esprits. Puis je repoussai quelques photos, me levai pour ouvrir. Ce devait être David.
Mais c'était maman, et, derrière elle, papa. Ils me regardèrent, regardèrent la chambre. Leurs visages étaient aussi épuisés que le mien.
— Oh, Mclean, fit maman en portant sa main à sa bouche. Dieu merci, tu es bien là.
« *Tu es bien là* ». Comme si j'avais été perdue et retrouvée. Maman allait ajouter quelque chose, mais papa prenait déjà le relais. Seulement, pour moi, c'en était trop. Alors j'ai fait un pas dans leur direction et je suis tombée dans leurs bras.
Je pleurai sur l'épaule de maman tandis que papa nous faisait entrer et refermait la porte. Maman poussa toutes les photos sur le lit, et papa, mes cahiers. Je m'allongeai, toujours blottie contre maman, et je fermai les yeux. J'étais arrivée au bout de mes forces... Maman me caressait les cheveux pendant qu'elle parlait avec papa. Un peu plus tard, j'entendis un bruit lointain mais aussi facile à identifier que celui du ressac : le frôlement des pages tournées lentement sur une histoire enfin racontée.

Chapitre 16

— Waouh ! C'était donc vrai ! Vous n'aviez pas besoin de moi !

Deb se retourna. À ma vue, elle fit un immense sourire.

— Mclean ! Tu es de retour !

Elle s'élança vers moi, en socquettes. J'eus envie de rire, pas seulement à cause de son exhubérance mais aussi en voyant ce qu'elle avait écrit, pendant mon absence, sur la grande feuille de Canson : PAS DE CHAUSSURES ICI SVP ! ÉVITER DE JURER ICI SVP AUSSI ! MERCI BCP À VOUS !

— J'adore tes formules ! lui dis-je tandis qu'elle me serrait dans ses bras.

— Je ne voulais pas en arriver là, mais c'était l'horreur. Il y avait des traces de pas partout, ça craignait un maximum. Surtout, plus on se rapproche de la date limite, plus les passions se déchaînent ! C'est tout de

même un acte citoyen que nous accomplissons là ! On ne doit pas polluer ! Au propre comme au figuré !
— En tout cas, bravo !
Les progrès étaient bluffants. Il restait de petits emplacements déserts, aux extrémités de la maquette, et puis des éléments de paysages et d'autres détails manquaient encore, mais la maquette semblait bel et bien achevée.
— Vous avez dû venir bosser tous les jours, toute la journée ?
— Pratiquement, oui.
Deb mit la main sur sa hanche et observa elle aussi la maquette.
— Bien obligés, puisque la date limite a changé.
— Changé ?
— Oui, à cause de la fermeture du restaurant, répliqua-t-elle, se penchant pour retirer une poussière sur un toit.
Elle leva les yeux vers moi.
— Oh… tu n'es pas au courant ? Pour le restaurant ? Je pensais que ton père…
— Je suis au courant. Tout va bien, Deb.
Elle soupira, soulagée, et se pencha de nouveau, cette fois pour bien replacer un immeuble.
— La date butoir du 1ᵉʳ mai représentait déjà un véritable défi. Je la jouais positive, mais, au fond de moi, je doutais. Puis, le week-end dernier, Opal nous a annoncé que nous devions terminer pour la deuxième semaine d'avril parce que les murs allaient être vendus ! J'ai failli mourir tellement cela m'a énervée. J'ai même dû compter !
Je n'étais pas sûre d'avoir bien entendu, et bien

compris. Deb s'approcha un peu plus de la maquette et passa l'index sur un croisement.
— Compter ?
— Oui ! Jusqu'à dix, dit-elle en prenant du recul. C'est mon astuce pour ne pas criser. Dans l'absolu. Il m'arrive même de compter jusqu'à vingt ou trente pour me calmer !
— Je comprends.
— Attends, ce n'est pas fini !
Elle s'avança et s'accroupit pour bien replacer une église.
— On a perdu David peu après ton départ. Une véritable catastrophe. J'ai dû compter et, par-dessus le marché, respirer.
— Hein ?
— Oui, respirer ! Tu sais, inspirer profondément et expirer, profondément aussi. Visualiser le stress...
— Je te parle de David, la coupai-je. Comment ça, vous l'avez « perdu » ?
— À cause de la mesure d'interdiction.
Cette fois, je restai muette, complètement déboussolée.
— De la part de ses parents, reprit Deb en se baissant. Tu ne savais pas ?
Je secouai la tête. Non.
J'étais si gênée de l'avoir appelé en chialant que je ne l'avais plus recontacté. J'aurais dû, mais j'avais trop honte, d'autant qu'il n'était pas venu au *Poséidon*.
— Que s'est-il passé au juste ?
— Je ne suis pas au courant de tous les détails gore, mais il s'est fait piquer par ses parents au moment où il voulait se tirer en pleine nuit en voiture. Ça s'est

passé la semaine dernière. Il y a eu un énorme clash, et, depuis, il est interdit de sortie jusqu'à nouvel ordre. Je te jure, ce n'est pas gagné !
— Oh là là.
— Sans compter que le voyage à Austin est annulé. Du moins, pour lui.
Je cillai.
— C'est horrible !
Deb acquiesça tristement.
— Je sais. Ah, je te le dis, les drames se sont succédé... J'espère que nous pourrons terminer dans les temps sans un nouveau malheur !
Je m'appuyai à la table tandis que Deb allait de l'autre côté de la maquette. Voilà pourquoi il n'était pas venu..., me dis-je. Et moi, pendant tout ce temps, j'avais pensé qu'il avait changé d'avis. Mais non. Ce n'était pas sa faute...
— Il ne bosse donc plus sur la maquette ?
— Si, si, depuis ces deux derniers jours, et seulement une heure de temps en temps. Je crois que ses parents le fliquent.
Pauvre David... Il était revenu au point de départ, à cause de moi, après avoir fait tant d'efforts pour rentrer dans le rang. Je me sentais vraiment mal...
— Ses parents ne peuvent pas le priver de ce voyage au Texas ! dis-je après un silence. Ils vont peut-être changer d'avis ?
— C'est aussi ce que j'ai supposé, mais selon Riley c'est mort.
Elle s'accroupit, puis clipsa une maison sur son emplacement.
— Ellis, Riley et David ont décidé d'utiliser une

partie de l'argent du voyage pour payer les dettes de Heather, afin qu'elle puisse tout de même partir. Ils ont tenu une réunion au sommet.

— Carrément...

— Oui, ça s'est même passé ici. Pendant qu'ils bossaient sur la maquette. Ce fut une activité multitâche fabuleusement réussie.

Deb sourit avec fierté.

— J'ai été très honorée d'en être le témoin exclusif.

Elle se pencha sur la maquette et scruta une rangée de maisons. Moi je ne bougeai pas. Pendant que, à Colby, je ramassais et recollais les morceaux épars de ma vie pour bien repartir, les projets de David, clairs et si nets, avaient explosé. Un contraste frappant. J'avais cru qu'il m'avait laissée tomber, alors que c'était moi qui l'avais lâché.

Quand je m'étais réveillée dans ma chambre du *Poséidon* au petit matin, j'étais seule.

J'avais regardé autour de moi. Le cahier où j'avais confié mes pensées était fermé sur la table de nuit. Les photos et les annuaires du lycée étaient empilés sur une chaise. La porte était entrouverte, le vent soufflait par la moustiquaire. Je me levai, me frottai les yeux et m'approchai. Mes parents étaient assis dehors. Maman parlait.

— J'ai l'impression d'être la pire des mères... Toute cette histoire... cette façon d'endosser une personnalité différente, comme un rôle... Je ne savais pas...

— Tu peux toujours arguer que tu étais loin. Pas moi : cela se passait sous mon nez, répliqua papa.

Maman resta silencieuse, observant sa tasse de café.

— Tu as fait de ton mieux, Gus. C'est déjà bien. Nous avons fait tous les deux de notre mieux.

Papa acquiesça sans quitter la route des yeux. Cela faisait bien longtemps que je ne les avais pas vus ensemble, au calme et en toute simplicité, et j'en profitai pour les regarder longuement. Papa passait la main sur son visage, maman serrait son gobelet entre ses mains, la tête inclinée sur le côté. De loin, on n'aurait jamais pensé qu'ils avaient divorcé et que leurs vies avaient suivi deux trajectoires différentes. De loin, on aurait dit deux bons amis.

Maman se retourna et me vit.

— Oh, chérie, ça y est, tu es debout ?

— Qu'est-ce que vous faites à North Reddemane ?

Papa se leva.

— Hier, tu as fugué, Mclean. Tu n'imagines pas à quel point nous nous sommes inquiétés.

— J'avais besoin de prendre du recul, expliquai-je avec calme.

Il ouvrit la porte moustiquaire, me serra dans ses bras et m'embrassa sur le front.

— Ne me fais plus jamais une peur pareille, dit-il tandis que maman s'approchait à son tour. Je ne plaisante pas, Mclean.

J'opinai en silence. Maman referma la porte, et on se retrouva entre nous. Je m'assis sur le lit. Maman but une gorgée de café et prit place près de la clim qui bourdonnait. Papa resta près de la fenêtre.

— Maintenant, il faut qu'on parle, annonça-t-il.

— Vous avez lu mon cahier ?

— Oui, répondit maman.

Elle soupira et se dégagea le visage.

— Je sais que personne n'est censé lire un journal intime, mais nous nous posions trop de questions. Et tu ne semblais pas disposée à y répondre.
Je fixai mes mains, croisai les doigts.
— Je ne m'étais pas rendu compte..., reprit papa.
Il se tut et toussa, gêné. Il jeta un bref regard à maman avant de poursuivre.
— Je pensais que ces prénoms n'étaient que des diminutifs sans conséquence...
C'était dur. J'avalai ma salive.
— Au début, ça l'était, mais ça s'est emballé.
— Tu n'étais pas heureuse, puisque tu avais besoin de te réinventer.
— Heureuse... malheureuse... ce n'était pas la question, papa : je ne voulais plus être moi, c'est tout.
Mes parents échangèrent un nouveau regard.
— Ni moi ni ton père n'avions réalisé à quel point notre divorce avait été une épreuve pour toi, enchaîna maman lentement. Nous...
Elle tourna les yeux vers papa.
— Nous sommes désolés, acheva-t-il.
Silence. Calme total. Je m'entendais respirer, ça faisait un raffut terrible. Dehors s'élevait le bruit du ressac. Des vagues qui venaient, refluaient et sans cesse lissaient et lessivaient le rivage de la plage. On a tous un vrai talent pour se compliquer et se bousiller la vie, consciemment ou non. Passer une éponge sur soucis et sabotages ne sert à rien. Parce que si en surface ça semble tout propre tout lisse, derrière, ça reste. Le passé est ineffaçable. C'est seulement quand on va en profondeur, dans le sous-sol, qu'on découvre qui on est vraiment.

— Comment tu as su que j'étais là ? demandai-je à maman.
— C'est ton ami qui nous a prévenus.
— Mon ami ? Quel ami ?
— Eh bien, ce garçon, expliqua papa.
Puis il regarda maman.
— David, dit-elle.
— David ?
Elle posa son gobelet par terre.
— Quand je me suis rendu compte que tu étais partie, que tu avais pris la voiture... j'ai paniqué. J'ai appelé Gus, et il a quitté le restaurant pour me rejoindre et partir avec moi à ta recherche.
— Je suis passé à la maison prendre quelques affaires, enchaîna papa. Au moment où je repartais, David est arrivé. C'est lui qui m'a révélé où tu te trouvais.
— Il se faisait également beaucoup de souci pour toi, poursuivit maman en posant sa main sur mon épaule. Il a dit que tu étais sens dessus dessous avant de prendre la route avec moi, et que tu lui avais téléphoné en pleurant.
Elle se tut pour toussoter.
— Je regrette que tu ne m'aies pas contacté, ou contacté ta mère, poursuivit papa. Quoi qu'il arrive, nous t'aimons, Mclean. En dépit de tout.
« Et tendrement jusqu'à ses verrues et à ses taches », pensai-je en regardant mon cahier, les photos et les annuaires du lycée empilés.
Je déglutis et pris la parole :
— J'ai découvert que tu partais pour Hawaii, puis

je suis arrivée à Colby. Tout était si différent ; de plus, la villa...

Maman cilla et baissa les yeux sur ses mains.

— Je t'ai entendue parler avec Heidi, continuai-je. Tu disais que ça ne se passait pas comme tu l'avais pensé, avec moi.

— Qu'est-ce que tu racontes, Mclean ? s'étonna maman.

Je déglutis de nouveau.

— Tu as dit que tu étais contente que je sois là, mais...

Maman me fixait sans comprendre. Soudain, elle poussa un gros soupir et posa la main sur son cœur.

— Oh, mon Dieu, chérie ! Je ne parlais pas de toi, mais de la fête.

— Quelle fête ?

— La fête organisée pour regarder le tournoi ECAC !

Un acronyme que je connaissais bien et qui signifiait : Eastern College Athletic Conference[1], dont Defriese et l'université de Caroline du Nord faisaient partie.

— Je l'ai organisée, ces dernières années, quand je ne m'y rendais pas avec Peter. Nous l'avions prévue pour cette semaine depuis quelque temps déjà, mais, une fois arrivée à Colby, je me suis rendu compte que

---

1. Association sportive universitaire englobant les États allant du Maine à la Caroline du Nord, et dépendant de la NCAA (association organisant les programmes sportifs de nombreuses grandes écoles et universités américaines). *(N.d.T.)*

je n'avais pas envie de tout organiser. Je voulais juste passer du temps avec toi. C'est mon seul désir.

La fameuse fête à laquelle Heidi avait fait allusion...

— Moi je pensais...

Je me tus.

— Tout à coup, je me suis sentie paumée. Je suis allée au *Poséidon* parce que c'était le seul endroit qui m'était familier.

— Ici ? s'étonna papa en regardant autour de lui.

— On y venait souvent, autrefois, lui expliqua maman. On descendait toujours au *Poséidon* lorsqu'on faisait nos virées au bord de l'océan.

— Tu t'en souviens donc ? demandai-je.

— Évidemment ! Comment l'aurais-je oublié ?

Maman secoua la tête.

— Ne te méprends pas, Mclean. J'aime Colby. Et Peter a raison : à North Reddemane, il n'y a plus grand-chose. Mais j'y viens de temps à autre. J'aime la vue, si belle.

Je la regardai.

— Moi aussi !

— Cela dit, je ne me souvenais pas que ça sentait autant le moisi...

Elle sourit et me pressa l'épaule. On est restés tous les trois immobiles et silencieux. Papa lança un regard à maman et reprit :

— Ta mère et moi, nous pensons que nous devons faire une mise au point et évoquer l'avenir proche.

— Je comprends bien.

— Mais je propose que nous ayons cette conversation autour d'un bon petit déjeuner. Je ne sais pas ce que vous en pensez, mais moi, je meurs de faim !

— Moi aussi ! renchérit maman.
Elle tapota son poignet et regarda sa montre.
— Le *Last Chance* ouvre à 7 heures. Dans dix minutes seulement.
— Le *Last Chance* ?
— Le meilleur *diner* de la plage ! s'exclama maman, se levant. Le bacon va faire exploser tes papilles, Gus.
— Alors, s'il y a du bacon, j'en suis ! déclara papa. *Go !*
Avant de partir, mes parents m'ont aidée à ranger livres, cahiers et photos. On aurait dit un rituel, un acte sacré ; c'était comme de tourner la page sur un épisode de mon passé. Lorsque je replaçai les couvercles sur les bacs et les pressai pour bien fermer, j'entendis un petit clic, comme quand je clipsais une maison sur la maquette.
Le vent froid soufflait fort, balayant le parking. Le ciel était uniformément gris. Le soleil, à peine visible, se levait au loin.
— Et les jumeaux ? demandai-je à maman qui sortait ses clés. Tu ne retournes pas auprès d'eux ?
— Ne t'inquiète pas. Heidi a appelé deux de ses baby-sitters : Amanda et Erika gèrent la situation. Nous avons tout le temps du monde !
« Tout le temps du monde », songeai-je, pendant que nous prenions la route, papa derrière nous dans sa Land Rover. Si seulement ç'avait été vrai... Mais dans la vraie vie, il y a toujours des délais, des dates limites, et puis le boulot ou la rentrée des classes, la fin de l'année scolaire... Le temps fuit à chaque battement de cœur. On passa devant chez Gert, devant sa pancarte OUVERT 24/24. Je baissai les yeux sur mon

bracelet brésilien à mon poignet et jouai avec. Peut-être n'avais-je pas besoin de tout le temps du monde, finalement... Seulement de deux bonnes heures : un délicieux petit déj et la chance de parler avec les deux personnes qui me connaissaient le mieux au monde, et m'aimaient tendrement « avec mes taches et mes verrues ».

Nous fûmes les premiers clients du *Last Chance* : nous arrivâmes au moment où une blonde en tablier et à l'air endormi ouvrait.

— Vous êtes des lève-tôt, dit-elle à maman. Vos petits ont passé une mauvaise nuit ?

Maman hocha la tête, et je sentis son regard sur moi quand elle répondit :

— Si on veut.

Nous prîmes les menus, les ouvrîmes au-dessus de nos tasses tandis que la serveuse s'approchait déjà avec la cafetière. Les cuisines se trouvaient de l'autre côté du comptoir, tout près, et j'entendais le grésillement du gril, la musique et les voix de la radio, le « cling » du tiroir-caisse qu'une autre serveuse ouvrait et refermait. C'était tellement familier... C'était comme d'être dans un endroit que je connaissais bien, quoique je n'y sois jamais venue. J'observai maman à côté de moi, et papa, en face, qui parcouraient leur menu, ici, avec moi. Pour une fois, on était juste nous trois.

Je croyais ne plus avoir de chez-moi, de maison, mais à cet instant précis au *Last Chance*, je compris que je m'étais trompée. « Chez soi », ce n'est pas une maison, ou une ville, sur un plan. Chez soi, c'est là où se trouvent ceux que nous aimons, là où on est tous réunis. Ce n'est pas un lieu, mais un moment, puis d'autres, qui, comme des briques, échafaudent un refuge solide que vous emportez partout avec vous, pendant toute votre vie.

On a beaucoup parlé ce matin-là autour de notre petit déjeuner, au fil des nombreuses tasses de café que la serveuse nous servit. On a continué de parler, de retour à Colby. Papa et moi, on fit une longue balade sur la plage pendant que maman s'occupait des jumeaux. On ne prit aucune décision importante dans l'immédiat ; on résolut pour commencer, d'un commun accord, que je passerais la semaine du Spring Break à Colby, comme prévu. Ensuite, on prendrait notre temps pour réfléchir à la suite des événements.

Après d'autres discussions, en tête à tête avec maman, et par téléphone avec papa, on décida que je n'irais pas à Hawaii et que je terminerais ma scolarité dans mon ancien lycée de Tyler. Je ne peux pas dire que je sautai de joie, mais je n'avais pas le choix... La boucle était bouclée : voilà comment je voyais la situation. J'étais allée de ville en ville et, ce faisant, je m'étais dispersée. En revenant à Tyler, je me rassemblais. De plus, dès l'automne, j'aurais une nouvelle vie, ailleurs : j'entrerais à la fac et, comme tous les autres étudiants, je prendrais un nouveau départ.

Je passai la plus grande partie de la semaine du Spring Break sur la plage, à réfléchir aux deux dernières années en regardant mes albums de promos et mes photos de famille. Je passai aussi beaucoup de temps avec maman. Je compris que je m'étais trompée : elle ne s'était pas, comme moi, réinventée en quittant le rôle de Katie Sweet pour endosser celui de Katherine Hamilton. Maman avait une nouvelle famille, un autre look et une immense villa au bord de la mer, elle côtoyait un tout autre monde, parce qu'elle était mariée à un coach célèbre, mais je retrouvais par moments Katie Sweet.

J'avais cette sensation de déjà-vu rassurante quand je la voyais assembler des blocs et des cubes de couleur avec Connor et Maddie, ou quand elle les prenait sur ses genoux, le soir, pour leur lire *Goodnight Moon*[1]. Et lorsque je découvris son iPod branché sur la chaîne portable hyper sophistiquée de son salon et que j'en écoutai la playlist, j'entendis exactement la même musique que sur l'iPod de papa : Steve Earle et Led Zeppelin avec, c'était inévitable, Elmo et quelques berceuses.

Tous les soirs, dès que les jumeaux étaient au lit, maman buvait un verre de vin sur la terrasse et observait les étoiles. Elle avait beau avoir une cuisine hightech faite pour préparer des dîners gastronomiques, je fus surprise mais très contente qu'elle ait collé à ses anciens basiques et nous mitonne des plats en cocotte et à base de poulet avec une Crème de. Et enfin, surtout, il y eu l'histoire de la couverture en patchwork.

À notre retour du *Poséidon*, je la portai dans ma chambre, avec d'autres affaires exhumées des trois bacs en plastique. Deux soirs plus tard, le temps devenant plus frais, je m'en couvris. Le lendemain matin, alors que je me lavais les dents, glissant un œil dans ma chambre, je vis maman devant mon lit, où j'avais plié ma couverture. Elle en tenait un coin.

---

1. Un classique de la littérature enfantine américaine. (*N.d.T.*)

— Je pensais que cette couverture était au garage ?
— Elle l'était, mais je l'ai retrouvée avec les photos et les albums.
— Oh...
Maman lissa le coin.
— Je suis contente que tu t'en serves...
— Oui. Heureusement que je l'ai eue cette nuit, parce que ça caillait. Dis, quand ils étaient bébés, les jumeaux devaient avoir une masse de vêtements pour que tu aies pu réunir autant de tissu pour coudre cette couverture !
Maman fut interloquée.
— Les jumeaux ?
— Oui ! Tu as bien utilisé le tissu de leurs vêtements de bébés ?
— Pas du tout. J'ai utilisé *tes* vêtements de bébé. Je pensais que tu le savais.
— Les miens ?
Maman hocha la tête et me montra le coin de couverture, qu'elle n'avait pas lâché.
— Tu vois ce carré ? Il vient de la couverture qui t'enveloppait quand je suis rentrée de la maternité. Et ce coton rouge avec des broderies, je l'ai découpé dans ta première robe de Noël.
Je me rapprochai et observai mieux la couverture en patchwork.
— Je ne le savais pas.
Maman examina et lissa un autre carré.
— J'adore ce bout de jean ! Je l'ai pris dans une adorable salopette que tu portais quand tu as fait tes premiers pas.

— Je n'arrive pas à croire que tu aies gardé ces trucs pendant si longtemps...
— Je ne pouvais pas me résoudre à m'en séparer.
Maman sourit et soupira.
— Mais c'est toi qui t'es séparée de moi, et c'était une façon de te donner quelque chose de moi...
J'imaginai maman assemblant minutieusement ses carrés de tissu. Cela avait dû lui prendre un temps fou, surtout que les jumeaux n'étaient alors que des bébés.
— Je suis désolée, maman, prononçai-je enfin.
Elle leva les yeux sur moi, surprise.
— Désolée ? Pourquoi ?
— Je ne sais pas... Parce que je ne t'ai pas remerciée quand tu me l'as donnée ?
Maman secoua la tête.
— Oh, mon Dieu, Mclean... Je suis certaine que si. J'étais dans un tel état, le jour où tu as quitté la maison, que je ne me souviens de rien, sinon que je ne pouvais supporter ton départ.
— Raconte-moi l'histoire de chaque carré ! dis-je en prenant à mon tour un coin, un carré de coton rose.
— Vraiment ? Voyons. Ce morceau de tissu vient du justaucorps que tu portais lors de ton premier spectacle de danse. Tu devais avoir cinq ans. Tu avais des ailes de fée.
Longtemps maman passa en revue les carrés de ma couverture et me les raconta. Chacun évoquait un épisode de ma petite enfance dont maman était la mémoire. Ces instants, pourtant fugaces, avaient trouvé une continuité dans cette couverture dont je me

servais, des années plus tard. C'était à mon avis un signe du destin si je l'avais découverte le soir de ma fugue. Le passé est toujours le passé... Vous avez beau essayer de l'oublier, il se rappelle toujours à vous, que vous le vouliez ou non.

J'étais maintenant de retour à Lakeview et j'observais la maquette. Deb était occupée à rajuster deux immeubles à sa périphérie. La maquette, comme ma couverture en patchwork, illustrait des épisodes qui n'avaient de sens qu'à mes yeux et passaient inaperçus à ceux des autres. Il y avait ainsi les secteurs de gauche, un peu accidentés et irréguliers, sur lesquels on avait travaillé, Jason, Tracey, David et moi, lors de la toute première visite de la conseillère municipale. Et ces quartiers densément peuplés sur lesquels je bossais à n'en plus finir, posant puis fixant patiemment les maisons les unes après les autres. Il y avait l'ancienne banque de Tracey, non loin de l'épicerie d'où elle avait été bannie, et cette immense baraque déserte, non identifiée, qui n'intéressait personne, sauf moi. Tout autour, il y avait les dragons, c'est-à-dire l'inconnu étrange et effrayant.

Si la couverture en patchwork symbolisait mon passé, la maquette symbolisait mon présent... Et je n'y voyais pas seulement un peu de moi, mais tout ce que j'avais vécu et appris, depuis le mois de janvier. Surtout, j'y voyais David.

Je reconnaissais sa précision dans les rangées, plus rectilignes que les miennes, des maisons de son secteur, ainsi que dans les immeubles du centre-ville qu'il connaissait par cœur. La preuve, il les nommait sans regarder sur le plan. Je reconnaissais sa minutie dans ces carrefours compliqués dont il avait eu la charge : modéliste d'expérience, disait-il, il était le seul à pouvoir gérer cette construction délicate. Je reconnaissais David dans chaque pièce que lui ou moi on avait patiemment placée, au cours de ces longs après-midi où l'on s'était tenu compagnie, où l'on avait parlé, ou pas, pendant qu'on créait un nouveau monde.

Deb contournait la maquette et sortait des petits éléments de paysage d'un sachet.

— La deuxième semaine d'avril, dis-je, c'est dans un mois, à vue de nez ?

— Vingt-six jours, précisa Deb. Vingt-cinq et demi, si tu veux un décompte précis.

— Mais regarde tout ce que vous avez fait la semaine dernière ! C'est presque terminé.

Deb soupira.

— J'aimerais bien... D'une certaine façon, tu as raison, la plupart des maisons et des bâtiments sont placés, mais nous avons encore deux secteurs à terminer, et n'oublie pas les éléments du paysage urbain. Plus les petites réparations. Heather a écrabouillé tout un lotissement, l'autre jour.

Elle claqua des doigts.

— Il s'est effondré, comme ça, d'un coup.

— Elle a donc bossé sur la maquette, pendant le Spring Break ?

— C'est beaucoup dire...

Elle réfléchit.

— Non, oublie ce que je viens de te dire. Heather est super bonne quand il s'agit de détails. Elle a assemblé la forêt sur la partie supérieure droite de la

maquette. Ce sont les choses importantes qu'elle a tendance à bousiller. À détruire.
— Je pourrais en dire autant de moi, dis-je à voix basse.
Consciente de son regard perplexe, je me repris vite.
— Désolée... j'ai passé une drôle de semaine.
— Je sais.
Elle s'approcha.
— Écoute, Mclean... concernant cette histoire de Ume...
— Oublie ça.
— Je ne peux pas, murmura-t-elle.
Elle leva les yeux vers moi.
— Je veux juste... Je veux que tu saches que je comprends tes raisons. Tous ces déménagements... ça n'a pas dû être facile.
— J'aurais pu mieux gérer l'affaire.
Deb acquiesça, puis ouvrit son sachet d'un coup sec. Je regardai mieux et constatai qu'il était rempli de figurines en train de marcher, de courir, immobiles, debout ou assises. Il y en avait des centaines et des centaines dans le désordre.
— On fait quoi avec ? On les place un peu partout, au hasard, ou il y a une règle à suivre ?
Elle en prit une poignée et ouvrit sa paume.
— Figure-toi que le sujet a été le thème d'un vaste débat.
— Ah oui ?
— Oui ! Le manuel ne donne aucune précision à ce propos. Parce que les figurines sont en option ? Dans certains cas, en effet, on préfère s'en dispenser

et n'avoir que les maisons et les immeubles. En un sens, c'est moins bordélique.

— Je vois. Mais une ville sans habitants, c'est vide ?

— D'accord avec toi. Une ville a besoin de vie. Je me suis donc dit que nous pourrions reprendre le système des secteurs : déposer un échantillon représentatif de figurines par secteurs, afin d'éviter la répétition ou la monotonie.

— Un échantillon représentatif ?

— Oui : ne va pas mettre tous les cyclistes dans un secteur, et tous les passants dans un autre. Ce serait une erreur.

— C'est vrai.

— Malheureusement, on n'est pas tous d'accord. Certains parmi nous ont l'impression qu'en gérant la population par quotas, on retire tout son naturel à la maquette, continua-t-elle en toussotant. Ceux-là pensent qu'il vaudrait mieux disposer les figurines au hasard, pour que ça reflète mieux notre monde. C'est le but de cette maquette, en fin de compte.

Je levai les sourcils.

— C'est l'avis de Riley ?

— Quoi ? Oh non ! Riley est totalement pour le système d'échantillonnage par secteurs. C'est la position de David : il est inflexible !

— Ah ?

— Si tu savais ! C'est même devenu un sujet de conflit entre nous ! Mais je suis bien obligée de respecter son opinion puisqu'il s'agit d'un effort collectif. On a donc trouvé un compromis.

J'observai une impasse pendant que Deb concentrait son attention ailleurs. « *Compromis* », pensai-je, me souvenant du compromis que David avait passé avec ses parents, et de celui que j'avais passé avec maman. David parlait d'un donné pour un rendu, de règles qui évoluaient sans cesse. Il avait été réglo, droit dans ses bottes, mais il était de nouveau puni... C'était injuste.

Deb se pencha sur l'extrémité la plus à gauche de la maquette.

— Au fait, si le restaurant ferme... cela signifie que... que tu déménages en Australie ? C'est la rumeur qui court, en tout cas. Ton père aurait un boulot, là-bas.

Ragots de restau typiques. Complètement déformés.

— C'est Hawaii. Et je ne pars pas avec lui.

— Alors tu restes ?

— Non, je ne peux pas.

Deb se replia vers la forêt que Heather avait réalisée. Elle se mordit la lèvre et ajusta quelques arbres.

— C'est la merde ! Voilà ! dit-elle.

— Eh bien !

Venant de Deb, ce n'était pas rien.

— Je suis désolée, ajoutai-je.

— Moi aussi !

Elle leva les yeux. Elle était toute rouge.

— C'était déjà terrible de savoir que tu repartirais un jour, mais tu ne nous as même pas dit que tu étais sur le départ. Tu pensais te tirer sans rien dire ?

— Mais non !

Je n'étais pas sûre que ce soit vrai.

— Je... je ne savais pas encore où je devais aller, et quand. Et puis, il y a eu cette histoire de Ume.com.

— Je comprends. C'était de la folie.

Elle s'approcha de moi.

— Sérieusement, Mclean, promets-moi que tu ne partiras pas sans rien dire. Je ne suis pas comme toi, moi, d'accord ? Je n'ai pas beaucoup d'amis. Alors on se dit au revoir et on reste en contact, où que tu ailles ? Compris ?

Compris.

Deb était bien trop émotive : mon Dieu, elle était sur le point de pleurer. Voilà pourquoi je ne disais jamais au revoir quand je partais : pour éviter les accès de larmes et les grosses émotions. Mais, face à la réaction de Deb, je compris aussi que je m'étais privée de quelque chose d'important : manquer à quelqu'un. « Te revoir un jour ? », avait écrit Michael, de Westcott. J'avais rayé ces mots-là de mon vocabulaire. Je les avais planqués dans l'un de ces cartons qui me suivaient partout, essayant d'en oublier l'existence, jusqu'à ce que j'en aie besoin un jour. Maintenant, par exemple.

— Bon, reprit Deb d'une voix tendue.

Elle se tut, inspira, expira, puis laissa retomber ses mains.

— Si cela ne t'ennuie pas, nous allons nous occuper de ces deux secteurs avant de partir.

Je fus soulagée de passer à une activité concrète.

— Tout de suite !

Je la suivis vers l'autre table, où se trouvait le dernier assemblage de maisons et d'immeubles référencés, prêt à être posé et clipsé. Deb en prit un set, moi un autre, et nous nous approchâmes de l'extrémité droite de la maquette, le dernier rayon de notre fameuse roue. Je me penchai, retirai la languette adhésive sous une station d'essence.

— Je suis contente qu'il reste quelque chose à faire, déclarai-je. J'avais peur que ce ne soit fini à mon retour.

— Ç'aurait pu l'être. Mais j'ai gardé ces maisons pour toi.

Je me figeai.

— Sérieux ?

— Oui.

Elle en posa une et la pressa jusqu'au petit clic, puis elle me regarda.

— Tu as participé à ce projet dès le début, bien avant moi. C'était donc logique que tu sois partie prenante de la fin.

Je baissai les yeux sur mon secteur.

— Merci..., dis-je à Deb tandis que je retirais la languette sous un petit immeuble.

Il restait tout de même pas mal de finitions à effectuer.

— Pas de quoi.

Et, côte à côte, sans dire un mot, on a terminé.

Je sortis du restaurant une demi-heure avant l'ouverture. Papa n'était toujours pas là. Opal non plus.

— On se croirait dans un bateau en train de couler, déclara Tracey de derrière le bar. Les rats abandonnent toujours le navire les premiers.

— Opal n'est pas un rat !

C'était comme d'admettre que mon père en était un, compris-je avec un temps de retard.

Te revoir un jour

— Mais Opal ne se bat pas non plus pour nous ! répliqua Tracey en essuyant un verre. Elle est sans cesse absente, depuis que la fermeture et la vente ont été annoncées. À peaufiner son CV, sans doute.
— Développe ?
Tracey posa son verre.
— Je n'en suis pas certaine, mais elle aurait tenu des conciliabules téléphoniques où on aurait entendu les mots « relocalisation » et « cadre supérieur ».
— Tu crois vraiment qu'Opal partirait ? Elle adore cette ville.
— Le fric est un argument plus puissant que l'amour ! rétorqua Tracey qui haussa les épaules.
Deux clients passèrent derrière moi et se juchèrent sur les tabourets de bar. Tracey posa les menus devant eux.
— Bienvenue au *Luna Blu*. Vous voulez connaître notre menu Spécial Agonie ?
Je lui dis au revoir distraitement, puis je passai par-derrière pour sortir. Je regardai dans le bureau de mon père et constatai qu'il était en ordre, impeccable, avec la chaise bien rangée dessous. Rien à voir avec mon père, spécialiste du méga-désordre. Papa avait donc déjà quitté les lieux.
Je remontai la ruelle et tournai dans ma rue. Quand maman m'avait déposée, dans l'après-midi, il n'y avait personne à la maison, mais j'aperçus de la lumière. Et la Land Rover de papa.
J'étais presque arrivée lorsque j'entendis une porte claquer. C'était David. Il sortait de sa cuisine, un bonnet noir sur la tête, un carton sous le bras. Il descendit

les marches de son perron sans me voir. J'eus aussitôt envie de me réfugier chez moi, pour éviter toute confrontation ou conversation. Mais au même moment je levai les yeux vers le ciel et y repérai une constellation en forme de triangle. Je revis maman, sur la terrasse de son immense villa. Sa vie avait changé, mais elle n'avait pas oublié ses étoiles, elle avait accepté son passé. Notre passé. Et moi, je ne pouvais plus fuir. Voilà ce que j'avais appris. Alors, même si c'était difficile, je ne pris pas mes jambes à mon cou.

— David !

Il sursauta et se retourna. Je lus de la surprise sur son visage.

— Salut !

Il ne s'approcha pas. Moi non plus. Cinq bons mètres nous séparaient.

— Je ne savais pas que tu étais déjà de retour !

— Je suis arrivée tout à l'heure.

— Ah...

Il passa son carton sous son autre bras.

— J'allais, hum, bosser sur la maquette.

Je fis quelques pas hésitants dans sa direction.

— Tu as eu la permission ?

— Plus ou moins.

Je regardai mes mains et pris une grande inspiration.

— À propos de la nuit où je t'ai téléphoné... je ne savais pas que cela te poserait des problèmes. Je me sens hyper mal.

— Il ne faut pas.

— Oui, mais, sans moi, tu ne te serais pas fait piqner en partant de chez toi. Et tu ne serais pas interdit de sortie, de vacances ; bref, je n'aurais pas pourri ta vie.

— Tu n'as pas pourri ma vie, dit-il après un silence. Tu as seulement appelé un ami.

— Je pourrais parler à tes parents ? Leur expliquer ce qui s'est passé, et...

— Mclean ! Non. C'est bon. Je ne me prends pas la tête avec cette histoire. Il y aura d'autres voyages et d'autres étés, point.

— Possible mais tout de même, c'est injuste.

David haussa les épaules.

— La vie n'est pas juste. Si elle l'était, tu ne devrais pas de nouveau déménager.

— Tu en as entendu parler ?

— J'ai entendu parler de la Tasmanie. Mais j'ai l'impression que c'est une info déformée...

Je souris.

— Il s'agit de Hawaii. Et je n'y vais pas. Je vais habiter avec ma mère à Tyler, et y finir l'année scolaire.

— Ah, voilà qui a plus de sens.

— Tout est relatif.

Autre silence. Il n'avait pas beaucoup de temps, je devais le laisser partir.

— La maquette est d'enfer, tu sais. Vous avez bossé comme des dingues !

— C'est Deb. Elle est folle, j'essaie de ne pas me trouver en travers de son chemin.

Je souris.

— Elle m'a parlé de votre débat sur la population.

— Elle refuse de me faire confiance. C'est pourquoi je m'y rends en douce avec mon matos quand je suis certain qu'elle n'y est plus. Sinon, elle serait sur mon dos à criser.
— Matos ?
Il s'approcha et tendit son carton ouvert.
— Il ne s'agit pas de conneries de modélisme ferroviaire : c'est du boulot de pro.
Sa boîte contenait des tubes de peinture de toutes les couleurs et de nombreux pinceaux. Je vis aussi du coton, des tampons, de la térébenthine et d'autres outils dont un grand set de pincettes, des ciseaux et une loupe.
— Waouh ! C'est quoi ton plan ?
— Ajouter un peu de vie à la maquette.
Je le dévisageai, me mordillant la lèvre.
— Ne te fais pas de souci, Deb est d'accord. Enfin, presque.
— Je n'arrive pas à croire que la maquette soit presque finie. J'ai l'impression qu'on vient de poser la première maison !
— Le temps passe vite...
Il me regarda.
— Quand pars-tu ?
— La semaine prochaine.
— Déjà ?
J'opinai.
— Tu ne perds pas de temps.
— Si je dois aller dans un autre lycée...
Je soupirai.
— Autant m'organiser dès maintenant, achevai-je.
Il acquiesça. Une voiture passa.

— Tu sais, ça me gonfle de n'avoir que deux possibilités : partir à Hawaii et recommencer à zéro une fois de plus, ou retourner en arrière, dans mon ancienne vie qui n'existe plus.

— Alors il te faut une troisième voie.

— Ça c'est sûr.

Il hocha la tête, pensif.

— D'après mon expérience, on ne voit pas toujours les possibilités que nous offre la vie. Pour cela, il faut bien ouvrir les yeux.

— Quand est-ce que j'aurai la révélation ?

Il haussa les épaules.

— Quand tu seras prête.

Je revis les bacs en plastique Rubbermaid alignés au fond du garage de maman, juste derrière Super Shitty.

— C'est vague, et frustrant.

— Bienvenue au club.

Je lui souris. Il me sourit.

— Tu devrais y aller avant que Deb ne décide de faire une visite nocturne parce qu'elle a des insomnies à cause de la maquette.

— Tu plaisantes, mais elle en serait bien capable. À plus, Mclean.

Il allait reprendre sa route. Je m'avançai et l'embrassai sur la joue. C'est clair, ça le surprit, mais il ne recula pas. Moi, si.

— Merci, lui dis-je.

— Pour quoi ?

— Pour avoir été là.

Il opina, puis me posa brièvement la main sur l'épaule et s'éloigna. Je le suivis des yeux. Il traversa et prit la ruelle qui conduisait au *Luna Blu* tout éclairé. Je me retournai enfin et, après une grande inspiration, m'approchai de chez moi.

J'allais ouvrir la porte quand je réalisai deux choses : papa était à la maison et il n'était pas seul. J'entendais sa voix, étouffée, et une autre, plus aigue. Les lumières étaient tamisées. J'entendais aussi des départs de conversation entrecoupés de silences de plus en plus longs, ou d'un mot ou deux, ou encore, de petits rires.

Oh, non.

Je m'appuyai contre la porte, pétrifiée à l'idée de mon père bouche à bouche avec Lindsay et ses grandes dents trop blanches.

Je frappai, fort, avant d'ouvrir et restai tétanisée par ce que je vis : papa et Opal sur le canapé, le bras de papa autour de ses épaules. Ils ont rougi. Le chemisier d'Opal était largement déboutonné.

— Oh, mon Dieu ! dis-je, et ma voix me sembla bien forte, dans cette petite pièce.

Opal bondit, porta les mains à son col pour reboutonner son chemisier et, en reculant, se cogna au mur.

Papa resta immobile et s'éclaircit la voix, puis il ajusta un coussin, comme si la déco de notre salon le passionnait tout à coup.

— Mclean ! Quand es-tu revenue ?

— Je pensais... je pensais que tu sortais avec la conseillère municipale ?

Je regardai Opal qui recoiffait une mèche derrière son oreille follement rouge.

— Et toi, Opal, je pensais que tu haïssais mon père !

— Eh bien..., commença papa.

— Haïr, c'est exagéré, tout de même, déclara Opal.
Mon regard passait de papa à Opal.
— Tu ne peux pas faire ça, dis-je à Opal. C'est débile !
— Waouh, reprit Opal en s'éclaircissant la voix, voilà encore un mot très violent.
— Tu te trompes sur lui, insistai-je. Il part. Tu le sais ? Il part à Hawaii.
— Mclean ! fit papa.
— Non ! C'était différent quand c'était Lindsay Baker, ou Sherry à Petree, Lisa à Montford Falls ou Emily à Westcott !
Opal fronça les sourcils et regarda papa, qui déplaça de nouveau un petit coussin.
— Mais toi, je t'aime bien, Opal…, continuai-je. Tu as toujours été sympa avec moi, et il faut que tu saches ce qui va se passer. Il va disparaître, et toi tu resteras là, à l'appeler et à te demander pourquoi il ne te rappelle jamais.
— Mclean, ça suffit, maintenant ! intervint mon père.
— Non ! C'est toi qui vas arrêter. Ne lui fais pas ça !
— Je n'en ai pas l'intention, justement.
Je restai immobile, déconcertée. Du coin de l'œil, je remarquai qu'Opal m'observait avec attention, mais je gardai les yeux sur papa, jusqu'à ce que je voie, dans la cuisine derrière lui, des sacs de courses. Dans deux placards grands ouverts, il y avait des boîtes de conserve et quelques denrées alimentaires. J'aperçus des pâtes fraîches sur la table, et deux tomates sur une

planche à découper. J'aperçus enfin un plat en verre dans l'égouttoir, prêt à l'emploi.
— Mais que se passe-t-il ? demandai-je.
Papa me sourit et sourit à Opal.
— Viens t'asseoir, on va tout t'expliquer.

Chapitre 17

— Oh non ! dit Deb. Où est passée ma feuille TDH ? Qui l'a vue ?

— Pas moi, répondit Heather. Tu as peut-être perdu la tête aussi, tu as vérifié ?

Concentrée sur un coin de la maquette, elle collait des buissons dans le jardin botanique de la ville.

— Arrête de la chambrer, Heather, intervint Riley. Écoute, Deb, ta feuille doit bien se trouver quelque part. Où te rappelles-tu l'avoir posée pour la dernière fois ?

— Si je le savais, elle ne serait pas perdue ! se lamenta Deb.

Elle se dirigea vers la table et farfouilla dans les papiers qui s'y trouvaient.

— C'est de la folie ! Je ne peux pas terminer sans mon TDH !

— Oh-oh, fit Ellis, qui se trouvait de l'autre côté de la maquette. Prêts à affronter un DQCG ?

Je levai les yeux de mon poste (j'ajoutais une texture de pavage en pierres imbriquées sur un trottoir).

— DQCG ?

— Une Deb-qui-crise-grave, expliqua Heather.

— Mon Dieu, quelle heure il est ? interrogea Deb. Qui peut me donner l'heure ?

— Tu portes une montre, lui fit remarquer Heather.

— Il est 9 h 32, répondit Riley. Ce qui signifie...

— Qu'il nous reste vingt-huit minutes ! s'écria Deb. Vingt-huit minutes avant de quitter les lieux ! Ordre d'Opal.

— Je croyais qu'Opal ne travaillait plus au *Luna Blu* ? dit Riley.

— Elle n'y travaille plus, renchérit Deb, mais elle est propriétaire des murs, alors c'est elle qui décide.

J'ajoutai un buisson avec précaution.

— Je te ferais remarquer qu'elle n'en est pas encore propriétaire, précisai-je. Et quand elle le sera, ce ne sera qu'à moitié. Le reste appartiendra aux Melman et à d'autres partenaires.

— Les Melman ? fit Riley.

— Ce sont les ex-proprios, expliquai-je. Le *Luna Blu*, c'est eux, à l'origine.

Je me souvenais du jour où Opal m'avait raconté l'histoire du restaurant. Au cours des deux dernières semaines, il s'était passé beaucoup de choses... Primo, papa avait reçu officiellement sa nouvelle mission, à Hawaii, tandis qu'Opal avait donné sa dém et consacré son temps et son énergie à racheter le *Luna Blu*.

Chuckles avait en effet mis les murs du restaurant en vente, à un prix très raisonnable et à deux conditions : un petit pourcentage et le retour des petits pains au romarin au menu.

Ils avaient planché sur ce projet au cours d'un interminable dîner à la maison, ponctué par du bœuf Kobé de Hawaii et deux bouteilles de très bon vin rouge. Opal s'était ensuite envolée en Floride avec un plan d'affaires et une offre impossible à refuser destinée aux Melman, ses anciens patrons, à la suite de quoi ces derniers avaient rappliqué à Lakeview. J'avais cru comprendre que leur vie de retraités était un peu trop monotone à leur goût et que leur ancienne vie de restaurateurs leur manquait. Opal aurait donc son propre restau, grâce à leur investissement, à un prêt bancaire et au prix de vente avantageux qu'en proposait Chuckles. Mais d'abord, le *Luna Blu* devait fermer.

Ça ne plaisait à personne. La semaine précédente, pendant qu'on bossait à l'étage, le restaurant n'avait pas désempli : les gens avaient entendu parler de sa fermeture prochaine et voulaient y manger une dernière fois. J'avais eu peur que le restau n'explose sous l'afflux, d'autant que papa et Opal étaient en vadrouille. Mais, étonnamment, grâce au leadership conjugué de Jason et de Tracey, la situation avait été assez bien maîtrisée. Papa avait souvent dit que Tracey, c'était le genre à filer dès les premiers ennuis, mais elle avait peut-être gagné ses galons de manager dans le nouveau restau d'Opal. À elle de voir.

— Le voilà, dit tout à coup Deb en ramassant des papiers par terre. Dieu merci ! Bon, faisons le point.

Le paysage urbain : on bosse dessus. Les panneaux de circulation sont... Oh, merde, où sont-ils ?
— Je m'en occupe ! lui dit Ellis. Tu veux bien t'arrêter un peu ? Ça nous ferait des vacances.
— Cela nous laisse juste les derniers détails relatifs à la population, continua Deb sans reprendre son souffle.
Elle regarda autour d'elle.
— J'ai vu hier un dernier sachet, qui n'avait pas encore été distribué. Où est-il passé ?
— Je ne peux pas gérer les buissons et tes questions en même temps ! répliqua Heather.
— Apprends donc un peu à être polyvalente ! riposta Ellis.
— Où sont donc ces figurines ? demanda Deb. Je vous jure, elles étaient...
— C'est sans doute David qui les a prises, déclara Riley. Il est venu, hier soir.
Deb fit volte-face.
— David est venu ici hier soir ?
Riley hocha la tête.
— Quand je suis partie, à 18 heures, il arrivait. Il a dit qu'il devait peaufiner des détails.
— Je lui ai envoyé un texto à 19 heures, et il était toujours là, ajouta Ellis.
Deb s'approcha de la maquette et l'observa de part en part.
— Je ne vois pas de différences notables... Rien, en tout cas, qui nécessite plusieurs heures de travail.
— Il travaille peut-être lentement, hasarda Heather.

— Non, ma vieille, c'est toi qui travailles lentement, objecta Ellis.

— Dix-huit minutes ! s'écria Deb en frappant dans ses mains. C'est du sérieux, cette fois ! Si vous avez une tâche qui nécessite plus de dix-huit minutes, dites-le maintenant. Parce qu'on est drôlement à la bourre. Alors ?

Je secouai la tête. Je n'avais que quelques buissons à ajouter. Tous les autres restèrent silencieux et on continua à bosser avec le chrono qui tictaquait. En bas, ils faisaient aussi le compte à rebours : tout devait en effet être bouclé à 22 heures. Ces dernières semaines, il n'avait été question que de ça : changement et arrêt. Mais les nouveaux départs n'allaient pas tarder.

Papa et moi, on avait emballé nos affaires dans nos cartons, toujours les mêmes. Cette fois, on avait décidé de les mettre au garde-meubles... Papa n'avait besoin que d'une valise pour se rendre à Hawaii. Il envisageait d'y passer tout l'été pour donner le coup de pouce nécessaire au bon démarrage du nouveau restaurant de Chuckles. Ensuite, il reviendrait à Tyler, pour aider maman à m'installer sur le campus de ma future université. Enfin, il s'installerait à Lakeview, où il serait le chef du nouveau restau d'Opal, tout en restant ouvert à d'éventuels projets. Les amours de papa et d'Opal avaient commencé le soir où il lui avait annoncé que le *Luna Blu* allait fermer. La soirée avait continué chez elle, où il l'avait suivie pour poursuivre la discussion. Donc, entre eux, c'était assez récent. Ils avaient dû gérer le malaise de la rupture de papa avec Lindsay Baker (Opal avait renoncé à son cours de Spin Extrême, le matin), et ils allaient maintenant devoir faire face à une séparation. Ni l'un ni l'autre n'était naïf au point de penser qu'ils la surmonteraient sans difficulté, mais c'était bon de savoir que je n'étais pas la seule à attendre le retour de papa. Moi, en tout cas, j'étais à fond de leur côté.

J'étais prête à partir à Tyler. Ce n'était pas facile, surtout qu'il restait tellement peu de temps jusqu'à la fin de l'année scolaire. Tout le monde parlait de projets : l'achèvement de la maquette, la remise des diplômes, le voyage à Austin (même si Ellis, Riley et Heather étaient tout de même moins enthousiastes maintenant que David n'en était plus). David avait pris ses distances, par la force des choses. Il allait à son boulot, au lycée, à ses cours à la fac, rien d'autre. Il n'avait pas le droit de prendre sa voiture, toujours garée sous le panier de basket. Il passait son temps libre sur la maquette. Pour des raisons mystérieuses, il préférait y travailler seul. Il venait donc une heure de temps en temps, quand on n'y était pas.

Il bossait en solitaire, mais son boulot se voyait bien : au cours de la semaine précédente, des figurines avaient commencé à apparaître un peu partout. Il ne les disposait pas selon le système des secteurs. C'était un peu comme si un peu plus de gens sortaient de chez eux chaque jour. Ses figurines – hommes, femmes, enfants, promeneurs avec leurs chiens, cyclistes, policiers, etc. – étaient disposées avec minutie et, manifestement, selon une logique mûrement réfléchie. Souvent je me postais à une fenêtre de chez nous et je regardais vers l'arrière du *Luna Blu*, songeant à lui se penchant sur ce monde en miniature qu'il peuplait. J'avais souvent envie de le rejoindre, mais j'avais l'impression qu'il effectuait un rituel, pour lequel il devait être seul, alors je le laissais.

— Cinq minutes ! cria Deb en venant derrière moi avec sa check-list TDH.

Je regardai par-dessus la maquette vers Riley qui ajustait un carrefour, sourcils froncés, puis vers Heather, assise sur ses talons, qui admirait ses arbres. Ellis, plus loin sur ma droite, fixait un panneau STOP.

— Une minute ! hurla Deb.

Je reculai et pris une grande inspiration tandis que je contemplais la maquette dans son ensemble, ainsi que les visages de mes amis. En bas, on entendit la brigade faire le compte à rebours. Un chœur de voix qui marquait la fin de quelque chose, avant le début d'autre chose.

— Cinq !

J'effleurai le dernier buisson que je venais de placer.

— Quatre !

Je regardai Riley. Elle me sourit.

— Trois !

Deb vint à côté de moi en se mordillant la lèvre.

— Deux !

Déjà, quelqu'un applaudissait en bas.

À cette seconde qui précédait la fin, j'observai de nouveau la maquette, cherchant à y repérer un ultime détail, et je remarquai quelque chose... d'inattendu. Au même instant, tout le monde applaudit.

Un.

— Où vas-tu ? demanda papa. Tu vas manquer la fête !

— Je reviens.

Il repartit vers le bar, où les employés et quelques

habitués du *Luna Blu*, ainsi que Deb, Riley, Heather et Ellis s'étaient réunis pour manger le stock de cornichons à l'aneth frits. Opal aussi était là, bien entendu, et servait les bières. Elle était rouge de bonheur.

Je montai à l'étage. Les voix et les rires résonnaient jusque dans l'escalier, mais en haut, tout était calme, presque serein. La maquette s'étendait devant mes yeux. Dans l'excitation, tout à l'heure, je n'avais pas eu la possibilité de la regarder d'aussi près que je l'avais désiré. Je voulais être seule, comme maintenant, et prendre tout mon temps.

Je me penchai sur le secteur qui représentait mon quartier et y observai les figurines. Au premier abord, elles semblaient disposées comme les autres, en petits groupes, au hasard des rues et des trottoirs, ou seules. Je retrouvai ce que je cherchais : une figurine qui sortait, juste derrière ma maison. Et puis une autre, une fille, qui courait dans le jardin de la grande baraque derrière chez elle, non loin de l'endroit où se trouvait la haie. Elle était suivie par un policier avec une lampe de poche. Il y avait trois autres figurines sous le panier de basket. L'une d'entre elles était allongée dessous.

Je retins mon souffle et me concentrai. Deux figurines étaient assises sur le bord du trottoir, entre la maison de David et la mienne. Plus loin, deux autres descendaient la ruelle qui conduisait au *Luna Blu*. Un couple était debout dans l'allée, se regardant. Près de l'ancien hôtel abandonné avait été ajoutée la double porte de l'abri-tempête. Elle était ouverte, une figurine se tenait devant. On ne savait si elle en sortait ou y rentrait. L'abri-tempête était figuré par un carré noir. Mais je savais ce qu'il y avait en dessous, plus bas.

David m'avait placée partout. À tous les endroits où j'avais été, avec lui, sans lui, depuis notre première rencontre et jusqu'à notre toute dernière conversation. Il avait disposé ses figurines avec le plus grand soin ; il en résultait une impression de réalité aussi saisissante que celle des maisons et des immeubles alentour. Émue, je me penchai et posai la pointe de mon index sur la fille qui courait vers la haie. Ce n'était pas Beth Sweet. Elle n'était encore personne à cet instant. Mais elle était en route pour devenir quelqu'un. Moi.

Je décidai de redescendre. En bas, tout le monde parlait, le bruit était assourdissant et l'odeur des cornichons à l'aneth frits flottait. Je sortis par-derrière. J'entendis Riley m'appeler, mais je ne me retournai pas. Une fois dehors, je m'emmitouflai dans mon pull et remontai la ruelle en courant.

Il y avait de la lumière chez David. Sa Volvo, toujours sous le panier de basket, n'avait pas bougé de la semaine. Je restai là, me souvenant que papa s'était garé à cet endroit précis, le jour de notre arrivée. Le filet se reflétait dans le pare-brise. Un gobelet de chez *Frazier Bakery* se trouvait dans le porte-boissons. Il y avait deux CD sur le siège passager. Et, au beau milieu du tableau de bord, un Gert.

« Quoi ? Impossible ! » pensai-je, en me penchant. Même tressage bizarre, mêmes petits coquillages. Mais je voulais en être sûre. J'ouvris la portière, le pris et l'examinai. Un minuscule GS était inscrit au marqueur, au dos.

— Pas un geste !

Quelqu'un alluma une lampe de poche et je fus aveuglée. Je levai la main devant mon visage, tandis que les pas se rapprochaient. Puis la lumière s'éteignit, et je reconnus David.

— Si tu cherches à voler une caisse, tu ferais mieux de chercher ailleurs.

— Tu es donc venu ! dis-je, reportant les yeux sur le Gert.

Je le dévisageai.

— Tu étais au *Poséidon*, ce soir-là ! Et dire que, pendant tout ce temps, je pensais que...

David rempocha sa lampe sans répondre.

— Pourquoi ne m'as-tu rien dit ? Je ne comprends pas.

David soupira, regarda sa maison et descendit vers la rue. Je le suivis, le Gert toujours serré au creux de ma paume.

— J'ai vu ton père au moment où je partais. Il était complètement paniqué... Je lui ai raconté ce que je savais. Puis je suis rentré chez moi. Mais je n'arrêtais pas de penser à ton appel. Je me répétais que ça ne te ressemblait pas, que ça ne ressemblait pas non plus à ce que j'avais vu sur ta page Ume.com, plus tôt dans la journée.

Je cillai. On arrivait en haut de la ruelle qui donnait sur le *Luna Blu*.

— Alors j'ai décidé de partir quand même. Je voulais être certain que ça allait. J'ai fait la route, j'ai trouvé le motel et je me suis garé. Mais au moment où j'allais frapper à la porte de ta chambre, j'ai regardé par la fenêtre et je t'ai vue. Tu étais sur le lit. Il y avait ton père et ta mère et... Tu étais avec tes parents. C'est d'eux que tu avais le plus besoin. Ta famille.

Ma famille. Le concept du siècle.

— Alors tu es rentré ?

— Mais avant, je me suis arrêté à la boutique de souvenirs, le seul endroit du coin ouvert la nuit, dit-il avec un signe vers ma main fermée. Je n'ai pas pu y résister ! C'est incroyable que tu l'ais reconnu !

Je souris.

— Normal, c'est un Gert. Maman et moi, on s'en achetait chaque fois qu'on allait à North Reddemane.

— Un Gert... Ça me plaît.

On arrivait derrière le *Luna Blu*.

— Puis je suis rentré chez moi. Mes parents m'attendaient. Tu connais la suite...

Ma gorge était nouée. Dans le couloir, j'entendis des bruits et des rires. David poussa la porte pour entrer dans la salle du restaurant.

— Le voilà ! s'exclama Ellis. Tu as fait comment pour avoir ta permission ?

— J'ai été sage comme une image, répondit David. J'ai loupé des trucs importants ?

— Seulement la fin de tout ! déclara Tracey de l'autre côté du bar, pendant que Leo mâchonnait rêveusement des cornichons à ses côtés.

Je fut surpris de voir Tracey la cynique essuyer ses yeux rouges avec une serviette du bar.

— Ce n'est pas fini, c'est seulement le début, la consola Opal.

— Mais je hais les débuts, pleurnicha Tracey. C'est trop neuf.

David s'assit à côté d'Ellis. Ensuite venaient Riley,

Heather, Deb, dont les chaises formaient un triangle. Tous parlaient fort à qui mieux mieux. Opal serra Tracey dans ses bras.

Puis je tournai les yeux vers papa, au bout du bar. Lui aussi observait ce petit monde. Il surprit mon regard et me sourit. Alors je pensai à toutes les villes où on avait habité. Papa avait été mon étoile du Berger, en quelque sorte, la constante de notre vie de bohème. Je ne voulais pas défaire notre duo et le laisser, mais je n'avais pas le choix.

Je grimpai à l'étage, m'approchai de la maquette, puis restai immobile, essayant de me recentrer. J'entendis des pas. Avant même de me retourner, je sus que c'était David. Il se tenait en haut de l'escalier, les yeux fixés sur moi, tandis que les bruits de la fête au rez-de-chaussée montaient derrière lui.

— C'est incroyable ! lui dis-je, je n'arrive pas à croire que tu l'aie fait.

— Je n'étais pas tout seul, Mclean.

— Je ne parle pas de la maquette, mais des figurines.

Il sourit.

— Le modélisme ferroviaire est un excellent apprentissage.

Je secouai la tête.

— Je sais que tu blagues... En tous les cas, personne n'a jamais fait une chose aussi gentille pour moi.

David se rapprocha, mains dans les poches. Son visage me parut ouvert et franc comme jamais.

— Moi je n'ai rien fait. C'est toi. Moi, j'ai seulement été un témoin.

Je sentis des larmes me piquer les yeux, tandis que

je regardais de nouveau cette fille et ce garçon assis pour toujours sur le bord du trottoir.

— Tu devrais redescendre, me dit-il enfin. Ton père m'a envoyé te chercher. Ils vont porter un toast, je crois.

J'acquiesçai et le suivis.

— Voilà ce que tu voulais dire, n'est-ce pas ? demandai-je.

— De quoi parles-tu ?

— Quand tu me conseillais de bien regarder autour de moi, précisai-je alors qu'il commençait à descendre les marches.

— Plus ou moins, oui. À propos, n'oublie pas d'éteindre la lumière.

J'observai une dernière fois la maquette, puis éteignit. Dans la nuit qui se fit, je ne vis qu'un peu de lumière, celle qui passait par la fenêtre et jetait un rai sur le sol. Puis je remarquai une petite lueur qui brillait à l'endroit exact que je venais d'observer. Intriguée, je revins sur mes pas et survolai du regard le *Luna Blu*, ma maison et celle de David. Derrière, il y avait l'hôtel désert : c'est là que se trouvait cette minuscule lueur. Un seul mot en vert fluo. Sans doute n'était-ce pas ce qui était inscrit sur l'enseigne de l'hôtel à l'origine, dans la vraie vie. C'était écrit : « Reste ».

Je me retournai pour regarder vers l'escalier faiblement éclairé par la lumière du restaurant. Je ne savais pas si David était déjà arrivé en bas, mais je traversai la salle en courant, empoignai la rampe pour me propulser dans les escaliers, et tombai nez à nez avec lui. Il m'avait attendue.

— J'ai vraiment bien lu ? demandai-je.
Je sentais son souffle, sa chaleur. On était si près l'un de l'autre...
— Je ne sais pas. À toi de voir...
Je souris. En bas, les autres riaient, acclamaient, rendaient un dernier hommage à cet endroit devenu subitement sacré, comme par une espèce de grâce. Il fallait que je les rejoigne. Mais avant, je me penchai sur David et posai mes lèvres sur les siennes. Il me prit dans ses bras et m'embrassa. Je sentis quelque chose se déchirer et s'ouvrir en moi. Le début d'une nouvelle vie, sans aucun doute. Je ne savais pas encore quelle fille je serais, où cette vie-là m'emporterait, mais je me promis de garder les yeux grands ouverts pour, le moment venu, le découvrir.

Chapitre 18

— Oh, merde ! fit Opal en posant des assiettes vides avec fracas. TFLC !
— Déjà ? dis-je. On a ouvert depuis à peine un quart d'heure.
— Oui, mais on n'a qu'une serveuse, et c'est Tracey !
Opal mit les commandes sur le pique-notes près du passe-plat entre nous.
— Autant dire qu'on est dans les choux...
Elle s'affaira, jura à voix basse pendant que je prenais les bons de commande et les parcourais.
— Chef, ça marche ! dis-je à Jason qui était assis à la table de préparation derrière moi et lisait le *Wall Street Journal*.
Il se leva.
— Vas-y.
— Sûr ? On est déjà à la bourre.

— Si tu veux en être, tu dois apprendre à lire les bons de commande ! dit-il en se dirigeant vers le gril. *Go !*

Je lus le premier bon.

— Un couvert, un sandwich méditerranéen au blanc de poulet ! Une frite et une salade !

— Bien. La salade, c'est pour toi. Je prépare les filets de poulet et je m'occupe des frites.

« OK ». Je revins vers la table de derrière et pris un petit plat sur l'étagère du haut. J'avais grandi dans un restaurant, mais y travailler, c'était tout autre chose ! Une grande première. Cela dit, pour rien au monde je n'aurais voulu être ailleurs !

La remise des diplômes avait eu lieu une semaine plus tôt. J'y avais assisté, en compagnie du reste de ma classe, en m'éventant avec un programme humide de sueur tandis que les orateurs se succédaient et que familles et amis se trémoussaient sur leur siège. Au moment où on avait tous bondi pour jeter nos toques dans les airs, la brise s'était levée et nos coiffes noires avec leurs pompons avaient paru prendre leur envol comme des corbeaux. Je m'étais retournée pour chercher les visages de mes amis. J'avais d'abord vu Heather qui me souriait.

Normalement, j'aurais dû finir l'année scolaire à Tyler, mais la vie est finalement pleine de rebondissements, et les gens nous réservent bien des surprises... C'est une bonne nouvelle, non ? J'avais eu un dernier espoir secret, lorsque, le samedi après la fermeture du *Luna Blu*, maman était venue m'aider à déménager. Papa était là, Opal aussi. On avait fait des allers et retours entre ma chambre et le monospace de

Peter en parlant de tout et de rien. Opal et maman avaient tout de suite accroché (à ma plus grande surprise !).

En réalité, dès qu'Opal avait découvert que maman s'était occupée des finances du *Mariposa*, elle avait réfléchi à la meilleure façon de gérer celles de son nouveau restaurant. Voilà donc comment maman et Opal se retrouvèrent à la cuisine avec un bloc-notes, pendant que papa et moi, on se tapait tout mon déménagement.

— Ça ne te rend pas nerveux ? lui demandai-je au moment où on passait devant la cuisine avec mes oreillers et mon ordinateur.

Maman parlait des salaires et Opal écrivait.

— Non, répondit papa. En vérité, c'est grâce à ta mère si on a gardé le restaurant à flot si longtemps. Sans elle, on aurait été obligés de fermer deux ans plus tôt.

Je le regardai par-dessus le coffre, surprise.

— Ah bon ?

— Oui, elle connaît bien son boulot.

J'y repensai lorsque, mes affaires chargées, on fut prêtes à partir. J'avais dit au revoir à Deb, Riley, Ellis et Heather la veille au soir chez Riley, où Mme Benson nous avait préparé un succulent dîner (avec du poulet grillé, naturellement). David et moi, on s'était retrouvés plus tard, en privé, au cours de l'heure qui lui avait été allouée par ses parents, une fois que j'étais rentrée à la maison.

On s'était réfugiés dans l'abri-tempête et, mains entrelacées, on avait fait des tonnes de projets. Pour une virée au bord de l'océan le week-end suivant, s'il avait la permission bien sûr, pour les coups de téléphone, textos et e-mails qui, on l'espérait, nous feraient tenir et surmonter l'absence et la distance. Comme papa et Opal, on ne se faisait pas non plus beaucoup d'illusions : loin des yeux, loin du cœur, je le savais si bien... mais je faisais partie de cette ville, maintenant, et pas seulement sur la maquette. Je voulais vraiment y revenir.

Je claquai la portière du monospace. Voilà, on était prêtes à partir. Au même instant, je vis Mme Dobson-Wade dans sa cuisine. David était au boulot, leur autre voiture n'était pas là. Elle était donc seule, et feuilletait un livre de recettes. En la regardant, je songeai à maman et à tous les problèmes qu'on avait eus, au cours de ces deux dernières années. Confiance et déception, distance et contrôle. J'avais pensé être un cas unique, mais maintenant je savais que c'était faux. OK, ce n'était pas parce qu'on avait trouvé la paix que tout le monde pouvait y réussir. Cependant, David avait fait quelque chose pour moi, et le moins que je pouvais faire, c'était de lui retourner l'ascenseur.

Quand, quelques minutes plus tard, je frappai chez lui, accompagnée de papa et maman, Mme Dobson-Wade, surprise, nous fit entrer. Après que je lui eus expliqué la raison de ma présence, elle se montra méfiante. Mais elle nous fit asseoir, et je lui racontai ce qui s'était passé, cette nuit-là : David voulait venir auprès de moi parce que je n'allais pas bien et qu'il se faisait du souci. C'était lui qui avait révélé à papa où je me trouvais. Au fur et à mesure que je parlais, Mme Dobson-Wade se détendait. Elle nous promit de réfléchir.

Puis tout a basculé. Cette fois, à mon avantage.

C'est arrivé au moment où on montait dans le monospace. Opal et papa, devant chez nous, nous regardaient. En arrière-plan, la maison était presque vide... C'était bizarre... J'avais vécu la situation inverse lorsque j'avais quitté Tyler avec papa, deux ans plus tôt. Papa ne m'avait jamais vue partir, et, soudain, je ne fus pas certaine de pouvoir m'éloigner de lui.

— Ce n'est pas un adieu ! me dit-il quand je le serrai fort contre moi.

Opal retenait ses larmes.

— On se reverra vite.

— Je sais..., dis-je en avalant ma salive avec difficulté.

Puis je reculai.

— Mais ça m'angoisse de te laisser.

— Ça ira. Allez, file, maintenant !

Je restai courageuse jusqu'à ce qu'on prenne la route, mais lorsque la maison et tout le reste eurent disparu dans le rétro, je me mis à pleurer.

— Oh, mon Dieu ! s'exclama maman, consternée.

Elle mit son clignotant. Ses mains tremblaient.

— Ne pleure pas ! Tu vas finir par me faire pleurer !

— Je suis désolée...

Je me frottai le nez du dos de la main.

— Ça va aller... Si, si, c'est vrai.

Mama opina et tourna. Mais, un bloc plus loin, elle remit le clignotant et tourna dans un parking. Puis elle coupa le moteur.

— Je ne peux pas...

Je m'essuyai les yeux.
— Quoi ?
— Te déraciner... Te faire partir. Enfin, tu vois.
Elle soupira, puis agita une main.
— Pas après avoir protesté pendant deux ans... C'est trop hypocrite. Non, je ne peux pas...
— Mais tu sais bien que je n'ai pas le choix... À moins que tu ne veuilles que je parte à Hawaii ?
Maman prit un mouchoir en papier et se moucha.
— Je ne suis pas sûre d'en avoir envie, dit-elle en redémarrant. On va y réfléchir.
À la fin, on trouva un compromis.
Maman accepta que je reste à Lakeview en échange de la promesse que je viendrais lui rendre visite régulièrement à Tyler, ou à Colby. Opal me proposa une chambre en échange de ma contribution dans son nouveau restaurant, mais elle dut convaincre papa qu'elle ne se laisserait pas déborder par ma prise en charge. En gros, je devais garder le contact avec les parents, les rappeler, leur envoyer des e-mails, et tout de suite leur dire si ça n'allait pas. Pour l'instant, je n'avais eu aucun mal à tenir ma part du contrat.
J'étais contente de pouvoir finir mon année scolaire à Jackson : pour une fois, je faisais vraiment partie d'une classe, je pouvais donc prendre part aux rituels, comme le Senior Skip Day[1] et la distribution de l'annuaire scolaire, et, surtout, terminer mon année scolaire en même temps que les autres.

---

1. Le Senior Skip Day est une tradition nord-américaine bien établie dans les lycées : presque toute la classe de terminale sèche les cours, un jour déterminé à l'avance. (*N.d.T.*)

J'avais révisé mes exams de fin d'année avec David, dans son salon. Il s'immergeait dans ses cours de physique niveau fac pendant que je me débattais avec la trigonométrie. Quand il bossait chez *Frazier Bakery*, on y organisait de méga-sessions de bachotage avec Heather, Riley et Ellis. On était tous gonflés à la caféine grâce aux Spécial Procrastination que David nous préparait. Un jour, je laissai tomber ma serviette par terre, et, en me penchant pour la ramasser, je vis le pied de Riley sur celui d'Ellis. Ils restaient discrets, mais, à l'évidence, Riley avait tiré un trait sur sa spécialité : les losers et les blaireaux de tout poil !

À l'automne, j'entrerais à l'université et je quitterais Opal pour emménager sur le campus, en emportant mon art de la vie simple et modeste dans mes bagages. J'avais finalement été acceptée aussi à Defriese, mais je n'avais pas hésité un instant à m'inscrire à Lakeview. David avait été admis partout où il avait envoyé ses dossiers de candidature. Il s'était décidé pour le MIT, le Massachusetts Institute of Technology. J'essayais de ne pas penser à la distance qui allait nous séparer, mais j'espérais que, quoi qu'il arrive, on réussirait toujours à se retrouver. J'avais bien l'impression que j'allais continuer de mettre en œuvre mon talent à faire mes bagages...

— Comment ça se passe, avec la salade ? cria Jason alors que j'y disposais des carottes.

— Prête, dis-je en me retournant et en la déposant sur le passe-plat.

— Super. Prends le bun et la sauce pour le sandwich, et on sera bons.

Alors que je sortais le bun et le mettais sur le gril,

je regardai par le passe-plat juste au moment où Deb, un tablier noué à la taille, passait à la hâte.

— Je croyais que tu ne bossais pas aujourd'hui ? m'étonnai-je.

— Je suis venue pour prendre mes pourboires d'hier soir, dit-elle en remplissant deux verres de glaçons, mais comme Opal craquait, j'ai décidé de rester.

Je souris. La maquette terminée, Deb avait désormais trop de temps libre. Elle s'était révélée aussi bonne serveuse que logisticienne. Elle venait de commencer, mais elle avait déjà notablement amélioré le système d'Opal. Avec des sigles.

— Chef, je réclame le sandwich et la frite-salade de ma table ! fit Tracey par le passe-plat.

— La salade est dressée, prête à l'envoi, répondit Jason. Le sandwich arrive.

Tracey fit la grimace et prit la salade, ajouta un ramequin de vinaigrette et la glissa sur un plateau. Derrière elle, Deb arracha un autre bon de commande et le mit sur la tige métallique du pique-notes.

— Chef, dis-je.

— Vas-y.

Je baissai les yeux.

— Une pizza margarita avec un supplément de sauce et d'ail.

— Parfait. Dresse une assiette, je m'en occupe.

Il me passa le sandwich sur une spatule et je le plaçai dans la corbeille que j'avais préparée. La radio jouait, j'entendais les clients et Opal. Je pensai à papa quelque part à Hawaii, faisant peut-être la même chose que

Cet ouvrage a été imprimé en Allemagne par
GGP Media GmbH, Pößneck

pour le compte des Éditions Pocket Jeunesse

Dépôt légal : mai 2012

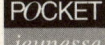

12, avenue d'Italie
75627 PARIS Cedex 13

moi. Il me manquait terriblement. Mais j'agissais conformément à ses vœux, alors je me remis au boulot.

C'était le coup de feu, et je fus sur le pont pendant une heure et demie. Même si je sabotai une quesadilla, que je laissai cuire trop longtemps, et oubliai la commande d'un hamburger, tout se passa plutôt bien. Enfin, vers 13 h 30, Jason me proposa de prendre une pause. Je sortis avec mon portable, un verre d'eau, et allai m'asseoir derrière sur les marches de l'escalier.

Il faisait chaud, le soleil tapait. Une autre journée caniculaire s'annonçait... Je consultai mes messages. J'en avais un de maman qui me demandait de confirmer si je venais bien passer le week-end à Colby. J'avais un e-mail de l'université concernant mon orientation. Et un texto de David.

Pas de texte, juste une photo.

Je cliquai dessus et elle remplit l'écran. On voyait quatre mains, deux poignets avec le tatouage et les quatre avec des Gerts. En arrière-plan se détachait sur le ciel bleu une pancarte : « Bienvenue au Texas ».

— Mclean ? appela Jason.

Je me levai, rempochai mon portable et bus mon eau. En revenant à la cuisine et en passant devant Jason, je froissai mon gobelet, puis me retournai pour viser la poubelle derrière moi. Le verre effectua un arc de cercle parfait pour tomber pile au centre du panier. Un tir parfait. Swish, comme on dit au basket.